NIGERIA JONES

NIGERIA JONES

IBI ZOBOI

Tradução
Bruna Barros e Jess Oliveira

HarperCollins

Rio de Janeiro, 2024

Título original: *Nigeria Jones*

Copidesque	Alanne Maria
Revisão	Dandara Morena e Suelen Lopes
Design de capa	Nettrice Gaskins e Jenna Stempel-Lobell
Diagramação	Abreu's System

Dados Internacionais de Catalogação na Publicação (CIP)
Sindicato Nacional dos Editores de Livros, RJ, Brasil

Zoboi, Ibi
Nigeria Jones / Ibi Zoboi; tradução Bruna Barros, Jess Oliveira. - 1. ed. - Rio de Janeiro, RJ : HarperCollins Brasil, 2024.

Tradução de: Nigeria Jones
ISBN 9786555115482

1. Ficção haitiana. I. Barros, Bruna. II. Oliveira, Jess. III. Título.

24-91341 CDD: 848.997294
CDU: 82-3(729.4)

Gabriela Faray Ferreira Lopes – Bibliotecária – CRB-7/6643

HarperCollins Brasil é uma marca licenciada à Casa dos Livros Editora Ltda.

Rua da Quitanda, 86, sala 601A – Centro,
Rio de Janeiro/RJ – CEP 20091-005
Tel.: (21) 3175-1030
www.harpercollins.com.br

Para minha mãe e suas mães antes dela.
Para minhas filhas e suas filhas depois delas.

SUMÁRIO

costumava sonhar sonhos militantes
de tomar a américa pra mostrar
a essa gente branca
como é que se faz

costumava sonhar sonhos radicais
de surpreender todo mundo
com meus poderes perceptivos
de correção analítica

costumava até mesmo pensar que seria eu
quem ia parar o motim e
negociar a paz

então acordei e saquei
que se eu tivesse sonhos naturais
de ser naturalmente uma mulher
fazendo o que uma mulher faz
quando é natural
eu faria uma revolução.

— Nikki Giovanni, "Sonhos revolucionários"

sou acusada de tratar do passado
como se eu o tivesse feito,
como se eu o tivesse esculpido
com minhas próprias mãos. só que não.
esse passado estava me esperando
quando cheguei,
um bebê monstruoso sem nome,
e eu, com a comichão de minha mãe,
o coloquei no peito
e o chamei de
História.
ela está mais humana agora,
aprendendo línguas todos os dias,
lembrando de rostos, nomes e datas.
quando ela estiver forte o suficiente pra viajar
por conta própria, cuidado, ela irá.

— Lucille Clifton, "sou acusada de tratar do passado"

PARTE 1

PAI FUNDADOR

PREÂMBULO

Eu, Nigeria Jones, para me tornar uma menina Negra mais perfeita, estabelecer a justiça, garantir a tranquilidade interior, viabilizar minha defesa, promover o meu bem-estar geral e assegurar as Bênçãos da Liberdade a mim mesma e à minha posteridade, ordeno e estabeleço esta Constituição para os estados íntegros, completos e unidos de Nigeria Jones.

ARTIGO I
DIA DA INDEPENDÊNCIA

"O que, para ~~o escravizado americano~~
[essa menina Negra], é o seu Quatro de Julho?
Eu respondo: um dia que [me] revela, mais do que
todos os outros dias do ano, a injustiça
e a crueldade grosseiras de cuja mentira
[eu não sou] a vítima constante."

— *Uma citação remixada daquele maloqueiro nato*
Frederick Douglass
Julho de 1852

Seção 1

O NOME DO meu irmão caçula é Freedom, e hoje é seu aniversário de 1 ano. Eu o seguro bem forte em meus braços e cheiro sua cabecinha. Ele tem o mesmo cheiro de nossa mama: uma mistura de óleos de lavanda e patchuli que predomina sobre cheiros de lugares que desconheço, rostos que não sei nomear e segredos que não lembro. Temos quinze anos de diferença, e ele nem começou a andar ainda, mas tenho a sensação de que também pode nos deixar.

Alugamos o centro comunitário na Spruce Street para a festa de aniversário, mas não a chamamos de festa de aniversário. No Movimento, nada é tão superficial. É uma celebração de gratidão marcando o primeiro aniversário em que Freedom Sankofa Jones nos escolheu como família. Meu pai diz que algumas almas africanas retornam repetidamente para corrigir as coisas, curar feridas geracionais e lutar por nossa libertação. Escolhemos nossos pais, nossa família e a vida que queremos antes mesmo de nascermos.

Então, sou uma ancestral retornada e escolhi ser filha de Kofi Sankofa — nacionalista Negro, revolucionário que luta pela liberdade e fundador do Movimento, cuja missão é desfazer sistemas opressivos e criar uma utopia totalmente Negra. Meu irmãozinho também escolheu, e os integrantes vão se reunir hoje para agradecer ao reizinho por nos escolher.

O ar aqui está denso e quente, mesmo com o ar-condicionado ligado no máximo. As tias defumaram todos os cantos com sálvia, e o cheiro permanece, junto ao incenso Nag Champa e a todos os óleos naturais que os integrantes usam. A maioria de nós veste roupas coloridas de estampa africana e turbantes. Quando os integrantes começam a chegar, um mar de tranças, dreads, black powers, miçangas de madeira e búzios toma conta do centro comunitário. Meu pai diz que somos como uma pequena vila africana em West Philly, no grande estado branco da Pensilvânia. E é bem essa a sensação, mesmo que algumas pessoas pensem que somos uma espécie de seita ou culto. Mama sempre diz que a palavra "culto" vem de cultura. Estamos apenas celebrando nossa cultura com orgulho, é só isso.

— Bota esse bebê no chão! — grita meu pai de longe. — Você tá mimando ele.

Sua voz grave é como um trovão, sua presença é como nuvens se abrindo, e todas as palavras que saírem de sua boca hoje serão como o sol brilhando sobre todos os integrantes. Ele se move como um furacão, colocando o Grupo Jovem para trabalhar. Eu sou a única que não precisa fazer nada porque estou segurando meu irmãozinho.

Freedom se mexe inquieto, balbucia e tenta alcançar o chão, então eu o embalo nos braços, o acalmo com um *shh* e dou um beijo em sua bochecha, me recusando a deixá-lo ir. Mesmo que este centro comunitário esteja cheio de pessoas que amo e que também me amam, meus olhos estão colados na porta, esperando pela pessoa que mais quero ver neste momento.

— Nigeria, vem aqui ajudar a pendurar esses cartazes! — diz Jasmine, lá na frente do salão.

Ela está desenrolando a foto em preto e branco de Malcolm X segurando um rifle enquanto olha pela janela. As palavras

"Por Todos os Meios Necessários" estão no topo, e aquela famosa imagem é a essência do meu pai — com rifle e tudo.

— Tô cuidando do bebê — digo a ela, mesmo que Freedom chore para eu colocá-lo no chão. Além disso, tem um monte de crianças por perto para ajudá-la. Jasmine só não gosta que eu dê as ordens.

Aproximadamente uns vinte integrantes do Grupo Jovem estão montando cadeiras e mesas dobráveis, jogando tecido de estampa africana sobre tudo e fixando cartazes de heróis Negros sobre os antigos anúncios nos quadros de aviso. O reizinho precisa saber que, ao nascer no Movimento, estará apoiado em poderosos e imponentes ombros revolucionários — Frederick Douglass, Toussaint Louverture, Harriet Tubman e Marcus Garvey. De cada lado de uma longa mesa na frente do salão, onde o bolo de aniversário e os presentes ficarão, há duas esculturas de madeira: uma tem a forma de um pássaro com a cabeça virada para trás, em direção à sua cauda, e a outra tem o formato de coração, onde as linhas curvadas se enrolam em direções opostas no centro e se torcem na parte inferior como arabescos.

Meus pais me diziam desde pequena que aquelas formas são o que o povo akan de Gana chama de Sankofa. Significa voltar e buscar, ou que o caminho adiante é moldado retornando ao passado.

Sankofa também é o sobrenome que meu pai escolheu para nossa família, porque Jones é o nome de um escravocrata, ele disse. Mas mama não dava muito ouvidos a isso. Ela não queria apagar a história que está em nosso sangue, pele e ossos de nossos nomes. Se os pais do meu pai, avós e bisavós tiveram que carregar o peso de todos os Jones que já viveram, incluindo os escravocratas, então eu também tinha que carregar um pouco desse fardo.

Por isso, sou Nigeria Jones em minha certidão de nascimento, em vez de Nigeria Sankofa. Se fosse diferente, meu nome poderia significar que eu estava tentando voltar para a Nigéria por algum motivo ou de alguma forma. Não somos da Nigéria ou de Gana. Eu nunca estive em nenhum país da África. Mas, pela maneira como meus pais e o Movimento falam sobre a mãe-pátria, você pensaria o contrário.

Uma grande faixa com a frase "Somos Africanos Não Porque Nascemos na África, Mas Porque a África Nasceu em Nós" está pendurada acima da mesa do bolo. Em questão de minutos, o centro comunitário parece uma volta aos escritórios do Partido Panteras Negras. Algumas modificações a mais o transformariam na embaixada de Wakanda; e eu arranjei algumas decorações do Pantera Negra da Marvel para o Freedom.

— Me deixa segurar o bebê pra você pendurar os cartazes, já que você sabe exatamente onde eles devem ficar — diz Jasmine, claramente tentando escapar de suas responsabilidades.

Eu a ignoro, seguro meu irmãozinho e falo:

— Eu dei banho nele e escolhi a roupinha mais linda, com a camisa e a calça combinando. Não tá fofo? — Trago o rosto dele perto do meu e mordisco seu narizinho.

Jasmine balança a cabeça e revira os olhos. Eu poderia dizer a ela que esse trabalho faz parte do serviço comunitário por ela morar de graça na Casa Vila, mas agora, neste momento, não sinto a mínima vontade de ser a presidente do Grupo Jovem. Só quero segurar meu irmãozinho e garantir a ele que sua mãe — nossa mãe — estará aqui para o primeiro aniversário dele.

Olho ao redor para os integrantes. Alguns conheço desde sempre. A maioria acredita que estar aqui vai mudar a própria vida e o mundo. Mas alguns saem e nunca mais voltam.

Makai entra pela porta dupla aberta com um carrinho de mão cheio de caixas empilhadas. Eu rapidamente corro até ele e digo:

— São livros? Isso aqui é uma celebração, não um seminário.

— Precisamos vender essas paradas para comprar nosso próprio prédio — diz Makai. Acabo me distraindo com o anel de suor ao redor da gola de sua camiseta e com os óculos de armação de metal, escorregando pelo nariz. — O capitalismo não dorme, irmã Nigeria. Principalmente quando estamos tentando desmantelá-lo.

Ele começa a desembalar os livros do meu pai para empilhá--los em uma mesa perto da entrada. Os mais novos, *Famílias negras importam: volume III* e *Derrube a mesa: o guia da maioria global para desmantelar o capitalismo*, estão bem à vista, e Makai os empilha formando uma pirâmide. Cartões-postais com a data de publicação do próximo livro, *A Constituição do Homem Negro*, estão espalhados como cartas de baralho. Em cima de outra mesa há folhetos e panfletos sobre a missão do Movimento e seus programas. Uma das tias coloca na mesa dois grandes potes de vidro para doações. Um pedaço de papel com as palavras "Viagem do Grupo Jovem para Gana" está colado em um deles, e o no outro lê-se: "Fundos para a Educação de Freedom". Eu estava ocupada demais, me preocupando com mama e Freedom, para perceber o que meu pai tinha planejado.

— Ele tá falando sério? — digo em voz alta, e me seguro.

Não posso deixar ninguém me ouvir criticar meu pai. Nem mesmo Makai, que mora com a gente há cinco anos.

— Vamos, Geri — diz Makai, ofegante. — Me ajuda a montar isso.

— Não posso. Tô segurando o bebê — respondo, virando as costas para ele. Estou mantendo toda a minha atenção em Freedom, para o caso da minha mãe aparecer.

Meu pai está na frente do salão, chamando alguns dos meninos para montar o projetor e o púlpito. É neste momento que tenho certeza de que esta festa de aniversário/celebração de gratidão também será mais uma de suas palestras.

Freedom deve sentir o calor subindo pelo meu corpo, porque começa a chorar. Mais integrantes estão entrando no centro comunitário agora, e não são apenas integrantes; são como família. Toda mulher que entra por aquelas portas é uma tia, todo homem é um tio, e toda criança da minha idade ou mais nova é um irmão ou uma irmã. Os mais velhos, que poderiam ser avós, são chamados de mama Fulana ou baba Fulano. A essas pessoas são reservados os melhores lugares na sala e os primeiros pratos de comida. Tudo isso é para lembrar que somos uma família, que talvez fôssemos parentes na África, que fomos separados durante a Travessia e que talvez, ao nos juntarmos ao Movimento, estejamos encontrando nosso caminho de volta. Algumas delas correm para me abraçar e me beijar, perguntam como estou, pedem para segurar Freedom e me enchem de tanto amor que mal consigo respirar.

Meu pai diz que, enquanto houver mulheres por perto, eu e Freedom nunca ficaremos sem uma mãe. A questão é que sou a única irmã de Freedom e, depois da partida de nossa mãe, talvez eu seja como sua mãe também. Mas sei que ela nos ama demais para simplesmente nos deixar para sempre. Ela vai voltar. Só precisava de um descanso, é só isso.

Eu me sento numa cadeira em um canto próximo e coloco Freedom no colo. Ele cansou de lutar para chegar ao chão, então está um pouco sonolento, graças a Deus. Pego meu celular do bolso de trás para mandar uma mensagem ao meu primo, Kamau. Não é mais um integrante de verdade, mas é da família, e deveria estar aqui. Se não por mim, por Freedom. Você vem? Eu digito. Juro que é só uma festa. Minto.

De repente, sinto alguém se aproximar subitamente de nós. Um par velho de All-Star está na minha frente, e eu olho para cima para ver o blackzão do meu primo, que o faz parecer um microfone — bem adequado, porque ele está sempre compartilhando opiniões com o mundo (embora seu nome signifique "guerreiro silencioso"), como fomos criados para fazer. Ele está olhando para o telefone e balançando a cabeça.

— Só uma festa, hein? — questiona ele. — Juro que, no momento em que ouvir uma palavra do seu pai, vou embora.

— Não, não, não — digo quando Freedom estica os braços para o primo mais velho. — Por favor, fica. Preciso de você, caso algo de errado aconteça.

Ele solta um suspiro profundo, fingindo estar chateado comigo, mas eu sei como ele é. Ele realmente quer estar aqui, mas vai fazer de tudo para evitar meu pai.

— Do jeito que você está segurando esse bebê parece que quer carregar ele no colo pra vida toda — diz Kamau. — O nome dele não é *Freedom*?*

— Fica quieto e vai fazer alguma coisa útil — retruco, dando um sorriso bem largo porque meu primo é como um raio de sol.

Ele é meu salva-vidas e meu porto seguro. Kamau é a pessoa mais autêntica que tenho na vida. Passamos pelas mesmas coisas, sendo filhos do Movimento e tudo mais: veganos desde que nascemos, educados em casa (até o nono ano para ele) e ensinados a ver o mundo em preto e branco. Literalmente. Nem sempre concordamos, mas ele fala o que pensa e é sempre sincero. E, às vezes, a verdade dói. Ele sabe tudo sobre mim, as coisas boas e ruins. E, agora que está frequentando uma escola de verdade, agora que minha mãe foi embora e não sabemos quando vai voltar, agora que meu irmãozinho está completando

---

* Freedom significa liberdade em inglês. (N.T.)

1 ano e vai começar a andar, falar e crescer por conta própria, agora que as coisas estão confusas no Movimento e supostamente é assim que deveria ser a libertação, eu preciso de alguém que seja como praias arenosas e árvores e montanhas e terras distantes. Porque aqui, no Movimento do meu pai, onde sou a filha da própria revolução, estou me afogando em um oceano de tudo o que amo e tudo o que também me ama, e nada disso faz sentido mais.

Seção 2

CONFORME OS INTEGRANTES enchem o salão pelas portas da frente, não preciso ficar de olho para saber se mama entrou no recinto. Ela é uma presença completa. Vai mudar a energia na sala assim que entrar, vestindo um de seus caftans tie-dye e um turbante combinando, muitos colares de contas e pulseiras de prata que fazem música enquanto ela se move, seus dreadlocks até a cintura balançando de um lado para o outro. E, assim que ela perceber o que está realmente acontecendo, com certeza vai rearranjar tudo para que Freedom seja o centro das atenções, e não meu pai.

Kamau está mordendo o lábio inferior e olhando para todos os lados, como se essa coisa toda fosse nova para ele.

— Olha pra todas essas pessoas. Eu disse pra minha mãe que só ia vir porque seria uma coisa de família — conta ele.

— Isso *é* uma coisa de família — digo, me levantando da cadeira com Freedom nos braços.

Eu sei o que ele quer dizer. Nossas celebrações costumavam ser apenas com a família de sangue. Quero distraí-lo do fato de que meu pai vai palestrar, então respiro fundo e pergunto, quase sussurrando:

— Você acha que minha mãe vai aparecer hoje?

É um pensamento que ainda não está completamente formado, como uma semente dura e pequena que não brotou. Eu a plantei em minha alma no momento em que minha mãe nos deixou. *Ela vai voltar*? Eu ainda não estava pronta para pronunciar essas palavras, esse sentimento, essa dúvida na existência.

Kamau olha para mim como se eu fosse a coisa mais triste que ele já viu na vida. Então tira Freedom do meu colo e dá um beijo na bochecha dele enquanto o embala nos braços.

— Eu não sei, Gigi — diz ele em um sussurro. — Mas talvez ela sempre tenha estado aqui. Você só não viu ainda.

— Ela não está aqui — pronuncio as palavras muito bem, alisando o amarrotado do meu vestido de verão tie-dye.

— Mas não fica bolada com isso — diz ele, olhando ao redor como se quisesse mudar de assunto. — E você sabia muito bem que isso não seria apenas uma *celebração*.

Com a mão livre, Kamau tira o celular do bolso e entra em uma das páginas do meu pai, onde há uma postagem sobre o evento de hoje.

— Eu não sou de ficar nas redes sociais assim, Kamau.

— Ah sim, você é uma ludita de mão cheia. Se entrasse por, tipo, um minuto, ia ver que ele tá discutindo com metade do país.

— Eu não quero saber disso — respondo, pegando o celular dele para dar uma olhada mais de perto na página do meu pai. — E eu não sou uma ludita. Só não gosto de ver todas as merdas que dizem sobre nós.

Meu pai, sendo um ativista radical e tal, quando não está na rua libertando nosso povo, está na internet lutando pela causa. E, como de praxe, brigando com todo mundo e com a mãe de todo mundo, Negro ou branco. Eu tento evitar tudo isso.

Mas, ainda assim, não há nada na postagem do meu pai sobre o aniversário de 1 ano do filho. O tópico de sua palestra: "Para o ~~escravizado americano~~ povo Negro nos Estados Unidos, o que é o seu Quatro de Julho?". É uma versão remixada de um discurso de Frederick Douglass do meio do século XIX que fui forçada a memorizar quando tinha 12 anos. Eu recitei esse discurso no podcast do meu pai no Dia da Independência porque ele estava cansado de ver nosso povo ficar animado com fogos de artifício quando assassinatos sancionados pelo Estado, desemprego, crime, violência e injustiça no geral estavam acontecendo conosco em todo o país. Desde então, ele tem falado sobre fazer uma palestra ao vivo neste dia. Então, aqui estamos. Mas a pegadinha é que também é o aniversário de seu filho. Meu pai vai ofuscar o grande dia do meu irmãozinho com um discurso sobre escravidão e fogos de artifício. Quando minha mãe voltar, ficará furiosa.

— Você tá pronta pra começar esta *festa*? — pergunta Kamau com um sorriso irônico. Sarcasmo é a segunda língua dele.

— Não, e esta festa não tem nada a ver com a que você foi na semana passada — respondo, me referindo às fotos que ele me mandou. — E você faz parte do grupinho da Sage agora? Por que não me leva junto?

— Porque você continua presa aqui em Wakanda — diz ele. — E eu não faço parte de nada da Sage. Só deixei ela sentar com a gente porque é *sua* amiga. Além disso, você vai se sentir deslocada dando rolê com a galera da minha escola. Eles vivem no mundo real.

— Isso foi pesado, Kamau.

Ele sempre tenta fazer eu me sentir mal por ainda ser educada em casa. Não precisa se esforçar muito. Eu vivo por tabela através do meu primo, enquanto ele frequenta uma escola particular chique e vai a festas em iates no rio Delaware.

— E Sage não é mais minha amiga — completo. — Você sabe. É por isso que preciso de você aqui com a gente, primo. Você é família. Você ainda faz parte do Movimento.

— Não, não faço. Eu só visito em feriado e fim de semana. — Nossos olhos se encontram, e ele vê que estou magoada, como sempre vê. — Gigi, desculpa. Eu não sei o que te dizer, prima. Porque, se eu fosse filho do seu pai, eu estaria na rua todos os dias e noites, só porque sim. E não seria para recrutar novos integrantes.

Eu rio. Odeio como ele pode cutucar minha ferida em um segundo e me fazer cócegas no seguinte.

— E ficaria na rua fazendo o quê?

— Liderando minha própria revolução, caramba! Você pode se libertar quando fizer 18 anos, Gigi. Ouvi falar de um negócio chamado emancipação, quando menores de idade podem se divorciar de seus pais. Nesse caso, do seu pai.

Eu aperto Freedom um pouco mais forte porque, mesmo que Kamau saiba como é a minha vida no Movimento, ele faz parecer muito pior do que realmente é.

— Eu não tô tentando *me divorciar* do meu pai — digo isso enquanto Freedom esfrega os olhos. Ainda assim, adoro as histórias de Kamau sobre a escola, todo o drama e as diferentes personalidades. — Só quero saber como é ser você. Principalmente agora que tá fora.

— Você não quer ser eu, Gigi. Você só quer estudar em uma escola normal que nem todo mundo. — Ele me olha atravessado, mas está sorrindo.

— Eu te amo e te odeio — falo, rindo e dando um empurrãozinho em seu ombro. — E a Amigos da Filadélfia está longe de ser uma escola normal... falando de socialismo, fazendo festas em iates e cobrando quarenta mil dólares de matrícula.

— Parece que alguém andou pesquisando — comenta ele.

Kamau me lê feito a palma de sua mão, como sempre. E sabe que eu gostaria de poder trocar de lugar com ele — ter um pé no mundo real e um pé neste.

Meu irmãozinho está quase dormindo, então eu pego o tecido que amarrei em volta da cintura, o trago para cima nas minhas costas e peço a Kamau para colocá-lo atrás de mim. Eu seguro meu irmãozinho nas costas, amarrando o tecido no peito e na cintura. Tenho certeza de que pareço com minha mãe quando ela me carregava assim. A maioria das tias carrega os bebês desse jeito porque é assim que se faz na terra natal.

— Você tá pronto? — pergunto a Kamau porque ele costumava ser meu braço direito quando se tratava de organizar eventos para o Movimento e manter o Grupo Jovem sob controle.

— Não muito — diz ele, e entendo o que quer dizer.

O centro comunitário está quase lotado, e fico feliz que os integrantes prefiram estar aqui em vez de em algum churrasco assando carne ou se preparando para ver os fogos de artifício no festival Philadelphia Welcome America, no Ben Franklin Parkway. Acho que é isso que os torna integrantes. Eles se recusam a comemorar a independência dos Estados Unidos enquanto o povo Negro não for livre. Eles não querem fazer parte deste experimento colonialista chamado Estados Unidos, como meu pai diz.

Eu respiro profundamente, como a minha mãe ensinou. A respiração de Freedom acompanha a minha; sua pequena barriga se expande e relaxa contra as minhas costas. Eu limpo minha garganta, respiro mais uma vez e começo a dar as primeiras ordens para Kamau.

— Se certifique de que ao entrar todos deixem o e-mail e o número de telefone, mesmo que já sejam integrantes. Os presentes para o bebê podem ficar embaixo da mesa do bolo. Lembre-se, sem brinquedos de plástico, sem eletrônicos, só livros e presentes de negócios e empreendimentos Negros feitos à mão. Quando as crianças pequenas entrarem, peça às meninas do Grupo Jovem para levá-las para o porão com alguns lanches. Elas podem subir antes de cortarmos o bolo. Vou estar aqui se você precisar de mim.

— Só porque eu te amo — resmunga Kamau. Então ele se inclina mais perto e sussurra: — E se seu pai disser uma palavra desrespeitosa para mim…

— Ele não vai — retruco. — Eu prometo.

Quero acrescentar que meu pai não falou sério quando disse todas aquelas coisas, mas Kamau não vai acreditar em mim. Eu mesma não tenho certeza se acredito nisso.

Então ele sai para delegar tarefas a outra pessoa. Sinto falta de tê-lo por perto porque ele adorava ser chefe. Era bom no cargo de presidente do Grupo Jovem. Mas Kamau ainda é família, então outros integrantes vão ouvi-lo, mesmo depois de meu pai o destituir do cargo de liderança quando ele começou a frequentar aquela escola.

Algumas das meninas do Grupo Jovem estão sentadas, hipnotizadas pela tela do celular e sendo improdutivas. Tentam parecer ocupadas quando me veem. Com Freedom dormindo nas minhas costas e alguns minutos antes de tudo começar, eu chamo a atenção dos integrantes do Grupo Jovem com uma única palavra:

— Harambe! — Eu levanto a mão no ar e abaixo com um punho fechado. — Harambe!

A maioria deles entra na fila e repete "Harambe!", mal conseguindo acertar o gesto "de unir" com a mão.

— Pensei que isso fosse uma festa — diz Jasmine, a recém--nomeada secretária do Grupo Jovem. — A gente tem que se organizar no aniversário do bebê também?

Ela é nova, assim como algumas outras integrantes do Grupo — Danika e Nailah mais especificamente, que deixam na cara o quanto estão confusas e decepcionadas.

— E ainda por cima é o Dia da Independência! — acrescenta Danika. Ela vem porque a mãe dela a obriga. Parece deslocada com sua *lace ombré* loira e cílios que quase tocam as sobrancelhas. — Podemos pegar alguns hambúrgueres veganos ou algo assim?

— Cês não têm nem hambúrguer de salmão? — pergunta Nailah enquanto desliza os dedos por baixo da frente do hijab para enxugar o suor da testa.

Ela está acostumada com algumas de nossas regras, sendo parte da Nação do Islã e tudo mais. Mas não consegue se adaptar ao estilo de vida vegano e aos jejuns mensais obrigatórios.

Meu pai vira em nossa direção, e nosso olhar se encontra. *Por favor, não venha até aqui*. Então eu entro na fila também.

— Tudo bem, pessoal — digo, fazendo gestos para que os integrantes do Grupo Jovem formem um pequeno círculo na frente do centro comunitário. — Pra não esquecermos mais: "Harambe" significa "juntar" em suaíli. "Kombit" é a mesma coisa em crioulo haitiano. "Mbongi" e "Simba Simbi" em quicongo. — Eu começo a dizer uma das minhas frases favoritas em voz alta na língua bantu apenas para motivá-los. — *Ubuntu ngu buntu*...

Então todos eles murmuram:

— *Nga bantu*!

— Isso mesmo, irmãos e irmãs! — digo com o máximo de entusiasmo que consigo reunir. — E o que isso significa?

— Uma pessoa é uma pessoa... — começa Jasmine.

— Porque somos todos pessoas! — acrescenta outra garota.

— Não existe "eu" em "nós"...? — sugere Danika.

Eles dão respostas diferentes, e não consigo disfarçar o riso.

— Vocês precisam se entender. Significa "eu sou porque nós somos" — corrijo e deixo passar. É cedo e está quente e todo mundo está faminto. Mas há trabalho a ser feito porque meu pai diz que liderança requer coragem. — Vocês só precisam cumprimentar os integrantes conforme eles entram. E alguns de vocês vão ter que cantar comigo na frente.

— Pra cantar "Parabéns"? Por que tem que ser um show? — pergunta Danika.

Ela deveria ter recebido um curso completo sobre como fazemos as coisas por aqui.

— Não. Pra cantar o hino nacional Negro — explico.

— "Lift Every Voice" — sussurra Nailah para ela antes mesmo que Danika pergunte o que aquilo significa.

Danika levanta rapidamente a mão, e Nailah também. Jasmine me lança um olhar como se dissesse: *Boa sorte*. Dani não sabe cantar, e Nailah não sabe todos os versos de "Lift Every Voice and Sing", então um dos mais velhos vai me culpar outra vez.

Do outro lado do salão, Makai começa a desenrolar a enorme bandeira da Libertação Negra para pendurá-la na frente, perto do púlpito do meu pai — o vermelho significa o sangue do nosso povo, o preto é a pele do nosso povo e o verde é a terra do nosso povo. É para que todos que entram por aquelas portas saibam do que se trata. Nenhuma pessoa branca é permitida em nenhum dos eventos do Movimento. Meu pai diz que precisamos de nossos próprios espaços sem eles bisbilhotando e tentando nos entender.

Em pouquíssimo tempo, os assentos estão todos ocupados. Panfletos foram distribuídos, alguns dos tios e meninos instalaram seus tambores djembê, e uma fila se forma ao lado da mesa de comida onde estou. Este é o lugar da mamãe. Eu fiz algumas bandejas de vegetais com molho para chuchar do jeitinho que ela faria. Mama acredita que pode aumentar o impacto nos integrantes alimentando-os com frutas e vegetais frescos. Sua voz ecoa na minha mente: *Comam para viver, irmãos e irmãs! Comam para viver!* Eu sussurro as palavras para mim mesma, como se ela estivesse falando através de mim.

Talvez já esteja aqui, querendo acordar Freedom enquanto ele dorme apoiado nas minhas costas. Talvez ela apareça bem quando estivermos prontos para cortar o bolo. Mas, mesmo que o centro comunitário esteja agitado com os integrantes, a ausência da minha mãe é um buraco profundo e oco no meio de nós.

Uma das tias está se aproximando. Ela usa um caftan azul--celeste, e seus colares coloridos de contas nos indicam que é uma sacerdotisa que serve aos orixás. Os braços robustos se estendem o suficiente para abraçar tanto a mim quanto a Freedom. Então, eu me inclino para o abraço, e tudo nela me lembra a minha infância: sanduíches de tofu e smoothies verdes para o almoço, manteiga de karité crua em nossa pele e presentes caseiros embrulhados em papel pardo para o Kwanzaa, porque a conheço desde que nasci.

— Paz, tia Fola — digo, e ela me aperta com força.

— Se ele não estivesse dormindo, eu pegaria essa cocadinha preta de você — comenta ela, e sua voz é como o oceano, vasta e abrangente e cheia de sabedoria. Se o Movimento tem uma fofoqueira do vilarejo, com certeza é ela. E eu sei que está espalhando todo tipo de boatos sobre minha mãe ter ido embora.

Tia Gloria, tia Ama e tia Yvette vêm todas juntas me beijar em cada bochecha e me dizem que estou mimando demais meu irmãozinho. Essas mulheres são como as verdadeiras irmãs da minha mãe. Todas estão seguindo em frente com a vida e caminham ao redor desse buraco que ela deixou. Sabem que o vazio está lá, veem e sentem, mas nenhuma delas está estendendo a mão para trazê-la de volta para nós. É como se gostassem disso; elas gostam do vazio porque minha mãe ocupava muito espaço. Ela era maior do que a vida, maior do que o Movimento. Ao mesmo tempo, ela era demais e insuficiente para este mundo. Mas, mesmo assim, estou deixando um pequeno espaço para ela voltar, porque não quero nunca ocupar o lugar dela.

Seção 3

TOMO O MEU posto atrás da mesa repleta de comida. Tem bandejas de legumes, jarras de água, copos biodegradáveis e tigelas de madeira bem grandes cheias de maçãs, laranjas, batata orgânica frita e biscoitos de semente de cânhamo sem glúten que fiz com uma das muitas receitas de minha mãe.

Alguns dos tios e meninos do Grupo Jovem ocupam lugares na frente da sala e colocam os tambores djembê entre as pernas. O som de batidas agudas e graves, seguidas por uma série de ritmos sincopados, chega até meus ossos e faz os pelinhos de todo o meu corpo ficarem em alerta. Eu ouço tambores africanos desde que estava na barriga de minha mãe. Ela diz que os ritmos das batidas africanas podem despertar almas e desenterrar verdades. É por isso que o tambor foi tirado das pessoas africanas escravizadas. Aqui no Movimento, o tambor é como um megafone, anunciando aos quatro ventos que o evento está prestes a começar.

Freedom acorda. Eu o solto das minhas costas, me sento, tiro uma das mamadeiras dele da bolsa, o acomodo nos meus braços e o alimento.

De longe, meu pai faz sinal para eu me juntar a ele lá na frente. Tia Yvette, com um vestido amarelo brilhante e dreads grisalhos, se aproxima da mesa e estende a mão para Freedom. Eu não permito que o pegue.

— Ele vai começar a chorar — explico.

— Então deixa ele chorar. Deixa eu segurar esse bolinho de chocolate — insiste, fazendo sons de beijo para o Freedom.

Eu me levanto e encaixo meu irmãozinho no quadril enquanto ele segura a própria mamadeira. Evito contato visual com as outras tias para que não peçam para segurá-lo e me dirijo para a frente da sala, ao lado do meu pai. Todos os olhos estão em mim agora, e aposto que estão se perguntando e cochichando sobre minha mãe. Os boatos que circulam pelo centro comunitário são como o pouco de ar fresco que entra pelo sistema de ventilação.

É apenas quando meu pai estende os braços para meu irmãozinho é que o deixo finalmente ir, e me sinto estranha sem ele, como se alguém tivesse cortado as cordas que me prendiam a este mundo. Sem minha mãe aqui, eu preciso de algo real e vivo ao que me agarrar.

Freedom não está mais nos meus braços, e em seu lugar aparece um microfone na minha mão. É hora de começar o evento de hoje. Os tambores cessaram para dar lugar à minha voz. Eu sei exatamente o que dizer. Tenho recitado essas palavras desde os 6 anos para o podcast, o canal, as palestras e as sessões de recrutamento do meu pai, e em todo e qualquer lugar onde lhe dão um microfone ou um megafone para falar. A voz dele é como Xangô empunhando seu martelo gigante: dominante e estrondoso. Quando ele me passa o microfone, minha voz geralmente é como Oxum: suave e ondulante.

Mas agora as palavras jorram de mim como um cachoeira furiosa.

— Todo poder ao povo! — digo com o punho direito no ar. — Honramos o lendário Partido Panteras Negras pela Autodefesa, invocamos no século XXI a visão da libertação Negra. Agora repitam comigo: “Todo poder ao povo!”.

As vozes coletivas se tornam uma só.

— E honramos o grande Marcus Garvey e os garveyistas — continuo —, e a visão deles de autonomia Negra e libertação africana global há mais de cem anos. Agora repitam comigo, família: "África para os africanos!".

Todos gritam as palavras em uníssono.

Faço uma pausa para respirar entre cada invocação. Olho para o grupo de pessoas, desejando encontrar o rosto sorridente da minha mãe na multidão.

— No seu tempo, irmã! — grita uma tia. — No seu tempo.

— Reconhecemos — recomeço, minha voz trêmula, meus olhos na porta. Kamau está do outro lado da sala e acena lentamente, como se dissesse: *Você consegue* — que as terras onde nos reunimos são as terras ancestrais do povo Lenni Lenape,* cuja presença e resistência na Pensilvânia continuam até hoje. Aproveitamos esta oportunidade para honrar os cuidadores originais desta terra e reconhecer as histórias de roubo de terras, violência, apagamento e opressão que trouxeram nosso movimento e nós a este solo.

Dito isso, tudo se torna um caos organizado novamente. Um dos mais velhos se aproxima para fazer a libação aos ancestrais, enquanto as tias na sala começam as palmas ritmadas em "Lift Every Voice". Danika e Nailah se juntam a mim. Algumas crianças pequenas se apressam para nos ajudar a cantar, mesmo que ainda não conheçam todos os versos. Os integrantes se levantam. Este é o nosso hino nacional. Do lado de fora, as pessoas devem pensar que somos uma igreja, que realmente nos esforçamos para ter um culto no Dia da Independência.

* Os lenapes, ou Lenni Lenape, são a junção de diversos povos indígenas norte-americanos com características culturais e linguísticas em comum. (N.E.)

Mas a verdade é que, enquanto não formos todos livres, não descansaremos. Meu pai não descansa. Eu não descanso.

Mas minha mãe... Talvez ela quisesse descansar.

A canção para, e meu pai pega o microfone de novo. Ele havia deixado Freedom com a tia Fola, que então o passou para outras tias e tios e para quase metade das pessoas na sala.

Após um minuto de silêncio em homenagem aos integrantes que faleceram, depois de algumas das crianças mais jovens lerem citações do discurso de Douglass,* depois de meu pai falar repetidamente sobre nosso dever para com nossos ancestrais que ainda eram escravizados neste dia em 1776 e que continuam mentalmente escravizados quase duzentos e cinquenta anos depois, após a apresentação de slides sobre a viagem do próximo ano para Gana, depois da sessão de informações para a Escola da Liberdade** que começará em setembro, e depois de meu pai dizer algumas longas palavras sobre seu primogênito levando o Movimento adiante, minha mãe ainda não chegou. Algumas pessoas também olham para a porta. Alguns mais velhos e tios balançam a cabeça, com pena de Freedom e de mim.

Mais integrantes estão olhando para trás agora, como se houvesse uma comoção na frente do centro comunitário. *Mama!* Eu olho para o meu pai, e, pela primeira vez em muito tempo, vejo algo novo e diferente em seus olhos — esperança, felicidade ou empolgação, talvez. Alguns dos tios se levantam para ir até a porta, e eu procuro Freedom na sala para ter certeza de que estarei segurando-o quando minha mãe entrar. Uma das tias

* Refere-se ao discurso "The Meaning of July Fourth for the Negro", proferido por Frederick Douglass em 1852. Conhecido como um dos principais textos abolicionistas dos Estados Unidos. (N.E.)

** Freedom Schools são escolas criadas em 1960 com o objetivo de educar pessoas afro-americanas de forma a possibilitar que se tornem mais conscientes politicamente. (N.E.)

permitiu que ele engatinhasse no chão, o que me irrita, porque as roupas dele ficaram sujas antes de ela ver Freedom. Por isso eu as deixo cuidarem dele e me apresso até a porta para cumprimentar minha mãe. Os mais velhos a olharão de lado, murmurarão baixinho ou dirão diretamente que ela errou ao abandonar a comunidade, o marido e os filhos (nessa exata ordem). Mas eu vou lhe dar um abraço apertado e pedir desculpas, e prometerei ajudar mais em casa, cuidar de Freedom sempre que ela precisar, estudar mais, ser a melhor...

Uma mulher quer entrar, mas a estão impedindo. Eu paraliso. Dois tios ficam de guarda, com os braços cruzados, e tenho certeza de que não a deixarão entrar. Ela é branca. Mesmo que seja amiga de minha mãe, meu pai não permitirá. Não importa que ela tenha ajudado a trazer a mim e meu irmãozinho ao mundo.

— KD! — grito.

— Geri — responde KD, ficando na ponta dos pés para tentar me ver por cima dos ombros largos dos tios. — Eu não entendo qual é o problema. Eu só quero desejar feliz aniversário pro bebê e entregar esse presente.

Eu empurro os tios para o lado para chegar até KD, que, com seu longo cabelo castanho, testa suada e camiseta quase molhada, parece ter vindo direto de um parto.

— Você tá bem, Gigi? — pergunta tio Rasheed, sem tirar os olhos de KD.

— Tudo bem — digo, irritada com ele e com o fato de ser KD que está aqui, não minha mãe. — Vocês podem voltar pra dentro.

Os tios permanecem parados, e eu olho para dentro da minivan verde de KD estacionada na calçada. Eu vejo a filha dela, Sage, no banco da frente. Seu black cacheado castanho-claro está preso bem no topo da cabeça, e ela desvia o olhar com seus olhos cor de avelã. Então encaro o chão. Eu ainda não estava preparada para vê-la, mas fico feliz que ela ainda esteja na minivan. Mama, porém, não está lá dentro. Eu olho para um lado e para o outro da rua. Atrás de KD e de novo para a minivan enquanto evito olhar para Sage. Então volto ao outro lado da rua. E, por algum motivo, olho para o céu.

— É tão bom ver você! — começa KD. — E cadê o bebê? Um ano atrás, hoje, a cabecinha dele estava...

— Onde ela tá? — interrompo-a.

— Ah, meu bem... — É tudo o que KD diz enquanto examina meu rosto da mesma forma que segura um bebê recém-nascido nos braços, procurando sinais de vida e saúde.

Sua voz é feito água da torneira — constante e suave. O sotaque só aparece quando ela está irritada ou nervosa. KD não é da Filadélfia, de Nova Jersey ou do Brooklyn, como a maioria das pessoas que conheço. Ela diz ser de Charleston, Virgínia Ocidental, com raízes em Lexington, Kentucky, e sempre fala sobre as origens na cidade de Appalachia. Ela me entrega um pequeno saco de presente e diz:

— Isso é pra você. Por favor, não deixe mais ninguém ver.

Eu começo a abrir esbaforidamente, como se fosse encontrar minha mãe lá dentro. Mas é apenas um envelope.

— Você a viu? — pergunto à KD sem rodeios.

— Geri... Não. Eu queria que você tivesse isso em mãos no primeiro aniversário do Freedom — explica ela. — Depois de abrir o envelope, quero que venha me ver, de alguma forma. Tenho outro pacote pra você. Ou podemos nos encontrar em algum lugar.

— Quando você a viu? — pergunto.

Ela não responde. KD está sem palavras, e eu também. Então eu me viro, volto para o centro comunitário, onde Kamau está tentando fazer Freedom andar sozinho.

— Aquela era a Sage? — pergunta Kamau. — Você chamou ela?

— Ela não foi convidada — respondo, e corro para o banheiro. Seguro o envelope com as duas mãos e o viro várias vezes. É uma carta ou um bilhete com palavras vazias, talvez. Tudo o que tinha ganhado vida dentro de mim quando pensei que ela voltaria para nós hoje murchou, secou e esfriou, um sentimento que pensei ter guardado nos últimos meses apenas para dar espaço para um pouco de esperança.

Eu não abro o envelope, e o escondo dentro da bolsa de Freedom. De volta ao centro comunitário, meus olhos encontram os do meu pai, e eles estão vazios agora, como têm estado faz um tempo. Talvez ele também estivesse esperando que fosse ela. Mas segue o baile.

Mesmo depois de cantarmos a música de feliz aniversário para o bebê Freedom (a versão de Stevie Wonder, é claro); depois que as tias serviram comida (grandes bandejas de alumínio de salada, tofu defumado, couve e arroz com ervilhas); e a música começar (R&B das antigas, hip-hop consciente e reggae); depois que os percussionistas abriram espaço para as pessoas dançarem; depois que todas as crianças do Grupo Jovem dobraram as cadeiras, retiraram o tecido e os pôsteres e enrolaram a bandeira da Libertação Negra; depois que meu pai desligou o ar-condicionado e apagou as luzes; e no exato momento em que os fogos de artifício no bairro começaram a iluminar o céu e então tudo pareceu uma guerra lá fora, mama ainda não tinha voltado.

ARTIGO II
AGOSTO NEGRO

"Somos negros, é verdade, mas diga-nos, cavalheiros, os senhores que são tão criteriosos: qual é a lei segundo a qual ~~o homem negro~~ [a menina negra] deve pertencer e ser propriedade do homem branco [e negro]?

— *Toussaint Louverture, líder da Revolução Haitiana, 1792*

(Consertei pra você, rei)

Seção 1

MAMA É HAITIANA, por isso fez questão de que eu soubesse sobre a Revolução Haitiana do mesmo jeito que crianças brancas sabem sobre a Revolução Americana e a Guerra Civil. Eu sei nomear todos os envolvidos, desde Dutty Boukman e Jean-Jacques Dessalines até Toussaint Louverture. E não vamos esquecer a rainha Cécile Fatiman, uma sacerdotisa Vodu que naquela noite quente de agosto de 1791 convocou os espíritos do continente africano para ajudar meus ancestrais a decapitar seus opressores franceses e incendiar plantações de cana-de-açúcar.

Mas, mesmo que não haja uma guerra de verdade lá fora (pelo menos não como as revoluções que originaram países inteiros), fui criada para saber como lutar e defender meu modo de vida. Não com punhos, palavras inteligentes ou algo assim, mas com a arma que tem matado e traumatizado nosso povo desde a fundação desta nação.

A primeira vez que segurei um rifle nas mãos, eu tinha 13 anos e meus pais estavam ao meu lado. Eu já havia aprendido a história das armas de fogo e da pólvora desde a China do século IX. Meus pais insistiram que eu conhecesse as origens da violência e da guerra. Mas, mesmo antes disso, eles já falavam sobre armas desde que me conheço por gente. Não sobre eu aprender a atirar, mas sobre o baba manter uma em casa. Meu pai dizia aos quatro ventos que ele estava legalmente armado.

Não se tratava de pertencer a gangues, vender drogas ou qualquer um desses estereótipos. Ao contrário, era por causa destas palavras que eu tive que decorar desde os meus 5 anos: "Uma vez que uma milícia bem regulada é necessária para a segurança de um Estado livre, o direito do povo de manter e portar armas não será infringido".

Meu pai enfiou na minha cabeça que era meu direito, garantido pela Segunda Emenda.

Ele comprou uma Remington 870 e a manteve trancada a sete chaves. E, como eu era sua única filha na época, ele insistiu que eu aprendesse a usá-la e a usasse bem. Quando Freedom for grande o bastante, também aprenderá.

Então agora, uma vez a cada alguns meses, especialmente em agosto, meu pai me leva ao campo de tiro. É um tópico controverso no Movimento. Tivemos debates, brigas, discussões sobre nosso direito conforme a Segunda Emenda versus a violência armada em nossa comunidade, nosso direito conforme a Segunda Emenda versus assassinatos em massa em espaços públicos, nosso direito conforme a Segunda Emenda versus policiais nos matando nas ruas. Isso nunca acaba. Mas nada disso importa, porque eu ainda sou filha do meu pai e há muitas pessoas querendo a cabeça dele.

É sábado da segunda semana de agosto. Às seis da manhã, o sol é apenas uma promessa sussurrada na beira do céu escuro. É cedinho assim que temos que acordar. Nossa casa está cheia de estranhos que deveriam ser como uma família. Meu pai chama isso de Casa Vila.

Pessoas que não sabem o que somos nos chamam de comuna.

Uma vez perguntei à mama se isso era verdade. Ela disse que o que fazemos é chamado de vida comunitária ou comunidade intencional. Porque o capitalismo e a supremacia branca querem nos manter separados e isolados. Mas, às vezes, o isolamento não parece tão ruim. É difícil ter um momento sozinha nesta casa.

Meu quarto fica no primeiro andar, e eu ando com cuidado pelo assoalho rangente para não acordar os outros integrantes, especialmente Jasmine, que divide o quarto comigo. Ela está encolhida na cama de solteiro contra a parede oposta à minha. Às vezes, tem um colchão de ar no chão para Nailah ou Danika ou qualquer outra menina do Grupo Jovem que precise de um lugar para ficar, ou quando há uma festa do pijama.

Três dos nossos seis quartos ficam no primeiro andar, incluindo o quarto dos meus pais. Há uma nova mulher em um desses quartos. Ela chegou pouco antes de a minha mãe partir, e não sei quase nada sobre ela, a não ser que adora ajudar a cuidar do Freedom. Dois quartos ficam no porão, com alguns equipamentos de exercícios, um sofá grande e uma TV com consoles de jogos. Makai e seu pai, tio Rasheed, se acomodaram lá embaixo, junto com tio Kyle, que está aqui há muito tempo. O escritório do meu pai fica no térreo, e poderia ser outro quarto, mas ele precisa de um lugar para trabalhar. Ninguém nos paga aluguel, mas em troca da estadia arrecadam dinheiro para o Movimento, e ajudam a espalhar nossa mensagem. Se precisarmos de mais espaço para as pessoas se encaixarem nesta casa, temos colchões de ar, sofás-cama, almofadas no chão, cobertores e muito amor. Pelo menos é isso que mama acredita; é o que ela dá. Amor. E abraços. E comida. E cura. Mas a cada dia que mama não volta para casa, um pouco desse amor escorre por buraquinhos que eu nem consigo ver.

Depois que levantei da cama e me vesti, vejo que meu pai está lá embaixo fazendo sua rotina matinal de exercícios e meditação, então pego a bolsa e entro no quarto dos meus pais para espiar Freedom enquanto ele dorme. O berço está encostado ao lado da cama de mama. Me inclino para acariciar seu cabelo macio e encaracolado e dou um beijo em sua bochecha rechonchuda. Eu gostaria de não ter que deixá-lo aqui com os integrantes, mas preciso de uma pausa.

O altar da minha mãe está sob um conjunto de janelas panorâmicas a poucos metros de sua cama. Nele há duas velas de sete dias brancas cujos pavios estão perto da base, cristais de todas as formas e tamanhos, uma violeta-africana à beira da morte, um copo de água quase evaporada, o envelope que KD deixou no aniversário de Freedom e uma foto em preto e branco da minha mãe enrolando nas bordas. Fui eu que a tirei quando ela estava em frente a uma janela, exatamente quando o sol nascia. Naquele momento, o raio de sol a atingiu no ângulo certo, fazendo seus olhos parecerem mais brilhantes, fazendo-a parecer mais feliz. Ela estava grávida de Freedom, e me pediu para não mostrar sua barriga redonda. Foi a última foto que ela me permitiu tirar antes de partir.

Eu me sento na posição de lótus na almofada de veludo lavanda diante do altar, exatamente da mesma maneira que ela fazia, e então respiro profundamente e exalo ao puxar o umbigo em direção ao chakra do plexo solar. As coisas já estão perdendo o cheiro dela. Eu gostaria que meu pai mantivesse as janelas fechadas para que seu aroma persistente não deixasse o quarto. Mas todos nós sufocaríamos com o calor. Lembro dela dizendo algo sobre precisar de ar fresco, enquanto a ouvia rezar e pedir orientação ao universo. Lembro dela conversando com coisas que não podia ver. Então, pego o envelope e faço o mesmo.

— Mama, onde você está? — sussurro. — Por que nos abandonou?

Talvez seja o som das minhas próprias palavras sussurradas que me arrepia a espinha. Talvez seja a verdade contida nessas perguntas. Espero sentir algo mais, só que tudo o que ouço é meu pai se movendo lá embaixo e mais pessoas na casa acordando para fazer suas meditações e seus rituais matinais. Eu viro o envelope na minha mão.

A curiosidade é um ímã gigante me puxando em direção a todas as verdades não descobertas que o universo está tentando esconder. E, talvez, nesta carta, haja um grande mundo de verdades. Então, devagarinho, bem devagarinho, deslizo o dedo sob a aba colada e abro o envelope, que contém uma carta. Eu a desdobro e leio as seguintes palavras digitadas.

À Comissão de Admissões da Escola Amigos da Filadélfia:

Escrevo esta carta na esperança de que considerem minha filha, Nigeria Jones, para admissão em sua escola. Ela recebeu educação doméstica ao longo de toda a vida e, como podem ver, obteve uma pontuação muito alta em seu exame de admissão. Não temos notas ou boletins para determinar sua capacidade de acompanhar o rigor acadêmico, mas espero que uma entrevista, combinada com as notas nos testes, possa transmitir uma ideia de seu intelecto. Sou a mãe dela e tenho lhe ensinado a ler desde que começou a falar. Dirigimos nossa escola, onde contratamos professores e professoras de matemática e ciências. Mas realmente acredito que Nigeria precisa de um desafio maior para que possa atingir seu pleno potencial acadêmico, social e emocional. Eu sei que a essa altura do ano é tarde, mas adoraria acompanhar minha filha para uma entrevista.

Atenciosamente,
Natalie Pierre

Leio a carta da minha mãe várias vezes, segurando a respiração, vasculhando os espaços entre as palavras em busca de mais pistas. Ela queria que eu fosse para a escola? Depois de tudo o que ela e meu pai fizeram para erguer e gerir a própria instituição? A carta é datada de maio do ano passado, dois meses antes de Freedom nascer, o que significa que ela queria que eu começasse a escola naquele setembro. Uma parte de mim sente vontade de rasgar a carta em pedaços. Outra parte se ilumina com uma faísca de esperança, o lampejo de um sonho, talvez. Será que mama chegou a ouvir eu e Kamau conversando sobre a escola que ele frequenta? Será que ela me pegou pesquisando a Amigos da Filadélfia e sentindo um pouco de inveja do meu primo? E, embora eu não tenha conseguido ouvir as palavras exatas, talvez tenha sido sobre isso que meus pais estavam discutindo antes de mama partir.

Meu pai nunca me deixaria ir para as escolas *deles*, especialmente quando está começando a sua. Isso faz parte do sistema do qual ele quer que nos desvinculemos: escolas, corporações, prisões e até mesmo hospitais. Todas essas instituições foram erguidas sob a subjugação do trabalho Negro que oprimia as pessoas Negras. Mas por que KD teria esta carta? Especialmente depois do que aconteceu no ano passado. Meu pai disse que KD estava mexendo com a cabeça da mama e não permitiria que nenhuma mulher branca apropriadora de culturas se intrometesse entre ele e sua rainha. Se ele ler esta carta, especialmente depois do que KD fez a ele, isso partirá seu coração novamente. Eu jamais deveria ter deixado o envelope aqui.

Dobro a carta e a enfio no bolso da minha calça. Então me concentro em cada uma das pedras de cristal do altar: um obelisco de quartzo claro, um citrino, um quartzo rosa em forma de coração e um agrupamento de ametista. KD disse que há mais nesta carta. Mas parte de mim não quer cavar o que parece um túmulo, nem cutucar o que parece uma ferida quase cicatrizada.

A porta do quarto se abre atrás de mim. É meu pai.

— O que você tá fazendo aqui? Deixe esse bebê em paz. Ele vai ficar bem. É hora de ir.

Freedom se vira, mas não acorda, graças a Deus. Quando começo a sair do quarto dos meus pais, noto o lugar onde minha mãe dormia. Lençóis amarrotados e o colchão afundado fazem parecer que alguém estava em seu lugar. Estendo a mão para tocar o local, lembrando da última vez que vi minha mãe aqui. Sinto minha barriga revirar. Mas desfaço o nó dentro de mim com uma explicação simples: Freedom estava chorando ontem à noite, e baba se virou para o lado de mama para acalmá-lo.

Beijo meu irmãozinho mais uma vez, pego minhas coisas e desço.

— Seremos só eu e você dirigindo até lá — diz meu pai, pegando as chaves e verificando a barba no espelho alto no salão.

Nós dois estamos vestindo calças de fadiga militar e camisetas, e ele segura o estojo de transporte de seu rifle como se sua vida dependesse disso. Porque depende.

Uma mulher está saindo da cozinha, vestindo um roupão de seda como se estivesse de férias e isso fosse algum tipo de hotel com café da manhã. O nome dela é Camille, e ela será a responsável por cuidar de Freedom. Isso foi ideia do meu pai.

— Cuidem-se lá fora — diz ela com uma voz suave e baixa.

— Obrigada — respondo, observando-a de cima a baixo e tentando sentir sua vibe.

— Pode deixar — completa meu pai. — Estaremos de volta em algumas horas, Nubia.

Nubia? Eu nem vou perguntar.

— Na próxima vez, quero ir com vocês — comenta Camille ou Nubia, e não tenho certeza se gosto dela.

— É uma viagem de pai e filha — rebato, e saio pela porta atrás do meu pai como um soldado e seu capitão marchando para a guerra.

O campo de tiro fica em Fairmount e moramos em West Philly, então levará cerca de vinte minutos para chegar lá. Em vez de sua playlist usual de jazz de Miles-Coltrane-Monch--Sanders, ou algum novo rapper soltando versos sobre teorias da conspiração do governo, ou até mesmo a rádio NPR, meu pai coloca um antigo discurso de Malcolm X. É para se preparar para os episódios ao vivo do podcast dele nesta semana. "Mensagem à Base" ecoa por todo o carro, e tudo o que quero fazer é me encolher e desaparecer.

Ele tem muito a dizer ao mundo, mas, quando estamos só nós, deixa as palavras de outras pessoas preencherem o vazio. Mama costumava ocupar esse espaço.

Mas eu não consigo mais me conter, então as palavras voam de mim como pássaros libertados de gaiolas.

— Sobre o que você e mama costumavam brigar? — pergunto por cima da voz de Malcolm X pregando algo sobre amigos e inimigos.

Ele suspira e responde:

— Sobre o que todo casal casado briga.

Eu também suspiro, porque ele já disse isso antes.

— Baba, você pode por favor abaixar isso pra gente poder conversar? Honestidade radical, né?

— A honestidade radical é coisa da sua mãe. Não minha. Vá direto ao ponto, Gigi.

Ele diminui um pouco o volume, só um pouco. A voz de Malcolm X é algo que ele quer manter entre nós por alguma razão. Mama teria ficado irritada e desligado o rádio.

Quero que haja silêncio para que a ausência de palavras possa tomar conta de tudo e quase nos sufocar ao ponto de não termos nada além da verdade.

— Você se arrepende de ter tido essas brigas com ela?

Entre Malcolm X definindo revolução, as respirações do meu pai estão altas e quentes.

— Uma das últimas coisas que sua mãe me disse foi que eu não sou dono dela. Que eu não a comprei em uma loja de esposas-troféu e não estou pagando mensalmente por sua vida.

Eu já a ouvi dizer essas coisas. Mama não grita. Suas palavras são suaves e afiadas, como se tivesse uma espada na língua.

— Mas e a gente? — pergunto, quase sussurrando. A voz de Malcolm X é mais alta que a minha. Ele está falando sobre as Revoluções Americana e Francesa. Já ouvi esse discurso antes, e ele nunca menciona a Revolução Haitiana. — E eu e Freedom? — insisto, mais alto.

Meu pai finalmente diminui o volume. Estamos dirigindo pela Chestnut Street agora, e observo as casas passando, terrenos vazios e edifícios baixos como se mama fosse sair de um deles. Ou talvez seu rosto esteja em uma das janelas.

— Você lembra de todas as coisas que ela disse quando estava em trabalho de parto para ter o Freedom? — pergunta ele. — Depois de eu implorar pra ela ficar em casa e ela simplesmente ir embora com KD?

Eu lembro. Nunca esquecerei aquele dia.

— Ela não me queria por perto — continua meu pai. — Não queria nenhum de nós por perto, disse que estávamos sendo ridículos e que eu estava ficando muito radical. Sua mãe, conhecendo nossos costumes, ia deixar que aquela mulher trouxesse o bebê-rei ao mundo? Foi ideia dela dar o nome de Freedom pra ele, sabe.

— Eu sei.

É tudo o que digo, e suas palavras não revelam nenhuma das verdades que estou procurando.

Ele aumenta o volume assim que Malcolm X diz "Uhuru", a palavra queniana para "liberdade", o grito de guerra dos Mau-Mau durante a revolução contra os britânicos. Meu pai quem me ensinou.

Seção 2

A GRANDE PLACA vermelha que diz CAMPO DE TIRO pode ser vista a alguns quarteirões de distância. A entrada principal fica de frente para o estacionamento, então meu pai para em uma vaga o mais distante possível da porta. Oito homens e meninos estão agrupados ao redor de outra caminhonete como a dele, e eu imediatamente os reconheço. São novos integrantes do Movimento. Alguns dos meninos têm mais ou menos a minha idade. O que é bom. Significa que estamos crescendo em números. Procuro por meninas ou por alguém com quem eu possa me dar bem, mas não encontro. O que é péssimo, pois significa que o Movimento pode facilmente se tornar o pequeno exército do meu pai. Isso era outra coisa que mama não gostava: estar sempre cercada pelos seguidores do meu pai, homens que encaram tudo o que ele diz como verdade. Ela parou de frequentar o campo de tiro antes de engravidar de Freedom. Não acreditava mais no que meu pai acreditava sobre nosso direito previsto na Segunda Emenda.

— Já existe muita violência no mundo — dizia. — Eu não quero esse tipo de energia ao nosso redor, Keith.

Eu lembro dessa discussão que aconteceu há alguns anos. Meu pai respondeu com sua voz estrondosa:

— Nós vivemos nos Estados Unidos, Natalie. Estamos imersos nesse tipo de violência. Esse país inteiro vai te matar e ainda vai te culpar por isso. Seus incensos e cristais não vão te salvar nem salvar nossa filha.

Minha mãe ficou furiosa e soltou os cachorros para cima do meu pai. Eu tive que me afastar e me forçar a não ouvir nada. Mama revidou com palavras mortais e perfurantes que eu não conseguia entender. Mais tarde, ela me disse:

— Seus ancestrais vão te proteger, amor. Sempre. Nada vai tentar te matar enquanto sua ancestralidade cuidar de você. Nossos ancestrais te deram asas, querida. *Asas!*

Eu queria ter ouvido o que ela tinha a dizer para o meu pai. Eu queria tê-la salvado.

Esse não era um passeio de pai-filha ao campo de tiro, afinal. Eu não conheço esses homens, mas tenho que chamá-los de tios.

— Nigeria, este é o tio Kojo, tio Devin, tio Nate... — apresenta meu pai, e eu não vou me lembrar desses nomes a menos que continuem aparecendo. Alguns ficam; alguns não.

Os tios apertam minha mão e fazem piadas sobre como sou a cara do meu pai; que sou ele cuspida; que, se eu tivesse barba, seria sua gêmea; que tenho a mesma estrutura corporal dele, isto é, ombros largos e corpo forte; que, basicamente, sou meu pai em um corpo de menina. As palavras acendem uma chama dentro de mim, e me transformo no meu pai com raiva. Mas não digo nada e forço um sorriso amarelo, assim como mama faz. Então, enquanto eles riem e dão tapinhas fortes uns nos outros, marchamos para dentro do prédio como uma infantaria e sou a única soldado mulher.

Um garoto segura a porta para mim.

— Primeiro as damas — diz ele.

Ah, cala a sua boca!, quero responder.

— Obrigada. — É o que realmente digo.

— Nigeria Jones, né?

Eu dou uma olhada nele e o examino rapidamente. Eu o reconheço de uma das reuniões do Movimento, mas, de qualquer forma, muitos caras bonitos passam pelo Grupo Jovem e na maioria das vezes nunca voltam. Os olhos dele são intensos, como se estivesse me estudando. Mas não dei permissão para isso.

— Quem mais seria? Eu sou a única irmã aqui — retruco.

— Às vezes você aparece nos vídeos do seu pai. Eu gostei do que você disse sobre a Escola da Liberdade. Eu vou lá dar uma olhada. Seu pai contou pra minha turma sobre a Escola. Fiquei pra bater um papo com ele. Entrei em contato alguns dias depois, e agora tô aqui.

A testa dele está toda franzida, como se dizer essas palavras fosse um trabalho muito árduo. Então tira o celular do bolso para me mostrar uma foto. É uma selfie dele e do meu pai. Ele exibe um sorriso enorme, como se aquela foto fosse seu minuto de fama, ou algo assim.

— Ah — digo. — Então você é tipo um fã? Não ficou incomodado por ele ter ido na sua escola pra te tirar de lá?

Essa é a reclamação que circula na internet, que meu pai está roubando crianças do sistema de ensino público para participarem de seu pequeno experimento.

— Que nada! Sinto que as escolas não te preparam para as coisas reais que estão por aí. Tipo assim, olha onde a gente tá. Por que isso não pode ser uma aula se é nosso direito garantido pela Segunda Emenda?

Ele é novo nisso, ainda cheirando a leite. Então cada palavra é uma verdade que quebra as algemas ao redor de sua mente, e eu estou testemunhando isso.

— Sim, mas meu pai não faz isso por todo mundo. Você deve ter causado uma bela de uma impressão nele.

O garoto dá de ombros e lambe os lábios como se eu tivesse acabado de elogiá-lo por sua aparência. Eu poderia dizer algo sobre os olhos, maçãs do rosto altas, lábios grossos e ombros largos. Mas não quero parecer sedenta, e nem sei quanto tempo ele ficará por aqui.

— Tenho lido os livros dele. — É tudo o que diz. Em seguida, o garoto fixa os olhos em mim, observando meu cabelo, rosto e corpo.

— Eu não sou um livro — digo, e me afasto. Mas não há como sair quando estou cercada por todos estes tios e irmãos. Meu pai faz um sinal para que eu me junte a ele na frente do nosso grupo, ao lado do balcão de registro, então fico ao seu lado, pronta para liderar.

— Muito bem, reis e jovens guerreiros — começa. — Alguns de vocês são novos aqui. Alguns de vocês já tiveram experiências com armas em circunstâncias criminosas, infelizmente. Alguns estiveram de um lado ou de outro de uma das invenções mais mortais do homem.

— Ei, amigão! — grita o homem branco atrás do balcão. — Abaixa o volume.

E o ar se torna metal duro. Os tios transformam os corpos e rostos em pedra. Mas há munição suficiente neste prédio para derrubar o pequeno exército do meu pai, se for necessário. Este homem branco, cuja barba ruiva grisalha chega até o peito, claramente é novo aqui e não sabe que meu pai é o líder do movimento mais radical e militante a surgir da Filadélfia (ou está tentando ser). Então, porque sou filha do meu pai, continuo de onde ele parou:

— Estamos de boa aqui — falo para o homem branco, olhando-o nos olhos. Ele não esperava por isso. — Vamos pagar pelos serviços, alugar armas e comprar munição. Se você não quer nosso dinheiro, vamos em outro lugar.

Os tios e irmãos começam a comemorar silenciosamente, mas meu pai os manda ficar quietos.

Estou em uma competição de olhares com o homem branco, e meu pai não vai intervir. Ele está ao meu lado, mas espera que eu me defenda.

E é isso o que faço.

— Algum problema? — pergunto para o homem branco.

Finalmente, ele desvia o olhar e olha para os tios atrás de mim.

— Tá tudo bem — afirma ele. — Me avise se precisar de alguma coisa.

Meu pai tenta acalmar os tios. Não fiz isso para animá-los por eu, uma garota de 16 anos, defender um bando de homens crescidos. Mas meu pai me criou para ser sua arma secreta. Quando o inimigo está esperando um rifle AK-47, ele tira uma pistola ou um revólver escondido. Eu sou a pistola Smith & Wesson na parte de trás do seu cinto, seu revólver Colt na meia.

Meu pai acena com a cabeça e pisca para me dizer que agi bem.

— Muito bem, princesa guerreira — elogia ele. — Mostra pra eles quem é que manda.

Os irmãos da minha idade estão olhando ao redor como crianças em uma loja de doces. Rifles, revólveres e munições estão presos nas paredes e trancados atrás de vitrines. Uma placa bem grande com o texto da Segunda Emenda da Constituição dos Estados Unidos em destaque está pendurada acima dos balcões de vidro. O instrutor de tiro começa a ler as diretrizes de segurança para nós, mas meu pai levanta a mão. Então ele acena para mim, como se dissesse que eu dou conta. É aí que começo.

— Por favor, se concentrem aqui — digo, apontando para a lousa. Eu leio tudo em voz alta, assim como meu pai fazia antes de passar esse trabalho para mama. E do mesmo jeito que mama costumava fazer antes de me passar esse trabalho, antes de simplesmente parar de vir conosco. Ela queria que eu parasse de vir também, mas meu pai não quis nem saber. Eu olho ao redor para garantir que ninguém está bisbilhotando, faço um sinal para os homens se aproximarem e baixo minha voz.

— Tios. Irmãos. Vocês têm que observar tudo com o olho da mente. Usem seus instintos e estejam mentalmente preparados o tempo todo. Vocês já sabem que eles não nos querem aqui.

— Beleza, Kofi Sankofa *Jr.* — diz um dos tios, e eles começam a rir.

Meu pai ri também, mas não deveria. O lance todo dele é garantir que os integrantes nos respeitem e respeitem minha mãe tanto quanto o respeitam. Mais fácil falar do que fazer.

— E vou acrescentar mais uma coisa — diz meu pai, me empurrando gentilmente para o lado. — Seguir as regras aqui vai preparar vocês pra obter a posse de armas dentro dos parâmetros da lei. Lembrem-se: temos o direito legal de nos defender. E eu não trouxe vocês aqui pra usar as armas contra nosso próprio povo por causa de alguma briguinha idiota. É pra se protegerem e protegerem suas famílias. Não sejam estúpidos e imprudentes.

Eles ficam em silêncio enquanto meu pai fala.

Os homens trouxeram as próprias armas ou as alugaram na recepção. Se tivermos pistolas ou revólveres, os carregamos em caixas de plástico para a área de tiro. Rifles são mantidos em maletas. Antes de entrarmos na área de treino, tomo todas as precauções que meu pai me ensinou. Estou usando minha própria proteção para os olhos, protetores auriculares e fones de ouvido. Meus dreads estão presos em um coque alto, e visto uma camisa de manga comprida mesmo que esteja quente lá fora. Em seguida, percebo aquele menino olhando para mim. Ele não percebe que não está preparado, e eu estou irritada porque meu pai continua pegando crianças aleatórias na rua para trazê-las aqui.

— Você deveria estar usando uma camisa de manga comprida — digo a ele, observando as tatuagens por todo o braço. — O latão quente dos cartuchos ejetados dói pra caramba. E não faça nada sem a ajuda de alguém mais experiente. Você não prestou atenção quando eu estava lendo as diretrizes de segurança?

— Na real, não — responde, sem desviar o olhar. — Tô de boa. Tenho experiência. Mas vou deixar você me ajudar se quiser.

Dou a ele um sorriso debochado, tipo, *Aff, moleque!* Ele é corajoso o suficiente para arriscar a sorte com meu pai ali e todos os tios ao redor. Mesmo assim, me certifico de ficar de olho nele porque parece uma bomba-relógio, como meu pai diria. Pronto para usar as novas habilidades de tiro nas ruas se não o instruirmos direito.

— Só pra completar o que meu pai estava dizendo — continuo. — Violência contra os nossos é a ferramenta do opressor pra nos erradicar. Precisamos de soldados pra lutar *pelo* nosso povo, não *contra* o nosso povo.

— Tô ligado — diz ele, franzindo as sobrancelhas grossas. — Qual é o sentido de ir pra guerra com meu irmão quando o verdadeiro inimigo mantém a gente preso na quebrada sem outra opção além de nos virar uns contra os outros. Eu entendi, mana. É por isso que eu tô aqui.

Eu o olho, e ele me encara de volta com olhos intensos e o black curto todo bagunçado, como se precisasse de um corte de cabelo urgente. Dou uma olhada rápida nele, de baixo para cima: tênis Nike Air Force surrados com aquelas calças de camuflagem. Ele é como qualquer outro irmão que meu pai traz para o Movimento.

— Bom, continue por perto, então. Principalmente quando começar a ficar difícil. Só... apareça numa reunião do Grupo Jovem — concluo.

O rosto dele se ilumina todinho, como se isso fosse um convite para algo mais. Mas eu vou logo cortando as asinhas dele e me viro para o lado, sem lhe dar mais da minha energia.

Perto do balcão da recepção, os oficiais de segurança da área de treino observam os tios e irmãos como falcões, mas alguns deles conhecem meu pai. Eles o cumprimentam com sorrisos e tapinhas nas costas. Jogam conversa fora sobre as novidades no mercado de armas ou alguma nova confusão entre o governo e a Associação Nacional de Rifles dos Estados Unidos, da qual meu pai é integrante com carteirinha e tudo, mas também faz parte de um grupo nacional de Negros proprietários de armas.

Estou acostumada a ser invisível aqui. Também estou acostumada com o barulho alto, seja no estande de tiro ou nas ruas da Filadélfia. Mas aqui os alvos são de papelão e papel, não corpos vivos. De qualquer forma, meus fones de ouvido abafam tudo, e o que resta são os sons dos meus pensamentos.

Carrego para a cabine uma pistola Smith & Wesson alugada e munição dentro da caixa de plástico. Tudo embalado, arma descarregada e com a ponta do cano apontada para a linha de tiro. Meu pai sempre fica na cabine ao lado da minha, mas não consigo ver o que ele está fazendo. Venho aqui há três anos, então não precisa mais me supervisionar.

— Você tá bem aí, princesa guerreira? — pergunta ele.

— Sim, baba — respondo, e quero que ele me assista.

Quero que veja como minha mira melhorou. Quero que corrija minha postura, levante meu queixo e me lembre de que estou atirando com esta pistola em tudo que está tentando me matar. Quero que ele me diga por que continuamos vindo aqui mesmo quando mama começou a insistir que isso não está certo. Essas viagens ao campo de tiro costumavam ser apenas nós, nossa pequena família: eu, mama e baba, nossas armas e nosso direito à Segunda Emenda. Mas ele quis que isso se tornasse um movimento. Começou a trazer outras pessoas para nossas viagens mensais, e agora, de fato, ele tem um pequeno exército.

Uma tela à esquerda me permite controlar o sistema de alvos. Um botão move o papelão pendurado em minha direção ao longo da pista de tiro. Desenrolo um grande alvo de papel e o prendo no papelão, e o alvo desliza de volta até a linha de noventa metros. Cinco círculos pretos com pontos vermelhos no centro são meu alvo. Em outros estandes, é a silhueta preta de um corpo, e meu pai disse que não iremos atirar neles. As silhuetas pretas somos nós, segundo ele.

Com meus óculos de proteção, protetores auriculares e fones de ouvido, carrego o cartucho e me concentro em cada detalhe da arma, em cada movimento das mãos. Minha mente está vazia. Exceto quando começo a me lembrar da primeira vez que fiz isso. Meu pai guiava minhas mãos, enquanto mama guiava meus pensamentos.

— O irmão Malcolm disse que a pessoa mais desrespeitada nos Estados Unidos é a mulher Negra — afirma ela.

E isso é motivo suficiente para mirar no ponto vermelho no círculo. Os sons altos das outras armas são uma distração, mas tenho que permanecer focada. Braços estendidos, dedo no gatilho, pés firmemente plantados no chão, eu disparo. POW! POW! POW! O recuo envia poder para todos os cantos do meu corpo, e por um momento me sinto invencível. Mas não atinjo o ponto vermelho. Erro meu alvo.

Os alvos dos outros atiradores estão deslizando para cima e para baixo nas pistas. A voz do meu pai está muito alta, e aquele menino está fazendo perguntas a ele.

Continue focada. Eu miro nos outros pontos. Se o vermelho no centro é os Estados Unidos, então penso no que os outros devem ser. *Quem mais está me desrespeitando? O que está tentando me matar?* Mama é uma atiradora muito boa. Rifles são seus favoritos. Mas um dia, ela disse:

— Tem muita matança no mundo pra eu ficar brincando com fogo aqui dentro.

Aquele buraco do tamanho da mama volta a se alargar e aprofundar dentro de mim.

Dedo no gatilho, pés firmemente plantados no chão e um olho fechado enquanto mantenho o outro no ponto vermelho. Eu atiro novamente. POW! POW! POW! Em seguida, removo o cartucho da minha pistola, coloco-o na caixa, afasto-me da linha de tiro e retiro meus fones de ouvido.

— Massa! — exclama alguém atrás de mim. É aquele moleque novamente. — Cê tem que mirar um pouco acima do alvo. Os olhos podem te enganar.

— Fica na sua, mano. Você acabou de chegar — retruco.

— Eu não preciso de um estande de tiro pra aprender a mirar — diz ele.

— Ah é? Tudo que cê precisa é de alguém que se pareça com você, né? É isso o que eles querem. É melhor mirar na própria cabeça.

— Nossa. Pegou pesado.

— Eu sei. A verdade dói.

Estou prestes a colocar meu fone de volta, mas quero ter certeza de que esse moleque sabe o que está fazendo. Ele entra na cabine ao lado da minha, com o fone de ouvido ainda ao redor do pescoço, posicionado de maneira errada, segurando a arma de maneira errada.

— Cubra os ouvidos e relaxe os ombros — digo a ele. — Postura firme e respire. Isso não é uma guerra, é uma forma de arte. — Repito coisas que meu pai me disse. Ele deveria estar auxiliando este menino.

Ele faz o que eu digo, e então, POW! POW! POW! Um buraco. Outro, e outro. Ele atinge o alvo e continua com os olhos estreitos e lábios cerrados. Esvazia todo o cartucho naquele único alvo como se fosse a coisa que também está tentando matá-lo.

— Cessar-fogo! — grita alguém. — *Cessar-fogo*! — É um homem branco do outro lado da cabine do menino, e ele o encara como se estivesse pronto para tirar a arma dele.

— Esvazie as armas! — O funcionário de segurança da área de treino assume imediatamente. — Trave as armas! Coloque-as no chão e afaste-se da linha de tiro!

O menino dispara mais algumas vezes, desobedecendo ao funcionário de segurança, mas não posso tocá-lo enquanto ele está atirando, nem o outro homem, para que ele não se assuste enquanto segura a arma.

— Ei! Você precisa parar! — digo entre dentes.

— Cessar-fogo! — repete o funcionário.

Ele finalmente para, graças a Deus.

— Senhor! — grita o funcionário atrás de nós.

O garoto está segurando a Smith & Wesson com toda a força, e o alvo está cheio de buracos de bala, quase todo em pedaços. Ele deveria tê-lo trocado antes que chegasse a este ponto.

— Senhor, por favor, trave a sua arma, afaste-se da linha de tiro, coloque a arma na mesa apontada para o alvo! — repete o funcionário da segurança.

O menino está paralisado naquela postura, e meu coração começa a acelerar. Espero que ele não faça nenhuma merda agora.

Então meu pai diz firmemente:

— Filho, preciso que você siga as instruções. Não coloque você ou mais ninguém em perigo.

Devagar, o garoto parece sair da onda de raiva que o engolia. Meu pai vai até ele e guia gentilmente sua mão para baixo, tira a arma dele e a afasta.

— Ele só tá um pouco abalado, só isso — justifica meu pai, afastando o menino da linha de tiro e para fora da cabine. Retira o cartucho da arma e aciona a trava, pega a caixa do menino e o leva para fora do estande.

O funcionário da segurança grita:

— O estande está pronto. Podem retornar às atividades!

Não consigo mais me concentrar, então tiro os óculos, removo os protetores auriculares, deixo a cabine com minha caixa e vou até o balcão da recepção. Os tios e irmãos estão cercando o garoto, se certificando de que ele esteja bem.

— A mente comanda tudo, filho — diz meu pai, dando tapinhas nas costas dele. — A mente comanda tudo.

O rosto do garoto está todo franzido, como se estivesse prestes a chorar, então viro para o lado porque tenho certeza de que ele não quer que eu o veja desse jeito. Mas isso não é novo para mim. Meu pai traz meninos da rua para este campo de tiro e acha que pode transformá-los em combatentes da liberdade. Entram em crise quando percebem que atirar em papelão é a única vingança que terão. O verdadeiro inimigo não é ninguém ou nada que se pareça com aquilo.

Quando o menino finalmente se acalma, devolvo minha arma no balcão e o sigo até o bebedouro. Ele não é da minha conta, mas estou fazendo o que mama teria feito nessa situação.

— Você tá bem? — pergunto.

— Não — diz ele. — Tô ferrado.

Eu não esperava por isso.

— Fala sério, foi sua primeira vez segurando ou atirando com uma arma?

Ele toma longos goles d'água no bebedouro, se endireita, limpa a boca com as costas da mão enquanto olha para os tios e meu pai, e diz:

— Não.

— Sinto muito.

— Por quê? — questiona ele. — Tipo, as coisas são assim, né?

— Porque não deveriam ser assim. Nós somos as pessoas mais impactadas pela violência armada. Então não é realmente culpa sua se já teve que usar uma quando você tem só, tipo... o quê? Uns 20 anos?

Eu fuço no meu bolso em busca de uma barrinha de granola que estava guardando para mais tarde. Entrego para ele porque está cedo e tenho certeza de que não comeu nada, o que o deixará ainda mais vulnerável.

— Tenho 18. E eu me chamo Chris — diz ele, em vez de "obrigado".

— Sou Nigeria, mas você já sabe meu nome — falo, em vez de "de nada".

Ele assente lentamente.

— Que nem o país, né?

— Que nem a nação. Que nem a terra-mãe. Que nem a Negritude. Que nem poder. Que nem libertação. Que nem alegria. — Eu tenho dito essas coisas por quase toda a minha vida, sempre que alguém pergunta por que tenho o nome de um país africano. — E você? Que nem Jesus Cristo ou Colombo, o colonizador?

— Você é engraçada — resmunga ele, desembrulhando e dando uma mordida na barrinha, e depois fazendo uma careta de desgosto.

Ele a enfia no bolso e dá outro gole no bebedouro. Chris respira fundo, como se algo estivesse pesando em sua mente. Faz menção de dizer mais alguma coisa, mas meu pai nos chama.

Nos encontramos de volta no balcão da recepção enquanto ele anuncia a agenda do dia.

— Vamos pra Dunlap oferecer apoio a uma família que acabou de perder um filho pra violência armada — diz com os braços cruzados, cabeça erguida, olhos cerrados. A postura de sempre ao se dirigir os integrantes. — Alguns de nós podem ficar de guarda na frente da casa da família pra mostrar à comunidade que estamos aqui por eles. Talvez possamos organizar uma passeata de "basta de violência".

Eu vejo Chris mudando de postura, olhando para baixo e ao redor como se evitasse o olhar do meu pai.

— Nigeria! — chama meu pai, me assustando, e eu me viro rapidamente, para longe do novato. — Vou te levar pra casa, prepare panfletos pro protesto. Vou fazer uma live hoje à noite, e você vai moderar o chat.

— Hã? — É a única coisa que consigo pronunciar.

— Se disse hã é porque ouviu.

Essa é sempre a resposta dele.

Os protestos são o ar que respiramos, mas sinto que estou sufocando com coisas não ditas, meus pulmões se enchendo de raiva, meu corpo transbordando de uma mistura de sentimentos que não consigo nomear. Mas tudo o que consigo responder é:

— Sim, baba.

Seção 3

TODO MÊS DE agosto meu pai viaja para penitenciárias de todo o país, a fim de falar sobre a abolição das prisões e honrar os heróis da revolta na prisão de San Quentin, em 1971. Essa é outra razão pela qual agosto é chamado de Agosto Negro. Meu pai diz que, enquanto o capitalismo está lucrando com o Mês da História Negra, revolucionários radicais, como nós, ainda celebram o Agosto Negro. Sempre que meu pai sai em turnês com seus livros e espalha a mensagem do Movimento, mama fica em casa, mantendo tudo sob controle.

Então, estou no escritório dele, onde a mesa de mama fica encostada em um canto distante do cômodo. Ela não levou nada consigo: computador, pastas de arquivos, cadernos e contas e mais contas. Há uma pilha espessa de papéis impressos, e a primeira folha é o título do próximo livro do meu pai: *A Constituição do Homem Negro*. Mama ajuda meu pai a editar os livros, os envia para a gráfica, envia caixas para livrarias Negras e organiza as turnês de divulgação pelo país. É assim que conseguimos a maior parte do nosso dinheiro, então ela não deixou apenas um vazio; deixou o Movimento pendurado por um fio fino e frágil. Com sua personalidade tipo A e habilidades organizacionais, mama tece uma rede intrincada e complexa para o Movimento, pela qual todos os nossos programas funcionam como um relógio. Ela cuida do site, administra a Escola da Liberdade, solicita permissões da cidade para protestos, gerencia grupos de voluntários e solicita doações dos integrantes. E eu sempre a ajudo.

Todo mês de agosto o Movimento realiza uma celebração no Parque Malcolm X para homenagear os heróis da Revolução Haitiana. Uma vez, a emissora de notícias local pensou que era sobre a Revolução Americana e presumiu que estaríamos todos vestindo roupas tradicionais africanas, com tocadores de tambores e dançarinos haitianos para homenagear *este* país.

— Organização local comemora os pais fundadores de nossa nação — narrou o repórter para o microfone e para a câmera quando a equipe da emissora se instalou na frente do parque.

Um integrante do Grupo Jovem gritou:

— É mentira! Fake news!

O repórter disse:

— Bem, que outra revolução histórica vocês poderiam estar comemorando? Aqui é a Filadélfia.

Então, é óbvio, meu pai teve que educar o jovem repórter ao vivo na televisão. De qualquer forma, a celebração da Revolução Haitiana foi ideia da mama, e ela a organiza desde que eu era pequena.

Meus olhos dançam por todo o espaço de trabalho dela e, ao reunir uma pilha de papéis e contas, avisto um caderno preto escondido debaixo de tudo aquilo. Na primeira página, na caligrafia da mama, está escrito "Ideias para livros". O topo da lista é o primeiro livro do baba, *Famílias negras importam*. Mama fez várias anotações sobre a desintegração da família e como a libertação começa em casa. Ela deve ter anotado o que meu pai estava dizendo a ela. Eu viro as páginas para ver mais notas e ideias sobre cada livro que meu pai publicou: palavras destacadas, títulos de outros livros, perguntas e respostas. É como se os livros do meu pai tivessem nascido das palavras deste caderno.

Eu me recosto na cadeira e solto um suspiro profundo e longo. *Droga.* Será que minha mãe tem escrito os livros do meu pai? Acho que nunca o vi fazendo isso. Quando eu era pequena, ele costumava ler com mais frequência, até me colocava no colo enquanto tentava explicar a teoria marxista ou as civilizações africanas. Ele está sempre postando nas redes sociais, brigando com detratores, gravando podcasts e vídeos e tentando liderar uma revolução. Minha mãe era quem ficava atrás desta mesa planejando, organizando e… escrevendo. Mama trabalhava e trabalhava incansavelmente. E tudo o que posso fazer agora é encostar minha cabeça na mesa dela e descansar, descansar e descansar.

Mais tarde, naquela noite, conduzo a reunião do Grupo Jovem do Movimento no quintal, onde baba acabou de construir um novo deque com a ajuda de alguns dos tios. O local favorito da mama fica na ponta do deque, sob as folhas e galhos cascantes de um de nossos altos ulmeiros, então eu me sento lá, de pernas cruzadas em uma cadeira amarela acolchoada, e fumo um baseado. O calor tardio de agosto nos envolve como um cobertor úmido, e a fumaça dançante faz parecer ainda mais quente. A maconha deveria ter um efeito refrescante, mas só me faz suar, como se estivesse sentada em águas mornas e turvas no meio de um pântano. Ainda assim, o conhecido aroma terroso me acalma e me mantém concentrada.

Apenas seis do Grupo Jovem estão aqui, embora no papel sejamos oitenta e dois integrantes. Estamos eu, Kamau, Travis, Danika, Makai e Jasmine. Eu uso a palavra “integrantes” de forma ampla, pois apenas cerca da metade de nós é ativa. Participamos das palestras, nos voluntariamos, ajudamos a organizar e divulgamos nas escolas e comunidades quem somos e o que fazemos. Já dei banho e coloquei Freedom para dormir faz uma hora, e tenho a babá eletrônica ao meu lado.

— Parece a escravidão aqui fora — diz Kamau, dando uma longa tragada no baseado que vai diminuindo.

Ele veio mais cedo para passar um tempo comigo e Freedom, já que é filho único e somos seus únicos primos. E, como meu pai não está aqui, ele ficou para a reunião e dá sua opinião, embora não conte. Sua camisa está desabotoada, e as pernas magras e compridas estão estendidas no chão do pátio, ocupando espaço demais.

— Bem, você já parece emancipado do jeito que tá esparramado pelo deque — comento. — Bora se mexer, Kamau!

Cutuco a perna dele com o pé descalço, e ele ri.

Travis cutuca a outra perna.

Jasmine e Danika têm que participar das reuniões porque são minhas vice-presidente e secretária. Formamos o corpo governante do Grupo Jovem. Travis e Makai estão aqui sobretudo porque os pais deles insistem que praticamente abdiquem da própria vida pelo Movimento. E mesmo que Kamau tecnicamente não faça mais parte do Movimento porque sua mãe e meu pai tiveram um desentendimento, ele vem apenas para ficar conosco.

— Precisamos enviar por e-mail uma lista de leitura pros novos integrantes do Grupo Jovem — informo, tentando colocar todos de volta nos trilhos enquanto folheio minhas notas e listas de tarefas no iPad. — Eles não podem só ler os livros do meu pai, né?

Quando ninguém responde, eu olho para cima e ao redor. De repente, todos parecem distraídos, ou estão tentando me ignorar. Ou talvez estejam apenas chapados.

— Alô? Vocês estão prestando atenção?

Então, como se estivesse segurando estas palavras por um tempo, Kamau diz suavemente:

— Sua mãe costumava fazer tudo isso.

Ele passa o baseado para mim, e eu não pego.

Faço uma pausa por um longo segundo.

— Eu sei. Agora eu tô fazendo isso. Vocês vão me ajudar ou não?

Só quando todos ficam em silêncio percebo que eu estava gritando.

— Merda. Foi mal. Não era minha intenção mencionar sua mãe — diz Kamau, e então se senta para me oferecer o baseado novamente.

Coloco-o entre os lábios e dou uma tragada, e outra, e outra. A primeira vez que fumei foi com Kamau no Fairmount Park quando tínhamos 13 anos e deveríamos estar na biblioteca estudando. Ele prometeu não contar para a minha mãe, e eu nunca tinha guardado segredo dela antes. Mas, assim que voltei para casa, ela sacou. Ela sempre sacava.

— Nigeria — interrompe Jasmine. — Você tá bem? Quer fazer uma pausa e conversar sobre isso?

Agora ela pergunta se estou bem, mas e na noite em que minha mãe foi embora?

— Tô de boa — respondo, dando minha última tragada e passando para Danika. — Pelo que sei, mama saiu de férias prolongadas, só isso. Talvez ela esteja na África nos esperando.

— Sabe de uma coisa? Você pode estar certa — diz Kamau, sonhando com os olhos fechados.

E todo mundo começa a falar de novo sobre a viagem e andar de avião pela primeira vez, e como talvez não queiramos voltar. Nossa voz está baixa e suave, como se as palavras fossem nuvens. Esqueço completamente da reunião e inclino a cabeça para trás a fim de olhar o céu noturno. Ele se aproxima cada vez mais, ameaçando pressionar seu peso sobre mim e me esmagar até que eu seja apenas poeira estelar.

Alguém abre a porta de tela da casa lentamente, o rangido nos traz de volta à realidade. É Camille, ou Nubia, usando tranças novas até a cintura, e sua tez marrom-escura à luz da lua a faz quase parecer com mama. Quase.

— Cês estão acompanhando as notícias? — pergunta ela, e é estranho como soa feito mama também, mas eu ignoro. — Kofi Sankofa proferiu algumas palavras.

— Estão queimando a cidade já? — devolve Kamau, finalmente se levantando do chão. — Ou é a mesma merda de sempre, só que num novo dia?

Eu cutuco Kamau com o pé porque essa senhora ainda é nova na casa e no Movimento, e não está acostumada com o sarcasmo dele.

— Bem, Kofi está trazendo alguém novo pra Casa Vila — fala Nubia. — Ele disse pra vocês prepararem o quarto com as camas de casal. E essa marofa de maconha tá entrando na casa. Apaguem os baseados antes que ele chegue. — Ela deixa a porta de tela bater, e parte de mim não gosta dela nos dizendo o que fazer.

Makai passa o baseado para Kamau, e ele dá uma última tragada antes de apagá-lo. Todos nos olhamos como se estivéssemos cheios de perguntas para as quais não temos respostas. Deixo para Kamau soltar o que tememos dizer.

— Então seu pai tá trazendo *outra* pessoa da rua? E de onde *ela* veio? — pergunta ele.

— Sério, Kamau? — diz Jasmine. — As pessoas não são da rua e eu não sou uma abandonada. São nossos irmãos e irmãs, e precisam de ajuda. Tia Natalie não aceitaria qualquer pessoa na casa dela assim.

Pensei que estavam tentando não mencionar a mama. Mas Jasmine é uma grande fã de tudo o que fazemos, e ela idolatra minha mãe. Se houver uma espécie de escala que avalia o quão dedicados somos ao Movimento, eu daria a Kamau 1 e a Jasmine algo como 9,9.

— Ela chegou aqui há cerca de dois meses. Mama estava ajudando. Sabe de uma coisa? Essa mulher foi a última pessoa que minha mãe trouxe aqui — conto a Kamau, mas devia ter guardado para mim. — Certo, galera. Essa reunião tá encerrada. Quem vai me ajudar a arrumar o quarto lá em cima?

Ao ouvirem isso, Travis e Kamau se levantam para sair, mas sei que acabarão ficando. Dani não se mexe. Jasmine e Makai não têm escolha, pois moram aqui também.

Meu pai expandiu as paredes de nossa casa de seis quartos para incluir uma vila inteira, e é para integrantes que precisam de alguns dias, semanas ou meses para organizar a vida. Mama costuma ser a que mantém aberta a porta da frente para quem precisa de ajuda. Mas ela também é muito cuidadosa com quem deixa entrar. Limpar os quartos de hóspedes é trabalho dela.

De volta à casa e na cozinha, procuro pelas coisas que mama usaria para limpar o espaço: sálvia, água de flores, um sino de latão e talvez alho para os cantos do quarto no caso de a pessoa estar trazendo vibrações ruins, ainda mais se estiverem envolvidas em algo traumático, o que geralmente é o caso.

— Já a vi rezar algumas vezes — diz Jasmine enquanto reviro as gavetas da bancada. — Falando em línguas, ou algo assim, enquanto purificava as paredes.

Ela é minha sombra agora, ficando muito perto e fazendo tudo o que digo para fazer.

— Ela não estava falando em línguas, Jasmine. Estava rezando em créole.

— Você não precisa ser tão bruxa quanto sua mãe, Nigeria — diz Dani, revirando nossa geladeira como se morasse aqui, em vez de ajudar. — Ela sentava a mão nessa sálvia.

— Isso porque meu pai tira as pessoas da lama pra trazer pra cá — rebato.

Quando passamos por um dos quartos a caminho do sótão, Nubia está empacotando suas coisas em uma pequena mala e trocando os lençóis das duas camas de casal encostadas de cada lado do quarto. Ótimo.

— Fico triste de te ver ir tão cedo, Nubia — falo.

— Ah, eu não tô indo embora. — É tudo o que diz.

Franzo a testa, imaginando onde mais ela poderia estar hospedada. Mas isso não é problema meu.

Dani pega a água de flores com um pano para limpar os móveis, Jasmine segura um pequeno aspirador de mão, e todas começamos a arrumar o quarto que já está impecável. Ainda estamos um pouco chapadas, então levamos tempo para nos concentrar no que estamos fazendo — esfregando e limpando onde já está limpo, sendo paranoicas com poeira e rindo no meio de tudo isso.

— Você acha que ele vai ser gatinho? — pergunta Danika. — Quer dizer, baba Kofi diz que nosso futuro companheiro deve ter mentalidade semelhante e ser totalmente dedicado à libertação e construção da Nação.

— Sim. Mas isso leva um tempo, Dani — digo a ela. — Quem quer que fique aqui precisa passar por uma desintoxicação, ler todos os livros, conhecer todo o vocabulário e se envolver com a vida revolucionária antes de tentar algo com qualquer uma de nós.

Quando terminamos, nem sabemos quanto tempo se passou, mas, assim que fechamos a porta do quarto de hóspedes, a porta da frente se abre e posso sentir a energia mudar lá embaixo com o novo hóspede.

Quando chego ao pé da escada, essa nova energia é alguém que eu já conheço. É Chris do campo de tiro.

Ele tem um curativo na cabeça. Sua camisa está rasgada, a mão está machucada. Ele olha para o chão para que eu não possa ver seu rosto. O tênis Jays está sujo, como se ele tivesse corrido pela lama. Parece novo, então entendo que Chris deve estar irritado, entre outras coisas. A presença dele parece ter sugado todo o ar da sala, e talvez desta casa, porque todo mundo está aqui embaixo agora, olhando para ele e se perguntando. *Perguntando.*

— Filho — diz meu pai para o garoto. — É aqui. A Casa Vila. É para isso que estamos aqui. Não podemos lutar pela libertação se não ajudarmos uns aos outros a se curar. E aqui é onde você pode descansar por enquanto. Só lembre que você nos escolheu. Você veio até mim.

A voz grave do meu pai ecoa por toda a casa, e ele está usando uma camiseta com o logotipo do Movimento, um pássaro Sankofa se curvando para trás em direção a uma semente no meio de um contorno do continente africano. A barba dele parece irregular e o pingente de Olho de Hórus cravado de diamantes pende de uma corrente de elos cubanos contra o peito. Quando meu pai se veste assim, parece muito um rapper, então entendo por que os irmãos ficam mais receptivos à ajuda dele.

— Vou apresentar todo mundo pra você — continua meu pai.

Nos reunimos enquanto Chris se senta em uma das antigas poltronas de couro. O rosto dele é iluminado pelas luzes do teto. A pele marrom suave, as maçãs do rosto altas e os olhos que viram mais anos do que ele viveu.

— Você já conhece o irmão Rasheed e o irmão Kyle — começa meu pai, apontando para os tios. — E você se lembra da minha filha, Nigeria — continua, estendendo o braço na minha direção. — Ela vai te ajudar com tudo que você precisar.

Eu olho rapidamente para Jasmine, Dani e Kamau, que observam o menino. Nunca fui a pessoa que ajuda. Isso é trabalho da mama. Jasmine lembra, porque estava na posição dele por volta dessa época no ano passado. Ela era uma fugitiva, sem dinheiro e sem alguém para cuidar dela. Mas essa pode não ser a história de Chris. Eu me aproximo do meu pai, que coloca o braço em volta dos meus ombros. Eu me apoio nele, olhando para Chris como se fosse algo que precisa ser consertado.

Ele permanece em silêncio.

Nubia traz um copo d'água, e Chris o pega. Ela também esteve nessa posição.

Meu pai se senta no sofá em frente ao rapaz. Alguns de nós também nos sentamos, mas permaneço de pé, pronta para fazer o que for pedido. Ele se inclina para mais perto de Chris, olha nos olhos dele e diz:

— Chris se meteu em uma briga. Sua mãe já não consegue mais lidar com ele. E essa é a história da maioria dos jovens irmãos aqui. Ele está machucado, mas veio para estar em família. Chris, não vamos pedir nada a você nas primeiras semanas, exceto lealdade e paixão pela libertação do povo Negro. — Com um sorriso largo, meu pai continua: — Você vai ter bastante tempo pra recuperar sua herança africana através de um nome adequado a um jovem rei. — Então ele se vira para mim: — Nigeria, pegue as coisas que sua mãe usa pra limpar os ferimentos. Faça um chá de hortelã pra acalmar a cabeça dele e uma salada bem grande. Depois, dê a ele uma toalha limpa, uma escova de dentes nova, mostre o quarto dele e lhe dê um dos meus livros. Ele pode escolher um da minha biblioteca.

— Sim, baba — digo, e no primeiro passo que dou após as ordens do meu pai por pouco não piso no buraco do tamanho de mama e quase, *quase* caio.

— Tudo bem — fala Nubia para mim, tocando meu braço. — Eu cuido disso.

ARTIGO III

DIA DO TRABALHO

"Eu nunca pretendo (a menos que circunstâncias particulares me obriguem a isso) possuir outro ~~escravo~~ [garota escravizada chamada Oney Judge] por compra; sendo um dos meus primeiros desejos ver algum plano adotado pelo legislativo, pelo qual a escravização neste país possa ser abolida em graus lentos, seguros & imperceptíveis."

— George Washington, Mount Vernon, VA. 9 de setembro de 1786. Editado para legibilidade.

Seção 1

EU ME MANTENHO distraída e ocupada cuidando do meu irmãozinho. É uma rotina: rítmica e imprevisível, assim como o jazz. Café da manhã, banho, hora de brincar; lanche, hora da contação de histórias, almoço; sonequinha, lanche, parque; jantar, banho, dormir.

E aquele menino, Chris, está sempre por perto, comendo muito, fazendo muitas perguntas, lendo e seguindo meu pai como uma sombra. Ele se junta aos irmãos e tios no porão para jogar videogame, debater política e ser guerreiros ou reis, ou qualquer uma dessas coisas.

Meu pai finalmente está em casa depois das viagens, e na manhã de hoje acordou todo mundo para começar o dia com nosso trabalho de libertação. Ele bateu na porta do meu quarto enquanto gritava:

— Bendito dia! A luta continua!

"A luta continua" foi o grito de guerra do povo de Moçambique na luta pela independência dos portugueses, os primeiros europeus a escravizar pessoas africanas e levá-las para Jamestown, Virgínia, em 1619. Mas é apenas mais um dia de agosto na Filadélfia, e todos nesta casa estão *lutando*, com certeza.

Ele bate nas outras portas dos quartos, e a esta altura a casa toda já está acordada.

Preocupação e medo estão estampados no rosto de Jasmine porque esta semana ela tem que decidir se vai se tornar integrante — e isso significa dedicar-se totalmente ao Movimento, frequentando a Escola da Liberdade — ou voltar para a escola regular e arriscar meu pai mandá-la para sua antiga casa.

— Jas, você não precisa fazer nada além de viver livre e morrer — digo a ela. — Mas você precisa decidir o que viver livre significa para você.

— Bem, eu não sou livre se não formos todos livres — responde ela, levantando como se estivesse proclamando isso para si mesma. — Quer dizer, é pra isso que eu tô aqui, né?

— É — falo, escorregando da cama. — Você vai precisar dessa energia se quiser ser integrante.

Jas não chegou aqui com muita coisa, então pega emprestado algumas das minhas roupas, que são majoritariamente de brechó. Se ela for embora… quando for embora, vou dar algumas roupas pra ela.

Depois de tomar uma vitamina e comer uma barrinha de granola, vamos todos para a sala de estar, onde meu pai nos aguarda com camisetas. Ele adicionou algo novo ao design nas costas: o site do Movimento e seu nome, o nome que ele escolheu para si, Kofi Sankofa, em vez de Keith Anthony Jones.

Formamos um círculo e damos as mãos para pronunciar as afirmações matinais e fazer uma libação. É assim que nos preparamos para um dia em que vamos espalhar a mensagem, fazer o trabalho ou estudar os movimentos e as lideranças que lutaram pela liberdade e que vieram antes de nós.

Quando crianças de 4 anos em todo este país estavam começando a pré-escola, eu estava aprendendo as letras de "Lift Every Voice" e "To Be Young, Gifted and Black", de Nina Simone, e cantando para uma plateia de mais de cem integrantes do Movimento. Na maioria dos dias, eu cantava com quem estava hospedado em nossa casa. Isso quer dizer que, para nós, os hinos nacionais Negros são tipo o Juramento de Lealdade e "My Country, 'Tis of Thee" que as crianças comuns têm que recitar todas as manhãs na escola.

Cada integrante do Grupo Jovem, incluindo eu e Jasmine, se dirige ao centro do círculo enquanto os outros aplaudem ou levantam um punho no ar e cantam uma música com o nome de cada criança, começando pela mais jovem até a mais velha. Freedom é o primeiro a ir, sentado no chão mordiscando uma fatia de maçã. Depois é a vez de Makai, eu, Jasmine e Chris, nessa ordem. Quando eu era pequena e mama cantava essa música com os integrantes, eu ficava muito animada. Dançava, ria e me tornava uma luz radiante, como me ensinaram a fazer. Mas agora tudo em mim está apagado; tudo sobre o Movimento é uma lâmpada piscando prestes a se apagar. Então, apenas sorrio, faço um pequeno levantar de ombros e dou um passinho simples.

Meu rosto queima quando percebo Chris sorrindo para mim. Desvio o olhar, mas, quando está distraído, o observo cuidadosamente. Seus olhos profundos analisam todos os lugares, como se ele estivesse tentando absorver tudo: o tecido africano colorido nos sofás e pendurado nas janelas, as máscaras de madeira e a arte Negra cobrindo quase cada centímetro da casa, e nós, seu povo. A maioria dos novos integrantes que entram na Casa Vila nem sabe que uma utopia como esta pode existir. Nossos olhos se encontram, e ele sorri. Algo estranho acontece dentro de mim, e eu sorrio de volta. Ele ainda é um estranho nesta casa, mas já decorou as palavras repetitivas da música.

"Olha a Nigeria! Ela é Negra e linda!
Olha a Nigeria! Ela é Negra e linda!
Olha a Nigeria! Ela é Negra e linda!
Cantando poder para o povo! Poder para o povo!
Poder para o povo! Ela é Negra e linda! Hey!"

Está faltando algo. A voz de *alguém* está ausente do nosso coro coletivo. Isso que estamos fazendo era ideia de mama, se me lembro bem. Mesmo quando o mundo todo se preparava para o primeiro dia de aula e eu ficava em casa, ela me fazia sentir como a menina mais inteligente do mundo. Eu aprenderia coisas com ela, com meu pai, com minha vila e com o Movimento. Mesmo havendo apenas dez pessoas reunidas me dizendo que o mundo me pertencia, essas dez pessoas faziam parecer que o Movimento era todo o universo. Eu nunca senti que estava perdendo, que não estava aprendendo coisas importantes, que todas as crianças que iam para a escola normal eram mais inteligentes do que eu. O Movimento me faz sentir como se eu fosse uma gênia e, às vezes, acredito mesmo nisso.

Chris fica desconfortável quando é a vez dele.

— Olha o Chris. Ele é Negro e lindo!

Não sabe o que fazer com as mãos ou com o rosto, então esfrega o queixo, ri um pouco, cruza os braços, ri novamente. Fico envergonhada por ele, então não olho em sua direção. Esse tipo de coisa é sempre estranha para pessoas da minha idade recém-chegadas — ser colocada no centro das atenções e ouvir que você é uma pessoa Negra e linda, uma afirmação que o mundo nos negou.

Meu pai está ao lado de Nubia, segurando a mão dela.

— Nigeria — diz ele. — Vá em frente e faça a libação.

Sigo suas ordens, pego o copo d'água no altar dos ancestrais próximo de onde estamos. Faço isso evitando as fotos e relíquias do altar, e caminho até a alta figueira perto das janelas. Limpo a garganta, me preparo e despejo um pouco de água no solo.

— Por aqueles em cujos ombros nos erguemos, começando por aqueles cujo sangue corre em nossas veias e os chamamos pelos nomes. Minha avó materna, Antoinette Pierre.

Eu não acrescento mais nenhum de meus ancestrais e bloqueio os nomes que são chamados um por um pelos integrantes.

Despejo mais água na planta. Chris é o único que não diz nada. Ele deve achar essa coisa toda bem esquisita. Em seguida, convocamos a ancestralidade que pertence a todos nós: Rainha Anacaona, Harriet Tubman, Toussaint Louverture, Marcus Garvey, Fannie Lou Hamer e Malcolm X. Meu pai pede a Nubia que encerre conosco com "Lift Every Voice", mas ela não sabe a letra. Muitas dessas pessoas são novatas, então ainda não conhecem todos os quatro versos. Eu não sinto vontade de cantar, então meu pai o faz. Ele berra o primeiro verso desafinado, batendo palmas alto demais. Mesmo quando todos tentam não rir de seus esforços, ele continua. Sorri um pouco e olha para mim. Força as palavras e a melodia como se estivesse invocando algo em que ele não acredita de verdade.

Minha própria voz de canto é baixa, quase abafada. Todo mundo soa cansado e fora de ritmo. Se mama estivesse aqui, faria todo mundo parar e começar de novo. *Cheio de pedras o caminho que trilhamos...* Ela nos diria para cantar com o coração. *Amargo o bastão da castidade...* Eu quase consigo ouvi-la, como se estivesse dirigindo o coro com seu próprio canto de pássaros. Eu me viro para a porta a fim de ver se ela entrou e começou a cantar conosco. Mas ninguém está lá. *Sentido nos dias em que a esperança não nascida morreu...* O canto continua, e eu juro que ouço a voz de minha mãe.

Os olhos de meu pai encontram os meus, e ele franze a testa como se me perguntasse o que há de errado. Ele continua cantando e batendo palmas, e ainda ouço minha mãe ao longe. Eu olho para Freedom, que está sorrindo e cuspindo pedacinhos de sua maçã. A voz de mama está mais alta agora, e eu olho para todos tentando ver o rosto dela em algum lugar, em qualquer lugar. Mas não vejo nada.

Então eu corro para a porta, a abro e saio para o ar quente de setembro com nuvens baixas encobrindo o céu. Eu consigo ouvir a voz dela cantando por toda parte.

— Mama? — sussurro, sabendo que ela não vai responder, como todas as outras vezes em que me assombrou dessa forma.

— Nigeria? — diz Jasmine atrás de mim. — Você tá bem?

— Tudo bem — minto, olhando para cima e procurando no céu por minha mãe enquanto solto o ar longa e profundamente. — Tô bem.

Ela me dá um sorriso amarelo, entendendo o que há por trás da minha mentira, e me deixa em paz, graças a Deus.

De volta à casa e, depois que todo mundo se dispersou para fazer o próprio trabalho de libertação, entro no escritório do meu pai para saber se ele também ouve a voz da minha mãe. Ele está sentado atrás de seus três monitores de computador e pilhas e pilhas de livros. Eu não penso no que vou dizer. As palavras apenas vêm.

— Podemos falar sobre mama?

— Agora não, Nigeria — resmunga ele, com os olhos grudados em uma das telas. Sua barba está grande, e ele precisa de um corte de cabelo para ontem.

Então eu engulo um grande gole de ar e solto o pensamento que tem girado em minha cabeça o tempo todo.

— Você a viu?

Ele se levanta.

— Claro que não.

— Como você sabe? — Minha voz sai tremida.

Ele cruza as mãos sob o queixo e cerra os olhos, da mesma forma que sempre faz quando está prestes a revelar uma grande verdade.

— Eu também sinto falta dela.

Uma abertura. Eu me aproximo de sua mesa.

— Mas, baba, você não tá agindo como se sentisse falta dela.

Ele recua na cadeira e cruza os braços sobre o peito.

— Você acha que sou algum tipo de monstro, que nem todo mundo na internet?

— O quê? Não. Claro que não, baba.

— Venha ver isso — diz ele, fazendo um sinal para eu me aproximar.

Então, pega o celular e me mostra uma foto. É mama segurando Freedom na noite em que nasceu. Ela está sentada em uma cama, e estou do lado direito dela olhando para o meu novo irmãozinho com um sorriso meio torto. KD está do outro lado dela, e é a única olhando para a câmera. Já sei do que se trata, e meu pai provavelmente está irritado mais uma vez.

— Quem tirou essa foto? — pergunta ele.

— Sage — digo, enquanto os detalhes daquela noite começam a inundar minha memória. Eu não quero lembrar.

— Eu nem sabia que sua mãe ainda estava se encontrando com aquela mulher.

— Ela não é só "aquela mulher", baba. É a tia KD — corrijo, porque é a verdade. Mas mordo o lábio inferior porque é uma verdade que ele não quer ouvir.

— Suas "tias" são as mulheres que fazem parte dessa família. Suas "tias" são aquelas que ajudaram a te criar. Não *Katherine Dillon*. E, afinal, o que ela estava fazendo quando apareceu na festa do Freedom, hein?

— Ela queria deixar um presente.

Freedom cambaleia para dentro do quarto. Um sorriso brilhante se espalha pelo rosto do meu pai, e ele se levanta da cadeira para se sentar no chão empoeirado de madeira e brincar com o filho.

Meu pai olha para mim, inclina a cabeça e pergunta:

— Você sabia que ela queria ir morar com a KD? Que ela planejava me deixar?

Essa pergunta, suas palavras, quase me tira o fôlego.

— O quê? Não.

Freedom está no colo dele agora, brincando com um livro velho.

— Ela era minha esposa, e só pensava em se afastar de tudo isso porque queria ser livre. Falava que tinha uma ideia diferente do que é ser livre. E eu, por um acaso, mantinha ela aqui acorrentada? Hein? Mantinha?

Deixo as palavras dele ecoarem pela casa. E então o silêncio ao nosso redor se infla, preenchendo o espaço onde mama estaria, isto é, sentada em sua escrivaninha encostada no canto como se fosse a secretária do meu pai ou algo assim. E eu me pergunto, se com todas as pessoas que ele conhece, com todos os lugares para onde vai, se pergunta por minha mãe. Eu me pergunto se as cores dos vestidos dela e os aromas de patchuli e lavanda o visitam também, como se ela já fosse um fantasma, como se talvez ela não esteja aqui e não esteja lá, mas em algum lugar entre nós. Eu me pergunto se ele quer abrir o universo para ir encontrá-la.

— Você sabia que mama queria que eu fosse estudar em uma escola?

— Não até Sharon levantar a questão — responde ele, rápido demais. — Minha irmã me disse que foi ideia de sua mãe que Kamau frequentasse uma escola... e não qualquer escola, uma chamada Amigos da Filadélfia, dos quakers.* Porque é uma escola *progressista*, seja lá o que isso signifique. Ela trouxe isso à tona quando era hora de você começar o jardim de infância, dizendo como KD adorava que Sage estudasse lá. Mas como é que eu fico mandando minha princesa guerreira

* Grupo cristão protestante e britânico que emigrou para os Estados Unidos da América no século XVII. Preza pela simplicidade e ações pacifistas, beneficentes e solidárias, além de uma sociedade igualitária, sem discriminação entre sexos ou cor de pele. (N.E.)

pra uma instituição totalmente branca que se autointitula "amigos"? Ela poderia pelo menos ter falado de uma escola pública como a Central High. Eu entendo, apesar de tudo. Ela queria o melhor. Mas estamos construindo a nossa própria... Você já preparou tudo pra sessão de informações da Escola da Liberdade?

Ainda estou paralisada pelo fato de que poderia estar indo para a escola com Sage desde os 5 anos. Eu poderia ter uma vida normal e ainda ter tempo para o trabalho de libertação, da mesma forma que Sage tem tempo para ajudar sua mãe a fazer partos.

— Sim, mas onde vamos fazer isso? Mama quem reservava todos os espaços.

Ele suspira fundo e faz um cafuné no afro cacheado de Freedom.

— Precisamos terminar aquele livro. O capitalismo faz as pessoas pensarem que dinheiro é a única forma de pagamento. Vamos tentar lançar *A Constituição do Homem Negro* logo. Vai vender que nem água, pois é um livro que todo homem e garoto Negro neste país deveria ter. O dinheiro das vendas vai garantir nosso próprio prédio. Talvez seja até possível comprar um terreno em Gana. Esse era o sonho da sua mãe, sabe? Voltar para a África. Ela não queria voltar pro Haiti, mas pra terra-mãe. — Meu pai faz uma pausa por um segundo e Freedom começa a balbuciar. Ele beija a bochecha do filho. — Isso mesmo, reizinho. Você vai ter a sua Constituição, porque este país não se importa com você. Nigeria, preciso que você organize algumas das anotações de sua mãe, vá fazer uma pesquisa na biblioteca. Procure por quem eles chamam de pais fundadores deste país, selecione algumas citações, enquadre isso dentro da Constituição dos Estados Unidos e remixe tudo pro homem Negro. Envolva Chris e Makai nesse projeto.

— Homens Negros? Mas e as...? — começo a fazer a pergunta, mas alguém chama meu nome.

Jasmine está descendo as escadas, e ela olha para o escritório, procurando por mim.

— Bendito dia, baba Kofi — diz ela ao meu pai. Então, se dirige a mim: — Nigeria, você tá pronta?

— Pronta pra quê?

— Sério, Nigeria? Pra Market Street, lembra? Eu quero fazer compras pra escola.

Eu não lembrava. Fazer compras para a escola não é algo que eu tenha o costume de fazer, já que sou educada em casa.

— Então você se decidiu sobre a escola? — pergunto, olhando para meu pai e torcendo para que ele não dê um sermão em Jasmine agora.

— Não vamos aprender de pijama, né? Podemos sair de casa, né?

Meu pai olha para cima e fala:

— Claro que podem.

Jasmine e eu trocamos olhares silenciosos e significativos, mas eu apenas digo:

— Será que podemos ir amanhã?

Ela não responde e sai do escritório. Eu ignoro, sabendo que, de qualquer maneira, ela não gostaria que eu levasse o bebê.

— Você precisa deixar seu irmãozinho em paz e ficar perto de pessoas da sua idade — repreende meu pai.

As palavras dele se espalham por todos os cantos da casa. Nossa casa não é nossa casa. E, por um segundo, entendo por que mama tinha vontade de partir. Pessoas também podem ser como paredes.

Meu irmãozinho estende a mãozinha rechonchuda para mim e balbucia:

— Mama.

Seção 2

MAMA NUNCA ME deixou esquecer que o trabalho mais difícil que já teve foi me trazer a este mundo. Ela esteve em trabalho de parto por nada mais nada menos que *quarenta e oito horas*. E KD ficou com ela o tempo todo, me conduzindo ao mundo enquanto meu pai estava por aí salvando o mundo. Não pude contar com ele quando nasci.

Na noite em que Freedom veio ao mundo, as contrações da mama começaram exatamente quando um estrondo alto nos fez pular. Fogos de artifício. Como moramos em Philly, o berço dos Estados Unidos, o Dia da Independência soa como se as pessoas estivessem travando uma guerra contra o céu. O bebê da mama não estava previsto para nascer até o final do mês. Freedom deveria ser leonino. E não dava para prever que mama estava prestes a ter um bebê porque ela se movia como um pequeno tornado. Estávamos fazendo nosso Churrasco da Libertação Negra, substituto do Dia da Independência. Mama estava no quintal grelhando legumes, delegando tarefas e garantindo que os voluntários entregassem pratos para os mais velhos no bairro.

Então, a vi na cozinha com as costas curvadas, segurando a barriga como se estivesse prestes a explodir.

— Tá tudo bem, Gigi. Volte lá pra fora — disse ela entre respirações profundas, acenando para que eu me afastasse.

Então, contei a uma das tias que a barriga da minha mãe estava prestes a explodir.

Alguém gritou:

— Liguem pra parteira!

Mas o problema era que a nova parteira, aquela que meu pai queria para o nascimento do próximo filho dele, a parteira Negra que substituiria KD, que por sua vez foi quem me trouxe ao mundo, estava em Nova York, ajudando no parto de outro bebê. Freedom não deveria nascer naquele dia.

Meu pai queria que o primeiro filho homem fosse conduzido ao mundo por um dos nossos. Então, quando o reizinho abrisse os olhos pela primeira vez, veria a aldeia que o ajudaria a crescer: nós e apenas nós. KD apareceu em nossa casa quando as contrações de mama estavam com intervalos de cinco minutos, da mesma maneira que ela apareceu em nossa antiga casa quando eu nasci.

— Não! De novo não. De jeito nenhum! — disse meu pai quando KD, usando contas de japamala de madeira e um caftan folgado, apareceu na nossa sala de estar. Ao lado dela estava Sage, com um grande afro cacheado e olhos brilhantes da cor da avelã. Àquela altura, não nos víamos desde os 12 anos, já que mama estava ocupada com o Movimento e tudo mais.

— Não é que meu pai odeie pessoas brancas — expliquei a Sage quando ela se perguntou qual era o motivo de tamanha confusão. Os adultos gritavam uns com os outros enquanto mama tentava lidar com as contrações. — É só que ele não quer que nenhuma pessoa branca faça o parto do filho dele. Nossos ancestrais revolucionários não aprovariam.

— Mas minha mãe fez o seu parto, e você tá bem — rebateu Sage, como se fosse eu que tivesse mudado. Eu não sabia como dizer a ela que era meu pai quem estava inventando todas essas novas regras sem fazê-lo parecer uma pessoa ruim.

— Só queremos que o bebê esteja cercado de pessoas que o amarão, nada mais importa — falei para ela. Nos últimos anos, Sage e a mãe não podiam ir às palestras do meu pai, aos nossos eventos de Kwanzaa e até mesmo às minhas próprias celebrações de gratidão.

— Mas sua mãe e minha mãe são amigas. Já fazemos parte da vila do bebê — argumentou ela.

Sage não estava errada, e também não estava certa. O Movimento tem sido o que é desde que nascemos. Mas este país e o mundo estavam mudando, então meu pai e sua revolução estavam mudando também.

— Sim, mas... você não faz parte do Movimento. — Foi tudo o que consegui dizer.

Seus ombros murcharam e ela olhou para mim como se eu tivesse acabado de construir um muro entre nós. E não poderíamos mais nos ver. Pelo menos não como quando éramos crianças.

Virei para ver KD massageando as costas da minha mãe enquanto meu pai estava no telefone tentando encontrar outra parteira Negra na Filadélfia.

— Eu preciso sair daqui — disse mama quando algumas das tias se aproximaram, esfregando sua barriga e colocando pedaços de gelo na sua boca.

Ela se levantou de uma bola de exercícios e me disse para empacotar tudo em uma bolsa de viagem, todas as coisas para o parto e para o bebê. Eu fiz o que me pediu. Duas tias diziam para ela ficar quieta. Meu pai estava se desculpando e tentando abraçá-la e fazê-la ficar em casa, mas as contrações eram ondas gigantes ameaçando afogar todos naquela casa.

— Ok. Preciso que todo mundo escute agora — disse KD. — Se a mãe não estiver se sentindo confortável, vai ser pior pra ela e pro bebê. O colo do útero não está dilatando rápido o suficiente. Não queremos complicações, certo?

Todos ficaram em silêncio.

— Natalie? — chamou KD, enquanto colocava a mão na barriga gigante e redonda de minha mãe. — O que você quer fazer?

Em minutos, estávamos no carro de KD, indo com pressa para a casa dela em Chestnut Hill, porque o hospital nunca foi uma opção. Eu fui no banco do carona e Sage, no banco de trás com a minha mãe, porque ela estava acostumada com isso, graças a seu treinamento de doula e tal. Eu mantive os olhos em mama enquanto Sage respirava junto com ela, e KD a orientava do banco do motorista, quase ultrapassando semáforos fechados. Eu também inspirava e expirava, tentando me acalmar, se não por minha mãe, então pelo meu pai.

Ele nos seguia de perto em sua caminhonete, e fiquei feliz que estava vindo sozinho e não com a habitual comitiva de tios.

Quando chegamos à casa de KD, que também era um centro de parto, lembro-me de não querer entrar. Mas Sage segurou meu pulso e me levou, me assegurando de que eu precisava estar com minha mãe. Eu poderia contar nos dedos quantas vezes estive naquela casa, mas nada lá me parecia estranho. Mama também pratica Vodu. Mama ora para Buda. Mama se curva para a lua e também faz oferendas à Morte. Mas algo estava errado, como se, ao entrar naquela casa com minha mãe prestes a dar à luz, tudo mudaria. *Tudo.*

Meu pai quase estacionou a caminhonete na calçada por causa da pressa. Mas, assim que ele desligou o motor, sirenes soaram e um carro de polícia parou atrás dele. Meu pai saiu do carro, ignorando tudo ao redor e tentando entrar na casa de KD. Mas os dois policiais também saíram do carro.

— Natalie! — gritava meu pai do lado de fora.

Mama estava com dor, e KD a levou para dentro da casa em direção a um quarto dos fundos, onde uma cama *king-size* estava coberta com lençóis brancos alvejados: a sala de parto.

Eu as segui para dentro de casa, mesmo quando os dois policiais chamaram meu pai de volta para a caminhonete.

— Senhor, você estava ultrapassando o limite de velocidade! — gritou um deles.

Atrás de mim, a porta da casa de KD, o centro de parto, fechou-se. Mama parou no meio da sala enquanto outra contração a fez se dobrar e apertar a mão de KD. Sage estava correndo pela casa, preparando tudo. E eu era como um portal, pendurado na balança entre o mundo do meu pai e o mundo da minha mãe: presa no meio da paz e da guerra, como aquele espaço-tempo entre um ferimento recente e uma cicatriz totalmente curada. Talvez aquela tenha sido a primeira vez que uma rachadura se formou entre meus pais, e, desde então, há um abismo crescente... esse buraco que mama deixou aqui.

KD lavou as mãos, vestiu algumas roupas cirúrgicas com patinhos bebês e levou uma enorme mala com suprimentos para a sala de parto.

Mama gritava, grunhia e chorava como se fosse o Big Bang que criou todo o universo. Ela sempre me disse que uma mulher Negra deu à luz a humanidade, que todos podem rastrear a própria ancestralidade até uma mulher africana, a mãe primordial, Eva mitocondrial.

Um estrondo alto pareceu fazer toda a casa tremer, e eu olhei para cima pensando que o telhado estava sendo arrancado. Meu coração parou.

— Baba! — gritei.

— Tá tudo bem, meu bem — disse KD para mim enquanto verificava os batimentos cardíacos da mama com um estetoscópio. — São só os fogos de artifício lá no Pastorius Park. Você pode até ver o lindo espetáculo pela janela da frente, se quiser.

Mas aqueles fogos de artifício não eram nada comparados aos gritos da minha mãe. Ela estava prestes a se partir ao meio.

E eu… eu estava me dividindo ao meio também. Baba ainda estava lá fora enquanto os fogos de artifício transformavam o céu em uma guerra. Mama estava dentro, enquanto aquele bebê transformava seu corpo em uma guerra. E eu estava apenas ali como uma fronteira, invisível e impenetrável.

Em segundos, o choro agudo de um bebê cortou o som das bombas no ar. Uma pequena bola marrom, um ser humaninho, nas mãos de KD. O cordão umbilical ainda pulsante estendia-se para fora da mama e conectava as três pessoas: minha mãe, sua parteira e o recém-nascido.

— É um pintinho! — cantou KD.

Sage aplaudiu e sorriu para mim.

— Agora você é uma irmã mais velha! Vem logo tirar uma foto!

Corri para ficar ao lado de mama enquanto ela lutava para se sentar na cama. KD colocou o bebê nos braços dela, e ela olhou para ele como se fosse algo que não entendesse, tipo um quebra-cabeça difícil de um bebê cuja chegada naquele dia fazia todo o sentido do mundo. Mama começou a chorar, e Sage tirou a foto antes mesmo de eu conseguir sorrir direito, porque minha cabeça era o universo girando rápido demais, um redemoinho de caos.

E naquela noite, enquanto os fogos de artifício iluminavam o céu, enquanto meu irmãozinho testava os pulmões neste novo mundo, enquanto minha mãe chorava, chorava e chorava junto a ele, as sirenes lá fora ameaçavam derrubar toda a casa.

Então, saí correndo do quarto e pude ver a confusão do lado de fora pela janela. Polícia. Luzes. Vozes.

— Afaste-se da porta, senhor! — gritou um homem.

— Minha esposa está dando à luz o meu bebê lá dentro! — rebateu meu pai.

Senti o estômago revirar. Fui até a porta, alcancei lentamente a maçaneta e a girei. Meus olhos encontraram os de meu pai, e ele implorou enquanto se estendia em minha direção. Para quê? Para eu dizer algo? Resgatá-lo? Eu não sabia. Então eu apenas disse:

— O bebê nasceu!

Mas, antes que ele pudesse dizer uma palavra, um dos policiais gritou com a mão na pistola:

— Documento do carro e carteira de motorista, senhor, ou teremos que detê-lo!

— Nigeria, precisamos de ajuda aqui dentro! — chamou Sage de dentro da casa.

E novamente, eu era como um portal, pendurado na balança entre o mundo do meu pai e o mundo da minha mãe. Naquele momento, escolhi ambos. Então voltei correndo para dentro para dizer:

— Estão prendendo meu pai!

KD estava segurando o bebê, e Sage abanava mama.

— Estão prendendo meu pai! — gritei novamente.

— O quê? — perguntou mama, sonolenta. Ela estava suada e atordoada, e a voz dela soava rouca e distante. — Diga pra ele entrar. Diga que finalmente tem o filho dele. Ele finalmente tem o filho dele.

— Ele tá tentando, mas a polícia não está deixando! — Eu me aproximei, mas tinha medo de deixar meu pai na mão do lado de fora.

Ninguém estava me ouvindo. KD entregou o bebê a Sage. Então se concentrou na mama. Os lençóis brancos alvejados tomavam rapidamente a cor da guerra. Os olhos da mama tornaram-se luas eclipsantes, e KD continuava chamando o nome dela.

— Natalie, você tá me ouvindo? Natalie, diga alguma coisa! — Ela colocou dois dedos no pescoço da minha mãe, respirou fundo e gritou: — Sage, chame a ambulância! Vamos ter que levar Natalie pro hospital!

Minha cabeça girava e girava. Eu observava Sage enquanto ela embalava o bebê nos braços, depois virava para a janela e a porta da frente enquanto as luzes giratórias do carro da polícia inundavam a sala de estar.

— Meu pai só quer ver o bebê. — Chorei.

— Nigeria, meu bem — disse KD calmamente. — Preciso que você se concentre em sua mãe agora. Temos que levar ela pro hospital. Ela tá perdendo muito sangue.

— Não — disse. — Meu pai não quer isso.

Hospitais nunca foram uma opção porque faziam parte dos sistemas que ele queria desmantelar.

— Bem, não depende do seu pai agora.

Então Sage se aproximou de mim e sussurrou:

— Segure seu irmãozinho. Preciso chamar a ambulância.

Ele estava envolto em um cobertor branco e felpudo que o fazia parecer um anjo aninhado nas nuvens. O rostinho era enrugado e suave ao mesmo tempo, como se fosse jovem e velho, como um ancestral em um corpo minúsculo.

Fiquei olhando fixamente para meu irmãozinho por uma eternidade, ignorando o caos ao meu redor. Em pouco tempo, a porta se abriu, e dois paramédicos empurraram uma maca para o quarto. Eles levantaram mama da cama destruída pela guerra, e seu rosto, seu corpo, todo o seu ser era alguém que eu nunca tinha visto antes, derrotada e murcha.

— Mama? — chamei baixinho, e soltei um suspiro, como se uma parte da minha própria vida estivesse indo embora com ela.

Então finalmente deixaram meu pai entrar. Ele correu para o lado da mama, gritando o nome dela.

— Natalie! O que fizeram com você? — A voz do meu pai, o Xangô que tudo domina, aquele som trovejante que abre o mar, estava baixa e fragmentada, como se tudo naquele momento o tivesse quebrado em um milhão de pedaços.

E mama, nem lá nem cá, sussurrou:

— O nome dele é Freedom. Freedom Sankofa Jones.

— Freedom — repetiu meu pai, com a voz tremendo, olhando para trás em direção a mim e ao bebê, e acho que vi lágrimas se acumulando em seus olhos. — Tá bem, meu amor. Vamos chamá-lo de Freedom.

Eu sorri também e repeti o nome do meu novo irmãozinho. *Freedom.*

Enquanto eles levavam minha mãe para fora, com meu pai ao lado dela, segurando sua mão, KD veio pegar meu irmãozinho.

— Não! Pra onde ele tá indo?

— Pro hospital. Temos que ter certeza de que ele vai ficar bem — disse KD.

— Mas os sistemas... — sussurrei.

E desta vez, no lugar dos gritos da minha mãe perfurando o céu noturno, eram os gritos do meu pai. Eu não conseguia entender suas palavras; só conseguia sentir a raiva tomando conta de todo o ar como uma fumaça escura. Eles não o deixaram entrar na ambulância com minha mãe, sua esposa, e meu irmãozinho, seu filho. Então, meu pai amaldiçoou tudo e todos ao redor, mesmo enquanto os fogos de artifício iluminavam toda a Filadélfia celebrando o aniversário dos Estados Unidos, que também era o aniversário de Freedom.

Antes que meu pai decida voltar para a casa de KD, antes que ele culpe minha mãe por nos deixar, antes que ele a encontre naquele lugar onde ela é livre, eu vou procurá-la. Eu não sei o que encontrarei na casa de KD, mas pelo menos conseguirei algumas respostas. Por que KD tinha aquela carta que mama escreveu para a escola? O que há no pacote? E talvez, apenas talvez, eu descubra por que mama decidiu ir embora para início de conversa.

Mando uma mensagem para Sage avisando que estou indo lá. Nenhuma resposta.

Apoio Freedom no quadril, pego a bolsa dele e minto para meu pai, dizendo que preciso ir ao mercado e que o bebê precisa tomar um pouco de ar. Chamo um táxi e a viagem de vinte minutos pela I-76 e pela Lincoln Drive até Chestnut Hill é um vazio silencioso de coisas desconhecidas. Talvez eu esteja sendo atraída para o lugar onde mama pode estar, como se a verdade fosse um vácuo que suga tudo. O que é que vou dizer para minha mãe depois de tanto tempo sem vê-la? O que ela vai fazer quando vir eu e Freedom? Será que Freedom vai se lembrar dela? O que vai achar quando souber que ele me chama de mama agora?

Arbustos crescidos demais, um gramado sem cortar, flores do campo e um pequeno carvalho são como uma florestinha ao redor da casa de KD — um rancho antigo de madeira na West Meade Street com a pintura roxa do revestimento descascando. A placa no gramado irregular é para gente branca que quer anunciar para o mundo que são do tipo que presta: NESTA CASA ACREDITAMOS QUE VIDAS NEGRAS IMPORTAM, DIREITOS DAS MULHERES SÃO DIREITOS HUMANOS, AMOR É AMOR, CIÊNCIA É REAL etc. A placa do empreendimento dela fica pendurada acima da porta verde.

Karma & Dharma Serviços de Doulagem
Katherine Dillon, Enfermeira Obstetra Certificada (EOC)
Curandeira Naturopata, Fitoterapeuta &
Especialista em Reiki

A porta da frente é destrancada e se abre. KD aparece com uma camisa com a logo do negócio dela — uma flor de lótus que também é um útero — e um grande sorriso no rosto.

— Nigeria! — cantarola. — Que bom ver você e seu irmão. Tô tão feliz que vocês estão aqui! Sage está lá dentro, trabalhando nas tinturas dela.

Sage vem até a porta e, quando nossos olhos se encontram, ela estreita os dela, desconfiada. Faz um gesto para que eu a siga. Quando entro na casa, KD pega Freedom do meu colo e o enche de beijos. Ela o devolve quando ele começa a chorar e estender as mãos para mim e volta para o escritório.

— Minha mãe tá aqui? — É a primeira coisa que digo quando entro na sala. Por um momento, fico paralisada, sem querer saber a verdade, se ela está ou não aqui, ou o que há no pacote que ela deixou com KD.

Sage me encara por um longo momento como se quisesse me dar um abraço. Mas, se me abraçar, eu vou desmoronar.

— Ai, caramba, Nigeria — diz. — Sinto muito. Mas ela deixou uma coisa pra você e vai ficar muito feliz quando estiver em suas mãos.

Sage segura meu braço e me sinto puxada para dentro de um portal, uma máquina do tempo ou outra dimensão. Fico ali na sala, e a sensação é de que estou na borda de uma lembrança. Então não me mexo, sem querer cair de novo naquele buraco negro. Em vez disso, vasculho o espaço por qualquer sinal de mama.

No chão, bem perto da porta de entrada, uma cabeça de Eleguá — um bloco triangular de cimento com búzios no lugar dos olhos, nariz e lábios, rodeado por minivelas. É um símbolo de proteção da África Ocidental e eu me pergunto se pertencia ao pai de Sage. Abaixo da janela da frente, uma estátua de Buda entre pequenos vasos de flores frescas, porta-incensos, um copo de água e um sino tibetano. KD é budista. Em outro canto da sala, uma mesinha coberta com um tecido preto, velas pretas, uma caveira e uma bola de cristal. KD também é wiccana; uma bruxa de verdade. As paredes da sala são pintadas com afirmações e palavras como “alegria”, “universo”, “alma”, “propósito divino”, “Terra” e “mãe”. Artes de macramé, plantas de todos os tamanhos e quadros e ilustrações de mulheres grávidas cobrem cada centímetro desta casa, assim como estátuas e bugigangas de todos os continentes. No ar, uma mistura de ferro e eucalipto, dor e mágica. Vasculho o espaço em busca da presença de mama — o cheiro, a aura, a sombra dela. Qualquer coisa. *Alguma coisa.*

— Onde está o pacote? — pergunto, finalmente.

KD coloca a cabeça para fora do escritório, com o celular na mão e diz:

— A mãe está a caminho. Contrações a cada cinco minutos. Prepare tudo. Ela chega em vinte minutos.

Sage segura minha mão de novo e me leva até a cozinha.

— Tá vendo aquelas toalhas na mesa? Coloque no forno, pra que elas fiquem quentinhas.

Sigo as instruções dela enquanto passo o olho no meu irmão. Fiz a mesma coisa na noite em que ele nasceu.

— Precisamos colocar uma panela de ervas pra ferver. Rosas-mosqueta e folhas de framboesa. Também ponha uma panela de acteia azul e negra no fogo, se for o caso. Os potes de ervas estão no armário embaixo da janela da sacada.

— Se for o caso de quê?

— Se for o caso — repete Sage. — Só se for o caso.

Faço o que ela mandou.

O blackzinho de Sage está preso com uma bandana verde, e ela usa um avental branco com um bordado de abelha na frente — o mesmo que vestia quando Freedom nasceu. Ela estava preparando tinturas e unguentos antes de eu chegar: despejando e misturando álcool, água destilada e ervas em copos medidores de vidro. Observo-a se deslocar pela cozinha como uma química.

Meu celular toca um alerta de mensagem. É meu pai, perguntando onde estou. Ignoro.

— Você gosta de fazer isso? — pergunto a Sage. — Se pode treinar para ser doula, por que está na escola?

— Eu ainda preciso ir pra escola pra ser doula, Nigeria. Não estamos no século XIX. E falando de escola...

Ela para o que está fazendo, limpa as mãos no avental e entra no escritório da mãe.

Fico sozinha na cozinha, esperando e tentando não lembrar, tentando não escutar o eco abafado dos gritos da minha mãe na sala de parto, tentando não ver as cores e luzes foscas das viaturas inundando a sala de estar. Casas também têm memória. Mesmo quando você está tentando esquecer, as paredes são espelhos que refletem o passado.

Então, por um momento, o tempo para. Algo familiar e colorido e estranho aparece no canto do meu olho. Viro rapidamente na direção daquilo, pisco e esfrego os olhos, para assegurar que o que eu vi é o que eu vi. Vou até a janela, olho para fora e vejo um vestido que pertence a minha mãe — aquele comprido de tie-dye azul e lilás que chega até os tornozelos dela. Uma rajada de vento sopra e parece que ela está flutuando no ar. Eu juro que meu coração erra uma batida. *Mama!*

Aqui? Agora? Depois de tanto tempo?

Corro até a porta, destranco as trancas e viro a maçaneta. Preciso ver o rosto, os olhos dela. Ela está ali na beira do gramado, chegando cada vez mais perto da calçada e depois da rua. E os pés... Os pés dela não estão tocando o chão. Mama flutua, plana, e quando outro vento sopra, juro que a vejo alçar voo. *Mama.*

Outra brisa de fim de verão sopra e o que eu achava que era ela é uma sacola plástica voando pelo ar como um paraquedas, depois é um pássaro e depois é uma memória. Sinto um cheiro de patchuli e lavanda e juro, juro que a vi. Juro que consigo sentir o cheiro dela. Juro que consigo sentir a presença dela. Ela estava aqui.

— Mama! — chama alguém, e me assusto.

Olho para baixo e vejo Freedom cambaleando na minha direção, estendendo a mãozinha pra mim. Pego ele no colo, beijo sua bochecha e me pergunto se ele também a viu, também a cheirou, também a sentiu.

— O que você tá fazendo? — pergunta Sage quando volta do escritório com um grosso envelope na mão.

Olho para a rua e para o céu mais uma vez e digo:

— Ela vem aqui, né?

Sage não diz nada e, quando me viro, ela está estendendo o envelope para mim.

Não pego, só fico olhando, como se mama tivesse dobrado toda a existência dela e colocado dentro daquele envelope, e talvez ele contenha os mistérios do universo dela ou alguma coisa. *Alguma coisa.*

— Posso guardar isso aqui pra você, pro seu pai não ver — sugere Sage, encostando o envelope no peito. — Mas você precisa ser rápida. Queria que tivesse vindo pegar durante o verão. Eu fiquei respondendo os e-mails e preenchendo os formulários pra você.

— Que formulários?

Sage chega mais perto e me olha nos olhos.

— Da escola — diz ela. — Você entrou na minha escola.

— Amigos da Filadélfia? — pergunto. — A escola de Kamau? A escola pra onde minha mãe escreveu?

— Isso, Amigos da Filadélfia. Lembra do teste que você fez fevereiro retrasado, quando eu e Kamau estávamos no nono ano? Você foi muito bem, então te ofereceram uma vaga. Mas seu pai recusou e nem te contou nada. Sua mãe escreveu aquela carta pra eles, mas já era tarde demais pra aceitar estudantes novos naquele ano. Então isso chegou no correio uns meses atrás. Nigeria, eles colocaram o tapete vermelho pra você este ano.

As palavras de Sage são uma mistura confusa de memória e possibilidade, esperança e pesar, sonhos e realidade.

— Escola? — pergunto de novo.

Ela suspira e revira os olhos, como se aquilo fosse trabalho demais pra ela.

— Sim, escola. Nigeria, é tão bizarro que eu e minha mãe tivemos que fazer tudo pelas costas do seu pai, sendo discretas, só pra colocar você na escola. A gente pediu a ajuda da sua tia, mas ela disse que não vai se envolver nisso.

— Eles não se falam mais, mas eu e Kamau estamos de boa — murmuro, mantendo os olhos no envelope na mão dela. Mas ainda não o pego.

— É desse Movimento que você não quer que eu participe?

— Família é uma coisa, o Movimento é outra — digo, sem saber se acredito naquilo e com raiva por ela estar tão metida nos assuntos da nossa família.

— Ah, a gente é que nem família, Nigeria, você gostando ou não. E a gente devia estar lá celebrando o aniversário do Freedom. Sua mãe estava recebendo algumas correspondências aqui em casa, incluindo as coisas da sua escola. Você tá sabendo das suas notas? Da sua bolsa?

— Que bolsa?

— Puta merda. Mama! Ela não sabe de nada disso.

KD entra na cozinha, vai até as janelas e fecha as cortinas. Ela chega perto de mim e diz, com lábios franzidos:

— Sua mãe conseguiu manter esse segredo todo esse tempo. Agora a decisão é sua, se você vai deixar ou não seu pai controlar sua vida.

— Ele não controla a minha vida — rebato.

Ela inclina a cabeça e suspira, como se sentisse pena de mim.

— Não me olhe assim — falo. — Você não sabe nada sobre a gente.

Eu não acredito nas minhas próprias palavras. Mama vinha passando muito mais tempo com KD desde a gravidez. E eu me pergunto se ela não queria que KD fizesse o parto de Freedom este tempo todo. Me pergunto quão próximas elas eram de verdade e o que minha mãe vinha contando a KD sobre nossa família.

— Ei — chama Sage, quebrando a tensão entre mim e a mãe dela. — Por que você não dá uma olhada nisso aqui, hein? Lembra todas aquelas perguntas que você tinha sobre a minha escola? Bom, todas as respostas estão aí dentro. Eles querem muito você, Nigeria. Você é praticamente um gênio.

Não pego o envelope da mão dela. Escola. Gênio. Isso é tudo que minha mãe quer pra mim. E tudo de que meu pai quer que eu fique longe. Então tento me equilibrar em algum lugar entre as memórias africanas e os sonhos americanos.

— Ela devia ter me contado — digo baixinho. — Ela devia ter me contado que me queria lá.

— Eu ouvi dizer que seu pai não quer que você vá embora. — É tudo que Sage diz.

— Preciso ir — falo, pronta para correr pela porta, como se as paredes da casa estivessem prestes a se fechar sobre mim.

— Espera! — pede Sage. — As aulas começam na quarta. A orientação para estudantes novos foi semana passada, e eu tive que mentir e dizer que você estava fora da cidade. Tô fazendo isso pela sua mãe, mas se você não for...

— Eu não vou — digo.

KD traz uma sacola retornável e coloca o envelope dentro.

— Olha, Nigeria. Isso é o que sua mãe quer e, se a escola ficar entre você e seu pai, minha porta estará sempre aberta. Você sabe disso. Você é brilhante. Você entrou como aluna do segundo ano do ensino médio. Querem você lá e eu sei que, no fundo do seu coração, você também quer ir. Sua mãe quer você lá, meu bem.

Pego a sacola e encaro as duas por um longo segundo antes de sair de lá de vez. Pego Freedom numa almofada no chão onde ele tinha subido e peço um táxi no meu celular.

— Ah, meu bem, eu te levaria em casa, mas… — O celular de KD faz um barulho. — Eita, caramba! A mãe chegou!

Ela corre até a porta, e Sage corre de volta para a cozinha. Uma mulher grávida entra com o companheiro e uma mulher mais velha. A casa de parto de KD se torna um portal para a vida novamente.

Parte de mim quer rasgar o que quer que esteja dentro do envelope em vários pedacinhos, porque ele já despedaçou minha família. A outra parte, que sou eu inteira, ainda é caos e confusão. Estou tentando construir um universo organizado nesta dobra no tempo que ficou quando minha mãe decidiu que podia simplesmente ir embora, que podia simplesmente se fechar em uma parte secreta de si mesma e se tornar um mistério. Talvez ela me queira lá com ela e esteja estendendo a mão para mim, através do tempo e do espaço, ou em algum lugar distante onde ela seja realmente, *realmente* livre.

Seção 3

SONO E DESCANSO são meu direito de nascença, mas tudo em minha vida neste momento não para de quebrar essa promessa. Jasmine também não tem conseguido descansar, mas é por um motivo muito diferente.

Ela passou feito um furacão pelo meu quarto e supostamente ia embora no verão. Mas ainda está aqui. Não pressionamos integrantes a sair, mas, quando parece que eles estão se aproveitando, fazemos uma reunião com os mais velhos. Então o fato de Jasmine nos ajudar é uma coisa boa. Mas ela não pode ficar aqui para sempre porque precisamos abrir espaço para novos integrantes. A família verdadeira dela provavelmente está com saudade, apesar de ela dizer que eles são zoados. Além disso, o objetivo de ser integrante do Movimento é ganhar conhecimento e sabedoria o suficiente para passar adiante. Cada pessoa ensina uma pessoa. Estou deitada na cama observando-a revirar uma sacola de roupas que comprou num brechó mais cedo.

— Tem gente que já acha que eu não tenho casa, então comprar roupa de brechó não pega bem — diz ela, segurando uma calça jeans velha. — A galera da minha área já sabe que eu não vivo mais com minha mama.

— Não importa o que acham — devolvo, esperando que apague as luzes e vá dormir. Minha cabeça ainda está girando por causa de mais cedo. — Você tá aqui com a gente, segura, quentinha e ficando mais saudável com toda essa comida vegana!

Ela ri e joga uma camisa em mim. Jogo de volta e sorrio só porque estou tentando animar Jasmine, mesmo não tendo energia nem para mim.

Jasmine fica quieta por um momento e torço que esteja ficando cansada. Mas aí diz:

— Não vou voltar pra escola. Essa é uma das regras de morar aqui, né? Descolonizar, desinvestir e indigenizar.

Sento na cama. Parece que meu mundo está se descascando para revelar uma semente de verdade enterrada fundo dentro de mim, e talvez Jasmine possa me ajudar a desenterrá-la. Apesar de estar aos poucos se tornando uma garota-propaganda do que o Movimento pode fazer pelas almas perdidas, preciso que ela pense no que realmente quer para a própria vida, assim como eu preciso fazer.

— Olha, Jasmine, você já sabe que se for integrante e morar na Casa Vila, precisa dar cem por cento pro Movimento. O que significa ajudar a gente a começar nossa própria escola. Você sabe o que meu pai está tentando construir aqui. Você tem que viver e respirar o Movimento. Mas ao mesmo tempo precisa pensar se isso é o que você quer de verdade.

Ela suspira e se joga na cama.

— Minha escola vai querer xeretar a minha vida se eu não aparecer no primeiro dia de aula do terceiro ano — diz ela, dobrando a calça jeans e guardando de volta na sacola. — Não mandaram uma orientadora educacional nem uma assistente social pra minha casa. Quer dizer, pro lugar que era minha casa.

— Bom, não é como se você estivesse em perigo aqui. Na real você tá muito bem e acho que sua mãe sabe disso. Olha você lendo livros grandes! Todo mundo sabe que a gente salva vidas, e você é um exemplo disso. Mas… talvez… — Pauso por um segundo e penso com cuidado nas palavras, porque também estou falando comigo mesma. — O Movimento deva ser só mais um degrau, e não sua vida toda.

— Nigeria, não posso voltar pra minha antiga vida. Sinto como se eu estivesse em um sono profundo antes, sem saber minha história. Mas aqui... Eu preciso ir pro mundo contar minha história. Eu preciso contar pra galera jovem que minha vida mudou por causa de vocês. E talvez, quando eu for mais velha, eu possa começar minha própria Casa Vila — supõe ela.

Inspiro profundamente, me preparando para o que estou prestes a dizer.

— Você pode fazer todas essas coisas mesmo sem estar na Casa Vila, até mesmo sem fazer parte do Movimento.

Ela congela e estreita os olhos para mim.

— Eu tô dizendo que esse lugar salvou minha vida e cê tá dizendo que eu não preciso estar aqui? Tá querendo dizer o quê, irmã Nigeria?

Junto as mãos e as trago até meus lábios, como se estivesse rezando. Conto mentalmente de cinco até um.

— Foi mal, Jasmine. Não tava falando nesse sentido. É só que... Já vi gente se envolvendo no Movimento e, depois de ver meu pai fazendo merda, perder a confiança na gente, virar as costas e esquecer do que aprenderam aqui.

— Tô ligada que vocês não são perfeitos — disse ela. — Já vi gente do Grupo Jovem chamar isso aqui de Wakanda, então vocês tão quase lá.

Quero falar mais, mas Freedom começa a chorar no quarto dos meus pais. Fico grata por ter um motivo para me afastar de Jasmine.

Já é quase meia-noite, e meu pai saiu para fazer as tarefas de sempre pela comunidade: ver como andam os tios, ser convidado no podcast de alguém e causar discórdia com os opressores.

Ele ainda não tinha voltado para casa na hora que Freedom dormiu. Queria poder manter meu irmãozinho no meu quarto, mas ele acabou de se acostumar a dormir na própria cama no quarto dos meus pais. Algumas pessoas estão se deslocando lá embaixo na cozinha e fico com raiva porque nunca dá para ter paz e silêncio de verdade nesta casa. Mama colocava um toque de recolher e, depois de certo horário, ninguém mais podia entrar na cozinha dela. Mas agora esta casa está liberada pra geral.

Vejo luz pela fresta da porta do quarto. Meu pai deve ter voltado. Então bato na porta.

— Baba, o Freedom tá bem? Posso ajudar a colocar ele pra dormir.

Ele não responde.

— Posso entrar?

Nada.

— Baba? — pergunto mais uma vez antes de abrir a porta.

Meu corpo inteiro vira pedra assim que a abro. Pisco algumas vezes para me assegurar de que a pessoa que estou vendo é a pessoa que estou vendo, que a mulher do lado de mama na cama não é mama.

Então inspiro profundamente para me acalmar e pergunto:

— O que você tá fazendo aqui?

Ela está usando uma camisola branca transparente e dando tapinhas nas costas de Freedom, que está deitado num travesseiro, e tudo que eu quero fazer é arrancá-la daquela cama e arrastá-la pra fora daquele quarto e, talvez, para fora daquela casa. Os olhos dela estão arregalados, como se tivesse sido pega no flagra e estivesse tentando pensar em alguma desculpinha de merda.

— O que você tá fazendo aqui?! — grito dessa vez.

Freedom começa a chorar de novo.

— Nigeria, preciso que você se acalme — diz Nubia.

— Estou calma. Eu fiz uma pergunta, só isso.

— Nigeria. Seu pai e eu…

— Meu pai e você?

— Ele deveria ter falado com você… Ou eu deveria ter te contado…

— Contado o quê?! — grito ainda mais alto, porque nunca houve nenhuma mulher nessa cama além de mama.

— Por favor, abaixe o tom. Não tem por que envolver todo mundo nisso.

— Nigeria, qual é o problema? — pergunta Jasmine do fim do corredor.

Outras pessoas estão subindo as escadas, e juro pelas minhas ancestrais que é melhor que seja meu pai para me dizer que porra está acontecendo ali. Vou até Freedom, pego ele e o abraço enquanto ele chora. Então me afasto daquela mulher o mais rápido possível porque senão…

— Beleza, galera. Vamos nos acalmar — diz tio Ra, da porta. Jasmine e Makai estão atrás dele, observando.

— Nigeria… — chama Nubia, mas não diz mais nada.

Piso forte para fora do quarto com Freedom no colo. Todo mundo abre espaço para mim no corredor enquanto me dirijo ao meu quarto. Mas Jasmine vai estar lá dentro e preciso de espaço. Então me viro para descer as escadas, mas tem muita gente nessa casa e preciso de espaço. Freedom está chorando mais alto agora, esfregando os olhinhos, e preciso de espaço. Seguro-o mais firme, tentando fazê-lo parar de chorar.

— Nigeria, põe o bebê no chão e deixa a gente falar com você — pede tio Ra atrás de mim.

Continuo andando de um lado para o outro, procurando um lugar tranquilo para acalmar a mim e ao meu irmãozinho.

Nubia sai do quarto e vem na minha direção. Então desço as escadas bem quando meu pai está entrando pela porta da frente. Nossos olhos se encontram. Depois ele olha para o topo das escadas, de onde todo mundo está assistindo. Então olha para mim.

— Nigeria, leve Freedom de volta pra cama dele e vamos conversar — diz.

Ignoro. A sala de estar está vazia e escura. É lá que encontro meu espaço: uma poltrona onde mama costumava sentar quando estava grávida de Freedom. Meu irmãozinho se aninha no meu colo e, em segundos, adormece de novo, e todo mundo me deixa em paz.

Minha mente roda em círculos. Tudo que tenho são perguntas que nem quero fazer. *Por que ninguém me contou que ele estava pronto para seguir em frente com a vida?* Não sei quanto tempo se passou quando meu pai vem pegar Freedom de mim.

— Vai pra cama, Ni. Conversamos de manhã — diz ele.

Só largo meu irmãozinho porque meus braços estão cansados. Estou cansada. As paredes desta casa estão se fechando cada vez mais e tem um grito entalado no fundo da minha garganta. Meu corpo inteiro é uma pedra com pequenas rachaduras se formando na superfície. Quando meu pai vai embora, levanto e passo pela cozinha cheia de pratos sujos e luzes ainda acesas, saio pela porta do fundo e vou para o pátio do quintal. Sento no cantinho de mama e lembro de todas as coisas que ela me ensinou a respeito de se manter calma e centrada, de acessar minha consciência de deusa e não deixar o mundo me desequilibrar. Ela me ensinou como fazer longas respirações pranayama, mas, em vez disso, seguro a respiração e me pergunto o que vai acontecer se eu só... parar. Ela me ensinou a me firmar nomeando todas as coisas que estivesse vendo e sentindo. Mas, em vez disso, fecho os olhos e me pergunto o que vai acontecer se eu só... parar.

Alguém desliga as luzes na cozinha. Então tudo fica em silêncio, exceto pelo barulho dos carros e dos grilos e do som constante dos aparelhos de ar-condicionado mais próximos. Me misturo com a escuridão e me pergunto sobre todos os lugares onde minha mãe poderia estar agora. Não consigo imaginar ela dormindo um sono pesado, em paz, sabendo que nos deixou para trás, longe de nós. Não quero pensar nela, mas é como se ela não quisesse que eu a esquecesse, então me assombra nos lugares mais estranhos — na casa de KD e nos meus sonhos. Não tenho uma resposta para: *Por que ela foi embora? Foi por isso? Ela sabe dessa nova mulher?*

Eu não sei. Eu não sei.

O cheiro de maconha me faz pensar que provavelmente ela esteja aqui. É aqui que ela vinha fumar um baseado sozinha com uma caneca de chá de ervas na mão. Também trazia um maço de sálvia ou um incenso. Os cheiros doces, amargos e terrosos dançavam uns com os outros, se enroscavam como trepadeiras e subiam até me alcançar pela janela do meu quarto.

Fungo e me ajeito na cadeira. O cheiro está próximo. Próximo demais. Talvez ela esteja me assombrando de novo e a ideia da presença dela faz meu corpo inteiro se arrepiar.

— Desculpa. Tá incomodando você? — pergunta uma voz no escuro.

— Quem tá aí?

Sem resposta. Então pergunto:

— Chris?

Ainda nada. Então, depois de um longo momento, ele diz:

— Tô pensando em não atender mais por esse nome. Rei Kofi tava certo. — A voz dele também é como fumaça.

— Como você sabe? Você ainda nem conheceu o mundo.

Tem um banquinho na ponta da horta da minha mãe, e ele provavelmente está sentado lá. Aquele era o outro cantinho dela, mas a horta agora está cheia de ervas daninhas, e os mosquitos são barra-pesada.

— Meu mundo é a Filadélfia — diz ele. — North Philly, West Philly. E toda quebrada é como se fosse um continente diferente.

Esse é o máximo que ele falou desde que chegou aqui mês passado, e eu me pergunto quem o consertou.

— Tá certo, andarilho. Espero que você esteja de manga longa e calça, porque os mosquitos vão te rasgar todo aí nesse canto.

— Você *de novo* avisando que alguma coisa vai me rasgar. Primeiro cartucho de bala, agora mosquito.

Ele está certo. Por que é que eu me importo mesmo? Mas aquela fumaça — da maconha, da voz dele...

— Posso dar um trago?

Escuto os galhos e as folhas secas embaixo dos sapatos dele. Então ele fica semivisível sob a luz da lua no fim dos degraus do pátio. Consigo distinguir uma camiseta preta e as tranças curtas pendendo na frente da testa e das orelhas dele. Ele leva o baseado aos lábios e traga, soltando a fumaça no ar enluarado.

— Me encontra no meio do caminho — provoca ele.

— Você ficou cheio de conversa de repente — digo, sem sair do lugar.

— E você parecia que ia sair na mão com alguém lá dentro.

— Me deixa dar um trago só pra eu poder... sumir... — peço, minha voz desvanece com a última palavra.

— Então vem aqui onde tá escuro.

— Me encontre no meio do caminho — provoco de volta, quase sussurrando.

Levanto da cadeira e sento nos degraus do pátio, onde a luz está baixa o suficiente para que nós dois pareçamos fantasmas.

Ele senta do meu lado, segurando o baseado que agora é só uma ponta — pequeno, preto, queimado e menor que as pontas dos dedos dele.

— Dá pra ver que tem um tempo que você tá sugando esse aí — digo.

— Foi mal. Rude da minha parte. É como se eu estivesse oferecendo farelo pra você.

— Você não ofereceu. Eu pedi. Continue fumando pra eu ficar chapada por osmose.

— Tenho uma ideia melhor.

Ele dá um trago longo e gesticula para que eu vire o rosto para ele.

Eu sei exatamente o que fazer. Ele exala profundamente, solta a fumaça, como se fosse um fantasma escapando de seu corpo. Eu abro bem a boca e recebo tudo que ele é, tudo que foi. A fumaça se move entre nós tão organicamente quanto o ar. Não percebi que ele estava me puxando cada vez mais perto com a fumaça em vez das mãos, a brisa da noite em vez do corpo e um pesar denso e pesado em vez de algo como desejo.

Minha cabeça se acende com mil vaga-lumes e talvez eu esteja brilhando agora. Estou a centímetros do rosto dele quando pergunto:

— De onde você veio?

Ele lambe os lábios e diz:

— Do pior pesadelo do seu pai.

— O que isso significa?

Me afasto e, se não fosse pela fumaça, iria embora também, porque não quero nem pensar no meu pai neste momento.

— Foi o que ele me disse. Que eu sou o pior pesadelo dele. Sem casa. Sem família. Sem objetivos. E não ligo pra porra nenhuma. O pior pesadelo da América.

— Meu pai tem uma tendência a exagerar as coisas. E *ele* é o pior pesadelo do país, não você. Quer dizer, se ele conseguir desmantelar a supremacia branca e começar uma guerra racial como o acusam de estar fazendo. Você é o sonho molhado do país. Se não liga pra porra nenhuma, isso vai ser motivo pra te aprisionar ou pra meter bala em você nas ruas. Você e tudo que você é justifica a injustiça deles.

— Isso é escroto — diz ele, dando outro trago, e o baseado está tão pequeno agora que parece que ele está fumando esperanças e sonhos.

— Você tá agindo como se não soubesse.

— Eu não sabia. Seu pai tá me ajudando a ver o mundo com novos olhos. Tipo, quando cê cresce do jeito que eu cresci, cê não pensa em porra de *supremacia branca* nenhuma. Pelo menos não assim.

Mantenho os olhos voltados para a frente, encarando o quintal escuro. Tem tantas memórias aqui. Mas este momento parece estar pintado por cima de tudo com uma pincelada gigante. A visão de Nubia na cama da mama rasteja como uma sombra, e eu devia ficar puta da vida de novo. Mas não deixo aquilo tomar conta deste momento — esta distração com este menino que eu mal conheço e que mora na minha casa.

— Quem te consertou? — pergunto.

Minhas palavras e pensamentos são uma mistura enlameada de exaustão, raiva, curiosidade e algo quente se agitando dentro de mim que não consigo nomear.

— Como assim "quem me consertou"? Não tô quebrado.

— As pessoas vêm aqui pra serem consertadas. Você já tá falando de mudar de nome. E esse é o problema. Quando você tá quebrado, você nem reconhece os pedacinhos minúsculos e fraturados de você girando em torno da sua alma, tipo poeira.

Você acha que a poeira pertence ao mundo, mas na real é tudo parte do seu eu quebrado.

Ele não diz nada por um momento. Depois pergunta:

— Quem me quebrou?

— No caso, quem quebrou *a gente*?

— Deixa eu adivinhar. O homem branco? — Ele ri e joga a ponta do baseado no chão.

— Não tem graça. Se não for levar isso a sério, não precisa estar aqui. — Levanto do degrau para procurar a ponta que ele jogou no chão. — Não joga essa merda aqui. Este chão é sagrado.

Está muito escuro para encontrar, mas continuo procurando mesmo assim.

— Se vocês são assim tão perfeitos, por que foi pra cima da Nubia daquele jeito? Se tem alguém que me *consertou* foi ela. Eu lembro que você só me entregou um curativo e me deixou lá sangrando no balcão da sua cozinha. Foi Nubia que veio e me limpou.

— O nome dela é Camille. — É a única coisa que consigo dizer, porque ele está certo e eu não vou admitir. Sento de novo ao lado dele no degrau, mais perto dessa vez.

— Aaah — cantarola, trazendo o punho até a boca e se inclinando para longe de mim. — E esse veneno aí? Cê num viaja muito nessa Nubia, não?

— Sem veneno — digo, balançando a cabeça. — Só é o que é.

— Viu. Então cê não concorda com o que seu pai diz nos livros, sobre preservar a família preta?

Uma pedra afunda no meu estômago e o tempo para. E talvez o ar escuro da noite fique vermelho flamejante e tudo pegue fogo neste momento. Queria eu. Não tenho nada a dizer a respeito disso, mas tenho muitos sentimentos.

— Tem um capítulo em *Famílias negras importam*, o primeiro, em que ele diz que a revolução começa em casa — continua Chris. — Mãe, pai, crianças. Tias, tios, primos. Avós. Mais velhos. Todo mundo sob um mesmo teto. E que a supremacia branca separa o rei de sua rainha. Então o alicerce quebra já no início. E pra gente preta neste país, com todos esses irmãos presos, sendo eliminados... Com todas as irmãs por aí sendo mães solo... Se a gente quer ser livre, vamo botar a rainha em primeiro lugar, sacou?

Ele esfrega as mãos e me olha de canto, como se tivesse me apresentado a uma ciência completamente desconhecida para mim.

— Então você anda lendo os livros do meu pai, é? — falo, lembrando das anotações que minha mãe escreveu.

— Isso não é requisito pra morar aqui? Terminei *Famílias negras importam: volume I*, e tô pra começar *Vire a mesa*. Ele prometeu que ia me deixar ler um rascunho d'*A Constituição do Homem Negro*. Sou fã do rei Kofi desde que ele foi na minha escola no primeiro ano. Tirei uma selfie com ele. Sua mãe, rainha Natalie Sankofa, foi legal pra caralho. Dali pra frente eu saquei que queria saber de tudo que cês fazem aqui.

— Natalie Pierre — corrijo rapidamente. — Ela nunca mudou o nome.

Ele puxa o celular e, em segundos, está me mostrando fotos da celebração do Kwanzaa no porão da Allen Church, dois anos atrás. Mama tinha feito uma ceia vegana com couve-flor assada em formato de peru, macarrão com queijo de castanha e cogumelo frito que parecia frango.

— Achei que ia comer essas paradas morando aqui.

— Ela vai voltar — digo.

— Sério mesmo? — questiona ele, por fim, enquanto pesca um isqueiro e mais um baseado do bolso.

— Sério mesmo — respondo num sussurro.

— A única coisa que não gosto, na real, é esse vegetarianismo que seu pai bota pra geral. Fico com fome nessa casa. Nubia tentou fazer um negócio com tofu dia desses, mas ficou nojento — diz Chris, e é como música para meus ouvidos.

A geladeira de nossa cozinha anda vazia. Todos têm que contribuir com algo para os mantimentos da casa, e mama sempre ia na feira comprar frutas e vegetais frescos para alimentar todo mundo que morava aqui. Mas, desde que ela foi embora, ficamos por conta própria, inclusive eu e Freedom. Cozinho para nós dois, e não para a casa toda.

— Ela não pode ocupar o lugar da minha mãe — murmuro, mais para mim mesma do que para Chris.

— Não é pra ela ocupar o lugar da sua mãe. Ela é a rainha-mãe número dois. Duas rainhas não podem ocupar o mesmo trono. É assim que faziam na África. Todas as esposas do rei tinham a própria propriedade.

— Quem te disse isso?

— Por onde cê andou, rainha? Nas semanas que passei aqui já sei mais sobre o Movimento que você.

Ele *acha* que sabe.

— Preciso sair daqui — falo baixinho.

— Mas por que você ia querer ir embora? Estar aqui é a melhor coisa que já aconteceu comigo. Eu não tava muito na onda no início, e ainda não entendo umas paradas que vocês fazem. Mas eu tava pronto pra eliminar um pivete e seu pai me levou pro estande de tiro pra eu ter humildade e respeitar a arma. Mesmo assim eu não peguei a visão, e rei Kofi apareceu bem na hora pra salvar minha vida. Seu pai salvou minha vida, rainha! O Movimento salvou minha vida!

Mas quem tá me salvando?, quero perguntar.

— É o que a gente faz. Salvamos vidas Negras — digo.

— É disso que eu tô falando! Vidas Negras importam no Movimento o dia todo, todo dia. Eu sou a prova viva que vocês não são só conversa. Vocês vivem isso, rainha!

Por favor, pare de me chamar de rainha, também quero dizer. Sou regente de nada e ninguém. Minha casa é a casa dele. Minha família é a família de todo mundo. E tudo que eu quero agora é pegar Freedom no colo, porque meu irmãozinho é meu e só meu.

Aí Chris diz:

— Pô, tô de larica, e tô querendo arranjar frango frito ou um hambúrguer ou algo assim, porque tô morrendo de fome aqui!

Agora é meia-noite e estou na cozinha fazendo um hambúrguer sem carne para Chris porque ele precisa saber que o gosto é que nem hambúrguer de carne, mesmo que *eu* nunca tenha comido um de carne. Ele está sentado no balcão me observando e sorrindo e insistindo que um hambúrguer feito de proteína vegetal não vai ter gosto de carne.

— Posso pedir uma batata frita pra acompanhar o chocolate gelado? — pergunta Chris.

Procuro um saco de batata doce palito no congelador.

— Não é chocolate, é vitamina de frutas.

— Foi uma piada — continua Chris. — Sacou? Tô falando do *seu* chocolate.

Reviro os olhos, sem querer entrar em nenhum joguinho com este cara. Minha cabeça está em algum lugar dentro do envelope que peguei na casa de KD.

— Foi uma piada — diz ele de novo.

Ignoro qualquer que tenha sido essa piada e pego o liquidificador para fazer a vitamina dele. Estou concentrada em continuar de onde mama parou. Ela teria feito isso por qualquer pessoa. Já a vi ficar acordada a noite toda preparando refeições para integrantes ou para os eventos do Movimento.

— Legal — diz Chris quando coloco o hambúrguer e a batata frita na frente dele.

— Obrigada — respondo.

— Você é muito séria — comenta Chris.

— Esse trabalho é sério.

— Sim, mas você também tem que sorrir, rir um pouquinho. Alegria também é revolução, sabe.

E eu sou desarmada por um minuto. Só um minuto.

Enquanto ele devora a comida, me mantenho concentrada e distraída enchendo a lava-louça, limpando o fogão e os balcões, varrendo e passando pano. No momento em que termino, Chris já me disse boa-noite depois de tentar chamar minha atenção com piadas bregas e tudo mais e meus olhos estão queimando de sono.

Mama nunca me deixou esquecer que, já que a cozinha é o coração de uma casa, uma cozinha limpa é como um coração leve. E eu me pergunto se, onde quer que ela esteja, onde quer que ela tenha encontrado a liberdade que estava buscando, ela está com o coração leve.

Alguém desce as escadas. Nubia aparece na cozinha com Freedom no colo enquanto ele esfrega os olhos e faz bico.

— Geralmente ele pede leite no meio da noite? — pergunta ela.

E é aí que eu entendo que pessoas podem ser como grades, e preciso me quebrar em pedacinhos minúsculos, até ser a menor partícula do universo, para que eu consiga passar pelas brechas dessa coisa perfeita que meu pai criou — esse Movimento, essa Wakanda — e voar e voar e voar. Que nem mama, talvez.

Eu também costumava acordar no meio da noite com fome. Ainda consigo lembrar quando minha caminha de criança ficava no quarto dos meus pais, quando morávamos num apartamento pequeno perto da Universidade Temple. Mama me levava à cozinha para comer biscoitos com leite de amêndoas. Ela sentava em sua cadeira Acapulco preferida e eu subia no colo dela para escutar alguma história. Tinha um livro que ela sempre lia para mim: *The People Could Fly*,* de Virginia Hamilton. Em algumas noites, só lia a última história, na qual as pessoas voavam para longe rumo à liberdade. Na maioria das noites — e, quando eu fiquei mais velha, enquanto enrolava meus dreads —, ela contava a própria história de voo, falava do vento pegando-a pelos braços e a mantendo no céu para que ela pudesse montar nas nuvens — igual as pessoas do livro, as pessoas africanas escravizadas que não podiam ter liberdade no chão, então a buscavam no céu, onde o vento as levava para casa, para a terra-mãe, para África.

Levo Freedom para meu quarto porque ele estava estendendo os bracinhos para mim enquanto Nubia o segurava. Ele não está acostumado com ela e não quero que se acostume. Jasmine está dormindo, então ponho meu irmãozinho na cama. Ele acorda, choramingando um pouquinho, e vem para meu colo. Então pego minha cópia de *The People Could Fly* em uma estante próxima e começo a ler baixinho para ele.

— "Dizem que as pessoas conseguiam voar" — começo. — "Dizem que no passado, em África, algumas pessoas sabiam fazer magia."

Leio mais para mim mesma, porque Freedom cai no sono quase imediatamente. E talvez eu não queira que ele saiba nada de escravizados e navios, sinhôs e chicotes. Será que mama leria essa história para ele como leu para mim? Ela queria que eu soubesse de onde viemos e por que estávamos construindo um

* *As pessoas conseguiam voar*, em tradução livre. Trata-se de uma antologia ilustrada de contos sobre o povo negro que discute e imagina a libertação de pessoas escravizadas. (N.E.)

Movimento. E, depois de tudo, depois de me ler essa história tantas e tantas vezes, ela deixa a gente? Ela me deixa?

E se eu também quiser voar?

Coloco Freedom na cama, encontro a sacola que trouxe da casa de KD, pego o envelope e apoio no colo a pasta azul-marinho cheia de algo que parece um universo desconhecido. O nome da escola está gravado em letras prateadas. Traço as linhas e curvas com o dedo e sussurro as palavras como se estivesse rezando para meus ancestrais.

— Escola Amigos da Filadélfia.

A voz de mama entra no quarto como uma canção antiga de falantes distantes.

— Você é tão inteligente, Nigeria. Você pode fazer o que quiser no mundo — disse ela para mim um dia.

— Ela é mais que inteligente. Ela é um gênio — respondeu meu pai.

— Keith, você esqueceu onde a gente se conheceu? — perguntou mama.

E eu lembro daquela noite quando ela anunciou que estava grávida. Eu subi na cama e me aninhei nos braços dela enquanto contava uma história nova.

— Eu já te contei como conheci seu pai? — começou ela.

Balancei a cabeça e a voz dela... A voz dela, a cadência feito mel quente, é toda a história e todo o sonho que eu preciso agora.

— Ele era *gato.* Tão gato. Mas era jovem. Só *jovem*. Mas tão velho. Me lembra você, o jeito que sua alma parece ter passado por muitas vidas de dor, muitas vidas de alegria, mesmo você só estando aqui há catorze anos. Seu pai não pode voar e viajar como a gente. Ele é muito envolvido com este mundo pra sequer pensar em encontrar paz em outro lugar.

"Ele estava no segundo ano na Universidade Temple e eu estava no primeiro ano da pós-graduação. O programa de doutorado em História e Cultura Negra dos Estados Unidos. Decidi ir pra Temple porque descobri que foi na Filadélfia que aconteceram as primeiras crises de refugiados dos Estados Unidos... Senhores de engenho franceses e pessoas africanas escravizadas de São Domingos, que se tornaria o Haiti. Senti uma conexão com a Filadélfia, sabe? Tipo, como se talvez ancestrais do Haiti tivessem vindo pra este país em 1793 e vivido e se dado bem aqui e eu sou tão conectada com este lugar quanto sou com o Haiti... E talvez com seu pai. Bom, ele amou que eu era haitiana, que eu tinha a revolução nos ossos. Ele era cinco anos mais novo e tinha tanto orgulho de estar com uma 'mulher mais velha'."

Mama riu e limpou lágrimas dos olhos.

— Ele tinha escrito um trabalho sobre a Revolução do Haiti e queria me impressionar. E conseguiu. Conseguiu mesmo. Seu pai tinha tanta paixão. Ainda tem, dá pra ver. Na época em que o conheci, ele já era presidente do Diretório de Estudantes Negros, organizava protestos, piquetes, ocupações, leituras, brigava na internet, gritando e seguindo em frente toda vez que havia alguma injustiça, de todo tipo que você possa imaginar. O pessoal dizia que ele era a reencarnação de Fred Hampton ou de Malcolm X. Ele mudou o nome de Keith Jones pra Kofi Sankofa e achou que estava me ensinando alguma coisa sobre África e palavras africanas. Ele me pediu em casamento quando se formou. Botou o joelho no chão e pediu pra eu ser a rainha guerreira dele. Mas eu não sabia exatamente pra que estava dizendo sim. O que começou como protestos e trabalho de justiça social virou construção de nação e descolonização e desmantelamento de tudo. Tentando melhorar as coisas, ele acabou piorando minha vida. Ele queria que a gente tivesse nosso próprio exército... Um monte de criança pra compensar todos os pais ausentes do mundo, dizia. Mas eu só pude dar pra ele uma menininha que ele tentou transformar em um exército. Meu bem, desculpa por não ter conseguido te dar mais nenhuma irmã, nenhum irmão. Mas Gigi? Finalmente vou ter outro neném. E tô rezando pros ancestrais voltarem como um menino. É o que seu pai quer. Um príncipe guerreiro, um reizinho.

Por fim, ela disse:

— Você é tão inteligente. Tão, tão inteligente. Os testes mostram isso. Seu pai te ama. E ele quer que o mundo saiba o gênio que você é.

Então é por isso que meu pai fez daquilo um jogo, ou parte da minha educação domiciliar. Se inscrever em um teste, praticar e estudar, fazer o teste e tirar nota máxima. Ignorávamos as cartas de parabéns, as ofertas de bolsas, as vagas nessa ou naquela escola chique. Melhor ainda, meu pai se gabava das minhas notas altas e das cartas das escolas nos vídeos dele e dizia para os seguidores que aquela gente branca precisa mais da gente do que precisamos deles. Foi assim que conseguimos que um monte de gente se inscrevesse para a Escola da Liberdade e por isso ele prometeu que teríamos nossa própria instituição.

Eu não sabia. Não sabia que todo esse tempo mama estava sonhando para mim. E eu estava ocupada demais, envolvida demais no mundo do meu pai para sequer perceber, para sequer sonhar por mim mesma.

PARTE DOIS

OS ESTADOS DIVIDIDOS DE NIGERIA JONES

MEU CORPO COMO RECONHECIMENTO DE TERRA

Reconheço que aqui no *meu* corpo onde vocês se reúnem estão os corpos ancestrais de pessoas Indígenas e Africanas, cuja presença e resiliência neste país continuam até os dias de hoje. Aproveito esta oportunidade para honrar as cuidadoras originais deste corpo e reconhecer as histórias de roubo de corpo, violência, apagamento e opressão que trouxeram vocês e sua instituição até aqui.

ARTIGO IV

PRETA NA ESCOLA [DA LIBERDADE]

"Uma mulher é livre se vive sob os próprios parâmetros e cria o próprio destino, se valoriza a própria individualidade e não coloca nenhum limite em suas esperanças para o futuro."

— atribuído a Mary McLeod Bethune,
também conhecida como Primeira Dama da Luta,
mestra da educação, educadora extraordinária,
1875-1955

"Quakers são quase tão bons quanto pessoas racializadas. Se chamam de amigos e você pode sempre confiar neles."

— atribuído a Harriet Tubman
(mas foi ela mesmo?),
a rainha abolicionista a quem todas
as pessoas que amam a liberdade se curvam,
c. 1822-1913

Queixa 1

UM VASTO GRAMADO verde separa a escola da calçada onde o táxi me deixa em East Falls. Uma estrutura de tijolos com letras brancas avisa a todo mundo que aqui é a Escola Amigos da Filadélfia, fundada em 1689. Choveu forte a manhã inteira e as escuras nuvens cinzentas projetam uma sombra no prédio, com torre de relógio e janelas de moldura branca. Troveja alto acima da Filadélfia e o toró que se derrama nos guarda-chuvas e na calçada torna tudo sinistro e assustador — como se fosse o fim do mundo. Talvez seja só o fim do *meu* mundo, o mundo que eu conhecia.

Do outro lado do gramado, uma longa fila de carros está deixando adolescentes brancos perto da entrada, de modo uniformemente silencioso e controlado. Esta escola é como entrar em um mundo completamente diferente — o mundo real —, e aquele gramado me avisa que transitar entre espaços não é tão fácil quanto parece.

Tô aqui, mando pra Sage.

E nem consigo acreditar que estou aqui mesmo. Na noite passada tinha ido para a cama sem saber o que faria com este meu sonho. E nesta manhã é como se a chuva torrencial fosse tambores abrindo caminho para mim. Não tenho guarda-chuva, então meus dreads absorvem toda a água da chuva e tudo em mim vai ser esponja no dia de hoje.

Menos de meia hora atrás eu estava na Casa Vila, o lugar que chamei de escola durante a maior parte da minha vida, e agora estou entrando pela porta dupla vermelha de uma escola particular majoritariamente branca. Meu coração é um djembê e cada célula do meu corpo quer correr pelos corredores até as salas de aula só pra sentar lá e ser... livre.

Penso em mandar mensagem para Kamau também. Mas supostamente essa coisa toda vai ser mantida em segredo do meu pai e eu não quero que tia Sharon saiba também, mesmo que eles não estejam se falando. Mama confiou isso a KD, como se ela e a filha dela fossem algum tipo de porto seguro.

Vai pro balcão de segurança, responde Sage. Já tá tarde demais pra encontrar a Diane no gabinete de admissão, então você vai ter que ir direto pro encontro.

Eu tô aqui pra te ver!, respondo.

Te encontro no lobby.

Já estive aqui antes. Kamau tinha me pedido para fazer um tour pela escola com ele e a mãe, tia Sharon, quando ele decidiu que não queria mais ser educado em casa.

— É a melhor da Filadélfia — disse ele, com um sorriso orgulhoso.

— Mas é rica e branca — respondi. — É por isso que é a melhor?

— Se a gente quer mudar o mundo, a gente precisa estar no mesmo lugar que as pessoas que mandam nele, não? — devolveu Kamau, acendendo algo em mim.

Isso era diferente do que meu pai sempre dizia a respeito de desinvestir e descolonizar. Meu pai não quer mudar o mundo; quer criar o mundo dele — um mundo do qual não tenho mais certeza se quero fazer parte.

Naquele momento eu pesquisei tudo que precisava saber sobre a escola do meu primo e comecei a sonhar com uma vida diferente para mim, uma vida em que eu pudesse mudar o *meu* mundo.

Mas eu ainda tinha alguns sentimentos a respeito de Kamau ter me deixado para trás. A gente tinha 13 para 14 anos e começávamos a caminhada para o ensino médio que nem todo mundo da nossa idade. Mas a gente nunca foi que nem todo mundo. Aí, depois que tia Sharon começou a questionar as ideias do meu pai, ele e a mãe apenas decidiram que queriam, sim, ser que nem todo mundo, mas só um pouquinho, já que esta era uma escola independente fundada por quakers e tudo mais. Muitas das pessoas que estudam aqui, inclusive Sage, são basicamente hippies e artistas de espírito livre — os bolsistas, pelo menos. Então talvez eu me encaixe. Eu espero.

— É tipo a gente, só que pra gente branca com dinheiro — disse Kamau. — Você sabia que os quakers foram os primeiros abolicionistas?

Lembro da curta fala de uma mulher Negra no tour pela escola e de ter pensado que Kamau devia ser mesmo muito especial para ter conseguido entrar ali.

— Temos uma taxa de aceitação de treze por cento — disse ela ao grupo. Alguns estudantes e responsáveis olharam para nós. — Somos uma das escolas mais antigas do país e parte de um longo legado de quakers, ou da Sociedade Religiosa dos Amigos, que eram proibidos de ter escravizados e foram os primeiros abolicionistas do país, muitos dos quais foram essenciais para a Underground Railroad.*

---

* A Underground Railroad era uma rede secreta de rotas e esconderijos utilizada por escravizados para escapar até os estados livres ou o Canadá. O esquema era apoiado por abolicionistas e pessoas simpáticas à causa. (N.E.)

— Se eles eram abolicionistas, por que não tem mais estudantes negros aqui? — sussurrei para Kamau. — O site diz que são só seis por cento.

Tia Sharon fez um sinal de silêncio para nós enquanto sorria e meneava a cabeça, fazendo tudo que podia, ao que parecia, para garantir que Kamau entrasse naquela escola. E ele entrou com uma bolsa integral.

Eu tinha caminhado por esse lobby e havia uma espécie de igreja no pátio que eles chamam de capela. Mas depois tudo isso foi suplantado por mais uma discussão enorme entre meu pai e a irmã mais velha dele.

— Então agora você quer ser quaker? — disse meu pai, quando Kamau e tia Sharon me deixaram em casa.

Kamau falou:

— Não, tio Keith, não precisa ser quaker pra estudar lá.

Mas meu pai só estava falando com a irmã.

— Você está tentando fazer dele o token negro daquela escola? Depois de tudo que ele aprendeu no Movimento? Depois de tudo que eu fiz por ele? Quakers também tinham escravizados, sabia?

Tia Sharon, que tinha o temperamento igual ao do meu pai, foi com tudo:

— Você acha que sabe de tudo. Eles não tinham escravizados. E eu tô ficando cansada de toda essa merda racista, Keith! Gente branca não é o demônio, e você tá começando a agir que nem um!

Então eles discutiram a respeito de pessoas negras poderem ou não ser racistas e tia Sharon disse umas verdades para o meu pai e meu pai disse um monte de verdades para a tia Sharon. Mas a pior parte foi quando mama chegou para defender meu pai. Movimento errado. Mama deveria ter ficado fora daquilo. A parte boa é que eu e Kamau ainda estamos bem. Mas não o suficiente para minha mãe confiar algo assim à mãe dele. Talvez mama não quisesse que tia Sharon dissesse "eu te avisei" e contasse para meu pai que estava certa o tempo todo em querer me colocar numa escola boa porque eu era muito inteligente. A treta entre a mãe de Kamau e o meu pai já acontecia havia anos, mas piorou quando meu pai descobriu o lance com Kamau.

E isso está afetando como eu lido com minha pessoa preferida no mundo. Kamau devia saber que minha mãe me queria aqui. Ele é quem deveria estar me ajudando, e não Sage.

Então mando mensagem para ele. Você não vai acreditar onde eu tô agora.

Mantenho os olhos grudados no celular enquanto os outros estudantes passam por mim. O lobby da escola me lembra da opressão e da supremacia branca com os retratos gigantes do fundador da escola, William Penn. Faço uma anotação mental para lembrar de pesquisar tudo sobre ele. A Amigos da Filadélfia parece um campus de faculdade, os prédios da escola parecem igrejas. Meu pai chama esses lugares de entranhas da supremacia branca. É onde ideias opressoras nascem e são incubadas para a manutenção da dominação branca e masculina no mundo inteiro, e o retrato de William Penn me olhando de cima me lembra de tudo que meu pai diz, tudo que o Movimento quer destruir.

Um lampejo de arrependimento me atravessa como um choque elétrico, me empurrando de volta para a realidade. Pelo amor de Deus, o que estou fazendo? Eu não pertenço a este lugar.

Recebo uma mensagem de Jasmine. Onde você tá?

— Desliga a localização do seu celular — sussurra alguém atrás de mim.

Quase beijo Kamau quando me viro, de tão perto que está o rosto dele. Abraço ele tão apertado e por tanto tempo que as pessoas ao nosso redor devem achar que estamos juntos.

— Por favor, garota, eu tenho uma reputação a zelar — diz, me afastando com gentileza. Mas o sorriso em seu rosto é um raio de sol neste dia chuvoso. — E você tá encharcada!

Abraço Kamau e enfio a cara no pescoço dele. Não é o lugar nem a hora apropriada, mas eu não sabia que vinha segurando um dilúvio de lágrimas.

— Nigeria, não, não, não! — pede ele, puxando meus braços para longe. — Se recomponha, garota. Você tá aqui. Agora a gente tem que garantir que continue aqui.

— Eu achei que não era pra você saber disso. — Minha voz é uma falha tectônica, e eu sou a terra se despedaçando, continentes inteiros à deriva. Sinto como se fosse um desastre natural neste momento, então escondo meu rosto do céu.

Kamau segura minha mão e me leva para longe da entrada até um canto no lobby com um banco onde ele me senta. Mantenho o rosto coberto porque tem uma tempestade aqui. Uma avalanche de todas as pedras que engoli desabando pela minha garganta e choro. Um choro pior que o do meu irmãozinho. Pior do que quando mama briga com meu pai. Pior do que quando mama foi embora. Pior do que toda vez que já precisei derramar lágrimas por algo que não podia controlar — ou seja, tudo. *Tudo.*

— Nigeria, você sequer chora em casa? — pergunta Kamau. — Não pode botar tudo pra fora aqui também. A gente devia estar no escritório da Diane.

— Quem é Diane? — digo, fungando para segurar minha alegria, o alívio e todos os sentimentos que não posso botar para fora neste momento.

— Diane Hutchinson, diretora de D&I. A gente andou ajudando ela com a sua matrícula. Você tá aqui. Você finalmente chegou, garota!

— Você sabe que minha mãe também tentou me colocar nesta escola?

— Sei, porque minha mãe estava tentando convencer ela e sua mãe estava tentando convencer seu pai. E todo mundo sabia que era uma causa perdida. Mas esse esqueminha que a sua mãe fez... Fiquei com raiva de ter descoberto pela Sage.

Então a mão de alguém está no meu rosto, segurando um lenço. Pego sem nem olhar quem é.

— Pinguei umas gotinhas de óleo de ylang-ylang. Deve acalmar você. — É Sage, obviamente.

Mais uma notificação no celular. Mensagem de Jasmine.

Nigeria KD VC??? Me largou aqui com esses meninos e o Chris tá dirigindo a picape do seu pai pra pegar os amigos dele.

Antes que eu responda, Kamau pega meu celular, aperta uns botões e devolve para mim.

— Desativa a sua localização! — diz entre dentes. — Ele vai descobrir em algum momento, mas, por enquanto, você tá aqui. Vamos lidar com seu pai depois.

Meus olhos marejados encontram os de Sage. O cabelo cacheado e volumoso é uma sombra em seu rosto e ela está olhando para mim. Então me recomponho, limpo o rosto e engulo as pedras de volta bem quando uma mulher negra vem até nós com um grande sorriso. Eu já a vi antes. É a mesma mulher de quando fizemos o tour na escola. De terno marrom e cabelo curtinho, ela vem até nós com uma caneca coberta por um guardanapo.

— Hortelã — diz, com a voz grave e poderosa. — Tenho certeza de que é como um sopro de ar fresco.

E eu exalo. Pego a caneca e a seguro como se fosse tudo de seguro e familiar.

— Bem-vinda a Escola Amigos da Filadélfia, Nigeria Jones — continua a mulher. — Estávamos esperando por você. Estou tão feliz que esse dia finalmente chegou.

Olho de relance para Kamau e Sage e dou uma espiada no lobby, meio que esperando que minha mãe apareça de trás de uma porta para me dizer que esta é a liberdade que ela queria para mim. Minha boca não consegue articular as palavras certas ou qualquer pensamento coeso. Então envolvo a caneca quente com a mão, assisto aos adolescentes brancos entrarem e passarem pelo balcão de segurança onde um homem negro está registrando nomes e dou um gole no chá.

— Sou Diane Hutchinson, diretora de Diversidade e Inclusão — diz ela. — E, por favor, me chame de Diane. Aqui na Amigos da Filadélfia nos chamamos pelo primeiro nome. Sua candidatura estava completa desde a primavera passada, mas não tínhamos nenhuma vaga para o primeiro ano. Então deferimos sua aprovação e oferecemos uma vaga para este ano. Estou tão feliz que você aceitou. Vamos organizar sua documentação pra que faça uma transição tranquila. Estou bem ciente de sua situação, e Sage e a mãe dela têm ajudado bastante.

Que situação?, penso, mas só continuo bebendo meu chá. E não consigo desviar do retrato de William Penn com seu chapéu de quaker, cara de quaker e ideias de quaker e sua aveia quaker dentro da barriga e me pergunto se ele, assim como os pais fundadores George Washington e Thomas Jefferson, também era dono de uma menina negra da minha idade e parecida comigo e fazia tudo que queria fazer com ela. Então lembro quem eu sou e de onde vim.

— Meu pai não quer que eu estude nesta escola supremacista branca.

É uma verdade que preciso dizer em voz alta, porque estou arriscando tudo para estar aqui.

— Entendo, Nigeria — diz Diane. — Mas o que *você* quer?

Não digo nada a ela e mantenho minha verdade naquele espacinho invisível e silencioso entre meus sonhos e minhas lembranças, o que eu vejo para mim e o que eu lembro de mim. Ainda não posso falar e trazer aquela realidade para a existência. A Casa Vila, o Movimento e meu pai não são portas que eu fechei. A ausência de mama também não.

Queixa 2

CONSIGO CONTAR COM os dedos de uma mão quantas vezes estive rodeada de tanta gente branca. Algumas dessas vezes foram em museus em Center City ou em Nova York. E só. Sem contar as vezes em que estive no carro de KD, considerando que ela é uma das melhores amigas da minha mãe e a única pessoa branca da minha vida. Meus pais sempre me mantiveram numa bolha negra para me proteger.

Então, se eu for mesmo estudar nesta escola pelos próximos dois anos (ainda não consigo acreditar que é uma opção), vou vir para esta capela toda semana frequentar os *encontros de adoração*, como eles chamam. É para ser como os retiros de silêncio de mama, em que ela escuta nossas ancestrais e faz downloads do Universo. Mas aqui estou, sentada nos bancos da capela com centenas de outras pessoas jovens, quase todas brancas, então minha mente de forma automática começa a contar as caras marrons.

Sage está na frente em algum lugar, sentada com as amizades dela, e Kamau está lá do outro lado do recinto. Eu cheguei tarde, depois de passar na sala de Diane para me recompor. Ela me deu um cartão de identificação temporário para hoje e minha tabela de horários de aula. Eu estava usando uma camiseta cinza da The Free Black Women's Library que ficou encharcada, então ela me deu uma camiseta azul-marinho da Amigos da Filadélfia, nova e seca, para que eu me trocasse.

Eu já me sinto marcada como propriedade usando aquele emblema e as cores da escola.

Diane também me mostrou os documentos que mama assinou em abril ou maio do ano passado, quando estava grávida de Freedom, e não me disse nenhuma palavra sobre o assunto.

— Ela assinou alguma coisa recentemente? — perguntei a Diane.

— Recentemente? Bom, claro que não. Estive em contato com Katherine Dillon desde o início deste ano para prosseguir com sua aprovação deferida — falou suave e lentamente, como se eu fosse feita de vidro frágil. — Enfim, entendo sua situação. Mas se você puder me informar o que decidiu até o fim da semana seria ótimo.

— Se minha mãe quisesse mesmo que eu estivesse aqui, ela estaria aqui também. Teria vindo me deixar. Estaria aqui neste escritório falando com você em vez de mim.

Ela balançou a cabeça, com pena de mim. Depois me mostrou todas as trocas de e-mail que teve com minha mãe, desde o início do ano passado, depois que eu fiz a prova. Então mama estava planejando isso desde antes de Freedom nascer, antes de nos deixar. E não me contou nada? *Não me contou nada!*

— Você teve uma das melhores pontuações — disse Diane. — Entramos em contato com sr. Jones primeiro, mas ele deixou claro que não estava interessado. Depois sua mãe retornou e pediu que reconsiderássemos. Nigeria, você vai florescer aqui. Você é muito, muito especial. Sua mãe mandou os ensaios que você escreveu e vídeos dos seus discursos. O mundo precisa da sua voz, e aqui é exatamente onde você deve estar para cultivá-la.

Impeço-a de falar mais. Ela estava prestes a me bajular e dizer que aquele era o melhor e o único lugar para mim. Fazemos a mesma coisa para conseguir pessoas para o Grupo Jovem.

— Ainda posso estudar aqui mesmo que meu pai desaprove?

— Nigeria, vamos nos esforçar pra conversar com ele. Não haverá custos pra sua família. Você vai ter tudo que precisa. É aqui que futuras lideranças são formadas e moldadas. Não há como negar que seu pai quer que você seja uma agente de mudanças, assim como ele.

Na sequência, ela me contou que começou na escola pública e veio para cá no sétimo ano por meio de um programa para adolescentes negros e que a escola a expôs ao mundo e que ela aprendeu mais sobre a história e a cultura negra aqui do que jamais teria aprendido frequentando uma escola pública.

Não fiquei impressionada, mas disse:

— Desafio aceito.

Concordei em comparecer ao encontro de adoração e prosseguir a partir disso.

Então aqui estou eu nesta igreja (que eles não chamam de igreja) com minha pele retinta, dreads beijados pela chuva amarrados no topo da cabeça e uma camiseta da Amigos da Filadélfia, permitindo que esta partezinha do mundo saiba que alguém acha que meu lugar é aqui.

Meu celular está desligado e ninguém na minha família nem no Movimento sabe onde estou. Exceto por Kamau e mama. Espero que ela esteja feliz agora. Faço contato visual com Kamau. Ele sorri e acena. Queria ter encontrado um lugar perto dele, mas estou na fileira de trás e bem na ponta do banco, onde desapareço em meio às sombras.

— Boas-vindas a um novo ano letivo aqui na Amigos da Filadélfia — diz um homem de pé no palanque, diante do ensino médio inteiro em silêncio na capela. — Gostaria que nossos amigos refletissem sobre o que novos começos e perdão significam e como podemos estender a graça para outras pessoas, sejam elas desconhecidas ou alguém que amamos, amizades e família. Vamos refletir sobre novos começos neste primeiro encontro de adoração do ano letivo.

Isso parece uma igreja. *O que eu tô fazendo aqui?* Mesmo com a mente acelerada de tanta dúvida, tento me encolher no cantinho estreito do banco onde o apoio de braço encaixa no assento. Um corredor vazio e uma janela de vitrais estão à minha esquerda. À minha direita, um menino branco se afasta um pouquinho para me dar espaço. Ele está perto demais. Não quero que a perna dele toque na minha, e ele nem olha na minha direção para ver em quem ele está prestes a encostar. Naquele momento, repenso tudo de novo. As palavras do meu pai para Kamau ecoam em minha mente. *Depois de tudo que você aprendeu no Movimento, é nesse lugar que quer estar?*

Então a memória me atinge como se uma pedra tivesse acertado minha cabeça.

— Ela não vai para a escola deles, Natalie — disse meu pai.

Eu era pequena, tinha uns 4 ou 5 anos, talvez. Mama queria que eu começasse a ir para escola. Será que era esta escola? Mas meu pai a convenceu a deixar a ideia para lá. Eles discutiram sobre isso por uns dias e depois acabou.

A voz de mama desliza pela minha memória, distante e miúda, como se estivesse sumindo de tudo que eu consigo lembrar.

— O que você quer ser quando crescer, Ni?

— Uma revolucionária! — respondi, com toda a confiança do mundo.

De novo, eu era pequena e só conhecia o mundo que meu pai havia construído.

Mas agora percebo que essa revolução pertence a ele. Baba sempre me disse o que eu tinha que ser quando crescesse, como se tivesse me feito com as próprias mãos, me formado e moldado como um deus criando um exército, Xangô e suas crianças, um soldado para o povo dele. Sua princesinha guerreira. Uma revolucionária.

O menino branco ainda está perto demais e tudo que eu quero fazer agora é empurrar ele para longe e mandar desencostar de mim. Então dou um empurrão forte na perna dele com minha perna para forçá-lo a chegar pro lado.

Ele só me olha.

— Você pode ir mais pra lá, por favor? — digo, baixinho.

Temos que ficar em silêncio sepulcral durante este *encontro de amigos*. Não somos amigos, obviamente.

— Desculpa — diz ele. Depois vira para o outro lado e não se afasta mesmo assim.

Pego Kamau olhando na minha direção. Ele levanta a sobrancelha. Balanço a cabeça, indicando que estou bem, mas na verdade não estou. Minhas mãos estão suando e as enxugo na minha calça jeans. Meu coração está batendo nas minhas orelhas. Deveria estar silencioso, mas estou fazendo um barulho alto com todas as células do meu corpo.

Mama me ensinou como fazer um inventário da minha alma. Ela me disse para nomear todos os meus sentidos e descrever o que eu estivesse vendo, ouvindo, cheirando, sentindo na língua e tocando quando as coisas não parecessem bem, quando estivesse nervosa, ansiosa ou me sentindo deslocada.

O que você está ouvindo?, ela perguntaria. Sua voz suave ecoa em minha cabeça. E tudo que escuto são *eles*, os *eles* do meu pai. Ele só fala disso: *eles, eles, eles, eles*. *Aquele* povo branco e a supremacia *deles* e o que *eles* fizeram com a gente.

O que você está vendo? Às vezes, não vejo branco. Vejo rostos com peles muito mais claras que a minha. Cabelo preto, castanho e loiro, claro e escuro, longo e curto e liso. As roupas deles são de muitas cores. Mas não vejo branco. Branco é o que visto para bloquear a energia negativa. Branco me deixa calma e tranquila e segura. Branco reflete a luz. Branco é sem cor e representa o que há de mais puro. Então não vejo branco, apesar de supostamente estas serem pessoas *brancas*.

Mas aí, quanto mais olho para eles de verdade, vejo vermelho. Vermelho faz meu coração bater bem rápido e me dá vontade de correr para bem, bem longe. Vermelho é um monte de gritos. Vermelho é o cheiro do cobre e o gosto do sal. Vermelho é o sangue derramado de meus e minhas ancestrais melando o oceano e se misturando com a terra argilosa deste lado do Atlântico. Olho para todos os rostos ao redor de mim e parece que as paredes estão se fechando e esse menino não se afasta e eu juro que ele está chegando cada vez mais e mais perto tentando me esmagar. E vermelho é quente, também, porque o calor do corpo dele é feito de chamas flamejantes e eu quero, *preciso* que ele se afaste.

Meu corpo treme de algum tipo de fúria que eu não sabia que tinha, então levanto do banco, pego minha bolsa e vou embora da capela.

O ar úmido do lado de fora é como ondas mornas quebrando contra meu corpo. Pego minha garrafa de água na bolsa e dou um bom gole. Depois inspiro e expiro profundamente e sou livre de novo.

A proposta é que o encontro de adoração dure quarenta e cinco minutos. Eu durei dez.

A capela de tijolos vermelhos, com persianas brancas e telhado triangular, fica no meio do pátio atrás do prédio do ensino médio. Do outro lado do prédio fica o prédio do fundamental I e um parquinho colorido para as crianças mais novas. Aquele prédio foi construído no fim do século XVII, e eu me pergunto o que meus ancestrais estavam fazendo nessa época. Será que o povo do meu pai foi parte das primeiras pessoas africanas a chegar na Filadélfia lá em 1684 no navio chamado *Isabella*? Será que o povo da minha mãe já estava em São Domingos antes de ser chamado de Haiti? Ou estavam todos vivendo livres na África sem saber que o mundo estava prestes a virar de cabeça para baixo? Eu me pergunto se William Penn, o pai fundador desta escola, da Filadélfia e de toda a Pensilvânia, acreditava que uma menina como eu estaria aqui.

Caminho até um banco próximo e sento lá para recuperar meu fôlego por um momento. As portas da capela se abrem e Sage sai de lá. Ela procura pelo pátio até que seus olhos pousam em mim. Olho para baixo o mais rápido que posso, tentando ficar invisível. Em alguns segundos ela para na minha frente. Encaro os pés dela. Estamos usando as mesmas sandálias Birkin surradas, expondo os dedos dos pés sem esmalte.

— Vim ver se você tava bem — diz ela.

— Como você consegue? — pergunto, olhando para ela, sem querer perder tempo com conversinha fiada. — Como você fica lá sentada em silêncio com um monte de gente branca? Eu sei que sua mãe é branca, mas mesmo assim...

Ela olha para mim como se estivesse confusa, dá de ombros, balança a cabeça e diz:

— É só gente, Nigeria. Olha, na hora do silêncio, pense em coisas que te deixam feliz ou faça seu dever de casa. Eu escrevo uma redação inteira na cabeça. Ou talvez você possa falar com Deus e esperar pra ver o que ele responde.

— Isso é fácil pra você, Sage. Você cresceu nesta escola. Como é o nome disso? Pegou *perpétua*?

Ela senta do meu lado na hora que as criancinhas começam a pipocar no pátio. Esta escola é muito diferente do que conheço de escolas públicas, porque aqui misturam as crianças pequenas com as grandes como se fosse uma vila... uma cidadezinha quaker em uma grande cidade branca.

— Nigeria, você odeia gente branca tanto assim?

A gente recebe essa pergunta o tempo todo, então sempre tenho uma resposta pronta.

— Eu acho que gente branca odeia a gente muito mais do que a gente conseguiria odiar eles.

— Como é que cê diz uma coisa dessa? Minha mãe...

— Não confunda as ações nobres de uma pessoa com as atrocidades de um povo inteiro. — Eu também tinha essa resposta na ponta da língua. Essa história de falar da exceção sempre aparece nessas conversas.

Ela fica em silêncio por um momento e depois diz:

— Então talvez você não vá gostar daqui se continuar pensando assim.

— Não é só o que eu tô pensando, Sage. É a verdade. A realidade.

Agora a observo enquanto ela encara o pátio. Cinco cristais diferentes pendem de fios de couro no pescoço dela. Ela usa japamalas nos dois pulsos e deve se achar a manifestação perfeita do amor e da luz, como já ouvi sua mãe dizer. Nós éramos próximas, até que uma de nossas discussões terminou com ela dizendo que eu não paro de falar sobre raça e eu dizendo que não tenho como parar de ser preta.

— Não precisa ser assim, Nigeria. É por isso que sua mãe queria você aqui. Você não precisa passar a vida...

— Como é não ter muitas pessoas negras ao seu redor aqui nesta escola? — pergunto. — Considerando que seu pai é da África mesmo e tal. E algum dia ele vai voltar do Senegal?

A pergunta é debochada, mas vou cortar Sage até ela parar de dizer que o que acreditamos e defendemos é errado.

— Bom, meu pai prefere ficar por lá. Você devia vir com a gente na próxima vez que formos a Dacar. Lá não tem, tipo, racismo nenhum. Aposto que, se o Movimento conseguir mesmo ir à África ano que vem, vocês vão mudar de ideia sobre muita coisa. Todo mundo é tão aberto e receptivo lá, que nem no Haiti, de onde tia Natalie veio.

Preciso morder a língua. Foi assim que terminamos da última vez. KD e Sage já foram em países diferentes, ensinando meninas e mulheres a respeito de direitos reprodutivos, então ela acha que entende como o mundo funciona.

— Então tentamos fazer o mesmo aqui — continua ela. — A gente tem alguns grupos de afinidade, tipo o grupo de poesia Magia de Menina Preta, o grupo de ativismo Vidas Negras Importam e o Grupo Negro da Amigos da Filadélfia, onde abordamos como somos tratados aqui. Esses grupos são legais, mas gosto de ser amiga de todo mundo. Reflete melhor o mundo em que vivemos.

Olho para ela com a mesma sobrancelha levantada que meu pai usa comigo e digo:

— Sério?

— Sério. Olha, Nigeria. Eu quero você aqui. Uma vez escutei sua mãe dizendo pra minha que queria que você visse o mundo de um jeito diferente do que seu pai tava te ensinando, sabe? — Ela fica de frente para mim. — Ele criou você pra acreditar que gente branca é ruim e que você tem que se apartar de tudo. Isso é perigoso, Nigeria.

Eu conheço aquele olhar, como se eu precisasse ser salva de minha própria família, minha própria vila.

— É isso que Diane pensa quando diz que sabe da minha situação?

— Assim, por que mais sua mãe esconderia isso de seu pai?

Ela podia só ter me dado um murro na barriga. Ia doer menos.

Mesmo quando as portas da capela abrem e mais gente vem pro pátio, mesmo quando Kamau chega perto da gente e me olha como se estivesse tentando me salvar, mesmo quando Diane se aproxima com um sorriso enorme, sinto como se o céu nublado e sem vento estivesse me pressionando lentamente e eu fosse uma nuvem de tempestade prestes a explodir com raios, relâmpagos e fúria.

— Gigi, tá de boa? — pergunta Kamau, sentando no banco ao meu lado.

Quero dizer que não, para ele me tirar daqui e me levar para casa, porque minha presença aqui é algo que minha mãe escondeu do meu pai; é mais uma das coisas que separou os dois.

Mas o menino branco que estava do meu lado na capela está bem na nossa frente, me olhando de cima. Só me olhando de cima. E mais gente vem para perto tentando chamar a atenção de Kamau por algum motivo e agora há muitos olhos em mim. Então me torno uma nuvem de chuva passageira e sorrio como o sol do fim da manhã porque meu pai sempre diz para nunca deixar eles te verem suando. Nunca lhes dar o gosto de saber que estão vencendo de novo e de novo. Porque não existe choro no campo de batalha.

— Nigeria, você gostaria de voltar pro meu escritório? — pergunta Diane.

Então abro mais o sorriso e digo:

— Tô bem. Só não tô acostumada a todas essas pessoas brancas, só isso.

Pela expressão no rosto de alguns, os ofendi. Mas é a verdade.

O menino branco chega mais perto e estende uma mão.

— Oi, bem-vinda ao Amigos da Filadélfia — diz ele, a voz de adolescente variando no meio da frase. — Só quero me desculpar pelo que aconteceu lá dentro. Não percebi que você estava desconfortável.

E fico desarmada.

— Nigeria, esse é o Liam — diz Kamau. — Ele é legal, eu juro.

Liam ainda está com a mão estendida para mim. Eu não a aperto.

Então Diane fala, com a voz suave, porém firme:

— Você sabia que os quakers introduziram o aperto de mãos como o conhecemos hoje? Eles eram contra se curvar ou tirar o chapéu como forma de cumprimento e queriam desmantelar as hierarquias entre homens. Eles acreditavam que somos todos iguais aos olhos de Deus. É um gesto gentil para com nossos amigos.

E eu estou em um outro planeta.

Sage chega perto e sussurra:

— Não se preocupe, ele não é o diabo.

E talvez Liam tenha escutado ela. Ele baixa a mão rapidamente e dá um passo para trás. Depois se vira de um jeito desajeitado e vai embora. Outras pessoas fazem o mesmo, e acabo com Sage, Kamau e Diane ao meu redor mais uma vez.

— Precisamos trabalhar nisso — diz Kamau, suspirando e balançando a cabeça. — Não vou deixar você ir embora. Você vai ficar e vai voltar amanhã e depois e depois. Vou falar pra mima mãe, e ela e seu pai vão ter que brigar por causa disso.

Neste momento me pergunto se mama também brigaria para que eu ficasse aqui, mesmo que a sensação de estar aqui não seja de liberdade. Não sinto como se o mundo estivesse se abrindo para mim. Em vez disso, está se fechando, e eu vou me tornar cada vez menor, menor, só para conseguir me encaixar.

Horas depois, ainda estou aqui. Vamos de aula em aula, e Diane está no início e no fim de cada uma delas para garantir que estou bem. É muito fácil ser a única adolescente Negra em algum canto específico da escola. Se nós, pessoas Negras, estamos espalhadas em pontas diferentes dos corredores ou em aulas diferentes, viramos pontinhos marrons solitários em um mar branco.

Se eu for mesmo estudar aqui, acho que nunca vou me acostumar com isso.

E talvez eles não se acostumem comigo — meus dreads naturais como galhos de árvore, minha pele retinta, minhas roupas de brechó, meus pingentes de cristal, pulseiras de miçanga e anéis de prata. Eu me sinto barulhenta e chamativa aqui, como se estivesse ocupando muito espaço e muito tempo. Algumas vezes me pergunto se eles vão conseguir ouvir meus pensamentos mesmo sem que eu diga uma palavra. E talvez esses pensamentos não ditos sejam os gritos do meu pai.

Vão pensar que os odeio.

Voltei para o escritório de Diane onde ela me deixou olhar anuários antigos, e contei os rostos marrons de novo. O tempo passou muito rápido e não liguei o celular nenhuma vez para ver como meu irmãozinho, Jasmine, Makai e Chris estavam. Não imaginava que este pequeno desvio na minha vida era o tempo que eu queria, o pouquinho de ar fresco que eu não sabia de que precisava. Mesmo assim, não fico muito confortável com aquela ideia, porque ainda sou filha do meu pai, presidente do Grupo Jovem, rainha-guerreira-em-formação.

— Se você não curtir alguma das aulas, me avisa. Os horários são flexíveis por enquanto. E eu gostaria que você conhecesse algumas pessoas... a direção da escola, nossa psicóloga... Mas um passo de cada vez, tá bom? — diz Diane, enquanto vamos para a próxima aula.

— Psicóloga? — pergunto. — Por que tem psicóloga aqui?

— Porque levamos saúde mental muito a sério na Amigos da Filadélfia.

Escuto a voz do meu pai dizendo que os sistemas deste país podem foder a cabeça da gente, e talvez ir à psicóloga não seja uma ideia ruim.

Eu tenho dois professores negros, o de matemática e a de dança, e isso é algo que quero contar para meu pai, mas ele não vai ligar. Kamau está na aula de dança, e a professora, Alisha

Duncan, é uma dançarina internacionalmente renomada que é alta como uma árvore e se mexe como o vento.

— Este ano vamos continuar com a história da dança nos Estados Unidos, começando com os performers de vaudeville no final do século XIX — começa.

Nós estamos sentados no chão de um estúdio de dança de verdade, com paredes com espelhos de fora a fora, barras e um pequeno piano de cauda.

Me sinto mais confortável na minha pele porque a professora se parece comigo. E me atento a cada palavra dela, querendo fazer contato visual. E fazemos. Ela me vê, sorri e diz:

— Amei seu cabelo!

Sorrio de volta com gosto.

Ainda há mais adolescentes brancos que Negros na aula, mas estão aprendendo com uma professora cuja pele escura e cabelo curtinho são símbolos de maestria e realeza. Então entendo que estudantes da Amigos da Filadélfia têm os melhores docentes do mundo, não importa qual seja a aparência deles.

— Alguém pode me dizer o nome de algumas pessoas pioneiras na dança negra? — pergunta Alisha, esticando o pescoço longo e gracioso enquanto olha para os estudantes.

Eu sou a única que levanta a mão.

— Pearl Primus, Katherine Dunham, os Nicholas Brothers, Alvin Ailey...

— Excelente. Obrigada — responde Alisha, mas eu poderia ter continuado.

Alguns homens entram na sala com djembês e congas, e começamos o aquecimento ao som de ritmos africanos, e até mesmo os estudantes brancos têm que dobrar os corpos aos sons da terra-mãe. Alisha convida Kamau e eu para a frente da sala para que os outros alunos sigam nossos passos.

E estou completa.

Até chegar na aula de matemática, onde o professor, que é da Nigéria, insiste em não ser chamado pelo primeiro nome. Senhor Egwu olha para mim quando vê meu nome na lista e diz, com sotaque carregado e sem um sorriso no rosto:

— Você tem o nome do meu país.

— Eu sei — é tudo que digo, quando os outros estudantes se viram para mim.

Além do sr. Egwu, sou a única pessoa Negra no recinto, e tento fazer contato visual, mas ele olha para além de mim, falando de números e equações com os outros estudantes. Então desapareço no plano de fundo, me segurando nos segredos que sei: que Pitágoras aprendeu seu teorema na África e que as antigas pirâmides egípcias foram construídas a partir de um conhecimento avançado de matemática e de física. Mas ele não pergunta nada sobre isso e acho que nunca vai perguntar. De qualquer forma, mantenho a cabeça baixa, copiando e resolvendo às equações como fui ensinada a fazer desde os 3 anos. Alguns minutos antes do fim da aula, Sr. Egwu pede que alguém vá ao quadro resolver uma equação usando seno, cosseno e tangente em uma função trigonométrica.

Um menino branco resolve errado.

Levanto depois dele e resolvo em metade do tempo, e meu universo se expande, porque aqui eu posso mesmo brilhar e me mostrar. E quero dizer isso a meu pai, mas ele não vai ligar.

— Muito bem, srta. Nigeria — diz Sr. Egwu. Então ele pergunta: — Por que você tem o nome do meu país?

— Porque meu pai acredita que somos descendentes do grande povo iorubá, que um dia vai se levantar e se tornar uma superpotência mundial — explico, respondendo à pergunta pela milionésima vez.

— Bom, acho que seu pai é um homem muito sábio — responde, rindo de leve.

Espero que ele nunca descubra quem é meu pai.

No almoço, tem um balcão de salada que parece ter todos os vegetais do mundo. As opções de comida estão numa tela, indicando com letras enfeitadas quais opções são vegetarianas, sem glúten ou keto. Aceno para algumas das tias e tios servindo a comida, esperando que estejam sendo bem-tratados. E todo mundo pega o que quiser sem precisar pagar.

— Pare de agir como se nunca tivesse visto esse tanto de comida — diz Kamau baixinho atrás de mim, segurando uma bandeja com salmão grelhado e arroz integral. — É isso que esperam que você faça.

Então pego uma tigela de arroz e suco verde fresco e finjo que isso é normal para mim, seguindo Kamau até uma mesa cheia de fãs dele.

— Como você ficou tão popular? — pergunto a ele, porque veio para cá no nono ano e só teve dois anos para aprender a como transitar neste mundo.

— Sinceramente, Gigi, eu nem estava tentando muito — responde ele, de forma casual.

— Deve ser legal — murmuro.

Nos aproximamos de uma mesa redonda com cadeiras de madeira, e algumas das amizades dele não conseguem parar de encarar meu cabelo.

Minha última aula do dia é uma optativa chamada "A Constituição e Você", e isso é algo que eu também queria contar para meu pai, mas ele não vai ligar. Não é aqui nesta escola que quer que eu lidere a revolução dele. Diane disse que posso voltar ao escritório dela depois e falar o que achei. Já que ainda estou em cima do muro, ir para as aulas é como um teste. O menino branco da capela está aqui e Sage também. Ela começa a me apresentar a outras pessoas, mas a interrompo:

— Tô de boa, sério — digo.

Não vim aqui para fazer amizade, apesar de todo mundo aqui se chamar de "amigos".

As salas na Amigos da Filadélfia não são organizadas em fileiras de carteiras. Em vez disso, sentamos em mesas ovais e temos discussões abertas sobre o que estamos aprendendo. Nas aulas que fui, nada que a pessoa na posição de professora dizia era uma verdade absoluta, porque todo mundo tem voz, todo mundo tem a própria perspectiva. E as pessoas que estudam aqui agem e falam como se já soubessem de tudo.

Liam acena para mim, mas viro para o outro lado. Pelo canto do olho, percebo que ele disfarça para fazer parecer que só estava girando a caneta entre os dedos. Ele está constrangido. E me sinto um pouco mal. Então aceno de volta e sorrio. Acho que esse menino branco quer mesmo ser meu amigo. E estou tentando. Baixo a guarda e empurro meu pai para fora da minha mente. Tenho que seguir o fluxo se quiser me enturmar nos próximos dois anos. Se eu decidir estudar aqui. E esse pensamento está indo cada vez mais e mais fundo na minha alma, querendo se tornar minha realidade, minha verdade, minha nova vida.

Uso meu sorriso agradável como máscara.

— A lei constitucional é, honestamente, bem redundante — comenta o professor, sentando à mesa. Ele não fica na frente da sala, nem mesmo na cabeceira da mesa.

O nome dele é Henry, um homenzinho branco com a cabeça cheia de cachos castanhos, e usa óculos preto de armação grossa, o que o faz parecer mais um cientista que um recém pós-graduado em direito. Ele fez a graduação e a pós em Princeton, de acordo com a parafernália presente na sala.

— Porque a Constituição já é a lei suprema desta terra — diz um menino.

Há mais três rostos marrons na sala além de mim e Sage, entre doze estudantes. Então lembro de todas as vezes que meu pai disse que nós, pessoas Negras, não somos minoria no mundo. Somos a maioria global. Ele diz aos seguidores para não acreditar nas mentiras sobre nós, que, mesmo se estivermos em lugares tão brancos quanto a Escandinávia, temos um exército de irmãos e irmãs desde o Harlem, em Nova York, até Nairóbi, no Quênia, ocupando espaços neste mundo. Esse é um dos poucos ensinamentos do meu pai em que me apoio neste momento. Há duas meninas Negras, um menino Negro e um menino Sul-Asiático e quero acreditar que nossa presença na sala é como tinta se espalhando no papel.

— Sim, a Constituição dos Estados Unidos é a lei suprema desta terra — confirma Henry. — Que bom que não foi escrita em pedra.

— A lei suprema desta terra? Será mesmo? — questiono.

Meu coração acelera quando as palavras saem da minha boca. Já fiz isso antes, mas nunca em um lugar como este.

— Ãn... Nigeria, certo? — cantarola Henry, como se estivesse esperando que eu falasse. — Você pode explicar mais?

Eu não hesito. Talvez não para outras coisas, mas meu pai me preparou para isto.

— O que faz dela a lei suprema desta terra se suas regras são constantemente quebradas?

Apesar de estar tendo este tipo de debate desde que aprendi a falar, não vou agir como meu pai nesta sala de aula. Enquanto ele faz declarações definidas e inquestionáveis, eu vou apenas fazer perguntas.

— O nome é emenda — diz Liam.

E sou pega desprevenida. Soa como deboche, como se ele estivesse tentando me constranger como o constrangi.

— Isso aí. A Constituição dos Estados Unidos é um documento vivo porque pode receber emendas — completa Henry.

É aí que calo a boca, apesar de Sage sorrir e assentir, como se me dissesse que estou indo bem. A outra estudante Negra está só sentada escutando. Liam e os outros estudantes brancos tomam conta da conversa.

Então me recosto e escuto Henry falar sobre o tipo de papel em que a Constituição dos Estados Unidos foi escrita: pergaminho e não cânhamo.

— Mas, Henry, e se a Constituição *fosse* escrita em cânhamo? — pergunta um menino.

Todo mundo ri. Minha mente gira, cheia de conhecimento. Com certeza meu pai já me contou isso, talvez durante uma aula sobre o papiro egípcio.

— Os pais fundadores tavam chapados quando escreveram a Constituição? — pergunta outro menino.

Todo mundo ri de novo e não sei quão séria deveria ser a aula. Mais piadas sobre cannabis e a construção do país são jogadas de um lado para o outro pelos meninos brancos, como se estivesse jogando futebol. E de novo meus pensamentos ficam pesados de tanta informação, porque eu poderia dizer algo sobre cannabis e encarceramento em massa, ou sobre as Leis de Drogas Rockefeller e a criminalização da dependência química. Todas essas coisas sobre as quais ouvi meu pai falar, sobre as quais ele me fez ler e escrever.

Mas fico em silêncio, porque aqui não há guerra. E me forço a não ver mais vermelho, nem preto nem branco. Quero não ver cor, que nem todo mundo.

— Essa discussão foi bem animada — diz Henry no fim da aula. — Espero que vocês saibam que, pegando esta matéria, vão poder participar dos debates LD esse ano. Assim, não tô obrigando ninguém. Mas façam um teste. Com certeza vocês vão querer saber com antecedência qual a nova resolução.

A turma se remexe de animação. Olho para Sage, que está toda sorridente, atenta a cada palavra de Henry.

Mas aí ele olha para mim.

— Ah, Nigeria. Caso ninguém tenha te contado, esta aula também te prepara para entrar no time de debate se você quiser... estilo Lincoln-Douglas, em homenagem aos infames Grandes Debates de 1858 entre Abraham Lincoln e o senador de Illinois, Stephen Douglas. A gente já venceu uns campeonatos estaduais, então a equipe é bem boa.

— Eu sei o que é um debate — digo rapidamente.

— Sim, com certeza. Mas Lincoln-Douglas é um estilo específico de debate. Com regras e um cronômetro. Com certeza você viu os debates presidenciais mais recentes. É mais ou menos daquele jeito — explica Henry.

— Eu sei o que é um debate — repito, de maneira mais firme desta vez, porque ele nitidamente não me escutou.

Henry sorri, assente e desvia o olhar.

— Então, todo mundo pronto pra saber qual a nova resolução?

Pego Sage olhando pra mim, então olho de volta.

Henry limpa a garganta e lê no celular.

— "Resolução: Em caso de conflito, as normas sociais têm mais valor do que a liberdade individual."

Em seguida ele escreve no quadro.

A turma fica em silêncio por um longo segundo; depois, todo mundo começa a falar ao mesmo tempo, tentando dar sentido a cada palavra. *Em caso de conflito, as normas sociais têm mais valor do que a liberdade individual.*

Olho ao redor e vejo todos os rostos iluminados na sala. É como se Henry tivesse anunciado que uma música nova acabou de ser lançada. E por um momento começo a me perguntar se este é meu povo — preto, branco e tudo que existe entre uma coisa e outra —, nerds que se animam com um novo tópico de debate. E quero dizer isso para meu pai, também, mas ele não vai ligar. Ou pior, vai me fazer parar de estudar aqui.

Queixa 3

TALVEZ, SÓ TALVEZ, meu primeiro dia na escola tenha sido como as mãos curativas do Reiki de mama, uma caneca de chá quente, um cristal energizado pela lua cheia que irradia na palma da minha mão depois de uma longa e profunda meditação. Foi uma folga do meu pai e do Movimento (do meu irmãozinho também, odeio admitir), e era exatamente o que minha alma precisava. Minhas entranhas estão fazendo cabo de guerra com minha mente. Eu não deveria me sentir assim. Meu mundo se abriu e não consigo acreditar que, se eu quiser, minha vida vai ser assim de agora em diante. A ideia de voltar para casa e para o Movimento me dá uma sensação pesada que é o contrário de voar. Seria como ficar presa ao chão lamacento. Eu seria uma pedra. É assim que mama deve ter se sentido.

Minha mente está girando com o peso do amanhã ou do minuto seguinte, quando eu finalmente ligar meu celular. Estou parada do lado de fora da escola, perto do portão da frente, enquanto carros luxuosos se alinham na calçada para pegar os estudantes. Não estou mais me afogando neste mar branco. Talvez esteja boiando.

— Se você precisar que minha mãe te dê um apoio, é só mandar uma mensagem ou ligar — oferece Sage, antes de sair correndo para alguma reunião pós-escola. Ela me larga aqui depois de praticamente implorar para que eu viesse esta manhã.

E larguei Jasmine sozinha lidando com aqueles meninos nesta manhã. Larguei meu irmãozinho com uma mulher estranha que dorme na cama dos meus pais. Larguei todo o planejamento e organização da Escola da Liberdade. Talvez eu tenha largado os sonhos que meus e minhas ancestrais tinham para mim, qualquer que seja a vida na qual decidi nascer. Mas esse é o sonho de mama. É o meu também?

Finalmente ligo meu celular e vejo uma enxurrada de mensagens e áudios, meu peito pesa. Não existe ar suficiente. Mesmo que as nuvens de chuva tenham se dissipado, ainda sinto o céu me pressionando.

— Nigeria! — grita Kamau enquanto caminha em minha direção, e meu peito segue apertado. Ele me segura pelos ombros e completa: — Você tá com cara de quem tá tendo uma crise de pânico. Respira, garota.

Ele faz respirações pranayama profundas comigo.

Cheire a flor, apague a vela, mama costumava sussurrar. E eu juro que consigo ouvir a voz dela agora. Kamau, com seu rosto marrom-claro, olhos determinados e bigodinho adolescente, permanece focado em mim enquanto inspiro e expiro junto com ele, e meus olhos se enchem de lágrimas. Odeio isso em mim. Sou sempre um rio inundando e enlameando tudo ao meu redor. A presença de Kamau me acalma, mesmo quando outros estudantes passam e nos olham. Ele me solta e pega minhas duas mãos.

— Cê tá bem? — pergunta.

— Desculpa, tô zoando sua reputação — digo, com a voz trêmula. — É só que…

— Vamos ficar fora disso até você lidar com seu pai — sugere, me interrompendo.

— O quê? Ficar fora disso?

Ele suspira e diz:

— Você leu as mensagens do seu pai?

Sinto um aperto no peito. Levo um momento para processar aquilo, e então pergunto:

— Como ele descobriu?

— Porra, não faço ideia — diz Kamau. — Minha mãe mandou uma mensagem dizendo que o tio Keith tá te procurando.

Engulo um grande gole de ar. *Merda.*

— Gigi, quero que você estude nesta escola e sei que isso vai dar num drama familiar gigante — continua ele. — Todo mundo do Movimento vai querer dizer alguma coisa. Mas o pior é que a sua mãe nem tá aqui pra te apoiar.

E com isso ele me deu um soco no estômago. Balanço a cabeça para impedi-lo de falar mais. Estou inundando de novo, mas engulo o rio. Dou uma olhada nos outros estudantes que estavam nos observando esse tempo todo, inclusive Liam.

— Seus fãs já estão xeretando — digo, mudando de assunto, porque o que quer que aconteça a partir de agora será culpa de minha mãe.

— Tenho que encontrar uma pessoa — explica ele. — Mas realmente espero que você volte amanhã.

— Deixa eu ir pra sua casa — peço, segurando a mão dele. — Isso vai dar tempo pra gente conversar, planejar e contar tudo pra sua mãe. Eu sei que vai ter muito drama. Mas… se você quer que eu estude aqui, me ajuda.

— Kamau! Tá pronto, irmão? — grita um menino ao longe.

— Tenho que ir. Até amanhã, prima! Eu espero. Vou orar por você, garota — diz Kamau. E meu primo se afasta de mim quando mais preciso dele.

Não consigo acreditar em como Kamau transita do mundo supernegro do Movimento para esta escola particular em East Falls como se não fosse nada. Mesmo de longe, vejo os outros adolescentes se aglomerando ao seu redor como se ele fosse uma abelha rainha. Caminha entre eles como se fosse da realeza — ombros para trás e queixo erguido como se estivesse usando uma coroa. E, de acordo com meu pai, também devo caminhar por este mundo como uma rainha.

Agora já há menos estudantes por aqui e ainda não sei que caminho devo seguir. Voltar para casa, para o Movimento, ou seguir em frente na direção de uma nova vida que nem consigo imaginar.

— Ei, o que você achou da nova resolução? — pergunta alguém atrás de mim, e eu me viro e vejo Liam.

Não tinha a intenção, mas suspiro e reviro os olhos.

— Ah, desculpa incomodar — diz ele, e começa a se afastar.

— Peraí — falo, sem querer ser grossa. — Na verdade, achei interessante. Então você tá na equipe de debate?

— Não, mas acho que vou estar. Vai ser bom pras candidaturas à faculdade.

— Ah, sim. *Faculdade*.

Outra coisa que me separa do resto das pessoas da minha idade. Eu nunca planejei fazer faculdade.

— Você já tem uma lista? — pergunta Liam.

— Ah, hum… Faculdade é uma fraude capitalista. Se este país quer que o povo trabalhe e contribua pra sociedade de forma significativa, então o ensino superior tem que ser gratuito em todos os níveis.

Já ouvi meu pai dizer algo assim um milhão de vezes, e mama mencionou a faculdade apenas uma vez — mesmo que ambos tenham diploma.

Liam assente como se estivesse disposto a defender o que acabei de dizer com a própria vida.

— Pois é, né? Digo, com a classe média diminuindo e a dívida universitária no nível mais alto que já esteve, o país não tem futuro. Nesse ritmo a gente vai virar um país de terceiro mundo!

— A gente? Ah, não, não vou afundar com esse navio furado. Quem vai é você e seu povo.

— Como assim? — diz ele. — Você não é daqui?

— Infelizmente nasci neste experimento de ocupação colonial. Mas fui criada pra desinvestir, descolonizar e indigenizar. Meu povo está encontrando formas de se apartar da agenda da supremacia branca. Então, enquanto *vocês* viram um país de terceiro mundo, a gente vai estar prosperando e vivendo de acordo com os costumes de nossos ancestrais. — Acho que essa é a conversa mais longa que já tive com um garoto branco, e ela já começa com suposições e microagressões.

Ele parece atordoado e provavelmente está procurando as palavras certas para me ofender, mas, em vez disso, diz:

— Isso é... incrível! Uau. Tipo, é exatamente isso que tinham que ensinar pra gente nessa escola. Tipo os quakers. Eles eram fodas. Estudei nessa escola a vida toda, e eles não estão mesmo nos ensinando como desmantelar a supremacia branca e derrubar o sistema.

Ele está bem animado e parece pronto para pular para fora da pele e queimar a própria branquitude até virar cinzas.

— Você disse "desmantelar a supremacia branca"? — pergunto, cautelosa.

Minha mente está dando cambalhotas tentando descobrir o que ele realmente quer dizer. É fácil a gente se entender errado, mesmo falando o mesmo idioma.

— Isso — confirma ele, depois relaxa os ombros. — Eu sei o que você tá pensando. Eu sou branco.

— Sim, você é.

Ele joga o cabelo para trás. É uma bagunça castanho-claro que cai bem na cara dele. Uma camiseta azul, calça cargo preta,

All Star preto, uma corrente de prata enfiada dentro da camiseta e um monte de anéis de cristal nos dedos — ônix, olho de tigre e lápis-lazúli — me mostram que ele é mais do que um pouco básico, e que provavelmente é rico.

Então eu digo:

— Legais seus anéis.

— É, os seus também — responde ele, olhando para minhas mãos.

Por um longo minuto, ficamos ali parados. Os outros adolescentes passam por nós, algumas pessoas dizem oi para ele, ninguém diz nada para mim.

— Nigeria, certo? — pergunta ele, finalmente. — Olha, sinto muito pelo que aconteceu na capela hoje de manhã. Tentei me mexer, mas o cara do meu lado não saiu do lugar.

— Ah, então você sacou?

— Assim, foi um empurrão meio forte.

— Sim, eu não gosto de gente perto de mim daquele jeito, principalmente gente branca.

Eu não tenho filtro. Não consigo evitar; fui criada assim. Mama chama isso de honestidade radical. Mas, de novo, estou *tentando*.

Ele só dá uma risada nervosa, como se estivesse confuso e divertidamente surpreso com o que acabei de dizer. Então dá uma cheirada nas axilas.

— Juro que no geral não sou fedido. Gosto de tomar banho, sério — diz, sorrindo.

— Acredito que você goste, mas não tem como lavar essa branquitude — respondo, e rapidamente mordo meu lábio inferior. Não deveria ter dito isso, mas as palavras simplesmente saíram.

Ele dá uma risadinha, cruza os braços sobre o peito e olha para baixo, o cabelo caindo como um escudo ao redor dos olhos.

Não sei dizer se são azuis, verdes ou cinza. Então ele me olha com aquele sorriso. Não é minha intenção, mas sorrio de volta só porque o rosto dele se abre e me convida a entrar.

— Não sou racista — defende ele.

— Não disse que você era.

— Eu tô aprendendo. Todo mundo tá aprendendo aqui. Temos palestras, lemos os livros, temos um corpo docente bem diverso...

— Hum, ter algumas pessoas Negras, Indígenas e Asiáticas no corpo docente não é diversidade. Mas, de novo, eu não disse que você era racista.

Não acrescento que esta escola e tudo que fazem aqui não tem nada a ver com ele ser racista ou não.

Liam esfrega o queixo, onde mal aparece um início de barba, e assente.

— Beleza. Legal... conversar com você, Nigeria. — Ele bate o pé no chão e dá um passo para trás, provavelmente pensando que deveria me deixar em paz agora, mas tem alguma outra coisa que o mantém ali.

E então começa a chuviscar. Olhamos para cima como se chuva fosse algo novo que estamos vivenciando pela primeira vez. Ele olha para o meu cabelo e minhas sandálias. Mas não diz nada.

Ajudo ele.

— Tchau, Liam. Foi legal conversar com você também.

Conversas com gente branca vão dar trabalho. Não sei como fazer isso com tranquilidade. Por que depois de só um minuto conversando com esse menino eu falo de racismo? Não consigo separar as duas coisas: branquitude e racismo, branquitude e opressão, branquitude e história. Culpo meu pai e seu Movimento.

— Beleza, tchau, Nigeria.

Ele estende a mão.

Dessa vez seguro a mão dele e digo:

— O aperto de mão quaker, né?

— É. Legal te conhecer, amiga.

Ainda estou segurando a mão de Liam quando um baixo grave vindo dos alto-falantes de um carro atinge meus ossos. Vem do fim do quarteirão e reconheço o som da caminhonete do meu pai. É que nem a voz dele, imponente e onipresente. Solto rapidamente a mão de Liam e me viro para ver o Escalade preto avançando em direção ao meio-fio, perto da entrada da escola, com todos os outros carros com pais ou motoristas ou o que quer que seja.

Sinto um nó apertado na barriga.

— Merda — digo em voz alta. Quando me viro, Liam ainda está parado ali. — Tchau!

— Ah, aqui. Acho que isso poderia ser útil — fala ele, me entregando um guarda-chuva que tirou da bolsa.

Eu aceito só porque quero que ele se afaste de mim. A chuva virou um toró, então vou até a caminhonete do meu pai. Meu mundo está prestes a desmoronar.

Quando abro a porta do passageiro, Chris está sentado lá e meu pai no banco do motorista. Chris aponta o polegar para trás. *Por que ele está aqui*?

— Estão distribuindo guarda-chuva de graça? — diz meu pai assim que me sento no banco de trás. Só quando fecho o guarda-chuva é que noto o logotipo da escola. — E você tá representando muito essa escola, hein?

Meu pai se vira e aponta para meu peito. Ainda estou com a camiseta dos Amigos da Filadélfia que Diane me deu. *Merda*. O barulho dos limpadores de para-brisa é o único som na caminhonete por um segundo. E Chris está aqui. Sentado no lugar da mama. Sentado no meu lugar.

— Fui ver Kamau — digo, finalmente.

— Não me importa o que você fez lá ou por que estava lá. Você abandonou seu posto. Deixou seus irmãos e sua irmã na mão. O dever de vocês é trabalhar como uma unidade quando eu mobilizo vocês. Mas você tá por aí, correndo atrás de um sonho que sua mãe teve. O que naquele lugar faz você achar que pertence, hein, Nigeria? Sua mãe e eu tínhamos opiniões completamente diferentes em relação a isso. Você sabe o que eu disse a ela? Eu disse que você só ia estudar naquela escola ou qualquer escola como aquela por cima do meu cadáver. Eu tô morto por acaso, Nigeria? Hein? Tô morto?

Ele se vira para mim por um segundo, esperando uma resposta.

— Não, baba — digo, baixando a cabeça.

— Olhe pra mim quando eu estiver falando com você.

Eu obedeço.

— Se defenda, Nigeria! Não criei você pra ser submissa!

Procuro em minha mente as palavras certas.

— Eles entraram em contato com mama porque eu fui excelente no teste — conto. Pelo menos tenho que defender minha mãe.

— Não, eles entraram em contato comigo primeiro e eu disse a eles pra beijarem minha bunda preta. Claro que querem você lá. Você vai fazer *eles* ficarem bem na fita — diz ele, saindo do campus e praticamente voando pela Ben Franklin Parkway sob a chuva torrencial. — Não importa o que digam sobre diversidade e inclusão, essas escolas foram construídas pra gente como aquele menino branco com quem você estava conversando. Ele provavelmente tem pais que pagam professores particulares, poupança e todos os privilégios que vão garantir o lugar dele no topo da cadeia alimentar. Mas quer saber? Todo o dinheiro do mundo não vai fazer dele tão brilhante quanto você. Ele não consegue nem começar a encostar na sua inteligência e na quantidade de coisas que ensinei pra você. É por isso que querem você lá, pra receberem o crédito pelo meu trabalho. Meu trabalho, Nigeria. Eu quem fiz você! Seus ancestrais fizeram você! Sua genialidade é herdada. Eles não merecem você!

As palavras e a voz do meu pai ocupam todo o espaço da caminhonete, e não sobra espaço suficiente nem para eu formar meus próprios pensamentos, para criar minhas próprias palavras. Quero abaixar a janela e deixar a chuva entrar. Quero abrir a porta do banco de trás e pular. Quero abrir o teto solar e voar em direção ao céu cinzento. Mas não me mexo nem um centímetro. Chris está me olhando pelo retrovisor lateral. Nossos olhos se encontram. Eu desvio o olhar.

— A gente pode conversar quando chegar em casa? — pergunto ao meu pai, e minha voz está tremendo.

— Vou entrar ao vivo no meu canal esta noite. O que você tiver a dizer sobre passar um dia na *prestigiada* Escola Amigos da Filadélfia pode dizer aos integrantes. Certeza que eles vão adorar saber como ela se compara à Escola Sankofa da Liberdade.

— Que massa! — acrescenta Chris. — Você vai ser tipo uma espiã ou algo assim.

— Chris, você deveria ler *The Spook Who Sat by the Door*,* de Sam Greenlee — diz meu pai. — Vou te dar o meu. Depois assista ao filme. É sobre um homem negro que se infiltra na CIA pra ajudar seu povo. Agora, se esse for seu plano, Nigeria, então podemos conversar. Mas não sei o que você vai aprender com eles que não possa aprender com a gente.

Eu lembro desse filme. Meu pai me fez assistir quando eu tinha 11 anos. Não era meu plano me infiltrar em uma escola

* O fantasma sentado perto da porta. [N.T.]

quaker, mas talvez, se eu deixar meu pai acreditar nisso, ele mude de ideia. Então eu digo:

— Tem uma equipe de debate. Ganharam campeonatos nacionais. Acho que dão prêmios em dinheiro.

— Sim, Sharon me contou sobre a equipe um tempo atrás, quando estava tentando me convencer a deixar você ir pra lá com Kamau, mas você sabe que não dei ouvidos. Além do mais, você destroçaria qualquer oponente.

— Bem, é por isso que mama estava pensando na Amigos da Filadélfia. A gente pode replicar o que eles fazem na Escola da Liberdade. Treinar todo mundo. Ir pro campeonato nacional. Ganhar dinheiro. O nome do estilo é Lincoln-Douglas, baseado nos Grandes Debates de 1858.

— Certo. Abraham Lincoln e Frederick Douglass. Beleza. Então, digamos que você estude naquela escola e entre nessa equipe. Por quem você vai competir?

O quê? Não me atrevo a corrigir meu pai.

— Pela escola — falo.

— Resposta errada.

Douglas errado, rebato mentalmente.

— Por mim mesma? — digo em voz alta, desejando nunca ter tocado no assunto.

— Isso é uma pergunta ou uma resposta? — devolve meu pai.

— Por mim mesma — afirmo, baixando a voz.

— Resposta errada.

Engulo em seco enquanto minha mente procura algo que meu pai queira ouvir. Então pergunto:

— Se não for por mim, por quem?

— Por nós, Nigeria. Nós! O povo. Nosso povo. Então, se você for estudar nessa escola quaker que custa mais do que a maioria do nosso povo ganha em um ano e entrar na equipe de debate, por quem... você vai... competir?

— Pelo meu povo. — Minha voz treme e, para meu pai, isso é um sinal de fraqueza.

— Fale com firmeza!

Limpo a garganta, engulo a derrota e digo muito mais alto:

— Pelo meu povo!

Ele balança a cabeça quando entramos na rodovia.

— Se eu preciso te lembrar disso, então você não está pronta. Você simplesmente não está pronta — diz ele. — Veja bem, em *The Spook Who Sat by the Door*, ele tinha um propósito. Ele sabia exatamente por que estava indo pra lá. Nós também temos nossos clássicos. Inclusive, Chris, vou comprar um novo pra você pra que Nigeria possa ler primeiro. Ela claramente precisa refrescar a memória.

Tento esconder meu rosto de Chris, mas ele nem olha pelo retrovisor novamente. Não deveria ter ouvido tudo isso. Ainda é um estranho. Nem sabe qual é a nossa e, neste momento, está podendo presenciar essa guerra entre pai e filha; está vendo minhas feridas. Então toda a minha alma desmorona quando meu pai diz que não estou pronta. O silêncio se estica ao nosso redor e, se eu disser uma palavra, vai estourar. Eu vou estourar. Mas não choro. Eu deveria conseguir impedir as palavras dele de me cortarem desse jeito. Mas ele é meu pai.

— Mesmo assim, eu ainda amo você — prossegue ele, depois de um longo momento.

E lá vem ele falando de "amor" de novo.

Meu pai aumenta o volume do som do carro, tocando o novo rapper underground de North Philly que ele está mentoreando. Eu sei que ele quer que eu escute a letra sobre o governo corrupto e os irmãos presos e as irmãs que precisam recuperar seus tronos, mas estou tentando não embarcar nessa com ele agora. Então inclino a cabeça para trás para ignorar as palavras e absorver apenas a melodia.

Meu celular apita na minha bolsa. Penso imediatamente em Kamau. Mas aparece: *Talvez: William Fisher.* E a mensagem diz: E aí? Não te encontrei nas redes sociais. Então peguei seu número com Kamau. Espero que você não se importe.

Claro que me importo. Não acredito que Kamau colocou um garoto branco para me mandar mensagens no celular do meu pai. O celular é dele porque ele que paga a conta e não para de me lembrar disso. Eu leio as palavras da mensagem repetidamente enquanto o rapper diz algo sobre corpos negros nas prisões, vírus produzidos em laboratório em nossas células e ar cheio de substâncias químicas.

Então eu respondo: E aí, Liam?

Na mesma hora ele envia uma carinha sorridente, e deixo por isso mesmo.

Bloqueio rapidamente a tela, mesmo sabendo que meu pai não vai conseguir ver com quem estou falando. Ele está balançando a cabeça no ritmo da batida, como se este fosse o melhor som que já escutou na vida. Chris está me olhando pelo retrovisor de novo e eu o ignoro. Agora ele sabe demais sobre mim.

Então a batida muda para algo mais pesado e sombrio. Meu pai canta junto com as palavras:

— Tamo pronto pra guerra! Tamo pronto pra guerra! Aumentar a consciência negra e defender o povo pobre…

E tudo que consigo pensar é no emoji de carinha sorridente de um menino branco chamado William Fisher.

Queixa 4

— AH, VAI ser assim agora? — pergunta Makai quando entro na cozinha depois de voltarmos para a Casa Vila. — A Escola de Amigos da Filadélfia? Fundada em 1689?

Cubro o logotipo da minha camiseta com a mão, mas já é tarde demais. Fico com raiva por ainda estar usando isso.

— Então, só pra eu ver se entendi — diz Jasmine, e eu sei que ela mal podia *esperar* para me criticar.

Ela e Makai estão na cozinha preparando o jantar, e meu pai foi para o escritório se preparar para a live. Chris foi para o quarto, evitando a gente como sempre. Ou só me evitando.

— Você fez a gente pensar que tava na biblioteca esse tempo todo, quando na verdade tava em uma escola particular de gente branca? — completa Jasmine.

Ela bate o punho na palma da mão como se estivesse pronta para cair no soco comigo.

E estou pronta para cair no soco pela minha decisão, mesmo depois de meu pai me fazer de palhaça em sua caminhonete.

— Eu sei que devia ter mandado a real pra vocês, foi mal. Mas tinham umas coisas que eu precisava fazer.

— Que tipo de coisas? — pergunta Makai, parecendo realmente decepcionado. — Seu pai queria saber onde você tava, e a gente não sabia o que dizer pra ele. Era pra gente cuidar um do outro. Precisamos de uma reunião de emergência.

— A gente não precisa de reunião pra isso — digo, subindo em uma banqueta perto do balcão. — Tudo faz parte da minha pesquisa pro próximo livro do meu pai, *A Constituição do Homem Negro*.

Vou ajustando minha história enquanto falo porque a verdade não faria sentido para eles. A verdade não faz sentido nem para mim.

— O que uma escola particular tem a ver com esse livro? — questiona Makai.

— Bom... Os quakers foram os primeiros abolicionistas. Eles eram pacifistas e se opunham à Revolução Americana.

— E? Ainda assim eram colonizadores.

— Sim, mas e se eles tivessem escrito a Constituição? E se eles tivessem incluído... homens Negros? Eu só tava fazendo minha pesquisa como meu pai pediu, só isso.

— Porra nenhuma! — exclama Jasmine. — Eu *ouvi* você e Kamau falando da escola dele, e você tava doida pra dar rolê com os amiguinhos brancos ricos dele.

— Você acha mesmo que eu quero dar rolê com adolescentes brancos ricos?

— Assim... — insinua Jasmine, sorrindo.

— É verdade — acrescenta Makai. — Toda vez que Kamau tá por aqui e fala sobre a Amigos da Filadélfia, você fica lá absorvendo tudo.

Eu olho bem para meu irmão e minha irmã. Nenhum dos dois vai entender de fato como é ser eu, estar nesta casa, ser abandonada pela minha mãe, ser filha do meu pai... até ano passado, a única filha dele.

— Tá... Pra ser honesta...

— Honestidade radical. O negócio é esse. Tudo radical — diz Makai, porque ele vive e respira o Movimento.

Então faço uma respiração pranayama profunda, relaxo os ombros e fecho os olhos por um segundo. Devo a verdade a Jasmine e Makai, ou pelo menos parte dela.

— Eu fiquei curiosa. Duas das minhas pessoas favoritas, Kamau e Sage, estudam nessa escola onde meditam e aprendem sobre África. Vocês conseguem imaginar um monte de adolescente branco fazendo dança africana? Eu vi com os meus olhos. Kamau *falou* pra mim, mas eu mesma tinha que ver. Galera. Esse povo tem tudo do bom e do melhor. O refeitório deles parece um restaurante.

Os dois só me encaram sem dizer uma palavra. E então tudo que Jasmine fala é:

— Acho que não quero ver um monte de adolescente branco dançando danças africanas.

— Nem eu, mas todo mundo pode estudar nessa Amigos da Filadélfia? — pergunta Makai. — Eles podem mandar ônibus pra quebrada como faziam antes? Podemos nos *integrar*?

— Claro que não. Fui eu que entrei. Você sabe que meu pai mandou a gente fazer aqueles testes...

— Sei, eles também mandaram cartas de aceitação e bolsas de estudo pra mim — diz Makai. — Mas não era meu objetivo ser o cara mais inteligente daquela porra e ficar pensando que podia mandar no mundo. Eles vão aceitar dois ou três adolescentes negros inteligentes só pra dizer que prestam? Propaganda enganosa, como diz seu pai. E você caiu nos truques Jedi deles.

— Peraí, Makai. Agora você tá falando igual a ele.

Pego uma tortilha de uma tigela de madeira próxima.

— É por causa da sua mãe, né? — questiona Jasmine, pegando minha mão.

Paro no meio da mastigação. Depois só balanço a cabeça. Devagar.

— Mas eu tô dizendo... tia Nat tava trabalhando duro pra botar a Escola da Liberdade pra funcionar. Pra que ela iria querer que você estudasse em uma escola particular? — pergunta Makai.

Jasmine cutuca ele.

— Cala a boca!

Levanto do banco, olho para Makai e falo:

— Você não conhece minha mãe pra falar dela desse jeito.

Então os dois ficam em silêncio. Eu entendo. Makai não mora com a própria mãe. Ele e o pai moram no porão desta casa e fazem parte da infantaria de baba. E, quanto mais tempo Makai passa aqui, mais ele começa a soar como meu pai. Eu só olho para Jasmine porque ela ainda está tentando entender tudo isso, me encarando em busca de respostas.

Chris entra na cozinha e anuncia:

— Rei Kofi vai entrar ao vivo. Cês têm que fazer silêncio.

E a tensão na cozinha diminui, ainda bem. Chris nem olha na minha direção.

Meu pai fala com seus seguidores como se fossem uma família, como se estivessem todos sentados aqui na nossa sala e ele estivesse lhes ensinando como romper com os sistemas corruptos para alcançar a verdadeira libertação. Mas ele também sabe que o inimigo está observando e gravando tudo o que ele diz. Eu penso em Diane da escola e em qualquer outra pessoa que possa saber que Kofi Sankofa é meu pai. Se não souberem, é um segredo que estou pronta para enterrar e esconder.

Ele diz aos ouvintes que está adiando a reunião de interesse para a Escola da Liberdade e que, em vez disso, o Movimento vai começar uma grande arrecadação de fundos para conseguir nosso próprio prédio, para que não tenhamos que depender dos líderes da igreja local que não gostam muito da gente e das autoridades municipais que pensam que só procuramos problema.

Em seguida, ele convida Chris para falar sobre as experiências dele naquela que a mídia chama de uma das piores escolas da Filadélfia e do país — as brigas, os professores que não param de ir embora, os adolescentes que não se formam. Meu pai fala sem parar sobre o precário sistema educacional estadunidense e como precisamos de uma maneira própria de educar nossas crianças. Chris assume meu trabalho de moderar os bate-papos e bloquear qualquer troll. Ele está absorvendo tudo o que meu pai fala e se metendo na discussão ao dizer "Só os fatos!" de vez em quando. E eu odeio ver isso.

Depois que meu pai termina a live, depois que os integrantes vão para seus cantos na Casa Vila e depois que Chris e eu fazemos contato visual sem dizer uma palavra, eu alimento e dou banho no meu irmãozinho e o coloco para dormir na minha cama. Finalmente tiro a camiseta da Amigos da Filadélfia e a guardo na bolsa. Não vou me livrar dela. Jasmine entra no quarto, então volto para a cozinha para limpar e espero ela dormir.

Preciso apenas de um canto só para mim, onde possa ficar sozinha.

Enquanto esfrego as panelas e guardo os pratos, planejo o próximo passo. Preciso voltar para a Amigos da Filadélfia. Preciso começar a viver a vida que mama sonhou para mim, a vida que sonhei para mim também. Mas meu pai, e até os integrantes do Grupo Jovem, colocou correntes invisíveis ao redor meu corpo e não consigo abrir as asas para voar.

Alguém desce e eu ignoro os passos. Esta casa está cheia de família, cheia de estranhos. Então, um som estranho me faz virar e ver mama cobrindo a boca. Derrubo um prato. Ele espatifa no chão.

— Mama?

O rosto dela está todo retorcido, como se ela tivesse comido algo azedo. Parece enjoada.

— Tem leite aí? — murmura.

Não digo nada por um tempo, piscando um bilhão de vezes para ter certeza de que estou mesmo vendo aquilo. Aí eu pergunto:

— De aveia ou de amêndoa?

— De vaca! Leite de verdade! — grita ela enquanto corre para a lata de lixo. Ela vomita.

Eu não me mexo. Só a observo. Ela voltou. Ela voltou?

Mas essas tranças não são os dreads dela, na altura da cintura. Esse corpo curvilíneo não é seu corpo magro e gracioso. Essa voz rouca não pertence à minha mãe. Meus olhos não param de me enganar. Minha memória é um labirinto cheio de curvas e desvios e muros e não consigo parar de esbarrar neles.

A realidade assenta nos meus ossos. *Merda*. Não é minha mãe. Mas eu a tinha visto fazer a mesma coisa muitas vezes quando estava grávida de Freedom. Então, quando Nubia vai até a pia para lavar o rosto e se recompor, pergunto diretamente:

— Você tá grávida?

Ela congela, agarrando a borda da pia como se fosse a única coisa a mantendo de pé. Então ela assente.

— Desculpa, Nigeria. Seu pai queria te contar ele mesmo. Aceito qualquer leite que você tiver — responde ela, ofegante. Depois esfrega a barriga.

Então vou até a geladeira, sirvo um copo de leite de aveia e pergunto a ela:

— É do meu pai?

Ela toma um grande gole e olha para mim.

— Eu nunca vou ocupar o lugar da sua mãe, Nigeria. Seu pai não quer isso.

— Ela vai voltar. Ela vai voltar por mim e por Freedom, e aí vamos embora. Então você pode ficar nesta casa o quanto quiser.

— Ah, Nigeria. Olha, me desculpa, desculpa mesmo — diz ela. — Quero que você saiba que amo seu pai e ele…

— Você é o motivo pelo qual minha mãe foi embora?

Ela termina o copo de leite de aveia e limpa a boca.

— Azia — diz ela. — Hoje em dia nada fica na minha barriga.

— Camille! Você já conhecia mama?

Eu a chamo pelo nome verdadeiro porque não estou para brincadeira. Preciso de respostas.

— Conheci sua mãe em um dos seminários antes de ela engravidar de Freedom, e… surgiu a ideia de eu vir morar aqui. Se seu pai pudesse ter sustentado eu e sua mãe, então poderíamos conseguir superar nosso ego e trazer lindas crianças negras ao mundo. E criá-las como uma aldeia. Um ancestral nos escolheu, Nigeria. — Ela continua esfregando a barriga reta. — Um ancestral escolheu seu pai e eu.

Uma sensação incandescente sobe pelo meu corpo. Não gosto dela. Quero ela fora desta casa. Mas não digo nenhuma palavra e apenas olho para seu rosto — a pele retinta, os olhos curiosos, as longas tranças — e me pergunto se meu pai queria outra versão de mama, uma que lhe desse o pequeno exército que ele sempre desejou.

— Por favor, não diga ao seu pai que eu te contei — pede Nubia.

— Não temos segredos nesta família — sibilo.

— Mas sua mãe tinha segredos.

— Não ouse mencionar minha mãe! — digo entre dentes.

— Desculpa. De novo. Não vim aqui pra fazer bagunça.

E a única coisa que me impede de xingar Nubia é outro par de pés descendo as escadas. Nós duas nos afastamos uma da outra e fingimos estar fazendo outra coisa.

— O que está acontecendo aqui? — pergunta meu pai com sua voz de tambor.

Já que nosso negócio é honestidade radical e esta é uma verdade que está ocupando espaço nesta casa, digo:

— Ela está grávida.

Nubia abaixa os ombros e olha para mim como se estivesse prestes a pular no meu pescoço. Eu a desafio a fazer isso.

— Está — diz meu pai. — Eu pretendia convocar uma reunião com os mais velhos...

— Uma reunião com os mais velhos? — pergunto, interrompendo-o. — Você ia contar aos integrantes antes de me contar?

— Peraí, menina...

— Ah, agora eu sou uma menina? Baba, eu tô cuidando de Freedom esse tempo todo... dando comida, trocando fralda, botando pra dormir... E sou uma menina?

Meu coração acelera e as palavras despencam de mim como uma avalanche.

— Bom, você tá agindo que nem menina, desrespeitando Nubia e a mim desse jeito. Se quer perguntar alguma coisa, pergunte. Mas não questione minhas escolhas.

Olho para os azulejos do chão, meus pés descalços, a barra rasgada da minha calça jeans. Olho para qualquer lugar, exceto para meu pai, porque já ouvi essas palavras antes. Era o que ele dizia para mama quase todo dia quando ela estava grávida de Freedom.

— Nigeria, olhe pra mim — manda ele.

E eu olho. Evito Nubia, que se encolheu em um banquinho perto do balcão. Ela segura as mãos e olha para baixo.

— Sim, você ainda é uma menina, porque tem só 16 anos. Mas você também é minha princesa guerreira. A palavra-chave é "princesa". Você ainda não é rainha. Não deveria estar cuidando de bebê nenhum. Freedom é minha responsabilidade, e agradeço por tudo que você fez neste último ano. Mas... — Ele estende a mão para Nubia e ela a pega, ainda de cabeça baixa. — Eu amo essa mulher, ela mora aqui agora e ela é a rainha. E sim, você vai ter outro irmão.

— Mas e mama? — pergunto, e minha voz falha.

A náusea no meu estômago é como a maré do mar, subindo e subindo.

— Sempre, sempre vou guardar o espaço da sua mãe — diz ele, e percebo Nubia tentando se afastar, mas ele aperta suavemente a mão dela.

Depois disso não aguento mais.

— Mama quer que eu vá pra escola.

— Não vamos ter essa conversa de novo, Nigeria.

— Guardar o espaço de mama significa que você deve honrar os desejos dela. Ela cuidou de toda a documentação pra me colocar na Amigos da Filadélfia. Você está seguindo em frente com a sua vida, por que eu não posso fazer o mesmo? O que você vai dizer a mama quando ela voltar?

Ele solta a mão de Nubia e se aproxima de mim.

— Bom, é óbvio que você não está vivendo no mundo real.

— Quando é que a gente viveu no mundo real, baba?

Eu me afasto dele.

Mas ele estende os braços, me chamando para um abraço.

— Vem aqui, minha menina. Não quero brigar com você. Não quero ser seu inimigo. Nós estamos mesmo numa guerra, mas isso aqui… — Ele aponta para si mesmo e depois para mim. — Eu e você? Pai e filha? Não é assim, não. A Casa Vila não é um campo de batalha. Nosso negócio aqui é paz, Nigeria. Paz, amor e compreensão. Você sabe disso.

Eu não sei disso. E se fosse verdade, mama ainda estaria aqui. Onde estava a paz dela? Onde estavam seu amor e compreensão? Então, pela primeira vez na minha vida, não me entrego aos braços do meu pai. Da última vez que ele me segurou assim, eu era uma tempestade de lágrimas e um tsunami de tristeza. Mas agora não, e aqui não, principalmente na frente da nova mulher dele.

— Vou pra escola amanhã. — É tudo o que digo, e ele abaixa os braços.

— Não, você vai pra biblioteca pesquisar pro próximo livro. Precisamos dele pronto pra impressão no início de novembro, então preciso ter um rascunho em algumas semanas. Essa é a escola que você precisa agora. A menos que me diga que quer virar neurocirurgiã ou cientista espacial pra poder mandar pessoas negras pro espaço quando a merda bater no ventilador. E nunca mais entre em nenhuma dessas instituições sem a minha permissão. Elas não são pra gente. Nunca foram pra gente. Tá me ouvindo, Nigeria?

Escuto meu pai em alto e bom som, mas não ouço ele. No meu coração, ainda vou para a escola. Mas como posso mover este corpo para um lugar onde eu não deveria estar? Como posso me libertar destas correntes invisíveis e voar em direção ao céu? Como vou voar até o alto se até meu lar parece uma gaiola?

Então, bem na minha frente, meu pai pega a mão de Nubia de novo e diz:

— Boa noite, princesa guerreira. Vamos deixar Freedom dormir na sua cama, mas vai ser a última vez. Você tem trabalho a fazer e tenho um negócio planejado pra amanhã.

Quando eles estão lá em cima, olho para a porta da frente. Foi tão fácil apenas sair hoje de manhã, arrumar minha bolsa com cadernos novos e minha pasta da Amigos da Filadélfia, ter uma vida completamente nova pela frente. Mas agora a porta da Casa Vila pode muito bem estar trancada a sete chaves.

Queixa 5

DORMI COMO UMA pedra, embora o corpinho quente de Freedom tenha ficado pressionado ao meu a noite toda. Já estou acostumada com isso. Ele nem chorou. Ele dorme melhor comigo.

A casa inteira está acordada quando abro os olhos e fico com raiva por não ter me dado tempo suficiente para planejar. Ontem, já estava acordada às quatro e meia da manhã, com todos os passos para começar a escola já definidos na mente. Meu pai estava alimentando e arrumando Freedom e inventei que precisava estar na Biblioteca Central de Parkway logo quando abrisse. Ninguém estava prestando atenção em mim, então saí pela porta da frente e corri pela Osage Avenue até a esquina da S. 51st Street em frente ao Malcolm X Park, onde peguei um táxi. Fácil.

Mas fui pega. E parece que minha vida toda está desmoronando.

— Ontem, quando você tava lá embaixo, toda hora chegava notificação no seu celular — conta Jasmine do seu lado do quarto.

A voz dela acorda Freedom e ele sorri antes mesmo de abrir os olhos. Beijo a testinha dele e sussurro:

— Bom dia, solzinho.

Ignoro todas as mensagens e chamadas não atendidas no meu celular porque já sei de quem são e do que se trata. Deixei o aparelho guardado na bolsa ontem, evitando aquela outra vida que está esperando por mim.

— Acho que agora você tá presa com a gente — continua Jasmine. — Eu vi quando você saiu ontem, mas não falei nada.

Freedom abre os olhos e se apoia nas mãozinhas gordinhas.

— Tá se aprontando pra quê, reizinho? — pergunto a ele, ignorando o comentário de Jasmine. — Tá indo trabalhar?

— Rei Kofi não vai deixá-lo trabalhar pra nenhuma empresa — diz Jasmine, levantando da cama.

— Se ele quiser trabalhar pra uma empresa, ele pode.

Pego meu irmãozinho e o seguro bem acima de mim. Ele ri e baba no meu rosto.

— Tá falando sério? Você não o impediria? Seria que nem prisão. Seu pai não ia deixar isso acontecer.

É cedo demais para isso me irritar. Ficamos de boa nos dezoito meses que ela passou aqui. Mas juro que a cada dia Jasmine parece mais com Makai, que fala exatamente como meu pai.

— Ele pode fazer qualquer coisa. Se Freedom quiser ser operário, ter a própria empresa, dirigir um ônibus... a escolha é dele.

— Mas você não tem sonhos pra ele?

Pauso por um segundo.

— Meu sonho pro meu irmãozinho é que ele tenha liberdade, que faça jus ao próprio nome.

— Mas primeiro ele tem que saber o que é liberdade. Tipo, eu não sabia mesmo o que era liberdade até virar integrante.

— É diferente pra mim, Jas. Esta casa e o Movimento são tudo que eu conheço. E é o tipo de liberdade em que, quando um passarinho voa, bate numa porta de vidro.

Ela se estica na frente da cama, se espreguiçando e bocejando.

— É por isso que você queria tanto estudar naquela escola? Você queria ver como é?

— É. Mais ou menos.

Tomo cuidado para não falar muito. Jasmine pode me caguetar se eu contar que ainda vou estudar lá. Só não tenho um plano.

Termino a conversa saindo da cama com Freedom para começar o dia. Tomo banho com ele, nos visto e desço para a cozinha atrás de tigelas com aveia e frutas. Faço tudo como sempre até que Nubia chega com um sorriso no rosto. Abraço meu irmãozinho com força antes de colocá-lo na cadeirinha sem dizer uma palavra a ela.

Jasmine, Makai e Chris estão na sala aguardando instruções. Meu pai tinha chamado todo mundo à ordem com seu "a luta continua", e esse é o início da Escola da Liberdade, onde vamos aprender em casa, na biblioteca, nos museus e até nas ruas. A Filadélfia inteira é nossa sala de aula e, com tanta história nesta cidade, provavelmente vamos saber mais do que um adolescente comum que estuda em uma escola pública. Pelo menos é isso que meu pai diz aos integrantes do Grupo Jovem. Mas esses últimos meses sem mama consistiram apenas na gente indo na biblioteca e tendo ideias para os livros do meu pai.

Ele entra e joga uma camiseta preta novinha com a logo do Movimento para cada uma das pessoas.

— Mostrem quem vocês são e de onde vêm. Se os fiscais escolares tentarem pegar vocês, vão saber pra quem ligar.

Todo mundo fica feliz em trocar o que estavam vestindo para colocar a camiseta. Eu coloco a minha por cima de uma blusa com estampa africana. Em segundos, estamos todos uniformizados — cada um de nós é um anúncio ambulante da revolução do meu pai. Ele até me dá uma pequenininha para pôr em Freedom. Fica apertada demais nele. Meu irmãozinho está crescendo muito rápido, e parte de mim quer que ele continue sendo um bebê para sempre, para que eu sempre possa pegá-lo no braço. Dou um último beijo nele.

— Nubia vai ficar com Freedom. Preciso que você se concentre hoje — diz meu pai antes de partirmos.

Eu congelo na porta enquanto observo Nubia pegar meu irmãozinho da cadeirinha. Não há mais o que fazer além de se render a esta nova realidade, e parece que muros estão surgindo ao meu redor. Ela mora aqui. Freedom também é filho do meu pai. Eu realmente não quero ser uma segunda mãe agora porque tenho minha própria vida para viver. Então me rendo e digo a Nubia de quais comidas ele gosta, quais são os livros favoritos dele, e que ele precisa de conexão, que cantem e falem com ele. Ela me ouve. Espero.

— Vamos, Nigeria! — grita meu pai do lado de fora. — Temos trabalho a fazer. Temos pessoas a libertar. Temos sistemas pra desmontar. A luta continua!

Engulo o grito preso em minha garganta, coloco a mochila nas costas e saio da Casa Vila. E me pergunto quantas vezes vou ter que jogar este jogo de voltar para casa, me sentir presa e tentar escapar.

Meu coração para quando vejo o que está estacionado na frente da nossa casa.

O carro da mama. O Prius prateado. O carro que ela não levou, o carro que ela estava começando a me ensinar a dirigir, o carro que disse que eu poderia levar para faculdade na primeira vez que me disse que eu não precisava ficar na Casa Vila para sempre.

— O que isso tá fazendo aqui? — pergunto a ninguém em particular.

— Vai ser seu assim que você tirar a carteira — diz meu pai, passando por mim para chegar ao carro. — Mas, por enquanto, alguns dos integrantes estão usando. Sua mãe gostaria que fizessem bom uso dele.

Deixo as palavras de meu pai pairarem por um minuto no ar matinal quente de setembro. Não quero acreditar nele. Não quero pensar que mama quer que qualquer pessoa dirija o carro dela. Ando em direção ao que parece ser um fantasma — se é que existem fantasmas de carros. A última vez que estive dentro dele foi quando a barriga de mama estava começando a ficar grande e ela foi consultar uma parteira para fazer um check-up — a parteira que deveria fazer o parto de Freedom. Depois disso, meu pai não deixou mais ela dirigir enquanto estava grávida do reizinho.

Lembro dos longos passeios com mama até o Mercado Central de Lancaster para visitar as fazendas Amish de lá. Ela falava sobre como os Amish são livres, sem investir no capitalismo e na tecnologia, vivendo de acordo com a terra e assumindo um compromisso com o Deus deles e o livre-arbítrio.

— Imagine o povo Negro deste país vivendo como os Amish — disse mama certa vez. — Tendo aquela terra toda e com a polícia e o governo deixando a gente em paz. *Isso* é o "sonho americano".

— Contanto que a gente não tenha que usar essas roupas — lembro de responder a ela.

Então rimos e ela me abraçou, e eu cheirei os dreads dela e desejei que aqueles dias durassem para sempre.

Nós enchíamos redinhas e caixas de papelão com frutas e vegetais da estação. Ela pegava mel puro de flores silvestres, ervas frescas, ramos de lavanda e eucalipto, e o carro dela cheirava como um jardim depois de uma tempestade.

Em alguns sábados antes do nascimento de Freedom, eu, mama, KD e Sage entrávamos naquele Prius e dirigíamos até o Brooklyn para vender chapéus, lenços de crochê e cristais, para fazer tiragens de tarô e distribuir cartões com os serviços de obstetrícia de KD em uma feira ao ar livre. Mama distribuía panfletos sobre o Movimento e os livros do meu pai. Eu e Sage andávamos pelas ruas do Brooklyn, comendo pizza e sorvete não vegano, eu fazia Sage prometer que não ia contar para minha mãe, e a gente observava os meninos do Brooklyn na pista de skate e nas quadras de basquete.

Então entro no banco de trás, no que parece ser uma cápsula do tempo. Já faz mais de um ano que mama saiu sem carro, mas o patchuli e a lavanda ainda estão no ar. Evito o banco do passageiro porque parece muito próximo da ausência dela, muito próximo do buraco que ela deixou para trás.

Jasmine toca minha mão.

— Cê tá bem? Não achei que a gente ia entrar aqui.

— Assim... Não dá pra deixar o carro aqui parado — digo, mentindo de leve. — Fico feliz que meu pai não tenha vendido, só pro caso de ela voltar. Mas acho que alguém tem que dirigir ele enquanto isso.

— Nigeria? Sua mãe... — Ela começa a dizer.

Mas Makai pula no banco do passageiro e começa a falar, como sempre.

— É a primeira semana de aula desse povo todo. Eu chamo eles de gado. Sacou? Quando a gente não frequenta as instituições deles, a gente se liberta das correntes da escravidão mental — diz ele. — O sistema educacional estadunidense é baseado em ideias supremacistas brancas de doutrinação e comportamento de manada.

Ele está repetindo exatamente as mesmas palavras do meu pai e, em breve, Jasmine deve estar fazendo igual.

Quero que ela termine o que estava dizendo sobre minha mãe, mas agora olha para Makai perdida nos próprios pensamentos revolucionários. Chris ainda não entrou no carro, está do lado de fora falando com meu pai. Aperto os olhos para eles, querendo escutar a conversa.

— Ele tá tentando ser o próximo presidente do Grupo Jovem? — pergunta Makai, e deve ter lido minha mente.

Makai está por aqui há muito mais tempo que Jasmine, então é como se ele fosse meu irmão de verdade a esta altura. Mas mantenho distância principalmente porque o pai dele, tio Ra, é como se fosse o guarda-costas do meu pai e, por extensão, Makai vai proteger o rei Kofi Sankofa por todos os meios necessários, mesmo que ele tenha só um metro e meio de altura aos 15 anos. Ele ladra mais que morde, como diz tio Ra. Faz sentido que perceba quão rápido Chris está subindo na hierarquia.

— Não liga pra ele, Makai — falo. — Chris não vai ficar aqui por muito tempo. Você é família. Ele ainda é um estranho.

Meu pai está apontando para o carro, e Chris assente com a cabeça como se estivesse recebendo ordens. Antes que eu consiga ligar os pontos para entender o que está acontecendo, Chris vem até nós e entra no banco do motorista. No lugar de mama. Fecho o punho com força. *Não.*

Meu pai vem até o meu lado do carro e faz um gesto para que eu abaixe a janela.

— Chris vai levar vocês pra biblioteca. Vou estar em um protesto em frente à prefeitura por outro menino que levou um tiro em Dunlap. Vocês podem entrar meio-dia na live.

Vejo meu pai entrar em seu Escalade preto e ir embora com alguns tios. Nós, integrantes do Grupo Jovem, somos deixados sozinhos, enfiados no carro da minha mãe, e supostamente eu sou a líder deles. Mas Chris acabou de chegar e meu pai já confia nele para dirigir com a gente por aí?

Ele mexe em todos os botões e alavancas antes de ligar o motor.

— Cês sabem que esse era o carro da rainha, né? — diz Jasmine. — Respeita a máquina.

— Ainda é — corrijo-a. — E ela não gosta de ser chamada de rainha.

Chris solta o volante e se vira pra olhar pra mim.

— Foi mal. Então você que tinha que dirigir.

— Não tenho carteira.

— Então pelo menos senta aqui na frente comigo.

— É, eu saio — oferece Makai, abrindo a porta.

— Não, tô de boa aqui atrás — digo a eles. Então pergunto a Chris: — Você tem carteira?

— Tenho. Já dirigi este carro. Seu pai me colocou no volante na primeira semana que cheguei aqui — conta ele, ajustando o banco e o retrovisor. — Mas cê tá de boa?

— Só... tenha cuidado. Minha mãe vai ficar puta se tiver um arranhão no carro dela.

Todo mundo me olha estranho, mas ninguém diz nada.

Chris liga o carro e se afasta do meio-fio, dirigindo pelo quarteirão de casas enfileiradas nos lados da rua estreita. Ele vira à direita na S. 51st, segue ao longo do Malcolm X Park e desce alguns quarteirões até chegar a Walnut Street e virar novamente à direita. Ainda estou presa no fato de que esse novato tem permissão para mexer no carro da minha mãe.

— Era pra gente ir pra biblioteca, mas não abriu ainda — diz Makai.

Não falamos nada enquanto olho para Jasmine, que está só rolando a tela do celular. Chris segura o volante e dirige como se fosse o dono das ruas da Filadélfia. Eu me pergunto se ele esteve observando meu pai esse tempo todo, copiando cada movimento, até mesmo o jeito como segura o volante. Observo no perfil dele: a mandíbula suave e marcada e os olhos intensos escondidos atrás de óculos redondos de armação metálica que eu nunca tinha visto antes. Então eu pergunto:

— Desde quando você usa óculos?

— Desde que comecei a ler todos os livros do seu pai — diz ele com um meio-sorriso.

E Jasmine bate na minha perna porque estou olhando demais.

— Você não vai responder às mensagens? Seu celular não para de apitar — reclama ela.

Eu estava ignorando de propósito. Então pego meu celular na bolsa e passo por um monte de mensagens não lidas na esperança de ver o número da minha mãe ali. Mas são todas de tia Fola, Kamau, e muitas, muitas de Sage. Não leio nenhuma delas. Preciso pensar em como vou da biblioteca para a Amigos da Filadélfia a tempo da minha primeira aula.

Chris aumenta o volume. Toca aquele rapper underground, cheio de versos sobre teorias da conspiração do governo com uma batida massa e um sample de uma música romântica antiga que reconheço. Makai é o único que começa a balançar a cabeça e cantar junto.

— Cês conhecem ele? — pergunta Chris.

— Conhecemos sim — diz Makai, cheio de orgulho.

— Acho meio brega, com todo respeito — comenta Chris com um sorriso, e sei que está só zoando Makai.

— Tá maluco, cara? Ele é foda — defende Makai. — O cara tá mandando a real. É foda, né? Tá cheio de rapper falando de arma, mulher, dinheiro e maconha. Mas quando alguém fala do governo, a galera acha brega.

— Eu não falei nada sobre o conteúdo dele — diz Chris, dirigindo muito devagar pela Walnut Street, e fica claro que ele provavelmente acabou de tirar a carteira de motorista. Ele diminui o volume e continua: — O flow dele é estranho. Precisa melhorar a dicção, a respiração e o fôlego. Não precisa dizer tudo em um verso só. Mandar a real é difícil e nem todo mundo vai pegar a mensagem se ele falar embolado.

— Discordo, na moral — fala Makai. — Nem todo rapper da Filadélfia tem que ser igual a Meek Mill. Com todo respeito.

— A gente pode concordar em discordar, irmão — diz Chris. — Mas não bote o nome de Meek nessa conversa.

— Mas vou dizer, viu — interrompe Jasmine, acrescentando sua opinião. — Com tanto rapper rico por aí, como é que nenhum ajuda o povo? Só ficam dizendo que a gente também pode ser rico e famoso. Porra nenhuma.

— É, porra nenhuma. E isso é o capitalismo — diz Makai. — Do contrário, não ia existir quebrada em lugar nenhum. É por isso que a gente tem que vender todos os livros do rei Kofi. E aí, Gigi. Como é que tá indo o novo?

Não respondo, e por um longo momento só a voz do rapper enche o carro. Começa a chuviscar, o suficiente para Chris ligar os para-brisas. Ele estreita os olhos, se concentrando na estrada, e depois aumenta o volume da música novamente. Makai olha para mim, esperando uma resposta. Jasmine está roendo as unhas até a carne. O céu da manhã fica tão cinza quanto ontem. Eu sei o que devemos fazer e sei por quê. Mas tem pequenas rachaduras se formando na nossa superfície, ou talvez seja só eu.

Meu celular vibra na minha mão. É Sage. Eu sei o que ela quer. Ignoro para ter mais tempo de pensar e planejar. Se mama realmente quer isso para mim, o universo e as ancestrais vão me guiar.

A chuva é lenta e constante, como se o céu inteiro estivesse chorando. Observo as ruas da Filadélfia passarem de dentro do carro da minha mãe com a bandeira da Libertação Negra pendurada no retrovisor. Sempre que a gente passa por estes lugares estreitos cheios de casas em mau estado, as pessoas viram a cabeça para ver quem passa. O problema da Filadélfia é que os bairros têm fronteiras. E elas não são invisíveis. Dá para ver onde termina a pobreza e onde começam as oportunidades. É como dirigir em uma estrada lisa; quando fica esburacada de repente, você sabe que chegou na quebrada. Alguém traçou uma linha no lugar exato onde coisas como estradas boas deixam de ser gratuitas. É isso que meus pais e todos os outros integrantes do Movimento me forçaram a aprender. E não me ensinaram só a ver a diferença; mas a entender por que é diferente.

Às vezes, quando meu pai dirige o Escalade, ele para em alguma esquina onde tem um grupo de irmãos ou para e conversa com alguns homens da idade dele ou mais velhos que andam mancando ou arrastando os pés como se carregassem um peso sobre os ombros. Mulheres e pessoas mais velhas ficam nos pontos de ônibus, ou empurram carrinhos de compras pelo concreto rachado, ou seguram as mãozinhas de crianças enquanto caminham até o fim da calçada. Adolescentes da minha idade estão por toda parte antes que as portas da Escola de Ensino Médio West Philly se abram. Estão zoando e se divertindo e talvez não percebam as nuvens cinzentas sobre a cabeça deles, chamadas opressão, racismo e privação de direitos — palavras que aprendi junto com o alfabeto e os números de um a dez. Aprendi que bairros pobres e negros podem ser como gaiolas e, como integrante do Movimento, devo passar o resto da minha vida fazendo as outras pessoas verem as barras de metal e as portas trancadas como realmente são. Só que não tenho a chave para libertar todo mundo. Meu pai acha que tem, mas ainda está aqui dentro.

— Me deixe na Amigos da Filadélfia — digo sem rodeios.

Jasmine abre a boca. Makai e Chris ficam em silêncio absoluto.

— Estamos no carro da minha mãe e ela quer que eu vá para aquela escola. Agora me leva pra East Falls. Tô nem aí se vocês caguetarem. Só preciso começar meu segundo dia de aula.

Eles se entreolham como se eu fosse a graça de alguma piada interna.

— Recebemos ordens diretas de tio Kofi — diz Makai.

— Irmã Nigeria, não acho que seja uma boa ideia — acrescenta Jasmine.

Eu não sei dirigir. Se eu soubesse, roubaria este carro.

— Eu sei chegar lá. Lembro do caminho que rei Kofi fez ontem — fala Chris.

— Não, a gente não vai fazer isso. A gente tem que ir pra biblioteca — rebate Makai.

— Fica no caminho — minto. — Bota no GPS.

— Você vai abandonar a gente de novo? Se você for embora, vai dar problema pra todo mundo — acrescenta Makai.

Meu celular vibra na minha mochila. Só atendo porque provavelmente é um sinal: uma saída deste carro e uma entrada para o prédio da escola. É Sage.

— Alô — atendo.

— Você tá vindo? Por favor, diga que sim — suplica ela, parecendo sem fôlego, como se só fosse respirar se eu dissesse o que quer ouvir.

Então eu digo:

— Sim. Tô chegando. — E desligo.

— Você tá escolhendo de livre e espontânea vontade ser mentalmente escravizada? — pergunta Makai. Ele vira o corpo todo para mim, tira o cinto de segurança e tudo.

Então Chris encosta no meio-fio e para o carro, e, naquela mesma hora, meu celular toca de novo. Olho para a tela e quase derrubo o celular quando vejo a foto de mama e o nome dela.

Não consigo atender rápido o suficiente. Não consigo segurar o celular com força suficiente.

— Alô! Mama? Mama? Alô! Oi, mama!

Minha voz está trêmula. Meu corpo inteiro é o céu estrondoso se abrindo pra deixar tudo jorrar da minha alma porque minha mãe está finalmente, *finalmente* me ligando.

Aguardo para ouvir a voz dela. Mas só há silêncio. Então saio do carro e pressiono os dedos no outro ouvido.

— Alô? Alô? Mama?

Nada.

Olho para o celular. Ainda está na linha.

— Mama? É você?

Nada.

— Mama! — grito e tenho vontade de pular no celular e segurá-la, abraçá-la, ou gritar com ela, ou chorar nos braços dela. Tudo e qualquer coisa ao mesmo tempo.

Pressiono o celular no ouvido querendo, *rezando* para que sua voz chegue até mim de onde quer que ela esteja.

— Você tá aí, mama?

Ainda nada. Olho novamente para a tela do celular. A ligação caiu.

Não sei quando Chris e Jasmine saíram do carro. Não senti a mão de Makai em meu ombro, nem vi Jasmine oferecendo uma caixa de lenços de papel. Não senti as lágrimas escorrendo pelo meu rosto. Não notei Chris olhando para mim como se eu tivesse enlouquecido. Limpo o rosto e fico olhando para o aparelho, esperando que ele toque de novo.

— Por que você não liga de volta pra esse número? — sugere Chris, com uma voz que nunca ouvi antes: suave, quase sussurrando, como uma pena deslizando pelo ar. — Pode ter sido o sinal ruim ou ligou errado.

Jasmine cutuca Chris e arregala os olhos, como se ele tivesse acabado de dizer a coisa errada.

Mas foi a coisa certa. Era exatamente o que eu queria ouvir agora. Então ligo de volta. Cai direto na caixa postal, que é só um bipe longo, triste e vazio. Então tento uma videochamada. Não funciona. Não sei quantas vezes tento e tento de novo. Mas não encontro nada. *Nada*.

A chuva leve batendo na minha cabeça parece um djembê me chamando para dançar, para me mexer, para ir. Então volto para o carro e pego minha bolsa. Congelo quando vejo os olhos de mama no retrovisor, como se ela estivesse sentada no banco do motorista. Como faço para chegar até ela por ali? Por meio de um celular? Pelas nuvens? Saio e me afasto do carro e tento me unir ao céu cinzento, esperando e *rezando* para que minhas asas cresçam e me levem até aquela escola a tempo para minha primeira aula.

— Por que você quer nos deixar, irmã Nigeria? — pergunta Makai.

Eu não respondo. Não devo nada a ele. Mama ligou e esse foi o jeito dela de me avisar que posso fazer isso. Posso desobedecer ao meu pai. Posso começar a viver minha própria vida. Enfio a mão no bolso da calça jeans para pegar meu celular. Preciso achar um ônibus que me leve até East Falls, ou chamar um táxi, ou andar, ou voar, ou algo assim. Mas não está lá.

Alguém me toca e é Chris.

— Você deixou cair — diz ele. — Tava tocando. Uma pessoa chamada Sage.

Então pego o celular e coloco ela no viva-voz.

— Cadê ela?

— Foi exatamente isso que Diane acabou de me perguntar — fala Sage. — E aí, cadê você?

— Tô falando da minha mãe. Ela acabou de ligar.

Nós duas ficamos em silêncio por um momento, tentando entender o que acabei de dizer.

— Você tá se molhando — alerta Jasmine antes de voltar para o carro. Eu ignoro.

— Nigeria, se você faltar de novo, vai perder a bolsa de estudos e a vaga — diz Sage no celular. — Olha, sua primeira aula é às 8h45, mas você tem que encontrar Diane antes disso. Esse negócio não foi ideia minha nem da minha mãe. É *sua* mãe que quer que você faça isso, Nigeria. Estamos ajudando ela.

Sage desliga.

Meus dreads geralmente são uma esponja que absorve toda a chuva antes que ela chegue ao meu rosto. Mas dessa vez tudo é uma avalanche e fico encharcada. Minha camiseta gruda na pele, os dedos dos pés expostos e as sandálias molhadas fazem parecer que estou na lama. Minha calça jeans encharcada pesa mais nas minhas pernas e estou afundando.

Chris pega minha mão e diz:

— Vamos. Eu te levo. Até porque esse carro era da sua mãe e tal.

— Ainda é — corrijo. — O carro *é* da minha mãe.

Olho para o celular mais uma vez. Minha mente está acelerada, pensando no que aconteceu naquele aparelho. Mas não questiono o universo ou as ancestrais.

E assim volto para o carro, no banco do passageiro dessa vez. Chris e eu trocamos olhares discretos e cheios de significado, e me pergunto se ele também ouviu o que aconteceu na noite passada. E talvez ele não seja tão time rei Kofi, no fim das contas.

— O que a gente fala pro seu pai? — pergunta Jasmine.

— A verdade. Honestidade radical.

— Honestidade radical? — pergunta Makai. — Então agora vai ser honestidade radical? Massa. Eu sei que não é todo mundo que fica tão doido assim pra chegar na escola no horário.

Então deve ter algo especial nesse lugar. Devem fazer você se sentir como se fossem te coroar como rainha do mundo ou algo do tipo. Eu sei que é assim que Kamau fala daquela escola. Tratam ele que nem realeza porque faz *eles* ficarem bem na fita.

Viro todo o meu corpo para encará-lo no banco de trás.

— Makai? Você não tá cansado disso tudo? De ter que ler os livros do meu pai? De ver as lives e ouvir os podcasts? É a mesma coisa todo dia. Todo dia, toda hora. Já entendi. Somos oprimidos. O racismo é uma merda. O povo preto tá fodido por causa disso. Gente branca é ruim por causa disso. Mas e aí? O que a gente faz com isso tudo se nada muda?

Eu não percebi o quanto tinha reprimido essas verdades. E, a cada palavra que digo, meu coração bate cada vez mais rápido, porque Makai é a última pessoa que quero contestar agora. Não importa o que ele tenha a dizer, vai falar que nem meu pai e nunca vai calar a boca. Ele começa:

— Eu nunca vou cansar de lutar pela libertação. E não acha que *você* vai cansar daquela escola? O nome disso é tokenismo, irmã Nigeria. Vão fazer você se sentir especial quando tudo só serve pra eles…

E eu o bloqueio enquanto Chris dirige pela Black Road e pela Martin Luther King Drive, e, do jeito como as coisas estão agora, talvez isso também seja um sinal. O caminho pelo Fairmount Park e ao longo do rio Schuylkill é sempre tranquilo, então Makai por fim cala a boca e ficamos em silêncio, graças a Deus. Olho para Chris e me pergunto por que ele está me apoiando quando foi meu pai quem o acolheu e o deixou dirigir o carro da minha mãe. Se alguém for ter problema, esse alguém vai ser ele.

Meu celular toca de novo e é outra mensagem de Sage. Faltam quinze minutos pro encontro de adoração. Encontra Diane no escritório dela quando chegar aqui. Ela tá tentando ligar pro seu pai. Espero que ele deixe você ficar.

Não cabe ao meu pai à esta altura. Preciso passar pelas portas daquela escola com educação progressiva que declara ser nossa *amiga* por conta própria, sem a permissão do meu pai. E, se a Amigos da Filadélfia for mesmo se tornar minha vida pelos próximos dois anos, então talvez o céu se abra para mim, as nuvens se dissipem e o universo se expanda.

— Nigeria — diz Jasmine atrás de mim, com uma voz baixa e triste. — Acho que você devia contar a todo mundo sobre a Nubia. Vão descobrir em algum momento. Talvez se você contar vai fazer mais sentido.

Nem pergunto como ela descobriu porque, como meu pai sempre diz, assunto de família é assunto do Movimento. E a Casa Vila tem olhos e ouvidos.

— Nubia tá tentando tomar o lugar da minha mãe — falo. — Então eu e Freedom... vamos embora. Mama vem buscar a gente.

— Não fala isso, Nigeria — geme Jasmine, parecendo que está prestes a chorar.

— Não quero que você vá embora. Acabei de chegar — comenta Chris, bem baixinho.

E algo quente e meloso se instala dentro de mim, e todo o meu corpo se aviva com... com *algo novo*. Eu olho rapidamente para ele enquanto Chris mantém os olhos na estrada. Fico chateada por ele estar dizendo isso na frente de Makai e Jasmine. Fico chateada porque, além do meu irmão, alguém mais pode me manter naquela casa por mais tempo do que eu gostaria de ficar.

— Ah, tá rolando um sentimento agora? — pergunta Makai. — Massa. Pelo menos fica tudo em casa.

— Ah, cala a boca, *irmão* Makai! — digo, pegando um lenço de papel e jogando nele.

Ninguém fala nada por um segundo. Então Jasmine é a primeira a começar a rir. Depois Chris. Aí eu estouro, explodindo com uma gargalhada de doer a barriga. O carro balança um pouco porque Chris está rindo muito. Eu agarro a perna dele. E deixo a mão lá.

— Então sou uma piada agora? — pergunta Makai. — Beleza. Vamos ver quem ri por último. Não tem nada de engraçado na revolução, *irmã* Nigeria.

Todo mundo ri mais ainda.

Até Makai começa a rir, percebendo o quão ridículo ele soa às vezes.

E aqui estou eu, lutando pela minha vida, tentando entrar em uma escola particular branca e rica do outro lado da nossa quebrada. Eu me inclino e começo a tossir de tanto rir, porque não sabia que tinha tanta alegria presa na minha garganta e no meu corpo.

Queixa 6

— **É COMO** se você fosse o fantasma que vai sentar perto da porta — diz Chris quando me deixa.

Achei que ele estava do meu lado, mas cita o que meu pai disse ontem, achando que eu estava mesmo dando ouvidos a ele.

— Isso — minto. — Um fantasma perto da porta.

Mas estar nesta escola não é uma missão secreta de espionagem do Movimento. Então desligo o celular e cruzo a porta vermelha dupla da Amigos da Filadélfia sem olhar para trás — para o carro da minha mãe e para os integrantes do Grupo Jovem.

Kamau e Sage não estão por perto para me cumprimentar. Então faço o que disseram e vou direto para o escritório de Diversidade e Inclusão. As letras D&I estão na porta, abaixo do nome de Diane Hutchinson. Invertendo as duas últimas letras fica "die", "morrer" na minha língua, e me pergunto que parte de mim está morrendo por estudar nesta escola, por aumentar a diversidade e por ser incluída.

— Precisa de outra camiseta? — pergunta Diane. — Deve chover a semana toda. Então, se for chegar molhada todo dia, devo guardar algumas aqui pra você se voltar?

Assinto com a cabeça porque minha camiseta está molhada e gelada na pele. Também não quero que ninguém saiba quem eu sou nem de onde venho — com a logo do Movimento no peito e tudo mais.

No banheiro perto do escritório de Diane, substituo a camiseta do Movimento pela da Amigos da Filadélfia. Trocando uma marca por outra, uma *skin* por outra — como se estivesse trocando de lado.

Diane me faz sentar a uma mesa redonda em seu escritório. Uma bandeja com cereal, um pão de gergelim com cream cheese, uma banana, iogurte e chá já estavam me esperando quando cheguei aqui. Tudo servido em pratos de cerâmica de verdade com a logo da escola no meio e talheres, como se aqui fosse uma casa. Todo esse tratamento especial me faz sentir como se eu estivesse recebendo caridade. Nesta escola, talvez eu esteja.

— Nigeria, tô tão feliz que você esteja de volta. Olha, eu sei muito sobre seu pai. Eu falei com sua mãe sobre todas as coisas que aprendeu em casa e sobre como você é naturalmente brilhante, é esse tipo de estudante que sabe se guiar e aprender de maneira independente que queremos aqui na Amigos da Filadélfia — diz Diane quase sem respirar. — Mas precisamos mesmo da permissão do seu pai. Quando deferimos sua aceitação e lhe oferecemos uma vaga, não sabíamos que sua mãe…

— Minha mãe já fez tudo — respondo, interrompendo-a. — Você me disse que ela preencheu toda a documentação, tô matriculada nas aulas, ganhei uma bolsa e já tenho família aqui. Isso deve bastar. — Deixo o café da manhã intacto e me levanto da mesa usando minha segunda camiseta da Amigos da Filadélfia. — Não quero me atrasar para a primeira aula. Posso ir?

— Espera — pede ela. E faz um gesto para que eu me aproxime do computador. — Quero que você leia pra saber o que estamos enfrentando.

Ela aponta para a tela. O assunto do e-mail é: AVISO. É do meu pai, e me preparo antes de ler a mensagem em caixa alta.

RETIRE MINHA FILHA DA SUA INSTITUIÇÃO AGORA! NÃO QUERO MINHA FILHA NO SEU SISTEMA DE DOUTRINAÇÃO SUPREMACISTA BRANCA!

Uma chama se acende na minha barriga e sinto vontade de esmurrar a tela do computador. Vontade de gritar no vazio.

— Sente-se aqui e tome um pouco de chá — oferece Diane, percebendo que estou prestes a explodir.

Sento, fecho os olhos e faço algumas respirações pranayama para me acalmar. Ativo o rosto de mama em meu terceiro olho: o sorriso brilhante, os olhos vivazes, a pele brilhosa. Ela quer isso para mim. Eu quero isso para mim. Solto um suspiro longo e pesado e um gemido silencioso. Tomo um gole de chá de hortelã e fico calma de novo. Pergunto:

— Kamau e Sage sabem?

— Isso não tem a ver com eles. Deve envolver um dos pais ou responsável.

— Responsável? Então pode encaminhar esse e-mail pra KD. Ela tá ajudando minha mãe com tudo isso.

Diane se inclina um pouco para a frente, me examinando de sua mesa, e diz:

— Nigeria, por que você…

— KD tem que saber disso — interrompo-a novamente, me afastando da mesa. — Ela pode ser minha responsável.

— Tem que ser uma responsável *legal*… Olha, Nigeria. Não podemos manter você aqui se seu pai não quiser que esteja aqui.

— Minha aula tá começando. — Pego minha mochila e começo a sair do escritório dela. — Ligue pra mãe de Kamau, minha tia Sharon. Ela é minha parente de sangue. Você pode falar com ela.

Eu sei que não devo envolver tia Sharon nisso, porque vai ser uma guerra civil em nossa família. Mas só preciso passar por este segundo dia.

— Kamau contou sobre nosso grupo de afinidade? — pergunta Diane. — Nossa primeira reunião vai ser hoje, depois da escola. Você devia vir. Nigeria, vou fazer o que puder pra manter você aqui. Mas se prepare, porque esse pode ser seu último dia. Se nada der certo, pelo menos você pode ter uma experiência completa na Amigos da Filadélfia antes de ir.

Não quero me preparar para isso. Então assinto e engulo em seco, sem saber de fato que poder ela vai ter sobre o que meu pai quer para mim. Nem mama consegue fazer com que ele mude de ideia. Mas agora ele não é uma questão. O que mais importa é que estou aqui. Estou aqui mesmo e ele não conseguiu me impedir.

Perdi o encontro de adoração, ainda bem, e passei pelas próximas aulas até a hora do almoço. É quando vejo Kamau pela primeira vez no dia de hoje. Ele está saindo do refeitório e entrando na biblioteca, então corro até ele e seguro seu braço. Ele nem se vira, mesmo sabendo que sou eu.

— Sério, primo? — digo.

Ele olha para trás e faz um gesto para que eu o siga até a biblioteca. Depois até um lugar vazio, com almofadas no chão perto de janelas altas. Um grupo de estudantes também está indo para aquele local, então Kamau pega minha mão e andamos bem rápido, chegando nas almofadas antes deles. Sentamos, um pouco sem fôlego. Estou rindo. Ele não. Seguro o braço de Kamau e apoio minha cabeça em seu ombro, como costuma fazer comigo. Ele me deixa ficar ali por um momento sem dizer uma palavra.

Então diz:

— Seu pai ligou pra minha mãe dizendo pra ela ficar fora da sua vida. Que, se ela vai ser sua tia, ela tem que respeitar os limites dele.

Eu levanto a cabeça de seu ombro. Não estou surpresa, mas ajo como se estivesse.

— Você tá falando sério?

— Ele acha que minha mãe teve algo a ver com você ter vindo pra essa escola — continua Kamau. — É por isso que ela teve que ficar fora disso.

Solto o braço dele e me inclino para a frente, apoiando o queixo nas mãos.

— Por que foi que sua mãe mudou de ideia mesmo? Por que você parou de estudar comigo em casa?

— Ah, Gigi. Você sabe o que rolou. Tia Natalie era uma professora muito boa. Mama confiou minha educação a ela. Tipo, olha onde a gente tá agora. Com os melhores entre os melhores. Mas... — Ele olha para as mãos, examinando as unhas. A do mindinho esquerdo está pintada de preto, como se ele estivesse testando a cor em sua pele marrom-clara. — Você já leu os livros do seu pai? Tipo *Famílias negras importam*?

Olho para ele, hesitando um pouco porque não gosto de falar mal do meu pai com ninguém, nem mesmo com meu primo.

— Não. Escuto o que ele fala todo dia, não preciso ler o que ele escreve também. Confia.

Ele ri daquele jeito solar. E eu não tenho como não rir junto.

— É sério, prima — insiste Kamau, ainda rindo. Então suspira. — Homem, mulher e filho. O lance todo dele é a família preta. Homem, mulher e filho.

Não preciso perguntar para saber o que ele quer dizer, para sentir o que ele sente.

— Sinto muito, Kamau — digo baixinho.

— Queria que ele só dissesse... que não quer que o sobrinho seja gay. Tudo bem no caso de todo mundo, mas não alguém do sangue dele? Tipo, minha mãe cansou de ele dizendo que ela precisa de um homem em casa, e fica tentando armar ela com um dos tios porque acha que isso vai fazer eu virar hétero. Sério. Meu pai tá de boa e me ama do jeito que eu sou. Ele disse até que eu podia morar com ele em Atlanta. Talvez me candidatar pra Morehouse. Sabe de uma? Você devia ir pra Spelman, prima!

Ainda não posso sonhar tão longe no futuro. Então digo:

— Kamau, só tô tentando ficar mais uma semana. Escuta. Já que sua mãe e meu pai não estão se falando, talvez tia Sharon possa me ajudar a continuar na escola. Tipo, não sei... Ela pode ser minha responsável, já que a gente é parente e tal.

Kamau revira os olhos como se eu estivesse pedindo demais dele.

— Sabe aquele ditado? Família antes de tudo? A gente teve que chamar um monte de gente aleatória de tio e tia, mas seu pai transformou a própria irmã em uma estranha só porque ela contestou ele. E eu contestei ele só sendo eu mesmo. E tia Natalie devia ter sido um alerta, mas...

— Beleza, então — interrompo, porque não quero que ele fale sobre minha mãe. — Kamau, eu quero mesmo ficar aqui. Quero me formar com você, e, sim, você podia ir pra Morehouse e eu podia ir pra Spelman, ou Yale, ou Harvard, ou... Qual é a faculdade mais branca que existe?

Kamau segura o queixo, pensando seriamente na minha pergunta.

— Provavelmente Oxford. Império Britânico, esses bagulhos... O que seu pai chama de entranhas da supremacia branca.

— Isso, Oxford ou Cambridge... — digo, sabendo que meu pai ficaria furioso se eu fosse para qualquer uma das duas.

— Mas é sério, Gigi. Espero que você não esteja fazendo isso tudo só pra irritar seu pai.

— Óbvio que não! Você acha que eu quero ele gritando comigo o dia todo? Tô fazendo isso por mim. Não importa o que ninguém diga. De verdade, cara. Makai é o pior de todos. Ele acha que eu tô me vendendo. Meu pai eu até aceito, mas *ele*?

Kamau ri de novo e sabe exatamente do que estou falando.

— Na moral? Iam amar Makai aqui na escola.

— Mas esse é o problema. Qual é o sentido de ser um revolucionário se lugares como este podem reivindicar a revolução pra si? Não. Makai tá no lugar certo.

— E você? Segundo dia na Amigos da Filadélfia. Você sente que tá no seu lugar?

Paro por um segundo e olho para a biblioteca cheia de plantas exuberantes e prateleiras de livros. Os estudantes aqui são como uma mistura de óleo e água, pessoas ao mesmo tempo muito focadas e de espírito livre. Trabalham muito e se divertem muito. Algumas pessoas estão sentadas sozinhas com laptops, outras em pequenos grupos sussurrando entre si, e em um canto distante está um grupo de meninas negras. Estão todas debruçadas sobre um cartaz e me pergunto se passaram a vida toda aqui, como Sage. Talvez eu queira ser amiga delas.

— Meu lugar é onde eu estiver, Kamau. Onde eu decidir estar.

Eu estava ansiosa para ir para a aula de “A Constituição e Você”. Sage é da turma e não a vi a manhã inteira. Ela sorri como se dissesse que está feliz por eu estar aqui. Respondo com um olhar dizendo que isso é só o começo. Vou precisar da ajuda dela.

Liam acena para mim do outro lado da mesa oval e eu apenas sorrio. Eu deveria estar com raiva de Kamau por ter dado meu número a ele, mas não estou. Talvez Liam seja meu primeiro amigo nesta escola. Talvez não.

— Abraham Lincoln foi mesmo nosso primeiro grande presidente — diz Henry, se recostando na cadeira e cruzando as mãos sobre a barriga. — Vocês acham que foi por quê?

Eu me pergunto se o professor já praticou a advocacia alguma vez na vida, com o tanto que já se gabou do diploma de direito em Princeton. Ele olhou para mim quando mencionou que foi a mesma faculdade em que Michelle Obama estudou.

Um menino branco levanta a mão e estreito os olhos para ele, esperando que não diga nenhuma estupidez. Senão vou ter que falar. No momento, só quero sentar e ouvir e não ter que ensinar ninguém.

— Ele libertou os escravos! — diz o menino, um pouco alegre demais.

Suspiro e reviro os olhos. Não era minha intenção, mas quero evitar discussões sobre escravidão, principalmente aqui.

Henry me pega revirando os olhos.

— Nigeria, você acha que ele está errado?

Todo mundo está me observando agora, inclusive Liam, que por algum motivo não para de me encarar. Por que Henry não escolhe Sage ou o outro aluno negro?

Então tenho que decidir quem quero ser neste momento. Não importa que meu cabelo, minha pele e meu corpo contem minha história antes mesmo de eu falar. Confirmo o que acham que sabem sobre mim? Ou inverto o roteiro, visto uma máscara e me torno uma pessoa totalmente diferente?

Então eu digo:

— Sim. Abraham Lincoln libertou os escravizados, mas foi por estratégia política e não porque ele se importava com aquelas pessoas.

Liam me olha fixamente. Desvio o olhar porque ele está sendo estranho e não quero que nenhum garoto branco me questione agora, inclusive Henry.

— Isso mesmo — diz ele. — Proclamação de Emancipação em 1863, três anos depois do início da Guerra Civil. Ele era um homem moralmente íntegro, de grande estatura e…

— Mas a escravidão não acabou em 1865? — pergunta Liam, olhando para mim.

Derreto na cadeira. Quero desaparecer até começarem a falar de algo que não seja escravidão. Sage não diz nada, e geralmente ela tem opinião sobre tudo.

— Foi *legalmente* abolida em 1865 — diz um menino negro. — Muitos escravizados não sabiam que tinham sido emancipados dois anos antes.

O nome dele é Tyler, e, se eu fechar os olhos e só ouvir sua voz nem vou saber que é negro.

Ainda bem que outra pessoa pode continuar essa conversa. Mas ainda acrescento:

— Pessoas escravizadas. Nossos ancestrais não eram escravos, eram pessoas *escravizadas*. É bem diferente.

— Você está absolutamente correta, Nigeria — afirma Henry. — Vocês sabiam que a palavra "escravidão" não aparece na Constituição? Mesmo assim ela é uma instituição que está na base de todos os males e turbulências deste país.

— A palavra em si não precisa ser escrita pra ser aplicada — acrescenta Tyler.

Tyler e eu parecemos estar juntos nessa, então complemento:

— Sim, inclusive a escravidão permanece até hoje sem ser chamada de escravidão. Uma brecha na Décima Terceira Emenda permite o encarceramento em massa e o crescimento do complexo industrial-prisional.

— Você tá comparando criminosos a escravos? — pergunta Liam.

— Mais uma vez, escravos não, escravizados. Pessoas escravizadas. Presos. Neste país é a mesma coisa.

— Por favor, pode explicar melhor? — continua Liam. — Você tá dizendo que pessoas escravizadas já eram criminosas?

Suspiro, porque é exatamente nisso que eu não queria entrar.

Henry percebe minha frustração e acrescenta:

— E esses são os tipos de perguntas que deveríamos fazer a nós mesmos e uns aos outros nesta aula, inclusive quando começarmos a pensar nossos argumentos para o debate. Só para lembrar, a resolução deste mês é: "As normas sociais têm mais valor do que a liberdade individual".

Liam continua olhando para mim como se ainda esperasse uma resposta. Mas não vou lhe dar esse gostinho. Sage está limpando as unhas e não acredito que ela não tenha acrescentado nada à discussão.

— Mas o que Abraham Lincoln e a escravidão têm a ver com essa resolução? — pergunta o menino Sul-Asiático chamado Hasan. — As normas sociais são a escravidão e a liberdade individual... os direitos dos estados?

— Excelente começo, Hasan — elogia Henry. — Em relação à resolução, você apresenta os próprios argumentos, contra e a favor. Use os exemplos que quiser. Mas a série de debates com o senador em exercício Stephen Douglas em 1858 foi onde Lincoln solidificou as ideias dele sobre a escravidão antes de concorrer à presidência. Ele era moralmente contra a escravidão, mas não sabia como mudar as coisas. É por isso que ele não ficou do lado dos abolicionistas, que sabiam exatamente como a escravidão deveria acabar neste país.

— Abolicionistas foram algumas das primeiras feministas — diz Sage, enfim. — E *mesmo assim* não temos uma presidenta. Portanto, as normas sociais são o patriarcado e os direitos das mulheres estão como liberdade individual.

Henry franze a testa e depois estende as mãos, perguntando se discordamos de Sage. Ninguém oferece uma refutação, mas Hasan traz o assunto de volta para a escravidão.

Olho ao redor, observando a pequena turma. Todo mundo pensa em voz alta e responde a perguntas importantes, mesmo quando estão errados. E me pergunto se estou entre futuros políticos e CEOs. E me pergunto se eles entendem mesmo o que estou dizendo e, se entenderem, será que vão mudar este país? Que vão desmantelar a supremacia branca e o capitalismo para que o mundo inteiro possa ser uma utopia? Meu pai não acha que seja possível, por isso quer desinvestir. Mas, aqui, talvez novas ideias estejam nascendo, sendo formadas e testadas primeiro nesta escola. Talvez.

A aula termina, e Sage sai correndo para fazer outra coisa. Então tenho que encontrar meu caminho nesta escola sozinha e não depender dela nem de Kamau. Tyler passa por mim e eu toco em seu ombro.

— Ei. Valeu.

— Por quê? — pergunta ele.

— Por dizer aquelas coisas. Não queria ser a única corrigindo todo mundo.

Ele se afasta um pouco de mim.

— É, só tô tentando tirar uma nota boa pela participação nas aulas.

E vai embora.

Dou de ombros e faço uma anotação mental para não contar muito com ele quando essas discussões surgirem. Também não tenho certeza se posso contar com Sage.

Diane me deu o número da sala do grupo de afinidade pós-escola chamado Grupo Negro da Amigos da Filadélfia. Se for um pouco parecido com o Movimento, onde sentamos e planejamos como incendiar a casa-grande enquanto ainda moramos nela, então vou passar. Mesmo assim, saio enfiando a cabeça em todas as salas e cantos da escola. Quanto mais aprender nesse lugar, mais meu mundo vai se ampliar, mais terra e céu vou poder conquistar.

Estufo o peito quando ando pelos corredores, olhando para quase todas as pessoas brancas. Elas me veem? Tipo, me veem de verdade? A maioria só olha para meu cabelo. Outras olham através de mim. Algumas sorriem. Outras dizem oi. Só aceno quando preciso. Respiro com dificuldade porque aqui é um oceano gelado e estou lutando com a água, mal conseguindo flutuar.

— Nigeria! — grita alguém.

Eu me viro e vejo Liam. Quase dou as costas, mas tenho que ser amigável. Tenho que me encaixar. Mais ou menos.

— Ótimos argumentos na aula hoje — diz ele.

— Obrigada. Mas estava só falando a verdade.

— Claro, claro. Hum… eu tava pensando… Sei que ainda é cedo, mas acho que a gente devia começar a trabalhar na resolução.

— A gente? Eu não sabia que era um trabalho em grupo.

Ele assente.

— É. Quer ser minha dupla? A gente precisa de uma dupla e precisa defender os dois lados. A gente pode até competir um contra o outro.

Muitos pensamentos estão passando pela minha mente. O que ele quer de mim? Fazer dupla? Com ele? Vou fazer dupla com Sage ou Tyler antes de fazer com ele. Mas só digo:

— Claro.

— Beleza. Legal.

Ele dá um sorrisão e fica ali parado. Não tenho filtro para todos os meus pensamentos intrusivos, e meu pai mora na minha cabeça, então pergunto:

— Você tem poupança?

— Quê? — Ele ri. — Bem que eu gostaria.

Baixo a cabeça, um pouco envergonhada. Foi uma pergunta aleatória, então continuo:

— Então como você paga essa escola?

Ele dá de ombros.

— Auxílio financeiro.

Assinto, olhando-o de cima a baixo, sem saber o que fazer com essa informação.

— Talvez esse possa ser um dos nossos pontos de debate — sugere ele. — As normas sociais como a educação superfaturada e privatizada e a liberdade individual como a liberdade de escolher a qualidade da nossa educação.

Estou encarando ele agora, tentando entender aquelas palavras e aquele olhar. Parte de mim quer examiná-lo naquele momento, abrir seu corpo e descobrir se tudo o que aprendi sobre brancos é verdade. Mas alguém toca meu ombro e sou afastada do magnetismo de Liam.

É Diane. Ela parece preocupada. Sinto um peso no estômago porque é o fim do dia escolar e sei do que se trata.

— Meu pai tá aqui? — pergunto, sem deixar ela me dar as notícias ruins primeiro.

— Não. Tem uma pessoa esperando você na recepção. Seu irmão, Chris — diz ela. — Ele está estudando ou…?

— Chris? Aqui?

Ele não deveria estar aqui. Ele não deveria fazer parte de nada disso porque acabou de chegar ao caos que é minha vida. Diane não sabe que ele não é meu irmão de sangue. Se ele está ou não na escola não é da conta dela. Viro para todos os lados tentando lembrar onde estou naqueles corredores amplos.

— Ah, posso te levar lá — diz Liam.

— Você poderia, por favor? — pede Diane. — Tenho que mediar o grupo de afinidade. Nigeria, sinto muito que você não possa se juntar a nós

— Volto amanhã — digo a ela.

Diane balança a cabeça lentamente e diz:

— Vamos segurar até o final da semana. Vamos ligar pro seu pai. Mas, depois disso, vamos ter que respeitar a vontade dele.

Liam pigarreia. Ele não deveria ouvir nada disso. Diane se afasta e eu digo a ele:

— Só me mostra onde fica a recepção.

— Eu tô indo pra lá.

— Só me diz onde é.

Ele aponta para o fim do corredor e começa a andar do meu lado mesmo assim.

— Você vai embora? — pergunta Liam. — Foram só dois dias.

— Eu vou voltar — respondo, querendo que ele cuidasse da própria vida.

— Espero que sim — diz Liam.

Então vejo Chris sentado nas cadeiras chiques embaixo do retrato de William Penn.

— E aí, irmã Nigeria?

— Tchau, Nigeria. — Liam se despede atrás de mim.

Sinto como se estivesse sobre uma falha geológica e meu mundo lentamente se dividisse em dois.

— Meu pai mandou você vir? — pergunto a Chris.

— Não. Tenho que te levar pra casa antes de ele descobrir. Bora. A gente tem tipo uma hora pra sair dessa parte da Filadélfia. Na real, dá pra dizer que cê tava dando uma volta comigo. Jas e Makai tão na biblioteca, vão voltar de ônibus.

Ele faz um gesto para que eu vá atrás dele, e eu vou, só porque ele está guardando esse segredo para mim. Mesmo que tenha acabado de chegar, ele é meu porto seguro neste momento, mais do que Sage e Kamau. Então saio pela porta dupla da Amigos da Filadélfia com um menino fugido que mora na minha casa.

Deslizo para o banco do passageiro — meu lugar — e Chris desce a I-76, me levando para onde preciso ir. Mama deve ter mandado ele. Ela o mandou para mim.

— E se você arranjar problema com meu pai? — pergunto. — Ele pode te expulsar da Casa Vila.

Chris dá de ombros.

— Não tô arranjando problema cuidando da filha dele. Além disso, foi o que ele me disse pra fazer. Ficar de olho em você.

— Não preciso que ninguém fique de olho em mim. Você acabou de chegar, Chris. Por que ele confia em você desse jeito?

— A gente se conheceu agora, mas rei Kofi me mentora há uns três anos. Desde quando eu tinha 15, no primeiro ano na Strawberry Mansion. Vários caras se reuniam com ele e uns tios depois da escola na oficina sobre masculinidade e história Negra. Foi aí que comecei a ver as lives e ler os livros dele.

— Caramba. Você já tá bem envolvido.

— Mas isso é ruim? Também tenho as minhas ideias, sabe? — diz ele enquanto vira à esquerda na Belmont Avenue.

— Ainda não quero ir pra casa.

— Eu vou te levar pra casa. Se você quer continuar estudando lá, tem que ficar na sua. Faça o que você tem que fazer. Tô só cuidando de você.

— Eu já falei que não preciso que você cuide de mim.

— Eu sei. Você é adulta. Mas eu respeito seu pai, mesmo que você não respeite.

— Eu respeito meu pai. Só que nem sempre concordo com ele.

— Também não. Por isso que acho que você tem que estudar naquela escola — diz Chris. — Ele tá certo, você tem que pegar o que precisa deles pra ajudar a gente. A gente tem que fazer o que eles fazem, mas pra reverter o sistema pra ser Negro e revolucionário. Você devia anotar pra gente fazer as mesmas paradas que eles. O nome podia ser Escola Amigos Sankofa. Na real, não. Uma parada mais família. Escola da Liberdade da Família Sankofa.

— Eles tão fazendo isso há quase quatrocentos anos — aponto, sem curtir de verdade nenhuma das ideias dele. — A gente não tem como alcançar.

— Mas quantos de nossos ancestrais devem ter assentado aqueles tijolos, limpado aquele chão, cozinhado aquela comida chique do refeitório?

Penso nas pessoas que vi servindo nosso almoço, nos seguranças e até nas poucas pessoas negras que ensinam lá.

— Sim. — É tudo que digo, porque estou tentando não entrar nessa com ele. Já é o suficiente estar lá naquele prédio. Basta eu estar ali, ocupando espaço com meu corpo e minha voz. O que eu quero e quem eu sou deveria bastar.

— Eu quero estar lá com você. Voltar pro ensino médio, na minha vez eu filava metade das aulas mesmo. Cê acha que vão me deixar entrar? Eu vou tomar o poder e virar essa porra de cabeça pra baixo — brinca Chris.

— Mas você não se formou? — pergunto, já sabendo a resposta e evitando a última pergunta dele.

— Não. Mas tô de boa, sabe? Tô aqui.

Seja lá quem seja Chris e seja lá quais forem os sonhos dele, aquilo deve bastar para ele agora. Chris tem um jeito diferente, como se fosse livre e o mundo fosse dele, mesmo que esteja dirigindo o carro da minha mãe e morando em nossa casa.

— E você? Tá de boa? — pergunta, olhando para mim com um sorriso que faz algo vibrar dentro do meu corpo.

Eu só assinto, retribuo um meio sorriso e encosto no banco para que o balanço suave do carro me embale em um descanso muito profundo. O dia estava pesado e as nuvens cinzentas se separaram, abrindo caminho para o sol do fim de tarde.

— Mas você precisa tirar essa camiseta da Amigos da Filadélfia antes de voltar pra casa — avisa ele.

— Merda — digo, me endireitando no banco, e minha mente acelera de novo. — Deixei a camiseta do Movimento na escola.

— Você tem uma jaqueta ou algo assim? Ou quer arriscar e só correr pra dentro de casa antes de ele te ver?

Eu me viro para olhar no banco de trás. Não tem nada lá, obviamente. Mas mama guarda caixas de roupas de segunda mão no porta-malas para entregar em abrigos pela cidade. Será que meu pai ou outra pessoa tirou tudo de lá? Espero que não. Ainda tem muitas coisas dela no armário e nas cômodas de casa, esperando ela voltar.

— Encosta na esquina. Deve ter alguma coisa no porta-malas — digo a Chris.

Há mais caixas do que eu pensava — mal fechadas e sem identificação. Abro uma e vejo algumas roupas, sapatos e livros de mama — coisas que nem percebi que estavam faltando. Meu corpo inteiro fica dormente, exceto a parte onde minhas mãos encostam nas roupas da mama. Os tecidos macios sob meus dedos são o mais próximo que estive dela em meses. Os vestidos de tie-dye azul e lilás e de estampa africana que ela sempre usa estão enrolados e jogados lá dentro. Vasculho tudo em busca de alguma pista, algum bilhete, alguma coisa, *qualquer coisa* que me diga quando ela vai voltar.

Os carros passam zunindo por Belmont, e o sol da tarde não deveria estar brilhando agora, porque tudo ainda é nuvens cinzentas e tempestade. Eu mexo nas caixas procurando por tudo que tenham tirado de minha mãe.

Vejo uma mala roxa que era dela. Abro rapidamente a mala e encontro mais roupas de mama, só que aqui bem enroladinhas e dispostas em fileiras. Algumas das roupas são minhas — camisetas e calças jeans que não vejo há meses, talvez há mais de um ano. Uma bolsinha de viagem guarda alguns macacões minúsculos e fraldas. Roupas de recém-nascido. São coisas antigas de Freedom? Mas as etiquetas ainda estão aqui. São novas, nunca foram usadas. Meu coração afunda. Mama comprou isso *antes* de Freedom nascer?

Passo rapidamente a mão por baixo de todas as roupas, procuro nos bolsos com zíper, tateio os cantos da mala. Nada. Mama definitivamente arrumou essa mala, porque tudo está limpo e organizado. Ela se demorou, enrolando cada vestido. Comprou roupinhas de recém-nascido. Colocou algumas roupas minhas. Ela me matriculou na escola. E agora tem uma mala feita guardada em seu porta-malas há mais de um ano.

Ela sabia que ia embora. Sempre soube. E, nesse momento, a amo ainda mais por isso. E sinto ainda mais saudade dela.

O buraco que ela deixou para trás se torna um céu brilhante e infinito e, se eu pular em direção a ele com meu irmãozinho, me pergunto se voaremos para um mundo alternativo, onde nossas asas são largas o suficiente para reivindicar todo o universo como nosso.

Algo em mim se abre, e eu deslizo de volta para dentro do carro, sentindo como se o carro da mama e esse menino fossem uma chave e uma porta rumo à estrada sinuosa que é minha vida.

— Então é assim que vai ser? Fazendo as coisas pelas minhas costas depois de receber instruções diretas? Depois de eu dizer pra aquela escola te deixar em paz?

A presença do meu pai é uma tempestade que nos espera assim que entramos na Casa Vila.

Freedom cambaleia na minha direção. Estou na porta, com Chris atrás de mim. Freedom começa a chorar. Meu pai rapidamente o pega no colo e fico feliz que ele esteja segurando meu irmãozinho. Assim vai ficar com menos raiva. Eu espero. Mas Freedom não para de chorar. Passo correndo por meu pai e começo a subir as escadas.

— Foi mal, rei — diz Chris enquanto entra em casa e fecha a porta atrás de si. — Ela precisava pegar uma coisa naquela escola. Tava chovendo e…

— Não preciso que você minta por mim, Chris — disparo, prostada no meio da escada.

— E não preciso que você minta *para* mim — repreende meu pai, olhando para ele. — Regra de ouro de permanência na Casa Vila: honestidade radical. Regra de ouro de permanência no Movimento: me respeitar e respeitar minha visão.

Não quero que meu pai vá para cima de Chris por ele ter me ajudado, então desço correndo as escadas e digo:

— Baba, vou continuar estudando naquela escola e você não pode me impedir. Você não pode me impedir.

Freedom estende os bracinhos, mas não o pego. Meus olhos estão fixos no rosto do meu pai — os olhos estreitos, a barba espessa, a testa suada. Ele é uma cabeça mais alto do que eu e não me encara enquanto balança meu irmão nos braços. Mantenho minha posição.

Os olhos do meu pai enfim encontram os meus no momento em que Chris passa por nós e vai para a cozinha. Nubia surge do nada, aparentemente, e pega Freedom. Ele não chora e apoia a cabecinha no ombro dela. Isso quase me faz perder a linha. Mas inspiro e continuo fervendo.

Meu pai solta um suspiro profundo e quente e diz, quase sussurrando:

— Honestidade radical. Não quero perder você também. Não quero perder você pra esses sistemas e instituições, Nigeria.

E a chama que se acendeu em mim se apaga. Paro de ferver, mas sigo aquecida. Lágrimas brotam dos meus olhos, mas não choro. Não agora, não na frente do meu pai. Os olhos dele também ficam úmidos, mas ele segura a avalanche. Senão nós dois vamos nos afogar.

Ele é o primeiro a se afastar.

Naquela noite, a casa fica silenciosa. Não há nenhuma live nem gravação de podcast. Não há jantar em família nem afirmações comunitárias. Jasmine se perde em um livro sobre encarceramento em massa. Makai está no porão com o pai. Nubia colocou Freedom para dormir cedo na minha cama e fico grata.

Mas, mesmo assim, minha mente precisa se acalmar. As vozes e os rostos das pessoas da Amigos da Filadélfia lotam meus pensamentos e não sei se sobra espaço para minha própria imaginação. É meia-noite e estou na cozinha procurando algo para comer, alguma coisa que encha minha barriga até me anestesiar. Hoje passei o dia ansiosa demais para pensar em comida. Escuto alguém descendo, então fecho rapidamente a porta da geladeira.

Finjo não ligar quando Chris passa por mim, faz um gesto com a cabeça e vai para o quintal. Guardo alguns pratos e me junto a ele no deque, onde está acendendo um baseado e encarando a escuridão espalhada pelo que costumava ser o jardim da minha mãe. Agora seria época de colheita — cebola, alho, tomate e batata.

Sento ao seu lado, roçando o braço no dele de propósito, e tenho a sensação de que ele é líquido. Ou talvez eu tenha derretido um pouco. Chris me passa o baseado e o seguro entre os dedos até me transformar em algo sólido e firme. Fico chateada por ele ter esse efeito sobre mim.

Então coloco o baseado nos lábios e trago, trago, trago até que os vaga-lumes na minha mente acalmem os pensamentos acelerados. Desligo Nubia. Desligo meu pai. Desligo a escola. Desligo o mundo.

— Toda família tem problema — diz Chris, pegando o baseado de volta. — Até as que acham que sabem tudo.

— Então você ouviu — falo.

— Não precisei ouvir nada. Só tô apontando os fatos.

Ele começa a se balançar de acordo com alguma melodia em sua cabeça e exala uma longa coluna de fumaça que dança no ar.

— Na moral? — começa ele. — O Movimento tinha que ter um departamento de música. Tipo, só vibes positivas. Sem palavrão, sem as paradas da rua, só música pra elevar a consciência do povo. Música que faça a galera se sentir... assim.

Quero dizer que amo como ele começa nossas conversas de um outro lugar, como se já estivesse com a lua e as estrelas. Mas só digo:

— Seria da hora.

Continuo com respostas curtas, porque não quero que ele pergunte nada sobre a escola. Nem sobre o que está acontecendo em nossa família. Eu só quero ficar lá no céu noturno com ele, flutuando.

— Rei Kofi disse que eu poderia dirigir o departamento de música — continua ele.

E com a menção ao meu pai, volto à terra.

— Você não precisa chamar ele de "rei", sabe?

Chris dá de ombros, como se não fosse nada de mais.

— É um sinal de respeito. E o pessoal da Escola da Liberdade podia aprender, talvez a gente possa até ter nossa própria distribuidora de música. Que nem Berry Gordy ou Quincy Jones, mas superpreto. Sacou?

— Boto fé.

Ele se vira para mim como se estivesse me vendo pela primeira vez.

— Onde é que você tava minha vida toda?

— Aqui.

— Tipo, sabe o tanto de merda que eu podia ter evitado se eu soubesse do seu pai, do Movimento, dessa casa... de você... quando eu tinha uns 5 anos?

— Sua mãe teria virado integrante? — pergunto, direta.

— Provavelmente não. Ela não ia curtir essa parada africana. Ela vai pra igreja e ora pra eu voltar pra casa, pra Jesus. Mas eu larguei a escola. Arranjei problema. Aí ela me botou pra fora.

— Que merda que isso aconteceu com você.

— Que merda que aconteceu com a gente.

Ele traga o baseado outra vez e franze a testa como se este momento fosse um jogo complexo que ele estivesse tentando resolver. Chris estuda tudo, até a fumaça que exala. Então se vira para mim de novo e estuda meu rosto. Com a mão livre, segura meu queixo, se inclina e beija minha boca. Ele se afasta e olha nos meus olhos como se eu fosse algo que ele ainda não entende.

— Eu me sinto livre — comenta ele.

— Você é livre — confirmo, e isso é mais verdade para ele do que é para mim. Ele ainda está segurando meu queixo.

O celular vibrando no bolso de trás é a única coisa que faz eu me afastar. Mantenho a tela longe da visão de Chris. É uma série de mensagens de William Fisher.

> Quero que a gente seja uma equipe. Tipo uma dupla dinâmica. Os dois lados da discussão. Contra e a favor. Prós e contras. Vamos fazer do zero na próxima reunião? Você pode ter todo o espaço que precisar. Ninguém vai sentar na sua fileira. Eu vou ficar bem longe, do outro lado.

Não quero sorrir. Mas neste momento parece que estou aninhada entre o sol e o oceano — essa mensagem de um menino branco e o beijo de um menino Negro.

Chris estende o baseado para mim novamente, depois o aproxima dos meus lábios, e eu trago, trago e trago de novo e inalo até minha cabeça se encher de luz e poeira estelar. Depois exalo e ele abre a boca e engole minha respiração enfumaçada. Trocamos esperanças e sonhos de um mundo livre, uma vida livre. Mas não sei se a versão dele de liberdade é igual à minha.

Meu celular vibra de novo e é uma carinha sorridente de Liam. Coloco o celular no deque com a tela virada para baixo, porque estou aqui agora, com este menino fugido que está expandindo meu mundo.

Chris pega meu queixo e me beija de novo. Fecho os olhos e nós dois somos nuvens macias. Deixo tudo ir embora, passo a perna por cima das pernas dele e sento em seu colo. Ele me puxa para mais perto, se enrosca todo em mim e engole minha alma. Eu me torno o luar e ele é o céu noturno, e essa é uma liberdade que eu não sabia que queria, não sabia que precisava.

Naquela noite, me aninho na cama ao lado do meu irmãozinho adormecido, puxo o corpinho quente contra o meu e pego meu exemplar surrado de *The People Could Fly*. Freedom nunca ouviu a voz de mel de mama ler aquelas palavras, por mais difíceis que fossem de ouvir. Então vou ocupar o lugar dela e recontar nossa história de ancestrais escravizados e sinhôs brutais, conjurando magia e asas de Assum preto. Mama lia aquelas histórias para mim quase todas as noites. E talvez elas não fossem apenas histórias, mas um mapa para o amanhã, como um pássaro Sankofa. Então, talvez ela estivesse lendo um mapa do céu para mim — mapeando nossa jornada pelo céu, de volta para casa, de volta para nós mesmas. Talvez.

ARTIGO V

DIA DOS POVOS INDÍGENAS

Areyto de Anacaona:
"Aia, bombaia, bombe
Lamma samana quana
Aia, bombaia, bombe
Lamma samana quana".

— Anacaona. "Flor dourada". A rainha Taino, do que hoje conhecemos como Haiti e República Dominicana, poeta, dançarina e vingadora de seu povo. Nenhum explorador, colonizador, linguista ou historiador jamais foi capaz de traduzir essas palavras.

Mas quem sabe, sabe.

Meu corpo não é nenhuma nação.

— **POR QUE** você quer continuar estudando naquela escola? — pergunta Chris enquanto faço twists no cabelo dele. — Seu pai não te deu permissão. E ele é família.

Ele tinha tirado as tranças e decidiu fazer dreads, como eu. Como meu pai. Como a maioria das pessoas do Movimento. Como Bob Marley e os Rastafáris. Como pessoas revolucionárias que não se submetem a padrões de beleza eurocentrados. Chris está tomando consciência, e isso é o que acontece com qualquer pessoa que vive na Casa Vila.

— Tô abrindo minhas asas — respondo.

Estou sentada no sofá e Chris está sentado em uma almofada no chão entre as minhas pernas. Cada braço dele está em cima de cada uma das minhas coxas, e ele beija os joelhos descobertos que aparecem no meu jeans rasgado. Ele deve ter se banhado em almíscar egípcio e descoberto o mundo super Negro das fragrâncias de óleos naturais, manteiga de karité, sabão da costa e incenso. Estamos na sala de estar, e a maioria dos integrantes está fora fazendo mandados, ou trabalhando, ou qualquer outra coisa. É final de setembro, e a Amigos da Filadélfia está fechada para o Rosh Hashaná, o Ano-Novo judaico. Ainda estou indo para a escola escondida do meu pai. Eu digo para ele que estou na biblioteca ou em museus. Supostamente, eu deveria estar ajudando ele com o novo livro, mas estou indo para a escola. Chris mantém meu segredo. E é ele que também me leva e me busca com o carro da minha mãe.

Essa é uma das razões pelas quais estou fazendo o cabelo dele. Temos um trato. Ou talvez seja mais que isso. Não posso negar. Estou começando a ter sentimentos. Reais. E isso não é bom. Pelo menos não na Casa Vila.

É um daqueles dias raríssimos em que quase temos a casa toda só para nós, se não fosse pelo Freedom e pela Nubia.

Tenho um pote de manteiga de karité do meu lado, e umedeço uma fina mecha do cabelo dele com um borrifador. Daí coloco um pouco da manteiga nos fios e espalho no cabelo com os dedos e vou torcendo duas mechas em uma espiral. Nesse momento, fico mais próxima dele do que jamais estive. Isso é melhor do que beijar.

— Então eu posso ser o vento? — pergunta Chris.

— Quê? — Empurro com cuidado a cabeça dele para a frente para separar outra mecha de cabelo.

— Eu quero ser o vento sob suas asas.

Demoro um pouco pra entender; daí, quando entendo, dou um empurrãozinho de leve nele.

— Ah, para, Chris!

Rimos enquanto eu termino de fazer os twists no cabelo dele. Vou conhecendo os cantos escondidos dele sem fazer perguntas, não precisamos nem falar. Chris e eu geralmente nos beijamos mais do que conversamos. Quando encontramos momentos a sós onde nossa pequena parte do mundo está vazia e em silêncio, ele me puxa e eu envolvo o pescoço dele com meus braços e nossos lábios trocam palavras não ditas que estão profundamente enraizadas em nossa alma. A esta altura, posso contar nos dedos quantos desses momentos tivemos. Mas esta é a primeira vez que pude tocar uma parte diferente dele e ler seus pensamentos.

— Como assim ninguém tá te procurando? — pergunto enquanto traço caminhos no couro cabeludo dele e separo mechas com mais manteiga de karité e segredos.

— Alguém tá me procurando, com certeza. Só não é a pessoa que você acha que deveria ser — responde ele.

— Sua mãe, seu pai, seus primos e eles? Onde estão seus parentes?

Ele respira fundo e responde:

— Sinto que, se eu contar tudo, você vai pensar que não passo de mais um estereótipo cansativo.

— Estereótipo pra quem? Isso não é um filme, Chris. Sua vida é sua vida. Eu não vou julgar você por isso.

— Tá bom, então. Meu pai se mudou pra Cleveland quando eu tinha uns 6 anos. Depois ele foi preso, leu os livros do seu pai e virou fã. Aí eu conheci seu pai na vida real. Minha mãe trabalha em uma creche. Minha irmã mais velha se mudou pra Virgínia com a namorada dela. E eu fiquei tentando fazer dinheiro, e é aí que a merda estereotipada começa — conta. — Então, estar por aqui é melhor que a prisão.

— E por que tem que ser prisão, hein? — pergunto. — Caixão ou prisão não são as únicas opções para você neste país.

— É, tô ligado. Eu te disse que o resto da minha história é pura merda estereotipada.

— Então, talvez aqui também seja melhor do que a sua casa, certo?

— Aqui *é* minha casa — diz, silenciosamente. — E você quer ir embora?

Se eu der a ele uma resposta, estarei jogando fora todos os momentos que compartilhamos e desrespeitando todos os sonhos que ele tem para o Movimento. Então permito que o silêncio nos afaste, e Chris subitamente fica muito, muito longe, como se o espaço onde meus dedos tocam seu couro cabeludo se estendesse por um quarteirão inteiro e tudo o que vejo são cabelos pela metade, abraços fortes e beijos profundos desaparecendo ao longe. Eu nem estendo a mão para puxá-lo de volta, para trazê-lo de volta para casa, para mim.

MEU CORPO NÃO É UMA GUERRA.

CONTINUO FREQUENTANDO A Amigos da Filadélfia, chegando atrasada e perdendo alguns dias de aula. Eu entro e saio da escola como se essa fosse minha vida a partir daquele momento. Mas meu pai anda por aí como se tivesse um plano. Ele já sabe que estou saindo às escondidas e me deixa ir. Essa escola é tipo um fantasma entre nós. Parece um assunto morto, mas pode aparecer para nos assombrar a qualquer momento.

Foi o que aconteceu na sexta-feira antes do fim de semana prolongado do Dia dos Povos Indígenas. Depois de quase um mês entrando e saindo da Casa Vila, depois de aceitar as ofertas do Chris para me levar no carro da minha mãe e depois de abandonar todo mundo do Grupo Jovem, meus dias na Escola Amigos da Filadélfia quase chegaram ao fim. Meu pai foi me buscar. E ninguém podia impedi-lo.

O grave vindo dos alto-falantes de sua caminhonete fez todo o terreno da escola vibrar, e, talvez, ele esteja tentando acordar os mortos. Escavações acidentais em vários locais ao redor de Philly revelaram ao mundo que pessoas Indígenas e Negras foram enterradas sob quase todos os prédios antigos desta cidade e, provavelmente, também sob esta escola. Então, naquele momento, quando saio da porta vermelha dupla da

Amigos da Filadélfia com meu pai ao meu lado, eu sussurro uma oração pedindo coragem.

Outros carros estão se aproximando da fila de embarque, e a caminhonete do meu pai está no caminho, não se move. O tio Ra, com sua barba espessa e óculos escuros, sai do banco do passageiro para nos cumprimentar, enquanto meu pai anda com a cabeça erguida. O pingente do Olho de Hórus balança contra o logotipo do Movimento em seu moletom.

Eu olho por cima do ombro para ver se ainda tenho algum tipo de corda salva-vidas para me puxar de volta para a escola. Diane está parada bem na entrada. Nosso olhar se encontra, e suplico com todo o meu rosto, esperando que ela entenda, pedindo para que faça alguma coisa.

Mas Diane não podia fazer nada além de me levar até meu pai quando ele perguntou por mim na recepção.

— Eu não quero ir pra casa — disse a ela.

— Você é menor de idade, Nigeria. Não podemos impedir seu pai de te levar — respondeu Diane. — A menos que tenhamos motivos para acreditar que você está em perigo.

Eu tive vontade de perguntar: *Será que muito amor é perigoso? A libertação deveria me fazer sentir confinada?*

Mas lá estava meu pai com os braços estendidos como se eu fosse uma menininha correndo para um abraço. Eu não sou sua princesa guerreira, então passei direto por ele e saí pela porta da escola deixando-o para trás.

A música vinda da caminhonete é a mesma do rapper falando sobre rastros químicos e corpos Negros nas prisões na frente da Escola Amigos da Filadélfia; depois muda para uma parada antiga do Beanie Sigel e tenho certeza de que aquela foi escolha do tio Ra.

— Espero que você tenha se divertido — diz meu pai. — Eu deixei você experimentar por si mesma como é lá dentro.

E estava esperando você cair na real e perceber que seu lugar não é nessa escola nem em nenhuma outra parecida com ela. Você pode fazer algo revolucionário em vez de permitir que essas instituições racistas tirem vantagem da sua genialidade. Chegou a hora de voltar pra casa.

Eu o ignoro. Meu corpo está se movendo por conta própria, fazendo o que meu pai diz. Mas minha mente começa a fervilhar em todas as direções, querendo se libertar de novo. *E se eu disser não? E se eu simplesmente correr de volta para a escola?*

As aulas já terminaram, e a galera provavelmente está se perguntando o que está acontecendo e quem está dirigindo aquela Escalade preta. O segurança da recepção, um homem Negro que veste um blazer azul-marinho com o logotipo da escola, passa apressado por nós em direção ao tio Ra. Eles se cumprimentam trocando soquinho e começam a conversar.

— Temos que manter a fila de embarque andando, mano — diz o segurança.

Eu fico para trás enquanto meu pai continua andando na direção deles, porque talvez essa distração seja a minha saída.

— Olha, ninguém quer confusão aqui não — continua o segurança quando meu pai chega perto dele. — Os pais já estão saindo dos carros e se perguntando quem é o doidão estacionado na frente da escola com essa música alta. Eles nem precisam dizer nada; eu já sei o que estão pensando.

— Mas eu tô aqui pra buscar minha filha como todo mundo aqui — responde meu pai.

— Eu sei, cara, mas vocês têm que abaixar esse som — diz o segurança com um sussurro, mas ainda o escuto a poucos metros de distância.

— Ah, então você é esse tipo de homem Negro? Devem estar te pagando muito bem. — Meu pai dá a volta e chega ao lado do motorista. — Não se preocupe. Estamos saindo daqui. Viu, Nigeria? É exatamente disso que eu estava falando.

Alguém toca no meu ombro, e eu viro e vejo Kamau e Sage. Eu quero que eles desapareçam.

— Será que eu devo ligar pra minha mãe? Talvez ela consiga falar com o tio e fazer ele entender alguma coisa — diz Kamau.

— Ei, meu sobrinho! — chama meu pai. — Não vai nem cumprimentar seu tio? Como você tá? Manda um abraço pra sua mãe.

Ele não diz uma palavra a Sage.

— Tudo na paz, tio... Kofi — murmura Kamau e olha para o lado.

— Minha mãe também pode falar com ele — cochicha Sage.

Mas estou sozinha nesta luta. Meu pai não se importa com o que *minha mãe* quer. Então, por que eles acham que ele ouvirá duas outras mulheres, uma delas sua irmã e a outra branca?

Carros começam a buzinar, e o volume da música é abaixado, graças a Deus. Entre mim e a caminhonete há apenas uma curta distância, mas a ideia de caminhar em direção a ela me dá a sensação de ter que abrir o mar ao meio. Conto os passos na minha cabeça, meu coração bate feito um tambor, minha respiração está fraca.

— Eu não vou voltar pra Casa Vila — digo quando chego perto do meu pai.

Eu vinha praticando aquelas palavras desde que Diane compartilhou a ideia de que eu poderia ter um responsável legal. Mas, assim que eu as pronuncio, não parecem verdadeiras. Meu pai não acredita nelas. Então, eu cerro os punhos e mantenho minha posição para que ele saiba que estou falando sério.

— Não vou voltar pra Casa Vila — repito. Firme e inabalável.

Alguém buzina.

— Você teve as suas semaninhas de diversão, então para de brincadeira, Nigeria, e vamos pra casa — manda ele do outro lado da caminhonete. — Seu irmãozinho sente sua falta, o Grupo Jovem está se desfazendo sem você, e eu preciso que me ajude a terminar meu próximo livro e erguer a Escola da Liberdade.

Mais pessoas começam a buzinar, e as crianças apenas caminham até os carros no final da fila em vez de esperar serem pegas na calçada.

O segurança se aproxima do meu pai novamente.

— Bora lá, cara. Você pode ficar no estacionamento se não estiver pronto pra sair ainda. Precisamos deixar essas famílias pegarem as crianças.

— Eu *sou* um pai, e estou pegando *minha* filha — rebate meu pai, elevando a voz. Então ele olha para mim. — Temos que sair do caminho pra que esses brancos possam pegar os preciosos filhos deles. Pra eles, parece que eu tô aqui só tirando o lixo, eu acho. Isso faz a sua bolsa de estudos chique valer a pena?

Dou alguns passos para trás, para longe da caminhonete. Mas meu pai dá a volta para me encarar. Ele cheira a almíscar egípcio, incenso de sândalo e a maconha de ontem à noite. E eu não sei se minha mente está me pregando peças mais uma vez, mas uma memória antiga, algo que parece abraços calorosos e ensopado de vegetais em dias chuvosos, livros antigos e documentários chatos, e hambúrgueres vegetarianos na grelha, me puxa mais para perto do meu pai. Por um minuto. Apenas um minuto enquanto ele fala com uma voz firme e calma.

— Nigeria — diz ele, quase sussurrando. — Eu não posso fazer sua mãe voltar. Mas você é minha filha. Você é minha responsabilidade. Você é minha semente. Eu deixei você fazer uma pequena pausa. E acredite em mim quando eu digo que, se quisesse, você nunca teria saído de casa. Te dei um espaço pra lidar com o fato de sua mãe não estar aqui. Mas continuar a ficar com alguém que não te ama tanto quanto nós te amamos está fora de cogitação. Vou dizer pela última vez: Nigeria Sankofa. Entre na caminhonete. Agora.

Eu não me movo e fico de pé, mesmo que as palavras dele devessem me reduzir a uma coisa pequena e fraca.

Neste momento e lugar, eu não posso nem me virar contra ele, nem entrar na caminhonete e voltar para a Casa Vila, onde tudo o que amo e que deveria me amar de volta está murado sob o olhar do meu pai.

A buzina de um carro atravessa tudo o que é espesso, tudo o que tem muitas camadas e densidade entre mim e meu pai. Depois outra buzina, e outra.

Dou mais alguns passos para trás.

— Senhor Sankofa! — diz o segurança, quase gritando desta vez. — A escola já chamou a polícia. Eu não queria que chegasse a esse ponto.

Meu pai e eu estamos absortos em um confronto visual enquanto mais buzinas soam, e eu não consigo ler seus olhos. Eu não consigo ler seu rosto. Eu não sei o que fazer além de continuar andando para trás, para longe de tudo o que me fez, para longe do pai, da vida, do Movimento que eu supostamente escolhi já que sou uma ancestral reencarnada. Caminhando e recuando em direção à escola, a novas amizades para que eu possa avançar em direção a uma nova vida.

Ele não pode me impedir. Ele não pode segurar meu corpo, me pegar em sua mão larga e me segurar como um passarinho. Não na frente de todas estas pessoas.

Então, enquanto continuo andando para trás, para longe do meu pai, mesmo que meus pés estejam firmes no chão da Amigos da Filadélfia, sinto como se estivesse voando para o céu.

Meu corpo não é um tratado.

KAMAU MORA MUITO mais perto de East Falls do que eu. Então, ele pega o SEPTA para ir e vir da escola: o ônibus K na Midvale Avenue e Fox Street até o cruzamento de Chelten e Baynton em Germantown. Não é a primeira vez que estou no transporte público com ele. Mas nunca tinha pegado um ônibus para fugir do meu pai.

Eu seguro na barra do ônibus. Há um monte de assentos vazios ao meu redor. Meu corpo é um caldeirão de medo, raiva, alívio, tristeza e alegria. Solavancos e balanços na viagem fazem tudo parecer pior, eles misturam e remexem os altos com os baixos. Kamau deve ver a náusea no meu rosto.

— Seu pai não vai perseguir esse ônibus e fazer você descer, Gigi — diz do assento à minha frente.

Eu lhe dou um olhar atravessado, deixando-o saber que não duvido de nada em relação ao meu pai a esta altura.

— E se ele estiver me esperando na casa da sua mãe? — pergunto, vendo toda a situação se desenrolar na minha mente. Ele provavelmente já está lá agora com sua Escalade estacionada na calçada, ele e o tio Ra sentados na varanda.

Kamau não diz nada e olha para o celular.

— Você o denunciaria? Tipo, por abuso?

— Isso é abuso?

Ele olha ao redor para garantir que ninguém esteja ouvindo. E estou esperando que ninguém me reconheça como filha de Kofi Sankofa, *se* souberem quem ele é.

— Acho que sim — confirma Kamau.

— É o seu tio e é o meu pai. Eu não vou dedurar ele só porque é... severo.

Kamau se aproxima da borda do assento para ficar mais perto de onde estou de pé.

— Pensa nisso. Você tem o direito de ir pra escola. E quando nós estávamos sendo educados em casa, ninguém provavelmente nem sabia que existíamos. Ele pode até se dar mal se descobrirem que você passa seu tempo o ajudando a escrever os livros dele em vez de estar aprendendo matemática e ciências.

— Ele já tem gente demais na cola dele — retruco. Então cerro os olhos para meu primo. — Você tá tentando colocar o seu tio na cadeia?

Ele encosta as costas no banco do ônibus e diz:

— Não, Gigi. É só que... tudo aquilo que ele fez comigo e com a minha mãe... Assim, eu admirava o tio Keith. Quem não admiraria? Mas eu e minha mãe não precisamos viver seguindo as regras dele. Eu posso tolerar ele, é por isso que vou às celebrações de gratidão de Freedom e às suas. Visito algumas vezes. Mas é só isso.

— Você acha que a tia Sharon vai ficar do meu lado nessa?

Chegamos à parada dele. Kamau se levanta e diz:

— Minha mãe tá do *meu* lado.

Com isso, eu já fico bem ciente de que uma linha foi traçada há muito tempo entre irmão e irmã. Eu não quero que essa linha seja traçada entre mim e meu primo também.

Se meu pai é uma tempestade como Xangô, então a tia Sharon é uma ventania forte como Oyá. E eles até parecem que são gêmeos, embora tia Sharon seja alguns anos mais velha e bem mais baixa. Ela trabalha em casa como secretária jurídica e é tão inteligente e culta quanto meu pai. Se ele estivesse me esperando, os dois já estariam quebrando o pau.

— Bem, olá, sobrinha. Então você acha que pode fugir daquela casa e vir se esconder aqui? — diz tia Sharon assim que piso na entrada da sua casa. Ela está usando uma camisa jeans de botão e calças de moletom cinza e não está sorrindo, então sei que não é uma piada.

Kamau passa reto por mim.

Ela está esperando uma resposta, e tudo o que eu digo é:

— Sim. Por favor, tia Sharon. Só preciso entender o que tá acontecendo. Preciso de um tempo pra esfriar a cabeça.

Ela acena para que eu entre, mas ainda está com uma expressão séria, a mesma que meu pai faz quando está bravo e não dirá uma palavra até estar pronto. Mas sei que minha tia fala o que pensa e, quando paro no meio da sala dela, ela diz:

— Eu amo meu irmão. Amo de verdade. Não concordamos sempre em tudo, mas vamos fazer as coisas funcionarem um dia. Só que esse dia não é hoje.

Eu suspiro, tentando descobrir o que dizer e qual é o próximo passo. Não vou na casa de Kamau desde que ele começou a frequentar a Amigos da Filadélfia, desde que tia Sharon e meu pai tiveram uma grande discussão, desde que mama parou de falar com ela por causa disso.

— Não quero voltar pra lá, tia Sharon — confesso.

Eu não sei se ela já gostou de mim algum dia ou não. Mas deixou todo mundo saber que não gostava de como minha mãe era *submissa* ao meu pai. Palavras dela, não minhas.

— Venha comer algo — diz, simplesmente. E eu a sigo até a cozinha enquanto Kamau pega as nossas mochilas e as coloca sobre uma cadeira.

A casa geminada quase parece a Casa Vila, com todas as máscaras africanas nas paredes e tecidos coloridos nas janelas e nos sofás. Kamau e eu nos sentamos ao redor de uma mesa na cozinha, onde uma assadeira coberta com pano contém peixe frito. Há salada de repolho em uma tigela de vidro e pão de milho na frigideira, e isso é a única coisa que consigo comer. Nem mesmo pergunto quando eles deixaram de ser veganos. Kamau e sua mãe pararam de fazer muitas coisas que costumavam fazer quando faziam parte do Movimento.

Tia Sharon apenas fica em pé na minha frente com os braços cruzados sobre o peito. Não consigo olhar para ela. Tem os mesmos olhos do meu pai. Eu posso encarar ele, mas não ela. As luzes de cima da cozinha refletem no topo de sua cabeça raspada. Ela cortou os dreads há alguns anos, e foi como se cortasse o Movimento junto com eles.

— Você vai ter que fazer as coisas funcionarem com seu pai, Nigeria — afirma ela. — Ele te ama. Eu sei que pode não parecer por ele ser tão duro. E isso não é sobre você ser uma adolescente rebelde como meu filho aqui. — Ela sorri para Kamau. — Você tem algumas razões legítimas pra não querer estar naquela casa. Quer dizer, eu estava pronta para brigar com o meu próprio irmão pelo jeito que ele está te mantendo tão resguardada. Você e sua mãe. Mas você não é minha filha e ele é seu pai. Vocês dois têm que resolver isso. Pelo menos até você completar 18 anos.

— Ma, de acordo com a lei ela não deveria estar na escola? — pergunta Kamau, pegando um pedaço de peixe com um garfo e dando uma mordida antes de colocá-lo no prato. — A gente não pode usar isso pra manter ela na Amigos da Filadélfia?

Eu sorrio para ele, porque pelo menos está tentando ficar do meu lado. Tia Sharon apenas lhe lança um olhar enviesado, como se estivesse deixando claro para ele não se meter nisso.

— Vou esquentar feijão pra você, Nigeria — avisa ela, desaparecendo atrás de várias portas de armário.

Está sendo simpática. Então, este é o meu momento.

— Tia Sharon, meu pai botou uma nova mulher na casa, e ela tá esperando um bebê dele.

— Bom, parabéns pra ele e pra você! — responde, mas não parece feliz. Ela coloca duas latas de feijão no balcão.

Kamau e eu nos entreolhamos rapidamente. Penso em mais um argumento, outro pedido de ajuda.

— Eu gosto muito de estudar na Amigos da Filadélfia. Só quero poder ficar lá. Foi mama quem me colocou lá.

— Não, você se colocou, tão inteligente que é. Todos esses anos, eu sempre dizia pra Natalie pra te colocar naquela escola com Kamau e Sage, mas ela deixou seu pai convencê-la do contrário. Ela deveria ter te colocado no nono ano e dito pra Keith ir pro inferno. Você provavelmente não estaria metida nessa confusão toda agora.

Kamau é igual à mãe dele. Têm palavras afiadas que cortam fundo.

E eu sou parente deles, então digo:

— Você não precisa trazer minha mãe pra essa conversa, tia Sharon. Ela tá fazendo o melhor que pode.

Ela se vira rapidamente para mim e olha no fundo dos meus olhos.

— Então *você* precisa voltar pra casa do seu pai e fazer o melhor que puder. Nem eu nem Kamau temos que lidar com isso. Ele fica fazendo meu filho se sentir mal por ser quem é, e fica dando meu número pros soldadinhos dele só porque acha que preciso de um homem em casa. Meu irmão perdeu o juízo! Eu estive do lado dele quando o negócio era cultura e mudança política, mas agora ele tá indo longe demais com essa coisa de indigenização. Eu tentei falar pra sua mãe.

— Minha mãe não tem nada a ver com isso — falo entre dentes cerrados. Simplesmente escapou.

Tia Sharon e Kamau me encaram por um longo segundo.

— Sinto muito, querida — diz minha tia baixinho. — Sinto muito que você tenha que lidar com isso. Mas meu irmão deixou bem claro que eu tenho que ficar fora dos assuntos dele e não me intrometer no Movimento.

— Mas eu não sou o Movimento, tia Sharon. Eu sou a filha do seu irmão.

— Eu tentei dizer isso a ele, meu bem. Eu tentei... — responde ela, e sua expressão se suaviza.

Kamau se inclina, me puxa com um braço e me dá um abraço de lado.

— Ma? — chama ele. — Ela pode fazer o que quiser quando fizer 18 anos, né? Mas será que não pode fazer algo agora pra mostrar que não quer que o tio Keith a tire da escola?

— Bom, sim — diz minha tia, tirando um abridor de latas da gaveta. — Quando você completa 18 anos, seus pais não têm mais obrigação de te sustentar, financeiramente e nem de outra forma. Mas você pode pedir emancipação antes disso. É difícil de conseguir na Pensilvânia. Você não pode só dizer a um juiz que seu pai é muito rígido.

— Ela pode dizer que o pai dela é um hotep — sugere Kamau, rindo. — Que manda ela fazer jejuns com suco, escrever os livros dele, cuidar do bebê dele e que a usa pra conseguir visualizações no canal dele.

Tia Sharon aponta um dedo para Kamau.

— Menino, isso é família. Não vamos simplesmente entregar ele a pessoas que querem vê-lo morto.

— Foi mal, Gigi — diz Kamau.

Eu balanço a cabeça, desaprovando a atitude de meu primo. Ele não está do meu lado agora.

O celular da tia Sharon toca, e nos olhamos. Ela faz um sinal com a boca sem emitir som. "KD" aparece na tela, e ela coloca no viva-voz.

— Oi, Sharon? Espero que você esteja bem, minha irmã. Você provavelmente ouviu dizer que o pai da Nigeria a tirou da escola. Tenho esperanças de que possamos trabalhar juntas pra manter Nigeria na Amigos da Filadélfia — diz KD.

Sinto-me aliviada por não ser meu pai e confusa sobre o motivo de ela estar ligando para minha tia.

— Acho que você deveria ficar fora disso, KD.

— Pois é exatamente por isso que Natalie confiou essa história a mim e não a você — retruca KD.

Tia Sharon inclina a cabeça e parece pronta para pular no celular para estrangular a mulher.

— KD, nós agradecemos de coração tudo o que você fez pela Nigeria. De verdade. Mas isso é entre ela e o pai dela. Você não deveria ter agido pelas costas dele!

— Isso é o que a mãe dela me pediu pra fazer. Ela confiou em mim pra levar isso até a formatura da Nigeria — diz KD.

Tia Sharon olha para mim, tira o celular do viva-voz e se afasta com ele. Mas eu a ouço perguntar:

— Você tem isso por escrito?

Kamau aperta meu braço e faz um sinal de "Prima, sinto muito".

Naquele momento, me sinto como se estivesse em uma sala vazia com quatro paredes se fechando e me encurralando. Cada parede é uma parte diferente da minha vida: meu pai, o Movimento, a Casa Vila e a ausência de minha mãe, nessa ordem. Preciso sair daqui. Levanto-me para sair da cozinha, e Kamau me segue.

— Então toda aquela merda de "sou porque somos" e "harambe" e "kombit", e todas essas coisas que tivemos que aprender não significam nada mesmo! — grito.

Kamau agarra meu ombro, me forçando a virar, e diz:

— Nigeria, é o sistema. Alguns de nós querem permanecer nele, e alguns de nós querem destruí-lo. Só isso já é suficiente pra começar guerras.

— Mas, Kamau... E eu? E o que eu quero? Você pode ter o que quer. Você consegue ser feliz. E se meu pai fosse seu pai? O que você faria?

Ele pega minha mão esquerda e diz:

— Prima, você precisa fazer as pazes com todo mundo. Tipo, mantenha a paz até a gente fazer 18 anos. Você não vai perder muito na Amigos da Filadélfia se não puder ir. Mas a faculdade... Nigeria! Nós vamos dominar qualquer cidade universitária. Nós vamos conquistar o mundo. Você tá me ouvindo? Podemos ser quem a gente quiser quando a gente sair daqui!

Eu afasto minha mão da dele.

— Não é isso que eu quero, Kamau. Quer dizer, quero, sim, ir pra faculdade. Mas quero estar no ensino médio primeiro. Minha mãe sabe disso. É tão simples, Kamau. É só... escola! Quero estudar em uma boa escola, e não posso porque meu pai acha que vou ser lobotomizada ou algo assim. Se eu contar isso pra alguém, vão achar que sou de outro planeta.

— Eu entendo. Eu vi sua cara quando contei que tava indo pra aquela escola. Mas agora, sério. Tipo, de todas as escolas, justamente a Amigos da Filadélfia? É legal e tudo mais, mas pessoalmente eu não arriscaria tudo só pra estudar lá por dois anos.

Dou um passo para trás, me afastando do meu primo. Pela primeira vez, ele está errado sobre isso; ele está errado sobre mim.

— Você não entende, Kamau. Você realmente não entende.

— Nigeria, você acha que eu estaria na escola se fizesse o que eu quero? Você acha que eu estaria até mesmo na Filadélfia?

— Não é a mesma coisa. Você tá nadando, Kamau. Já eu... tô me afogando.

Tia Sharon se aproxima e fica atrás de Kamau, e eles estão do mesmo lado. Estou dentro de linhas inimigas, isto é, meu pai e o Movimento dele.

— KD entrou em contato comigo quando sua carta de aceitação da Amigos da Filadélfia chegou na casa dela — conta minha tia, se aproximando de mim. — Ela queria minha ajuda pra te colocar na escola sem o seu pai saber. Acho que foi a maneira dela de corrigir as coisas depois do que aconteceu. E, sendo sincera, não acho que ela vá parar de tentar porque ainda se sente culpada. Gigi, se quiser meu conselho, é isso que você deve fazer. Esqueça a luta com seu pai pra estudar na Amigos da Filadélfia. Comece agora a se planejar pra faculdade. Junte dinheiro. Procure bolsas de estudo, principalmente as destinadas pra quem foi educado em casa. Você faz 17 anos em janeiro, o que te dá uns quinze meses no total antes dos 18. Na Amigos da Filadélfia, você ainda estaria cursando o último ano a essa altura. Se seguir esse plano, pode começar o primeiro semestre em algum lugar longe da Casa Vila e longe do seu pai. Você consegue aguentar até lá, Nigeria?

— Quinze meses? — pergunto. — Mama saiu de casa há exatamente quinze meses e tem sido um inferno.

— Eu sei, meu bem. Mas você pode passar o tempo planejando e se organizando. Você é boa nisso.

— Gigi, eu posso te ajudar com o que precisar — diz Kamau.

Não quero que continuem insistindo nisso. Não quero que entrem na minha mente e, antes que eu perceba, ainda estarei presa na Casa Vila porque passou muito tempo e vou esquecer que tenho asas. Vou parar de sonhar com voar. Mama vai parar de me visitar em lugares estranhos, e talvez ela não volte para casa porque não segui com a última coisa que ela fez por mim antes de partir. E Freedom não se lembrará do som do coração dela batendo. Então eu apenas digo "Ok" para manter minha paz.

Saio da casa de minha tia. Kamau tenta me impedir, mas eu levanto a mão.

— Tô bem. Vou chamar um táxi — digo a ele.

Em vez disso, ando até a Germantown Avenue e continuo andando quarteirão após quarteirão. Meus pés ainda estão em terra firme. Estou sem casaco, e a brisa do início da tarde de outono me dá arrepios. Olho meu celular e vejo mensagens de Sage, Jasmine, Kamau e Chris. E uma recente de Liam.

Ouvi dizer que você não vai mais voltar pra escola. Nunca conseguimos competir no debate LD. Vou sentir falta de te ver na aula.

Eu fico arrepiada de novo. E dessa vez não é por causa do frio. Aqui estou eu tentando encontrar um canto na Filadélfia onde posso simplesmente desaparecer e esse garoto branco está falando que vai sentir falta de *me ver*.

Deixo minha mente divagar enquanto atravesso a rua e passo por pequenos restaurantes e empresas ao longo da avenida. Penso em todos os momentos na escola nas últimas semanas em que eu estava brilhando e me gabando com os alunos mais inteligentes da turma. Eu estava começando a falar mais, e Tyler continuava me lembrando da tal nota de participação nas aulas. Algumas das meninas Negras já me cumprimentavam. Liam continuava querendo "comer meu cérebro". Fui à minha primeira reunião de grupo de afinidade. Escrevi meu primeiro trabalho sobre um livro chamado *O Grande Gatsby* para a aula de literatura e tirei um B. Foi fácil falar sobre capitalismo e classismo nos anos de 1920, mas o professor me penalizou por não citar minhas fontes. Alguém além dos meus pais tinha lido algo que eu escrevi e julgado. Eu estava aprendendo novos conceitos matemáticos, minha mente estava se expandindo. Estava começando a me encaixar, como uma peça sendo concertada. E o mais importante de tudo, eu estava começando a fazer amigos.

Então mando uma mensagem de volta para Liam: Onde você mora?

Meu corpo não é um campo de pesquisa.

LEVARÁ CERCA DE quarenta minutos caminhando os poucos mais de três quilômetros até a casa desse garoto branco em Mount Airy, e não posso acreditar que é para lá que meu corpo está me levando. Nunca estive nesta parte da Filadélfia, e quero passar por portas que nunca abri, que nunca considerei. Não estou pronta para voltar para a Casa Vila. Não estou pronta para visitar ninguém mais do Movimento que ficará feliz em me oferecer um lugar para ficar. Afinal, todos ainda são seguidores do meu pai, e não quero estar em nenhum lugar perto do Movimento agora. Não até eu conseguir entender tudo, ou mama me dar outro sinal de para onde devo ir. Ou talvez ela simplesmente apareça do nada. Se voltar para a Casa Vila e eu não estiver lá, saberá como me encontrar.

Mesmo enquanto estou me afastando de tudo o que é familiar, velhos pensamentos e ideias assombram minha mente. Pessoas e lugares estão sempre em preto e branco. Apenas por ser filha do meu pai, me foram dados óculos com os quais eu deveria ver história através de uma lente, e raça com a outra. Mas talvez não precise ver tudo da perspectiva do meu pai porque tudo é tão claro quanto a luz do dia. Trilhos antigos de bonde e paralelepípedos percorrem o meio da Germantown Avenue, e eu me pergunto como os alemães chegaram aqui e a reivindicaram como sua cidade. Eu me pergunto por que não há um Bairro Blacktown em nenhum lugar, ou um Bairro Africantown em cada grande cidade e praticamente em todo o Sul dos Estados Unidos.

Há outra escola quaker aqui chamada Germantown Friends, o sonho utópico não realizado de William Penn é visto por toda parte na Filadélfia. Penso no sonho do meu pai de ter a própria escola, e me pergunto se alguém como ele teria alguma chance de que seu sonho fosse realizado ou não. Kofi Sankofa teria alguma vez uma cidade inteira com o seu nome, ou pelo menos uma escola? Será que William Penn teve uma filha que não quis fazer parte de seu experimento? Será que ela saiu para explorar esse novo mundo por conta própria?

Quanto mais eu me afasto da quebrada, mais pessoas brancas vejo. Edifícios baixos e comércios com uma aparência bonita e cara. Cruzo aquela linha invisível para Mount Airy. Faço uma curva na East Mount Pleasant Avenue, e meu coração começa a acelerar. *O que eu estou fazendo aqui?* Mas eu já disse a Liam que podemos nos encontrar para revisar o tema e a estrutura do debate, quando, na verdade, só quero um lugar para ir além da Casa Vila, alguém para encontrar e relaxar além das pessoas do Movimento, alguém que não conheça nadinha desse meu lado.

Liam mora em uma casa de esquina na East Mount Pleasant, e há literalmente uma cerca branca ao redor dela. Três garotos fazem manobras no meio da rua. Estou a meio quarteirão de distância, e não consigo dizer qual deles é Liam.

Um homem Negro sai de uma casa, então percebo que aquele é um bairro misto. Uma vez que chego mais perto do quarteirão, vejo Liam e outro menino andando de skate com ele. O menino é Negro, alto e magro, e acho que não o vi na Amigos da Filadélfia. Um deles acena enquanto estou me aproximando, e eu congelo. Dou meia-volta porque não deveria estar aqui. Eu não posso estar aqui.

Mas Liam chama meu nome.

— Nigeria!

Congelo novamente, e tenho certeza de que todos no quarteirão estão olhando pela janela para ver a menina Negra que tem o nome de um país africano a caminho da casa de um garoto branco. Quais são as chances de alguém me reconhecer aqui como filha de Kofi Sankofa?

Neste momento, eu não quero ser filha dele. Eu sou minha própria pessoa agora e penso em um novo apelido.

— Pode me chamar de Geri — digo a ele.

— Beleza. Geri — responde Liam, segurando seu skate. Não está mais com a roupa que usava hoje cedo na escola. Se trocou. Seu cabelo está todo bagunçado e cai sobre os olhos, e ele o joga para trás. Liam me olha como se não pudesse acreditar que estou realmente aqui.

— Estes são meus amigos Kyle e Jaden — apresenta ele, sorrindo de um jeito um pouco exagerado.

Eu mal digo oi para qualquer um deles, e fico olhando para baixo na calçada.

Essas não são as minhas pessoas, e eu não pertenço a este lugar.

Os amigos dele continuam andando de skate, e Liam se apoia na cerca.

— Você andou o caminho todo da casa do Kamau até aqui?

— Sim — respondo, ainda sem olhar para ele. Eu examino as casas no quarteirão e é agradável aqui, mas definitivamente não tem a vibe de alguém que tem poupança e professor particular.

— Já esteve por aqui antes?

— Não.

— Quer andar de skate ou…?

— Tô de boa.

Os amigos dele vêm dar tchau e eles trocam soquinhos e então vão embora, e meus olhos encontram os de Jaden, o menino Negro. Eu desvio o olhar.

— Prazer. — É o que ele diz.

Kyle apenas acena, e então Liam e eu ficamos sozinhos em pé diante dessa casa com cercadinho branco.

— No próximo fim de semana já é a nossa primeira simulação de debate do torneio — começa ele, colocando o skate no chão e o movendo para a frente e para trás com o pé.

— Por que é simulação e não o torneio de verdade? — pergunto, ainda evitando os olhos dele e observando alguns de seus vizinhos. Uma mulher branca entra correndo em uma casa no mesmo estilo do outro lado da rua.

— Vamos debater uns contra os outros. Praticar.

Cruzo os braços e viro para ele.

— Então, por que é que você tá tão ansioso pra debater comigo?

Ele dá de ombros.

— Talvez porque... ferro afia ferro? Você é inteligente. Eu sou inteligente. Ficaremos ainda mais inteligentes se nos enfrentarmos.

— Eu não sou feita de metal. Você acha que sou uma espécie de mulher Negra *forte*? É isso?

Ele sorri e balança a cabeça como se estivesse esperando eu jogar a carta racial novamente. Virou uma piada entre nós. Mesmo com nossa conversa superficial, não posso deixá-lo esquecer que é branco e eu sou Negra. Talvez seja algo com o qual preciso lidar, ou talvez seja minha marca neste momento, sendo filha de Kofi Sankofa e tudo mais.

— A Amigos da Filadélfia esteve invicta nos últimos dez anos — informa ele.

Eu aceno com a cabeça, sem me impressionar.

— Que bom para a Amigos da Filadélfia.

Então ele para de sorrir e diz:

— Eu preciso de uma vitória este ano. Tem bolsas de estudo para a faculdade em jogo.

— Que situ.

Ele ri.

— Eu sei. Você não dá a mínima pra um garoto branco preocupado em pagar a faculdade.

Eu aceno de novo com a cabeça.

— Exatamente.

— Então... você quer ir pros debates com foco na faculdade?

Eu me inclino na cerca também e puxo a mochila sobre os ombros.

— Acho meio entediante. Se quiser debater comigo, você precisa ir um pouco mais fundo do que isso.

Ele me olha com os olhos semicerrados.

— Agora tô preocupado. O que você quer dizer com "ir um pouco mais fundo"?

O sol está se pondo sobre a Filadélfia e alguma espécie de vazio preenche o ar. O início do outono costumava ser cheio de idas a fazendas locais para pegar vegetais, colocá-los em caixas e dirigir pela Filadélfia com a mama para entregá-los ao pessoal do Movimento. Para mim, alimentar as pessoas ao nosso redor era a escola. Construção de comunidade era a escola. Garantir que cada integrante estivesse saudável e relativamente feliz era a escola. Mas agora estou discutindo ideias grandiosas com pessoas que não conhecem minha vida e cuja existência representa opressão.

— Eu fui criada de maneira diferente. Tipo, você é o inimigo — explico.

— Eu sei.

— O que você quer dizer com "eu sei"?

Liam toca meu braço, e eu olho para baixo e percebo que estou toda arrepiada.

— Tá ficando frio. Você pode entrar se quiser.

Estou muito curiosa para ver a casa dele, então digo:

— Tá bom.

Olho o celular e vejo que Kamau mandou mensagem, perguntando para onde eu estava indo. Ele tem acesso à minha localização. Então desligo o celular antes de entrar. Eu não quero ser encontrada. Lá dentro, tudo está arrumado e limpo, como se ninguém ficasse nesta casa. Prateleiras cheias de livros ocupam uma parede na sala de estar, e me aproximo para examinar cada rosto em uma enorme foto de família. Naquele momento, aprendo algo novo sobre Liam. Duas mulheres, ele e um garoto mais velho, que deve ser seu irmão, estão na foto. Eles se parecem. Cabelo castanho-claro, rostos nítidos e angulares e sorrisos largos, uma estranha combinação das duas mulheres que estão atrás deles.

— Eu tenho duas mães — conta Liam, com a respiração um pouco forte, como se isso fosse algo que ele estava esperando para me dizer há um tempo.

— Ah.

— Aqui são minha mãe, Candace, e minha outra mãe, Hannah — aponta. — E meu irmão mais velho, Lucas. A gente chama ele de Luc.

— Legal. Onde ele tá?

— Na Universidade Estadual da Pensilvânia. Não é muito longe, mas a verdade é que não o vemos muito. E caso você esteja se perguntando... Candace deu à luz a mim e meu irmão mais velho com o esperma do irmão de Hannah.

— Tá certo — falo, ainda olhando para a foto. — Você não é como os outros.

— É por isso que eu tô na Amigos da Filadélfia. Eu sofria bullying no ensino fundamental. Mas Luc não se importava. Ele estudou na Central High, e se defendia se alguém falasse qualquer merda.

Finalmente, eu me afasto da foto de família e observo outras coisas na casa. Há muitos romances, livros grossos cujas lombadas são organizadas por cores nas prateleiras. Fotos estão por toda parte: Liam e o irmão na praia, escalando rochas, no deserto em algum país estrangeiro. Algumas são das mães dele de mãos dadas, se beijando, rindo.

— Legal sua família — digo a ele. — São só vocês. Deve ser legal.

— É. A gente não tem muita escolha a não ser permanecer unidos — responde ele. — Mas então, voltando aos debates... Podemos focar na coisa da família. Normas sociais como a família nuclear heteronormativa, ou liberdade individual tipo... amor é amor.

Concordo e dou uma espiada na cozinha, nos armários brancos brilhantes e na iluminação artística de lá.

— Amor é amor, né? Eu sei aonde você quer chegar.

— E não precisa ser sobre casamento homossexual também. Você já ouviu falar do caso *Loving contra Virginia*, de 1967?

Eu balanço a cabeça, tiro a mochila, coloco-a no chão de madeira que brilha e me sento em um sofá de couro, mesmo que Liam não tenha oferecido.

— Foi uma decisão da Suprema Corte sobre direitos civis — continua ele —, que afirmou que leis que proibiam casamentos inter-raciais eram inconstitucionais sob a Cláusula de Proteção Igualitária na Décima Quarta Emenda. Ele era branco; ela era negra.

Ele se senta ao meu lado, e, pela primeira vez, olho para Liam. Olho para ele de verdade. O rosto está todo iluminado pela curiosidade. Como se eu fosse algo que ele precisa desmontar para entender. Eu entendo. Eu também quero entendê-lo.

— *Loving contra Virginia*? O amor e a virgindade tinham algo a ver com isso?

Ele ri um pouco.

— Acho que foi apenas uma coincidência. O sobrenome do casal era Loving e isso aconteceu na Virgínia. Podemos começar a anotar alguns exemplos e casos judiciais como esse. Mas a questão é que teríamos que argumentar a favor e contra o casamento como uma instituição que precisa ser protegida pela Constituição.

Agora estou semicerrando os olhos para ele.

— Você quer ser advogado ou algo assim?

— Juiz.

— Tipo na Suprema Corte?

— Não necessariamente.

Eu olho ao redor da pequena sala de estar em busca de mais sinais de quem ele é e de como é sua vida. Mas o lugar é meio sem graça. Paredes cinza-claro e acho que isso é o que chamam de design moderno.

— Então vocês gentrificaram este bairro?

Ele ri novamente, mais alto desta vez.

— Você não mede as palavras, não é? Vai direto na jugular. Mas, sério, esta era a casa da avó de Hannah. Moramos aqui desde sempre.

— Legal — digo. E aí me viro para ele. — Acho que talvez eu também queira ser juíza. Acho que nunca tinha pensado nisso antes, mas... Imagina se eu puder decidir as leis deste país? Mudar tudo.

Ele desvia o olhar de mim como se eu tivesse dito algo errado.

— Nigeria, eu vi alguns vídeos do seu pai — comenta ele com a voz baixa.

Eu me afasto um pouco. Parte de mim quer encerrar isso agora porque me sinto exposta. Não digo nada.

— Ele quer que este país queime até acabar? E não quer que você esteja na Amigos da Filadélfia porque se trata de uma instituição supremacista branca? Será que ele ao menos acredita na Suprema Corte?

Eu bato minha mão na coxa, prestes a levantar e sair.

— Ok. Acho que é hora de eu ir. Parece que você já entendeu tudo sobre mim.

— Não, não, não! — Ele toca meu braço, me incentivando suavemente a voltar a sentar no sofá. — Não foi minha intenção te ofender.

Relaxo os ombros, suspirando. Estou com sede, com fome e um pouco cansada desse dia longo.

— Eu não concordo com tudo o que o meu pai diz, mas ele realmente acredita na Constituição. Fui criada pra conhecer meus direitos constitucionais. É por isso que acho que podemos ir um pouco mais fundo com os debates.

— Então você não odeia brancos também? — pergunta Liam, com uma voz ainda mais baixa.

— E como é que você soube do meu pai?

— Sage e Kamau. Quando ele veio te buscar naquele primeiro dia. Eles não paravam de falar sobre isso, e eu fiquei me perguntando por quê, já que ele é seu pai. Daí disseram o nome dele, e eu procurei na internet.

Reviro os olhos e balanço a cabeça, irritada por Sage e Kamau terem me exposto assim.

— Ele não odeia brancos. Ele odeia a supremacia branca.

— Você acha que a Amigos da Filadélfia é uma instituição supremacista branca? Os quakers discordariam.

— Bom, tenho certeza de que lá não é assim um reduto da diversidade. — Inclino a cabeça para o lado e pergunto: — Você gosta de meninas Negras ou algo assim?

— Eu gosto de *você*.

— Mesmo? Eu sou Negra. Sou a primeira?

— Não. Eu não... discrimino.

— Candace ou Hannah se importariam?

— Eu namorei uma menina negra que mora aqui na esquina. O nome dela é Ayana. Você tá agindo como se estivéssemos nos anos 1950.

— Posso dizer o mesmo sobre este país às vezes.

— Eu não sou este país.

— Você é branco.

— Um construto social.

— Do qual você se beneficia.

Ele fica quieto por um minuto, esfregando as mãos. São pálidas, e eu gostaria de colocar as minhas contra as dele para ver a diferença entre o marrom-escuro e o rosa-claro.

— Eu gostaria que você ficasse na Amigos da Filadélfia. Você é, tipo, superinteligente. Seu futuro é em Harvard, ou Yale, ou Princeton. E você definitivamente deveria estar na Suprema Corte. E talvez até virar presidente.

Eu suspiro, descanso meu queixo em minhas mãos e reviro os olhos.

— Não custa nada sonhar...

— Mas eu sei que é o oposto do que o seu pai acredita — continua ele. — Desinvestir, descolonizar, indigenizar, certo? Ele diz isso no final das lives dele.

— Ah, agora você é fã, então? Cuidado. Pode ser recrutado como o primeiro integrante branco. Se bem que você não seria um aliado. Seria algo como um cúmplice.

— O que ele diria se soubesse que você está aqui comigo? — pergunta Liam.

— Eu tô tentando não pensar no meu pai agora.

Também estou tentando não pensar em Chris, mas Liam não pode saber que tem algo mais acontecendo na minha vida lá na Casa Vila porque essa pessoa é a Nigeria. Aqui, eu sou Geri.

— Eu também — diz ele.

Dou risada. Estou tentando viver e me concentrar neste momento, neste novo sentimento, nesta nova versão de mim mesma que estou lentamente me tornando.

— Então, o que me importa agora é se você não vai me oferecer um pouco de água, um lanche ou *algo do tipo*?

— Ah! — Liam levanta rapidamente do sofá. — Mil desculpas. Temos... água com gás. Salgadinhos. Minha mãe faz um bolo incrível de banana com nozes. Você tem alguma alergia?

Eu o sigo até a cozinha, onde panelas e frigideiras de cobre pendem do teto. Uma pequena bandeira do arco-íris está fincada em um grande vaso de babosa perto da janela. Tem um adesivo da Universidade Temple colado na geladeira de aço inoxidável deles.

— Meus pais estudaram na Temple. Bem, minha mãe fez pós-graduação lá.

— Então, peraí... — começa ele enquanto me entrega uma lata de algo que não é água.

— Não. Não vou falar sobre meu pai.

— Tudo bem. Bom, minha mãe Candace é professora na Temple. Fisioterapia. E Hannah é bibliotecária.

Eu olho para a porta da frente, esperando que nenhuma delas entre.

— Elas só voltam pra casa bem mais tarde — fala Liam.

Quando ele diz "tarde", meu estômago dói. Eu terei que voltar para casa, mas não quero. Eu nem mesmo me estabeleci no que quer que isso seja. Então examino a lata que ele me deu.

— White Claw? Isso é suco de garoto branco?

Ele ri e dá um longo gole na lata.

— Refresco alcoólico — diz. — Nós temos água, caso você não beba. Mas uma latinha não vai fazer nada. Você não precisa…

— Não, pode ser.

Eu abro a lata e dou um gole devagar. É frio e sem gosto, e eu não bebo álcool, então é ruim.

— Posso pedir uma pizza ou…

— Legal — respondo, e apenas dou goles lentos, feliz que pelo menos está saciando minha sede.

Ele se apoia no balcão, me observando. Eu continuo olhando ao redor da cozinha em busca de sinais de racistas morando nesta casa, vasculho com os olhos adesivos, outras bandeiras, livros. Então eu pergunto:

— Onde é seu quarto?

Em segundos, estamos no porão, que quase parece o da Casa Vila, com tapetes de yoga, pesos e consoles de videogame. Uma porta fechada tem um pôster de um A com um círculo ao redor. Eu sei o que é, por isso pergunto:

— Você é anarquista?

— Bem… tô mais inclinado ao marxismo, mas acredito que todas as formas de hierarquia são opressivas — explica ele. — Não faço parte de nenhum grupo, se é isso que você tá pensando. Ainda não, pelo menos. Temos um clube na Amigos da Filadélfia, mas não somos o suficiente pra guiar um movimento. Tô planejando me organizar mais politicamente na faculdade.

Eu apenas assinto, imaginando se ele é uma versão mais jovem e branca do meu pai.

Talvez essa seja minha deixa para sair daqui. Mas eu fico.

Liam se joga em um futon verde encostado em uma parede de concreto branca lisa. Eu me junto a ele, sentando a apenas centímetros de distância, e colocamos as latas no chão. Liam pega o celular e diz:

— Eles têm uma opção vegana e sem glúten também.

— Tudo bem ser pizza de verdade — digo, e meu estômago ronca um pouco.

Está mais silencioso aqui embaixo, mais fresco e cheio de potencial. Tipo, agora, qualquer coisa pode acontecer, e meu coração está acelerado. Engulo em seco porque abri uma porta grande o suficiente para ele entrar.

Eu deixo meu corpo afundar no futon porque não tenho que fazer nada aqui além de existir. Viro para Liam. Ele está observando meu cabelo. Então eu observo o dele. Liam agora olha nos meus olhos. Então eu olho nos olhos dele. Passa para os meus lábios. Então eu olho para os lábios dele. Ele se inclina para mim. Então eu me inclino para ele.

Eu fecho os olhos. Nossos lábios se tocam. E antes que eu possa respirar novamente, sua língua está quase na minha garganta. Ele está se movendo rápido demais e começa a respirar com dificuldade e quer me engolir. Eu recuo um pouco e sussurro:

— Ei, vai devagar.

Ele recua.

— Desculpa. Desculpa.

— Não, tipo, relaxa. Eu não vou embora.

Ele pega meu braço e passa os dedos para cima e para baixo na minha pele. Observa, provavelmente examinando minha cor e se perguntando. Apenas se perguntando.

Então eu pego o braço dele e o aproximo.

— Como é não ter melanina?

— Todos os humanos têm melanina, não? Alguns mais do que outros, claro.

Eu continuo examinando o braço dele, os pequenos pelos loiros, as veias azuis, a transparência de tudo.

— Como você convenceu o mundo de que ter essa pele te faz melhor, mais poderoso?

— Talvez porque realmente não somos melhores ou mais poderosos. É uma mentira que precisamos contar para nós mesmos só para... sobreviver.

— Destruição não é sobrevivência.

— Se destruirmos hierarquias, é.

Ele puxa o braço para longe e pega o meu, o levando até os lábios. Beija a pele delicada.

Meu corpo inteiro fica quente.

— Então você não acha que há uma hierarquia entre mim e você? — digo em um sussurro.

— Talvez você seja mais poderosa — responde ele, respirando as palavras na minha pele.

— Eu sou. Afinal, mulheres Negras deram à luz a humanidade.

Puxo meu braço de volta e passo a mão pelo cabelo líquido de Liam. O couro cabeludo dele está quente e ele derrete sob meu toque.

— E se eu estivesse no comando? — falo.

— O mundo provavelmente faria sentido. Não haveria necessidade de anarquistas.

Ele inclina a cabeça para trás e olha para o teto baixo.

— Você teria que convencer o seu povo.

— Talvez esse seja meu propósito. — Então, ele pega um dos meus dreads e segura em sua mão. — Isso... parece... elétrico.

Eu puxo meu dread de volta.

— Não toque no meu cabelo — repreendo, enquanto me aproximo e o beijo, tomando a iniciativa, porque o corpo dele pressionado contra o meu parece que está prestes a implodir.

Liam tenta desabotoar minha calça, mas afasto a mão dele. Ele tenta levantar minha blusa, mas afasto a mão dele. Ele é tudo o que fui ensinada a acreditar que é opressão, destruição e ódio. Então eu o estudo para encontrar a verdade, para explorar as profundezas de sua alma com apenas um beijo. No entanto, ele não pode fazer isso comigo. Eu controlo a maré crescente que ele é, mantendo-o à distância, no mar, e nunca permitindo que aporte em meu corpo.

Meu corpo não é uma missão.

O TEMPO TEM asas. Também quer voar para o céu. Horas depois, mesmo que meu corpo ainda esteja neste porão, neste futon verde, estou voando. Não posso acreditar que é aqui que eu precisava estar para pausar minha vida. Liam me deixa descansar. Uma caixa de pizza e cinco latas daquela bebida gaseificada estão no chão, e minha cabeça parece estar acima das nuvens e debaixo d'água ao mesmo tempo.

São onze da noite, e ninguém da Casa Vila sabe onde estou, incluindo meu pai. Quando as mães de Liam chegaram em casa, implorei para ele não dizer nada a elas.

— Eu não deveria ter deixado você beber tanto. Vou me ferrar por estar com uma menina Negra bêbada escondida no porão. Geralmente eu não minto porque elas são muito de boa com coisas assim.

— Se eu encontrar com elas, vou ter que sair na mesma hora — murmurei com os olhos fechados. — Eu só preciso de um cochilo.

Ele me deu uma manta de tricô e uma almofada.

— Você nunca bebeu assim antes? — perguntou.

E tudo que eu pude fazer foi gemer e abrir os olhos pesados por um segundo e vê-lo de pé olhando para baixo em minha direção.

Uma única lâmpada lança uma luz fraca no porão. Eu ouço passos e vozes abafadas lá em cima. Tento não pensar no meu pai e nem na Casa Vila. Este é um esconderijo por enquanto, e eu flutuo. Estico minhas asas. Deixo o vento me levar para algum lugar distante, mesmo que eu esteja a apenas vinte minutos de casa, onde ninguém pensaria em me encontrar.

Liam me deixa sozinha, liga o console de jogos e coloca fones de ouvido. Sou embalada pelo som do videogame. É como um ruído branco neste espaço branco. Vazio por enquanto. O sono me puxa para baixo, para um oceano, e é tão bom descansar.

Mas um som alto me faz sentar rapidamente. Olho para Liam; ele está de costas para mim, concentrado no jogo. Conheço aquele ritmo. Sinto meu corpo afundar.

Uma pequena janela do outro lado do porão dá para o quintal. Está escuro lá fora. Vou precisar subir para olhar pela janela da frente e ter certeza do que estou ouvindo. Mas não quero ver o que acho que vou ver.

A música está mais alta agora... aquele rapper... O pupilo do meu pai. Meu pai.

— Merda! — digo em voz alta.

Mas Liam ainda não me ouve.

Como meu pai poderia saber onde estou? Como ele sabe? Verifico meu celular. Ainda está desligado. *Quem contou?*

— Kamau — falo baixinho. Não me atrevo a ligar o celular.

— Liam? — Escuto alguém chamar lá de cima. E logo em seguida, passos.

Droga!

Meu coração está batendo forte. Liam não ouve nada. Então a porta no topo da escada se abre e a luz inunda o porão.

— Liam!

Ele pula e rapidamente tira os fones de ouvido.

— Se esconde! — Ele sussurra para mim. Depois diz: — Sim, mãe?

Eu tento levantar, mas parece que estou andando debaixo d'água. Tropeço no chão e rastejo para um canto escuro perto de uma mesa de sinuca, longe da visão de qualquer pessoa que desça a escada. Tudo no porão está girando. Mas a música está mais alta lá fora, e, se for meu pai — só pode ser meu pai —, vou ter que me entregar.

— Acho que uns amigos seus estão lá fora — avisa uma mulher. — Quer que eu peça pra eles baixarem o volume da música?

— Amigos? — pergunta Liam, caminhando em direção à escada. — Não, não. Só... Já tô indo...

— De onde você conhece eles? Nunca vi antes.

— É... da escola — diz Liam. Consigo ouvir o nervosismo em sua voz.

— Bom, eles estão fazendo muito barulho. Não quero que se metam em encrenca — adverte a mãe de Liam.

Ela parece simpática. Como se nem se importasse com o som alto, nem ameaçasse chamar a polícia ou algo assim. Então, saio do esconderijo porque é assim que meu pai me convoca de onde quer que eu esteja e está funcionando. Mesmo que a mãe de Liam não chame a polícia, outra pessoa pode chamar. Estou uma bagunça porque mal aguento ficar de pé, mas consigo andar até ficar ao lado de Liam.

Liam me olha com raiva, mas eu só olho para a mãe dele que me olha de cima a baixo.

— Oi, humm, me desculpa. Eu estava me escondendo — digo. — Só precisava de um lugar pra ficar por um tempo. Acho que minha carona chegou.

Ela parece surpresa por um segundo, mas fala:

— Ah, meu Deus! Liam, por que você não disse nada?

— Pedi a ele que não dissesse — intervenho. — Eu não queria que se metesse em encrenca.

Eu me apoio em Liam para não cair. Parece que não tenho pernas.

— Meu bem, vem aqui pra cima — diz a mulher, dando espaço para mim.

— Desculpa, mãe — murmura Liam.

Eu me agarro ao corrimão com todas as minhas forças, esperando que a mãe de Liam não perceba que bebi.

Quando chego ao topo da escada, estou cara a cara com ela, que diz:

— Meu nome é Hannah.

Tenho medo de dizer meu nome verdadeiro, então respondo:

— Geri.

A música lá fora está ensurdecedora agora.

— Eles são seus amigos? — pergunta a mãe de Liam.

Eu confirmo com a cabeça.

Liam está atrás de mim.

— Vou te acompanhar até lá fora.

— Não precisa não, tô de boa.

— Bebe um pouco de água antes de ir embora — oferece Hannah, e a outra mãe de Liam desce.

Os braços dela estão cruzados sobre o peito, e ela franze a testa enquanto olha pela janela de trás das cortinas fechadas.

Eu não quero que meu pai veja nenhuma dessas pessoas, especialmente Liam, então eu vou até a porta e a abro. Mas não é a caminhonete do meu pai que está estacionada do outro lado da rua. É o carro da minha mãe. E no banco do motorista vejo Chris.

Eu me apresso saindo da casa porque estou aliviada por não ser meu pai, e estou horrorizada porque é Chris. Eu tropeço e, se não fosse pela cerca branca, teria caído de cara no chão.

Chris sai do carro com pressa para me ajudar, pegando meu braço e me levando até o carro sem dizer uma palavra.

— Nigeria! — Escuto Liam chamar da porta. Ele segurando minha bolsa. — Você esqueceu isso!

Parte de mim quer ignorá-lo neste momento e fingir que as últimas horas nunca aconteceram. Mas Chris me ajuda a sentar no banco de trás do carro, fico surpresa ao ver Jasmine no banco do passageiro, e Makai e Danika espremidos no banco de trás comigo. Chris vai até Liam pegar minha bolsa.

— Você tá bêbada? — pergunta Danika assim que me vê.

— Sério, Nigeria? — interrompe Jasmine. — Você estava na casa de um garoto branco aleatório bebendo? Enquanto a gente tá virando a Filadélfia de cabeça para baixo atrás de você pro seu pai não descobrir? Sua sorte é que ele foi pra Atlanta. Senão todo mundo ia estar ferrado.

— Acho que deveríamos convocar uma reunião de emergência do Grupo Jovem — diz Makai.

Chris está quieto como um túmulo enquanto nos leva de volta para West Philly. Mas é um tipo de silêncio que grita. Ele está segurando o volante de uma maneira que eu não tinha visto antes. Sua mandíbula está travada e os olhos estão focados nas ruas pouco iluminadas. Ele está fervendo, e consigo sentir isso do banco de trás.

Eu seguro minha cabeça nas mãos e peço aos meus ancestrais para desaparecer. E, de alguma forma, eu faço. Bloqueio todos eles, fecho os olhos, inclino minha cabeça para trás no carro da minha mãe e continuo voando; continuo subindo. Porque, quando eu entrar naquela Casa Vila e meu pai voltar, ele vai cortar minhas asas.

Meu corpo não é uma fronteira.

É SEGUNDA-FEIRA DE manhã no Dia dos Povos Indígenas. Eu trouxe para dentro de casa a mala que mama deixou no porta-malas. Ela está no chão do meu quarto agora, aberta com as roupas ainda dobradas em fileiras organizadas. Eu não tenho uma mala porque nunca fui a lugar algum longe desta casa. Freedom coloca o pezinho descalço nas roupas de nossa mãe, e eu me pergunto se ele lembra do som da voz abafada dela, da sensação do coração dela batendo contra o dele, ainda tão miudinho. Será que eu deixo as roupas de mama dentro da mala e as levo comigo, apenas por precaução, caso a veja pelo caminho? Será que levo cada coisa que possuo? Será que dobro e guardo meu irmãozinho nos pequenos bolsos do que nossa mãe deixou para trás?

— Nigeria, por favor, abra a porta — pede Nubia do outro lado da minha porta trancada. — Por favor, traga o bebê. Ele precisa tomar café da manhã.

Eu a ignoro. Estou cansada dela e de todos nesta casa. Minha alma está exausta, e tudo que quero é um lugar para fechar os olhos e me tornar outra pessoa. Então, pego meu irmãozinho e o abraço, beijo e aperto com força.

— Vamos ficar bem, Freedom. Vamos ficar bem — sussurro em sua orelhinha.

Então ele começa a chorar. Sabe que tem algo de errado. Freedom diz "mama", mas não consigo dizer se ele está chamando Nubia ou a mim, e isso me faz ficar puta. Às vezes, me imagino deixando todo mundo para trás e penso que um pássaro gigante vai vir me pegar, a mim e ao meu irmãozinho, e nos levará para uma nova vida. Eu gostaria que mama voltasse para mostrar a mim e a Freedom nossas asas, para que pudéssemos segui-la para onde quer que ela esteja.

Nubia finalmente se afasta da minha porta, e me deixa com todas as coisas com que tenho que lidar. Outra batida me faz pular, e seguro meu irmãozinho antes que ele coloque um pequeno cristal de quartzo do meu altar na boca. Eu o pego e tiro o cristal da mãozinha fechada. Ele começa a chorar novamente. Outra batida.

— Não! — reclamo, pensando que é uma das tias, tios ou, pior, meu pai que voltou da viagem a Atlanta.

— Sou eu. Jasmine.

Eu olho para a cama dela e todas as coisas que ela está empacotando para voltar para a casa da mãe. A culpa se instala em meu estômago, e respiro fundo. Eu não quero vê-la agora, mas realmente precisamos conversar. Eu tenho que pedir desculpas.

Quando abro a porta, ela me empurra para o lado, pega um saco de lixo preto de dentro da mochila e começa a jogar roupas nele. Está respirando forte e exagerando em todos os movimentos.

Então eu digo:

— Jasmine, você não precisa sair de casa só porque eu tô indo embora. Mas, ao mesmo tempo, não quero que você se perca aqui dentro. Ainda precisa traçar o próprio caminho.

— O Movimento deveria salvar a minha vida e não a sua? Eu deveria prosperar aqui e não você? — pergunta. As palavras estão pesadas de tristeza.

— É, mas eu nasci nisso…

Pego Freedom, que ainda está choramingando, e o seguro na altura do meu quadril.

Jasmine ergue a mão, indicando que não quer me ouvir.

— Regras são regras — diz ela. — E eu segui todas.

Freedom finalmente fica quieto, e o coloco na minha cama e lhe entrego um de seus brinquedos.

— Você vai ficar segura na casa da sua mãe? — pergunto enquanto a vejo empacotar suas coisas.

Jasmine se joga na cama e suspira.

— E por que você se importa? — questiona Jasmine. Sei que as palavras dela estão prestes a me ferir novamente. — Vocês ficam falando toda essa merda sobre libertar o povo Negro, mas aqui estou sentindo que não tenho nenhum lugar seguro pra ir. Tô sentada bem aqui, Nigeria. Eu estive nesta casa o tempo todo. *Eu sou* o povo. *Me liberta*!

Sua voz se quebra.

E eu quebro.

— Eu te entendo, Jas. — São as únicas palavras que ofereço a ela.

— Então, por que você tá indo embora, Nigeria?

Se eu responder, estarei repetindo exatamente o que ela acabou de dizer e provaria que está certa. Então, deixo o silêncio nos separar, e de repente Jasmine está muito, muito longe, como se meu quarto tivesse se esticado por um quarteirão inteiro e tudo o que vejo é o corpo dela bem pequeno desaparecendo na distância. Eu nem tento alcançá-la para puxá-la de volta, para trazê-la de volta para casa.

Meu corpo não é uma conquista.

JASMINE FICA EM pé na entrada do meu quarto segurando o grande saco de lixo preto com todas as suas coisas. Eu não tenho palavras para ela, nenhuma explicação. Apenas por compartilhar o quarto, ela viu minhas partes cruas e bagunçadas, mas não há palavras que possam dar conta de tudo o que sou. Então deixo meu silêncio ser o adeus que ela está esperando ouvir. Eu quero dizer, "Estou do seu lado, amiga!", mas estou indo embora para entrar no sonho que minha mãe tinha para mim. Já ela está partindo para voltar a um mundo antigo onde não deixarão sua luz brilhar.

— Se você ficar, vai ficar com o quarto todinho pra você — falo.

— Eu vim pra cá pelas pessoas, Nigeria. Não pelo espaço — retruca ela, e sai do quarto, da Casa Vila e da minha vida, para sempre. Talvez. Ela não é a primeira. E, se eu ficar nesta casa, não será a última. A cama do outro lado do meu quarto já viu meninas entrarem e saírem, fugitivas, perdidas, grávidas e confusas, expulsas e furiosas, abandonadas e perdidas.

Eu me pergunto se em algum lugar há outra casa com uma cama vazia para uma menina como eu. Existem outros movimentos por todo o país, e meu pai os conhece e sabe o que fazem e pelo que lutam. Daqui da Filadélfia até Oakland,

Califórnia, onde o Partido Panteras Negras começou; de Los Angeles a Houston, de Chicago a St. Louis; vários em Atlanta e Nova York; Cleveland e Detroit, e até mesmo em Boston. Eles têm nomes diferentes, e alguns têm a própria Escola da Liberdade. Os líderes debatem com meu pai on-line, e ele viaja para os eventos que fazem por aí. Todas essas diferentes organizações estão tentando se reunir em um lugar para uma grande conferência de libertação Negra, ou uma grande reunião de família, ou algo assim. Mas o fato é que eles não concordam sobre o significado de libertação. Alguns querem se separar e desinvestir para formar as próprias comunidades inspirados pelos Amish. Outros querem um lugar à mesa para manter as mesmas estruturas de poder que nos oprimem.

Mas nada disso importa agora porque eu não quero fazer parte do movimento de ninguém. Eu quero ser minha própria libertação e derrubar essas paredes, demolir esta casa, arrombar a porta da frente e simplesmente sair e nunca mais voltar. Assim como a mama.

Mas eu não vou abandonar Freedom.

Ele está mais ativo agora, se metendo em tudo quanto é coisa. Rasgou as páginas de um dos meus livros favoritos, *A parábola do semeador*, de Octavia Butler, e estava colocando pedaços de papel na boca. Ele chora quando eu o impeço de fazer o que quer.

Então, entrego-o a Nubia. Quando abro a porta do meu quarto, ela está lá novamente com uma tigela de aveia e um sorriso.

— Eu posso dar banho nele e levá-lo ao parque. Tá bonito lá fora — diz.

Eu cerro os olhos para Nubia enquanto seguro meu irmãozinho e pergunto diretamente:

— Você não vai ter o bebê, *Camille*?

Ela bufa e olha para mim como se eu a tivesse insultado.

— É cada coisa que você diz... É claro que vou trazer uma criança Negra pra este mundo, um ancestral que retorna — responde ela. Então os ombros despencam, e Nubia me olha como se sentisse pena de mim. — Eu entendo. Você não gosta de mim porque acha que tô tomando o lugar de sua mãe. Mas isso não é verdade, irmã Nigeria. Somos uma vila, e você sabe disso. Você deveria ficar feliz que Freedom tem alguém que pode amar e cuidar dele. Você tem só 16 anos. Não deveria ter que se preocupar com um bebê. E logo ele vai ter um irmãozinho. Vão crescer juntos.

Freedom começa a chorar como se entendesse o que ela acabou de dizer. Eu o balanço, faço *shhh* e o aperto forte.

— Posso segurar o rapazinho? — diz alguém lá do corredor. É Chris. — Ele precisa começar a andar com os irmãos.

Eu prefiro que Nubia leve meu irmãozinho a deixá-lo fazer parte do pequeno exército do meu pai. Então coloco Freedom no chão, e ele rapidamente vai até Nubia, que o pega e se afasta.

Chris entra no meu quarto, e eu não protesto. Não falou comigo nos últimos dois dias, desde que me pegou na casa de Liam. Acho que agora está pronto para falar. Não gosto que me veja assim, de moletom e camiseta, sem sutiã. Mas tanto faz neste ponto. De um jeito estranho, ele é praticamente da família. Eu não o vi durante todo o fim de semana, desde sexta à noite quando pulei do carro e fui direto para o quarto.

Chris se apoia na minha alta estante de livros e começa a olhar para os livros. Seu cabelo está todo bagunçado, e não me ofereci para arrumar. Nem ele pediu. Está ficando mais magro e mais musculoso porque meu pai o faz comer alimentos integrais, comida vegana, e se exercitar. Para ser sincera, ele está bonito. Tenho certeza de que as meninas do Grupo Jovem também já perceberam isso.

— Você não quer ir pra algum lugar hoje? — pergunto enquanto encaro a mala aberta da minha mãe. Ainda não tirei as coisas dela para abrir espaço para as minhas.

— Eu deveria buscar seu pai no aeroporto com alguns dos tios hoje à noite — conta ele, tirando da estante uma cópia surrada de *Homem invisível*, de Ralph Ellison.

Fico quieta por um longo momento; então pergunto:

— Por que você decidiu ir atrás de mim na sexta?

— Porque eu sou o único no Grupo Jovem que sabe dirigir.

— Eu teria chamado um Uber de volta pra casa ou...

— Você estava tentando passar a noite com aquele menino branco que acabou de conhecer na escola?

— Ele é meu amigo — digo, não olhando nos olhos dele.

— Seu amigo? Ou vocês estão ficando? — pergunta Chris, olhando diretamente para mim.

— A gente tá trabalhando em um projeto juntos. Ele é legal.

— Que tipo de projeto estão fazendo que você precisa estar bêbada?

Agora eu o encaro com raiva.

— Desculpa, mas você *não* é o meu pai!

— Eu tava preocupado com você. Todo mundo tava. E a gente não queria que rei Kofi descobrisse. Até Nubia estava cuidando de você. Kamau nem queria que a mãe dele soubesse. E foi ele quem disse que você poderia estar lá.

— Legal — digo, exalando. — Honestidade radical? Eu só queria ir o mais longe possível daqui. Liam foi legal comigo, e a gente só ficou de boa. Metade do tempo eu estava dormindo mesmo. E eu não te devo nenhuma satisfação, mas preciso que você entenda que tô prestes a sair daqui e ninguém pode me dizer o que fazer!

— Nigeria... — chama ele, abaixando a voz. — Parece que você tá fazendo todas essas paradas, tipo, indo pra uma escola branca, se metendo com um menino branco, quer dizer, sendo *amiga* de um branco, só pra irritar seu pai. Eu sei que a gente se conhece há poucos meses, mas acho que você realmente precisa conversar com alguém sobre o que tá acontecendo com você. Como é que eu tô recebendo toda a ajuda que preciso, enquanto você tá afastando todo mundo e indo pra casa de um branco aleatório?

Eu não respondo, principalmente porque não sei o que dizer. Ele não vai entender. Mas eu tento fazê-lo entender a minha posição.

— Primeiro, eu não fiquei com o Liam. E segundo, por que você deixou sua família, as pessoas que te amam?

— As pessoas que me amam? Do jeito que esse sistema é, fica difícil amar as pessoas do jeito que elas querem ser amadas.

— Uau — digo, porque a verdade de suas palavras arde.

Chris cavou fundo em si mesmo, em sua alma. Quando isso acontece, é difícil voltar à realidade. Os homens e garotos que ficam na Casa Vila muitas vezes estão fugindo da lei ou de uma bala com seu nome. Ou ambos. Eles têm vidas difíceis e nem sempre têm tempo para se jogar em pensamentos profundos, conhecer verdades profundas ou até mesmo ler grandes livros. Até começarem a viver aqui.

Ele fecha lentamente a porta do meu quarto.

— Para de brincar, Chris. Você sabe que não deveria estar aqui.

Eu tento ignorar o que quer que ele esteja tentando fazer e enfim tiro algumas roupas da minha mãe da mala.

— Você me fez uma pergunta e quero responder, mas não é da conta de todo mundo — diz ele. — Se eu te contar o que tá acontecendo comigo, talvez você me conte o que tá acontecendo com você.

— Você não ouviu meu pai dizer que assunto de família é assunto do Movimento.

— Ouvi sim. Então você é família, certo, *irmã Nigeria*?

— Eu sou sua irmã *de mentirinha.*

— Até onde eu sei, nada sobre o Movimento é um jogo. Você vai no campo de tiro com a gente neste fim de semana?

— Não. Tô cansada *de brincar*. Nunca vou precisar disparar uma arma na minha vida, então não vejo motivo pra continuar treinando.

— Você não acha que vai ter que se defender um dia?

Ele afasta alguns brinquedos de Freedom para sentar no chão.

— Me defender? Eles atiram, eu atiro? Aí vai ser uma guerra total. Não é assim que funciona, Chris. Espero que você não esteja pensando em fazer alguma maluquice. Além disso, do jeito que você ficou abalado segurando aquela arma... Se você está desrespeitando tudo o que meu pai tá tentando fazer por você, então...

Eu seguro as palavras porque sou a última pessoa que deveria estar dizendo isso agora.

Ele ri.

— Eu sei que não é assim que funciona. O rei Kofi nos ensinou isso antes mesmo de pensar em nos levar pro campo de tiro. E eu não estava abalado; eu estava apenas... Surpreso, só isso.

— É o mesmo que ficar abalado, Chris. Surpreso e um pouco assustado. Provavelmente intimidado também. Mas é até fofo, porque me mostra que você não tá tentando dar uma de durão. Não é como nos filmes, né?

— Segurar uma arma é ter muito poder nas mãos. Tipo, como pode ser ok alguém simplesmente atirar em outra pessoa por uma briga boba, ou por não gostar dela?

— Segunda Emenda — respondo, baixando a voz. — Direito ao porte de armas.

— Direito de matar?

— Ou ser morto.

— Você acredita nisso?

— Não se trata *do que* acreditamos, Chris. Mas do nosso direito de acreditar no que quisermos.

Ele está olhando para a minha coleção de cristais, cartas de tarô, velas, feixes de sálvia, palo santo e incensos.

— Então os brancos têm o direito de acreditar no que quiserem sobre nós?

— Acreditar em algo não é o mesmo que agir em nome disso. Eles podem acreditar que não pertencemos ao país, mas não têm o direito de fazer nada a respeito. Assim como podemos acreditar na Segunda Emenda e não querer ter uma arma.

— Porque todos temos o direito de viver livres.

— Exatamente.

— Você acha que seu pai vai deixar você ir?

— Ele não tem outra escolha. Eu tomei minha decisão, assim como decidi continuar indo pra escola. E a real é que ele provavelmente se preocupa mais com você do que comigo — falo. Não pretendia, mas as palavras saíram como se fossem uma verdade plenamente formada.

— Quê? Nada a ver. O rei Kofi está apenas me ensinando autodisciplina, só isso. Agora que sei como usar uma arma, posso respeitá-la. Sei como lidar com o poder quando a tenho. Usá-la sabiamente e ver seu valor, assim como tudo mais na minha vida. E sei como me defender se for preciso.

— E não é sobre se defender do próprio povo.

— Aham, corre lá e diz isso pra aqueles neguin de North Philly.

— Ei, olha a boca, mano!

— Desculpa. Foi mal. É mania — justifica ele, depois se espreguiça no chão e começa a fazer flexões.

Eu sei exatamente por que está fazendo isso, então falo:

— Meu pai não tá aqui pra ver se você tá fazendo flexões, Chris.

— Nada a ver. Regras são regras. Cem flexões pra cada "palavra com N".

Ele chega até trinta e três antes de desabar no chão.

— Levanta daí. O chão tá cheio de poeira e das pegadas de Freedom. Ninguém limpa essa casa há meses.

— Ah, é? — diz ele, todo sem fôlego, rastejando na minha direção. — Por que você não manda todo mundo que mora aqui limpar a própria bagunça?

— Esse é o trabalho da minha mãe — respondo, sussurrando. — Ela faz as regras.

— Por que você fala dela como se ela ainda estivesse aqui? — pergunta Chris, baixinho.

— Ela vai voltar — digo, bem devagarzinho.

— E você ainda tá querendo sair dessa joça?

— Sim?

— Você vai voltar?

— Eu não sei.

— E eu não faço nada além de deixar você ir? — Ele também sussurra agora. Mal percebi o quanto está perto de mim. Nossas pernas estão se tocando. — Eu vou te encontrar e te trazer de volta.

— Isso. Tipo meu pai.

— Então você acha que eu simplesmente vou deixar você ir embora depois de… tudo? — Ele traz a mão dele em direção à minha, mas só pega meu dedo mindinho e o segura.

— O que você quer dizer com "deixar eu ir"? — pergunto.

— Do mesmo jeito que você *espera* que seu pai te deixe ir.

— Chris, não é a mesma coisa — digo, puxando meu mindinho de volta. — Ninguém vai me *deixar* fazer nada. Eu não preciso da permissão dele. E muito menos da sua.

Ele está mais perto agora, tocando meu mindinho novamente.

— Bom, eu não vou deixar você ir embora assim tão fácil — afirma Chris. — Me leva com você.

— Para com isso! — digo, puxando de volta meu mindinho.

Ele pega meu dedo novamente. Eu permito.

— Por que você fica pegando a parte menor e mais fraca da minha mão? — questiono.

Chris massageia meu mindinho e é... reconfortante.

— Porque é a mais delicada — responde ele.

— Meu mindinho? Eu tenho outras partes... delicadas.

Eu sorrio um pouco.

— Ah, tenho certeza disso!

Ele me olha intensamente. E então, enquanto ainda segura meu mindinho, me puxa para perto e me abraça.

— Eu sou uma flor delicada — falo baixinho, inclinando-me para ele. Nosso corpo se toca por inteiro.

— Você tem partes delicadas, mas não é delicada, rainha. Você é uma mulher Negra forte.

Sua respiração é quente e doce contra meu rosto, e eu quero respirá-lo.

— Eu não quero ser forte, Chris. E para de me chamar de rainha.

Minha voz treme, e toda a minha alma se encolhe sobre si mesma.

— Você quer ser fraca? E você *é* uma rainha.

— Eu quero ser... livre.

— Não dá pra você ser forte *e* livre?

— Não se eu tiver que lutar o tempo todo.

— Mas você tem que lutar para ser livre.

— Eu sei, e é uma bela merda.

— Eu odeio que você tenha que passar por isso.

— Obrigada.

— Eu vou lutar por você.

— Não, não vai. Você vai lutar por si mesmo.

— Lutar por mim mesmo *é* lutar por você.

— Não parece que é assim.

— Então como vamos ser os dois livres?

— Eu não sei se é possível.

— É sim. Você só precisa estar do meu lado. Tem que melhorar a mira e começar a ir pro campo de tiro de novo, e ficar aqui com a gente. Não vai pra aquela escola. E, se for, vai pra nos ajudar a construir a nossa própria escola.

— Viu? Você tá provando o meu ponto, Chris. Todas essas coisas que *eu* tenho que fazer pra que nós dois sejamos livres?

— Às vezes, eu não te entendo.

— Eu não te dei permissão pra me entender.

— Ah, agora eu tenho que pedir permissão? Beleza, Nigeria Jones. Posso conhecer você melhor?

— Eu não sei. *Pode*?

Sorrio um pouco, sentindo o calor dele contra meu corpo. Pego a mão dele e coloco na minha coxa, chamando-o para mais perto.

Ele se move até a cama primeiro, me puxando com ele. Eu me sento em cima dele, e nos movemos com tanta facilidade que parece que nosso corpo entende o que o outro quer. Como uma troca. Eu quero me sentir delicada. Então ele desliza a mão sob minha blusa e acaricia as minhas pequenas costas. Eu quero ser uma flor. Então me abro completamente, como se ele fosse a luz do sol.

Ele é o céu e eu sou a terra — tremendo lentamente, movendo continentes silenciosos e mudando meu mundo inteiro.

Eu o beijo profundamente e tento engolir tudo o que ele é: um menino da quebrada, com ódio do mundo, mas cheio de sonhos libertadores, e eu quero isso para mim também.

Quando Chris desabotoa minha calça, ele procura ouro. Ninguém jamais chegou tão longe porque sou terra fértil cujos caminhos são secretos e sagrados, e algo dentro de mim não está pronto para ser explorado.

Ele coloca a boca sobre a minha orelha direita e solta uma respiração quente, e então se torna um relâmpago e um trovão. Eu me transformo em marés altas e num rio transbordante. Eu não sabia. Eu não sabia que…

Podemos ser o Big Bang que criou o universo. Eu solto um som que não reconheço.

E então ele explode silenciosamente.

Eu me torno uma terra fragmentada. Ele me beija ao longo das linhas de falha no meu corpo.

— Você é minha rainha agora? — pergunta baixinho, se recompondo, puxando as cobertas sobre nós dois e deslizando o braço por baixo do meu corpo. Ele me puxa e me torna sua casa.

— Eu não sou sua — falo em um sussurro.

Estou pulsando por toda parte. Cada parte de mim é um batimento cardíaco.

— O que eu quero dizer é… A gente tá junto agora?

Eu puxo as cobertas até o queixo porque a pergunta dele está pedindo demais de mim e eu me sinto ainda mais nua.

— Eu sou meu próprio eu — respondo.

Eu não quero que pense que tirou algo de mim, ou que dei algo a ele. Ou que, ao fazer isso, ele me completou de alguma forma.

Chris fica quieto por um tempo; e então tira o braço de baixo de mim e pergunta:

— Você fez isso com aquele menino branco?

— Não, Chris! E ele não é apenas um menino branco. O nome dele é Liam.

— Bom, eu tenho a bênção do seu pai.

Eu me sento rapidamente.

— O que você quer dizer com "a bênção do meu pai"?

— É isso. Ele me disse que eu seria bom pra você.

— Bom pra mim? Meu pai não sabe o que eu quero.

— Ele sabe do que você *precisa*, do que todos nós precisamos. Quer dizer, olha pra gente. Seríamos, tipo, o casal do Poder Negro — diz Chris, passando os dedos para cima e para baixo nas minhas costas.

— Um casal do Poder Negro? — falo, pensando nos meus pais.

Com isso, quaisquer rachaduras que ele tenha feito no meu corpo se tornam abismos profundos. Eu me afasto do toque dele, saio da cama e me recomponho, não deixando-o ver minhas partes mais preciosas.

— Qual é o problema? — pergunta ele, sentando.

Eu ignoro a confusão no meu âmago e me visto rapidamente. Chris também se levanta. Ele está apenas de cueca e anda de um lado para o outro no quarto procurando as palavras certas, procurando a verdade, qualquer coisa a mais para dizer para mim, mas há apenas silêncio e línguas maternas esquecidas após a conquista.

Mesmo assim, eu consigo dizer:

— Você vai começar a me chamar de "sua rainha" agora?

Ele me olha e responde:

— Você ainda vai ser uma rainha pra mim, sendo minha ou não.

Antes de responder, uma porta bate no andar de baixo e meu estômago embrulha. Chris rapidamente veste a roupa e, em segundos, abre a porta para sair. Nubia está bem ali, e nós dois congelamos.

Ela olha para o quarto e me vê tentando arrumar a cama.

— Não vou contar nada — diz, agarrando o braço de Chris. — Mas você tem que sair deste quarto.

E os dois vão embora. Tranco a porta do quarto novamente, sento-me no chão ao lado da mala da minha mãe e me pergunto por que ela nunca me disse que, com o toque certo, meu corpo pode parecer a criação do universo e o fim do mundo, ao mesmo tempo.

Então jogo todas as roupas dela na minha cama, onde o fantasma da minha infância está enrolado em posição fetal, de luto pela sua virgindade. Sinto-me totalmente renovada, mas Chris não tem nada a ver com isso, é por causa do que eu queria para mim: sentir a alma de alguém tocando a minha. Meu mundo se expandiu de novo.

A mala está pronta e amanhã tem aula. Eu vou. Não posso deixar meu pai nem ninguém me impedir. Não quero que ninguém crie fronteiras no meu corpo, me renomeie, force palavras estrangeiras na minha boca e me faça esquecer o sonho da minha mãe para mim e os sonhos de todas as nossas mães que vieram antes dela.

Meu corpo não é um território.

ESTOU INDO EMBORA da casa em que fui criada. Estou deixando a vila que me criou. Estou deixando as pessoas que dizem me amar. E estou quebrada. Nem mesmo dividida ao meio. Sou cacos de vidro e pedaços ásperos e dilacerados de terra, porque é tudo o que me fez ser quem eu sou. Mas vou me recompor.

Jasmine foi para a verdadeira casa dela, e Makai está com os irmãos do Grupo Jovem em algum lugar. Meu pai está voltando esta noite, e não há ninguém para me impedir de voar para fora dessa gaiola chamada lar. Não digo uma palavra quando vou para a cozinha me despedir do meu irmãozinho. Ele balbucia e ri como sempre e puxa meus dreads como se não quisesse que eu partisse. Então, eu o abraço forte e não choro. Quando o coloco de volta no chão, Nubia está implorando para eu não o levar. Ela não precisa.

Agora tenho coragem suficiente para partir comigo e apenas comigo. Freedom é um peso maior do que consigo segurar. Tenho que me carregar primeiro. A mala da mama está cheia com minhas coisas, além da carta para a escola e algumas roupas dela. Meus livros favoritos e laptop estão na mochila. Eu já tinha mandado uma mensagem para Sage dizendo que precisava de um lugar para ficar.

O Uber chega assim que Chris sai para a varanda.

— Precisa de ajuda com as malas? — pergunta.

Eu balanço a cabeça.

— Sabe que ele não deixaria você ir, né?

— Eu já disse. Tô saindo com meus próprios pés, Chris.

— Ele te impediria se estivesse aqui.

— É isso que você quer?

Eu me viro só para ver o rosto dele. Mas ele só me olha, como se soubesse que me verá em breve novamente. Talvez ele esteja sorrindo. Talvez esteja triste. Não sei porque ele não diz uma palavra. Talvez isso seja um segredo que ele está guardando para mim também.

Quando fecho a porta do carro, o motorista se afasta em direção a Chestnut Hill. Faço uma longa e profunda respiração, inclino a cabeça para trás e sonho com o horizonte de uma praia em algum lugar. Em qualquer lugar. Qualquer lugar, menos aquela casa.

Quando chego à casa de KD, olho para a placa Vidas Negras Importam no gramado antes de tocar a campainha. É aqui que meu irmãozinho nasceu. É aqui que mama pensou que poderia encontrar um espaço seguro, e foi sua última parada antes de voltar para si mesma, onde quer que isso seja.

Sage abre a porta, e passo direto por ela, colocando minhas coisas no chão. Ela me entrega um copo de água e oferece um pequeno frasco de óleo de lavanda para cheirar.

— Seja bem-vinda — cumprimenta KD. — Precisa de mais alguma coisa? Comida, um banho quente?

Mesmo que esteja frio lá fora, ela usa top e shorts, e o cabelo cacheado está preso no habitual coque bagunçado.

— Sim pra todas as perguntas — respondo enquanto me sento em um dos sofás cobertos de tecido e olho para uma bandeja de velas acesas.

Tudo ao meu redor parece fumaça espessa, e talvez isso seja um sonho. Eu consegui. Eu realmente saí, e me pergunto se vou acordar de volta na minha cama na Casa Vila, porque tudo na minha vida agora está me pregando peças.

— Seu pai fez alguma coisa com você? — pergunta Sage.

— Deixa meu pai fora disso — murmuro, não querendo que ela fale mal dele.

Sage desaparece na cozinha, e eu sei que voltará com algum tipo de poção. É aprendiz de parteira, então, com a minha idade, já viu mais bebês nascerem do que provavelmente todos os adolescentes de 16 anos em todo o país. Sage pode nomear diferentes ervas, carrega uma bolsa de remédios para todo lado e canta como uma fada. Assim como eu, ela guarda as memórias de todas as mães que vieram antes dela. Ambas sabemos muito mais do que nosso corpo consegue suportar.

— Isso significa que você vai ficar na Amigos da Filadélfia? — pergunta quando volta com uma caneca de chá verde escuro e fedido.

Eu aceno com a cabeça e dou um gole no chá: folhas de urtiga. O calor envolve minhas entranhas como um abraço apertado.

— Eu preciso que sua mãe me ajude a ficar lá.

Sage senta ao meu lado.

— Isso parece um déjà-vu.

— O que você quer dizer? — pergunto.

— Nigeria, você percebe que fizeram uma lavagem cerebral em você naquela casa, né?

Dou mais um gole no chá.

— Todo mundo teve o cérebro lavado de algum jeito.

— Sua mãe também queria ficar aqui. Lembra daquelas noites do pijama que costumávamos ter quando éramos pequenas? Ela não queria voltar.

— Você não pode falar da minha mãe assim, Sage.

Eu aperto a caneca nas mãos porque não vim aqui para desenterrar memórias antigas.

— Espera aí — diz ela, virando-se completamente para me encarar. — Eu acho que você não sabe toda a verdade.

— Toda a verdade? Eu estava bem aqui na noite em que Freedom nasceu.

— Mas você não estava aqui nove meses antes do nascimento de Freedom. Você não veio com ela, e ela queria deixar seu pai naquela época. Ela veio aqui uma noite e sentou nesse mesmo lugar. E minha mãe estava sentada onde estou agora. Você tá fazendo tudo o que a sua mãe queria fazer, Nigeria. Mas ela acabou não fazendo a única coisa que *ela* queria fazer. Ela tentou. Tentou de verdade.

Tudo congela, e o chá de repente parece frio.

— O que a minha mãe fez?

Sage se afasta, e eu sei que ela não planejava dizer tanto.

— O que a minha mãe fez? — pergunto novamente, mais alto desta vez.

— Nigeria... Eu... eu sinto muito. Não queria trazer isso à tona.

Penso em todas as maneiras de extrair a verdade dela, de saber o que Sage sabe sobre minha mãe. Mas alguém desce as escadas.

— Ajudar sua mãe a te colocar naquela escola é uma coisa, mas você ficar aqui? — diz KD enquanto se aproxima de mim. — Não tenho certeza, Nigeria. Não quero que seu pai venha procurar por você.

Ela está usando uniforme cirúrgico, e cortou o cabelo castanho-escuro que já estava ficando grisalho. Ela recebe chamadas no meio da noite para fazer partos.

Eu não digo a KD que, embora eu faça parte do Movimento, onde há um monte de pessoas a quem recorrer — minha vila —, este é o único lugar onde posso encontrar minha voz, sem o eco dos ensinamentos do meu pai.

— Ele não vai fazer nada — falo, sem acreditar nas minhas palavras. Então, olho fixamente para Sage e pergunto: — O que minha mãe estava fazendo aqui nove meses antes de Freedom nascer?

KD lança um olhar para Sage que me faz entender que isso é um segredo que elas deveriam guardar.

— Nada disso realmente importa agora, meu bem. E, além do mais, seu pai veio buscá-la — diz KD. — Assim como vai vir te buscar.

— Eu não vou voltar pra ele. Eu vou pra escola.

KD suspira e coloca uma mão no meu ombro.

— Eu sei que é isso que você quer, meu bem. Vamos encontrar uma maneira de te manter lá. Eu devo isso à sua mãe — diz em voz baixa.

Eu gostaria que parassem de mencionar minha mãe, mas não digo nada. Gostaria que KD não sentisse que deve algo a ela, mas também não digo isso.

Ainda assim, existe um portal para uma nova vida nesta casa, respostas não são dadas, são mostradas. A verdade é revelada como se cada quarto fosse uma bola de cristal. Vou descobrir o que mama estava fazendo aqui.

Meu corpo não é uma constituição.

HORAS DEPOIS, NESTA casa que não é minha casa, estou em um mundo completamente novo que ainda parece antigo. E estou um pouco mais livre. Sage me leva para o quarto dela, onde há uma cama extra, e juro que a cama é feita de asas de anjo e nuvens cumulus. Sage disse que são lençóis de algodão orgânico, e as penas de pato no edredom foram obtidas de maneira responsável. Talvez aqui, meu corpo, minha mente e toda a minha alma descansem.

Mama veio para cá depois que nos deixou, e agora eu sei o motivo. Hoje à noite, uma lua cheia paira baixa no céu escuro, e KD preparou um jantar com frango assado, batatas orgânicas e arroz selvagem. Uma playlist de melodias suaves de rock, acompanhada por vozes sussurrantes ou roucas, ecoa em alto-falantes Bluetooth.

— Quem está cantando? — pergunto a Sage, e ela dá os nomes: Stevie Nicks, Janis Joplin, Fiona Apple, Phoebe Bridgers e Maggie Rogers, mostrando a foto de cada um deles na tela do celular, porque nunca tinha ouvido falar de alguns.

Eu e mama amamos Nina Simone, Sade, Jill Scott, India. Arie, Erykah Badu e Solange. Eu escuto as palavras que cantam, uma mistura de tristeza e inibição. E talvez a música aqui esteja traduzindo as minhas próprias verdades não cantadas.

Eu não sabia que outras mulheres, meninas e pessoas não binárias vêm aqui para descansar também, para cuidar de seus corpos ou para cuidar de seus úteros. Elas entram vindo de fora ou de um quarto extra lá embaixo e me tratam como se eu estivesse aqui o tempo todo. É quase como a Casa Vila. Se estamos lutando pela libertação Negra, talvez elas estejam lutando pela libertação do corpo.

Nos reunimos ao redor de uma longa mesa de madeira na sala de jantar: eu, Sage, KD, Corinne (que tem a cabeça raspada e se hospedou em um quarto extra no porão) e Naomi (que está grávida e hospedada na sala de parto). KD nos pede para segurar as mãos enquanto recita uma oração.

— Sou grata pela mãe, deusa, lua e terra — começa.

— Sou grata pela minha irmã de outro pai — fala Sage, apertando minha mão.

Quando chega a minha vez, não consigo pensar em nada para dizer.

— Sou grata por…

— Tudo bem, meu bem — diz KD depois de um longo minuto. — Fazemos isso toda vez que compartilhamos uma refeição. Sabemos que você tem muito pelo que ser grata.

Se meu pai é o rei da Casa Vila, então KD é a rainha aqui, onde tudo são sinos e sons, canções folclóricas e estatuetas de deusas, caldos de ossos e pão caseiro, romances de fantasia e cartas de tarô. Durante o jantar, mastigo um pedaço de frango pela primeira vez na minha vida, e a carne salgada e fibrosa desencadeia uma fome profunda que eu não sabia que tinha.

Depois do jantar, me encontro em uma banheira cheia de água quente, pétalas de rosa e folhas de eucalipto. KD disse que, como vou ficar aqui, preciso de um banho espiritual para banir a energia negativa e abrir caminho para novas possibilidades, e Sage já sabe o que fazer.

— Você tem que buscar orientação interior nesta jornada, Nigeria Jones — comenta ela.

Minhas roupas estão dobradas com cuidado sobre um cesto, e meus dreads estão reunidos no topo da minha cabeça. Sage defuma o banheiro com palo santo e o ambiente se enche com uma música suave de meditação tocando no celular. Quando já estou tranquila na banheira, ela segura um sino tibetano sobre minha cabeça, o som vibrante alcança meus ossos e desperta algo profundo dentro de mim. Estou totalmente alerta e consciente de tudo ao meu redor, ao mesmo tempo em que sinto como se cada célula do meu corpo estivesse profundamente adormecida. Isso é melhor do que estar calma; é transcendência.

— Minha mãe diz que os úteros são feitos de ouro. Sabe como o ouro é feito? — pergunta Sage. Sua voz parece vir do fundo de um oceano.

— Não. Como?

— São estrelas caídas que esqueceram o caminho de volta pra casa. Ficaram presas aqui na Terra, afundando cada vez mais no solo, até alguém as encontrar. Mas, nesse momento, elas não se lembram de que já foram estrelas.

Eu a encaro por um tempo tentando entender sua magia.

— Do que você tá falando, Sage?

— Ninguém é capaz de controlar as estrelas no céu, as estrelas que se tornam ouro, o ouro que se torna úteros.

Sage fala como mama e todas as outras mulheres e meninas místicas que tecem poesia e magia com palavras em inglês. Estou completamente nua, e isso não é um grande problema para ela. Também não é para mim.

— Sabia que minha mãe dava banhos espirituais na sua o tempo todo? — diz ela. — Eu costumava ajudar a preparar as ervas.

— Nossas mães nunca deveriam ser amigas. Sua mãe não deveria ter trazido eu e Freedom ao mundo.

— Por quê? Porque ela é branca? Mas nada disso deveria importar, Nigeria. Minha mãe disse à sua mãe que ela é uma de nós. Então você é uma de nós também. Espíritos livres. Mulheres que uivam pra lua e sabem como falar com os espíritos. É por isso que ela não podia ficar com um homem dizendo o que fazer com o corpo dela e com a vida dela. Você também.

— Eu também? — perguntei.

— Sim, você também.

— Eu beijei Liam.

— Ah, droga, Nigeria! Sério? Eu sabia que ele gostava de você! Me conta *tudo*, por favor.

— E eu transei.

— Nossa, que rápido!

— Com Chris.

— Quem diabo é Chris?

Eu balanço a cabeça, sem querer dizer mais. Eu só relato fatos. Não sentimentos, não possibilidades. Apenas a verdade.

E Sage não investiga mais, graças a Deus.

— Ok. No seu tempo — escuto-a sussurrar.

O silêncio se estende entre nós, apenas o som da água se movendo lentamente na banheira e nossas respirações suaves preenchem o espaço. Então, as palavras jorram de mim:

— Meu pai não gosta da sua mãe porque diz que ela é tão ruim quanto os homens brancos, que a maioria dos donos de pessoas escravizadas eram mulheres brancas, e elas eram as mais cruéis, e foi uma mulher branca quem fez Emmett Till ser morto e mulheres brancas acusam homens Negros de estupro o tempo todo, e o feminismo branco pode ser tão opressor quanto o racismo, e…

O resto das palavras fica entalado na minha garganta, então, em vez disso, um rio de lágrimas jorra. Eu despejo tudo, e talvez seja a fumaça exorcizando as palavras e ideias do meu pai de mim. Ou talvez seja Sage conjurando a verdade.

Ela fica quieta e me deixa chorar por um momento, então fala:

— E se minhas bisavós não tiverem nada a ver com a escravidão? Eu sei que algumas delas vieram para cá por um lugar chamado Ellis Island muito depois que a escravidão terminou. Eu sei que o que os brancos fizeram foi foda, e talvez os antepassados da minha mãe fossem uns idiotas, mas nós não somos todos os sonhos mais loucos dos nossos antepassados, Nigeria. Eu ajudo minha mãe a trazer todos os tipos de bebês ao mundo. Nós corrigimos algumas das coisas terríveis que todos os meus antepassados fizeram. Vivemos a vida que eles não poderiam viver, ou até mesmo não quiseram.

— Eu não sei se é tão simples assim, Sage. — Eu me acalmo e fungo as lágrimas de volta. — A vida que eu vivo é a que eu escolhi. A que nasci.

— Nigeria, isso não é verdade. Se você acha que tudo o que acontece com você é porque escolheu, então isso é uma grande manipulação mental.

Deixo as palavras dela nadarem pelo banheiro por um tempo, então eu as recolho, tentando dar sentido à sua verdade.

— Eu sei que você sempre pensou que eu e minha mãe não tínhamos ideias próprias, que não conseguíamos pensar por nós mesmas. Mas eu estou aqui, não tô? Estou na Amigos da Filadélfia, certo? Eu fiz essas coisas por conta própria.

— Sim, mas é o básico. Pense nisso, Geri. Você ir pra escola não deveria ser como escapar da prisão. Sua mãe queria manter isso tudo em segredo do seu pai. *Escola*, Nigeria. É seu direito ir pra escola. E não é a única coisa que ela manteve em segredo.

— Sage, você continua contando as coisas pela metade... Desembucha logo.

— Só estou falando... Todas as vezes em que íamos ao Brooklyn ou quando passávamos tempo juntas, paramos de nos encontrar porque seu pai tava com essas ideias de se separar do resto do país para encontrar a liberdade. Mas tudo o que vejo são um monte de paredes ao redor da sua vida — diz Sage enquanto ajeita paus de palo santo, pega um pacotinho de pano em cima de um cesto e o desembrulha, revelando um baralho de cartas de tarô.

Novamente, fico em silêncio. Pensando. Desmontando palavras e montando-as novamente até que faça sentido.

— Estamos todos ferrados por causa do que fizeram conosco. E tentamos encontrar liberdade no primeiro lugar onde conseguimos parar para respirar. E, às vezes, eu acho, não sabemos onde isso fica. Estou tentando encontrar meu próprio lugar para respirar.

— Desculpa, mas você não acha que está arranjando desculpas? — acusa Sage.

— Não são desculpas, é a verdade.

— Você provavelmente também está arranjando desculpas pro menino com quem ficou, assim como sua mãe arranjava desculpas pro seu pai.

— O que você disse?

— Você me ouviu, Nigeria.

— Meu corpo é meu corpo, e minha vida é minha vida. Eu decido qual história contar.

— Mas a única história que importa é a verdadeira — diz Sage.

Ela faz um gesto para que eu estenda a mão para fora da banheira a fim de cortar o baralho de cartas de tarô. Então ela as embaralha e as espalha para que eu escolha três.

Eu pego uma carta da direita, uma do centro e uma da esquerda.

— Eu venho aprendendo sobre ervas a minha vida toda — começa Sage. — Então, quando sua mãe marcou um horário com a minha, fui eu quem reuniu as ervas e tinturas.

— Horário pra quê? — pergunto.

Ela vira lentamente a primeira carta. É uma ilustração de uma mulher sentada em um trono à beira-mar. Está segurando um cálice dourado coberto.

— Isso significa que você tem muitas vidas passadas. Ou as almas de muitas mulheres vivem em você.

— A Rainha de Copas. Todas as mulheres antes de mim estão do meu lado — corrijo-a. Também aprendi a ler cartas de tarô.

— Sua mãe gosta de fazer tudo de maneira natural — diz.

— Então quis consultar a minha mãe.

Sage continua falando enquanto vira as outras cartas: o Dois de Espadas e o Louco. Cada carta do baralho tem uma ilustração de uma mulher de corpo inteiro. Eu não escuto como ela interpreta meu passado, presente e futuro. Mas as palavras sobre como mama veio aqui quando descobriu que estava grávida do meu irmãozinho ganham vida, e vejo tudo se desenrolar diante de mim como se ela tivesse dobrado o tempo e o espaço para me mostrar sua verdade. Sage é apenas um receptáculo para a história da minha mãe.

Então eu saio da banheira, me enrolo com uma toalha e saio do banheiro porque esta casa guarda segredos, e eu preciso ver, ouvir e sentir tudo o que ela está me dizendo.

Meu estômago embrulha quando vejo mama ocupar meu lugar na banheira. Os longos dreads dela estão amarrados sobre a cabeça, assim como os meus. Ela parece triste e inclina a cabeça como se estivesse rezando para o próprio corpo, e eu quero consolá-la, fazer com que saiba que a amo. Mas eu estou congelada no lugar, e a única coisa que posso fazer é chama-la.

— Mama! — Minha voz parece que está vindo de longe, do outro lado dessa verdade que está sendo revelada lentamente para mim através da fumaça, das cartas de tarô, das palavras de Sage. — Quando você vai voltar? Você tem que voltar pra casa. Eu deixei Freedom lá.

Ela não olha para cima. Não pode me ouvir.

— Seu corpo está guardando o potencial pra vida, Natalie — diz KD para minha mãe com uma voz baixa e calmante. Ela está sentada no chão do banheiro onde Sage estava momentos atrás. — Você tem que falar com o seu corpo e informar que agora não é o momento certo e liberar esse potencial de volta para as estrelas.

Tudo fica mais esfumaçado e úmido, e mal consigo ver minha mãe agora. Mas sua voz é clara como a luz do dia.

— KD, ele vai querer que eu tenha esse bebê. Eu só quero o que eu tenho. Eles iriam ter quinze anos de diferença, Nigeria e esse bebê. Minha filha já está bem crescida para me ajudar a cuidar dele, mas preciso que ela vá para aquela escola, KD. Preciso sair daquela casa. Não posso trazer outro bebê ao mundo.

Então a voz de mama fica baixa, como se alguém estivesse baixando o volume dessa visão. E ela continua falando, mas eu não consigo ouvi-la. Preciso saber o que está dizendo.

— Mama! — chamo, e corro de volta para a banheira. Mas a fumaça é branca e espessa e eu não consigo mais vê-la.

É como se alguém estivesse mudando de canal na TV, e as palavras de Sage ficam mais altas e mais claras e ocupam o espaço novamente.

— Ela disse que queria tentar as ervas primeiro — continua Sage. — São perigosas e precisam ser administradas por uma herbalista treinada, mas sua mãe implorou por elas. Só não seguiu em frente com isso, Nigeria, porque seu pai bateu à nossa porta.

A visão de mama neste banheiro fica distante e abafada, como se tivesse voltado para as nuvens, ou para o fundo do oceano. Isso é o que ela não teve coragem de me contar? É por isso que foi embora? Ela não queria Freedom? Ela nunca o quis no final das contas?

Meus olhos se enchem de lágrimas novamente, e quero gritar. Mas fico parada na porta do banheiro e seguro a emoção, porque aqui não é minha casa. Minha casa não é minha casa. Eu não sei onde posso me encolher e implodir.

É noite, e meu pai não vem bater na porta de KD para me procurar. Há uma cama extra no quarto de Sage, assim como tenho uma cama extra no meu quarto. Ela chama de cama segura. As luzes estão desligadas, igual ao meu celular, e já sinto falta do meu irmãozinho. Se o tivesse trazido comigo, ele estaria aninhado aqui me ouvindo ler *The People Could Fly*. Eu então pego o livro da mochila e coloco embaixo do meu travesseiro.

Ouço Sage se revirar na cama. A primeira e última noite que passei na casa dela foi quando tínhamos 12 anos. Às vezes, parece que foi ontem. Na maioria das vezes, parece que foi há muito tempo. Como agora. Eu não quero que o clima fique estranho entre nós depois do que ela me contou. Mas preciso saber mais, então pergunto:

— Minha mãe veio até a sua para fazer um aborto? — Minha voz trinca porque eu não posso acreditar que estou dizendo isso. Não posso acreditar que é verdade. Eu engulo as lágrimas.

Sage fica quieta por um segundo. Então pergunta:

— O que seu pai teria feito se sua mãe tivesse seguido em frente?

Eu não tenho uma resposta, e isso nem é da conta dela, no final das contas. Então mudo de assunto.

— Havia uma mulher branca chamada Margaret Sanger. Meu pai falou sobre ela em uma de suas palestras. Ele também a menciona em um de seus livros.

— Eu sei quem ela é — interrompe Sage. — A fundadora do Planejamento Familiar. Tem uma foto dela no escritório de mama.

Eu me inclino sobre os cotovelos para tentar vê-la na escuridão.

— Mesmo? Você sabia que ela queria eliminar as pessoas Negras? O nome é eugenia.

— Talvez ela achasse que estava ajudando as mulheres Negras a retomarem o controle do próprio corpo.

— Ela acreditava que pessoas Negras eram uma raça inferior e que, quanto menos bebês Negros nascessem, melhor seria o mundo.

— Isso é o que seu pai te contou?

— Eu tive que aprender sobre ela e fazer minha própria pesquisa.

Sage se movimenta na cama, e consigo ver o contorno de seu corpo sentado agora.

— É horrível que algo que começou sendo muito ruim para um grupo acabou sendo bom para outro.

— Essa é a definição de supremacia branca, Sage — digo. — E colonização, e até mesmo feminismo, talvez.

— Sem talvez. O Planejamento Familiar é algo bom.

— Quase metade dos Estados Unidos não pensa assim.

— Seu pai faz parte dessa metade, Nigeria.

— É diferente quando se trata de pessoas Negras.

— Como é diferente quando o resultado ainda é o mesmo?

Eu penso na pergunta de Sage, procurando respostas no quarto escuro.

— Você sabe que não concordo com tudo o que meu pai diz. E ele pode pensar o que quiser, mas não tem o poder de fazer nada sobre isso. E nunca vai ter esse poder. Pelo menos não neste país.

— Mas não precisa ser um país. Ele tem poder naquela casa. Sua mãe não queria ter um bebê, e ele a impediu.

— Não fala isso.

— É a verdade.

— Mas é a verdade deles. Você não tem o direito de falar sobre isso — argumento, um pouco irritada agora.

— Sua mãe veio aqui em busca de ajuda. E agora você tá aqui...

— Eu posso ir embora...

— Não é isso que eu tô dizendo.

Fico quieta por um minuto, lembrando de todas as coisas que aprendi, todas as coisas que meus pais me fizeram pesquisar, todas as palestras que ouvi meu pai dar, e digo:

— As leis neste país têm consequências diferentes pra pessoas Negras. Ou elas não se aplicam a nós ou somos oprimidas por elas.

Sage não diz nada. Um ou dois minutos se passam. Então ela responde:

— Você é menina primeiro, Nigeria. Você deveria lutar por seus direitos como mulher.

— Não. Eu sou Negra primeiro. Assim como o mundo te vê como Negra antes mesmo de conhecer sua mãe.

— Eu sou ambas. Eu quero ser ambas. Eu não vou apagar minha mãe da minha identidade. E essa escolha é minha para fazer.

— O mundo já fez essa escolha por você — sussurro.

— E este é o problema — diz Sage.

— Você fez essa escolha por mim — complemento. — Eu posso ser as duas coisas também. Eu posso ser Negra e uma menina.

— Mas é difícil lutar pelas duas, certo?

— Não se eu não seguir as regras. Se eu criar minhas próprias regras, sou nada, tudo e as duas coisas ao mesmo tempo.

É minha vez de sentar na cama, como se minhas palavras fossem verdades que eu estava esperando para ouvir esse tempo todo.

— Eu tô com você — diz Sage. — Tô com você um milhão de vezes.

Depois de um longo tempo, nós duas nos reviramos, antes de eu perguntar:

— Você sabia que Liam gosta de garotas Negras?

— Ele gosta de *você.* Você gosta dele? — murmura ela.

Eu não respondo a essa pergunta.

— Eu quero te apresentar ao Chris.

— Liam seria bom pra você, Nigeria.

Eu aperto minha mandíbula e seguro o que quer que eu esteja prestes a dizer porque Sage não me conhece bem o suficiente para saber o que é bom para mim. Então, em vez disso, respiro fundo e faço outra pergunta:

— Você quer que eu leia uma história pra você?

— Quero — responde ela com uma voz sonolenta.

Eu ligo o abajur e puxo o livro que estava debaixo do travesseiro, imaginando se KD já conversou com ela sobre escravidão, escravistas e o dano que causaram aos corpos de mulheres e meninas Negras. Então começo:

— Dizem que pessoas podiam voar…

PARTE TRÊS

A (R)EVOLUÇÃO DE NIGERIA JONES

DECLARAÇÃO DE INDEPENDÊNCIA

Esta declaração dos Estados Unidos de Nigeria Jones, no curso de minha história, torna-se necessária para dissolver os laços políticos, mentais e emocionais que me conectaram a outras pessoas e para assumir, entre os poderes da terra, o posto separado e igualitário ao qual as Leis da Natureza e de minhas e meus ancestrais me intitularam. Um respeito decente pelas minhas opiniões exige que eu declare quais causas me levam a essa separação.

Tomo estas verdades como evidentes: que sou criada igualmente; que sou dotada por minhas e meus ancestrais de certos Direitos inalienáveis, dentre os quais estão: Ar, Água, Comida, Terra, Abrigo, Segurança, Liberdade, Amor e a busca pela Felicidade.

ARTIGO VI

HALLOWEEN
VÉSPERA DE FINADOS

"O diabo veio até mim e me pediu para servi-lo."

— *Tituba. Vila de Salem, Massachussetts, 1692.*
Bruxa e caguete, contadora de histórias
e única sobrevivente entre as envolvidas
no julgamento das bruxas de Salem.

1ª Emenda

É SEXTA-FEIRA, MANHÃ de Halloween, três semanas desde que saí da Casa Vila, e tudo cheira a *pumpkin spice** e patchouli. Esse é o maior tempo que já passei com gente branca e não sinto as paredes se fechando sobre mim. Talvez estejam se expandindo.

Sage já está acordada e se vestindo. Costuma cantar de manhã, assim como KD. Canções antigas das ancestrais delas que não parecem nada com nossas canções. As melodias me transportam para um lugar que não é meu.

— São canções folclóricas celtas — explicou Sage uma vez. — Às vezes a gente também canta as gaélicas e as escocesas e não sei o que dizem na verdade.

— Foram ancestrais que passaram pra vocês? — perguntei, me questionando se ela também havia perdido a língua materna.

— Não. Minha mãe aprendeu com umas mulheres que fazem reuniões mensais em New Hope — respondeu. — Eu brinco que ela faz parte de um clã de bruxas. Senão só conheceria música *bluegrass* e dos Apalaches, onde cresceu.

— Essas músicas fazem você se sentir mais conectada aos ancestrais de sua mãe?

---

* Nos Estados Unidos, tempero que remete ao outono. Geralmente composto de canela, noz-moscada, gengibre e cravo moídos. (N.T.)

— Não vou entrar nessa com você de novo, Nigeria — disse Sage.

— É só uma pergunta — respondi. — Se vou ficar aqui, precisamos nos aprofundar mais nas coisas que causavam brigas entre a gente. Estamos mais velhas, conseguimos lidar com essa discordância.

— É complicado — falou ela. — Eu sei que meus ancestrais fizeram coisas terríveis, mas também fizeram coisas terríveis com eles. Os britânicos praticamente mataram os irlandeses de fome. Você sabia disso?

Eu não sabia e fiquei curiosa. Durante toda a minha vida, gente branca era pintada com uma mesma tinta. E aqui, Sage já mencionou que a mãe dela era irlandesa, escocesa, alemã e italiana.

— Meus ancestrais não fizeram parte do lance todo da colonização — continuou. — E meu pai nasceu no Senegal, então ele também não praticou o lance todo da escravidão.

Mas eu tive que corrigir ela.

— Alemães e italianos definitivamente colonizaram partes da África, mas perderam os territórios pra potências aliadas durante as grandes guerras — intervim.

— Bom, sinto muito — disse Sage.

— Não precisamos de desculpas; precisamos de reparação.

— Fique o tempo que precisar e coma quanto quiser.

— Tô falando de reparações institucionais e sistêmicas, mas tudo bem — falei, por fim.

Eu me acomodo aqui, do mesmo jeito que estranhos fizeram da Casa Vila seu lar, e me pergunto se alguém já tomou conta da minha cama. E me pergunto se meu irmãozinho está chamando Nubia de "mama" agora e um buraco aumenta na minha barriga.

Ela tem estado cheia de sentimentos nos últimos dias, mas tem uma sensação específica que eu estava esperando: cólicas.

No meio da noite, fui ver se minha menstruação tinha descido. Nada. Levanto para usar o banheiro e olho de novo. Nada ainda. A sensação de aperto na barriga que sinto depois de toda vez que olho também não é cólica. Já faz uma semana. Talvez mais. Talvez menos. Não monitorei minha menstruação, principalmente desde que vim para cá.

— Não consigo decidir entre Lilith e Eva — diz Sage quando volto do banheiro. Ela coloca perucas, collants e fantasias sobre nossas camas. — Lilith foi a primeira esposa de Adão, e acho que, quando ele ficou com Eva, manteve Lilith como amante. Pois é, a amante, a malvadona. Ou posso ir de Eva. No começo, ela era ignorante e bonita, mas aí conversou com uma cobra, que devia ser Lilith, comeu uma maçã e percebeu que Adão tava traindo ela e todos os homens são um lixo, aí ficou tipo "Foda-se o patriarcado!".

Então Sage faz uma pausa, olha para mim e pergunta:

— Nigeria, qual é o problema?

Não sei o que meu rosto está fazendo. Não sei como está meu corpo. Mas, se eu guardar isso pra mim, vou explodir.

— Minha menstruação tá atrasada.

A boca de Sage se escancara e ela arregala os olhos.

— Puta merda. Não!

Balanço a cabeça.

— Nigeria, você não usou camisinha com aquele menino?

Eu já tinha repassado aquele momento com Chris diversas vezes na minha cabeça. Ele fez algo debaixo das cobertas. Talvez estivesse fingindo. Talvez tenha tirado quando eu não estava olhando. Mas eu não olhei. Não perguntei. E não sabia como era para ser a sensação. Era para ter textura de plástico? Pele? Não sei. Só lembro de um caos de sentimentos. Fecho os olhos e abaixo a cabeça, porque como é que eu pude ser tão estúpida?

Sage não diz nada e vem me abraçar.

— A gente tá falando de duas semanas ou... um mês? — Sussurra perto do meu ouvido.

— Era pra ter vindo no fim de semana passado.

Ela me empurra gentilmente.

— Nigeria. Provavelmente é porque você tá estressada com tudo. Você fez uma coisa grande, garota. Essa últimas semanas mudaram sua vida. Seu corpo tá se ajustando, só isso.

— Mas e se...?

— Só vibes positivas — diz ela, fazendo movimentos circulares com as mãos. — Não tô dizendo que um bebê seria uma vibe negativa, mas...

— Mas não tenho como lidar com mais uma coisa nova — respondo.

Ela pega uma peruca loira da cama, coloca em cima do meu cabelo e diz:

— E, se for aquilo mesmo, você tá no lugar certo pra ser amada e apoiada. Você que decide. Mas, por enquanto, é Halloween, bruxas! A fantasia vai te distrair dessas coisas por um tempo. Usa essa, por favor, por favor!

Então engulo o oceano que ameaça me afogar e coloco a fantasia de Eva na mochila para vestir depois da escola.

— É sério? Eva da Bíblia?

— Porque você é a mãe de toda a criação — explica Sage.

— Com cabelo loiro? — pergunto, sorrindo.

Ela ri.

— A gente tá invertendo a narrativa, só isso.

— Não é a *minha* narrativa — digo, revirando os olhos.

— A narrativa do patriarcado. Então que se fodam eles! — insiste Sage enquanto pega duas folhas em branco que trouxe do escritório da mãe e começa a escrever em letras grandes: F*DA-SE O PATRIARCADO.

— Isso faz parte da nossa fantasia. Vamos usar esses cartazes nas costas pra, quando a gente virar pra sair, todo mundo saber o que a gente acha.

— Sério, Sage? A gente vai mesmo fazer isso? Não vai dar problema?

— Com certeza vai dar problema, esse é o ponto!

— Você é doida!

Eu rio.

Nós duas rimos. E, por um momento, como todos os outros pequenos momentos nesta casa nas últimas três semanas, esqueço de tudo. Talvez até de mim mesma. E a ausência de māma também.

Talvez uma nova presença tenha tomado o lugar da ausência dela. E se uma ancestral veio me lembrar quem eu sou? Veio me mostrar que não tenho asas, e, sim, dois pés humanos firmemente plantados na terra e uma vida inteira para viver que não é minha?

2ª Emenda

LIAM ESTÁ SENTADO bem na minha frente ao redor da mesa oval na aula de Constituição. É a última aula do dia antes de vestirmos as fantasias e irmos para as festas fora do campus. Meus nervos estão à flor da pele e não quero admitir que estou animada. O Halloween é um dos feriados europeus que o Movimento nos proibiu de celebrar. Mas mama sempre me disse que na verdade se chama Véspera de Finados e que é sobre as almas que nos deixaram, nossos e nossas ancestrais. O capitalismo só transformou tudo em um circo, e aqui estou eu, prestes a participar da diversão.

Jon, o diretor da escola, não queria nenhum drama em torno do que decidimos vestir neste dia. De acordo com Sage, os estudantes da Amigos da Filadélfia são notórios apropriadores culturais. E daí que eu vou de Eva branca com uma placa de F*DA-SE O PATRIARCADO grudada nas costas?

Liam não para de olhar para mim. Tem uma faísca entre nós e sei que ele também sente isso. Viro melaço por dentro quando penso naquelas poucas horas na casa dele. Desde aquele dia, tenho o evitado fora da escola, não respondo às mensagens que manda e mantenho distância, porque minha mente está atormentada com as imagens e palavras com as quais fui criada — filmes e livros sobre escravidão, as palestras de meu pai, as notícias e as aulas de história.

Esse calorzinho por dentro também pode significar que me sinto culpada. Às vezes queria nunca ter ido na casa dele. Em outras, queria que Chris tivesse feito eu me sentir mal por me meter com um garoto branco. Não conversamos sobre aquela vez em que eu estive no porão dele e é como se estivéssemos começando tudo de novo. Agora, sem os jogos de adivinhação. Ele gosta de mim e eu... Tenho curiosidade. Ainda bem que Liam me dá o espaço que preciso para entender tudo isso.

Nesta aula, mantemos a cordialidade e fingimos que nunca nos beijamos e abrimos uma porta para o potencial de sermos alguma coisa. Mas ainda somos alguma coisa. Todo mundo ao redor consegue sentir isso.

Liam tem me ensinado sobre o debate LD simulado — me dizendo para usar citações, nomear figuras históricas e criar estratégias durante as refutações. Sage chama isso de *mansplaining*. Kamau acha que ele só gosta muito de mim.

— Já pensou em um argumento pro primeiro debate de verdade, já que esse é só pra praticar? — pergunta Liam, enquanto mais estudantes entram na sala. — Talvez a gente possa vincular à resolução a ideia de os quakers serem colonos. Algo tipo "Quakers: individualistas colonizadores ou pioneiros comunitários?".

Não consigo esconder o sorriso porque agora meu cérebro está iluminado.

— Do ponto de vista de pessoas indígenas, eles eram colonizadores. Do ponto de vista dos colonizadores, eram pioneiros.

— Acho que você nunca ouviu falar do Tratado de Penn — diz Liam enquanto abre seu laptop. — Um acordo comunitário que permitiu a coexistência pacífica entre o povo Lenape e os quakers.

— Quem te contou essa mentira? — pergunto, cruzando os braços e ainda sorrindo. — Não foi o povo Lenape. E acho que você nunca ouviu falar das inúmeras guerras, massacres e profanação de terras sagradas causadas por europeus, inclusive os quakers, pra aniquilar os povos indígenas de Turtle Island.* Tudo graças ao Tratado de Penn e a todos os outros tratados posteriores, que foram quebrados de novo e de novo. Então, como disse, colonizador individualista.

— Olha o tom de barraco! — interrompe Tyler, sentado a alguns lugares de Liam. Ele e alguns outros estudantes tinham entrado, inclusive Sage, e estavam ouvindo nosso pequeno debate. — Nigeria, o jeito de falar é tão importante quanto o conteúdo.

Eu olho para ele.

— Então a branquitude é um padrão de civilidade e profissionalismo? Qualquer outra coisa é "barraco"? — pergunto.

Alguns estudantes se remexem nas cadeiras, mas eu não me importo.

— Cê sabe que tá forçando a barra. Ninguém disse nada sobre branquitude — rebate Tyler.

— Ela tá certa — intervém Sage. — Só porque é uma menina Negra e fala com paixão não significa que esteja fazendo barraco.

Eu assinto.

— Obrigada, Sage.

— Eu concordo — diz Liam. — Nigeria tem todo o direito de defender a verdade dela com a paixão que quiser. Eu sou só... branco apontando fatos. Ela pode estar falando a partir de uma vivência.

Não preciso que ele me defenda, então digo:

— Tô de boa, Liam. Confia, tô de boa.

---

* Nome indígena para o território atualmente conhecido como América do Norte. Literalmente "Ilha Tartaruga". (N.T.)

— Claro que você é boa — diz ele, sorrindo.

Isso me desmonta. Algo em mim derrete, talvez as partes afiadas desta sala de aula tenham me amaciado, então me ajeito na cadeira, pronta para essa pequena batalha entre nós, e eu vou lutar no tom que eu quiser.

Henry tinha entrado e também estava nos escutando.

— Os argumentos foram bons — diz ele. — Mas preciso lembrar a vocês, amigos, que a resolução é: "As normas sociais têm mais valor do que a liberdade individual". Deve ser uma argumentação fácil tanto para o lado contra quanto para o lado a favor. Então vamos começar, tá bom? — Ele ajusta a gravata-borboleta e senta ao lado de Liam. — Primeiro round, Liam e Nigeria. O melhor argumento ganha o direito de se gabar e uma isenção pro próximo trabalho escrito. Mas isso é só pra aprimorar as habilidades de vocês enquanto nos preparamos para os torneios.

Todo mundo na sala vibra de animação. Nerds. E estou aqui com eles.

Liam se levanta, olha para a tela do laptop, pigarreia e começa:

— Quando pensamos nos grandes movimentos ao longo da história, em revoluções que mudaram o curso da existência humana, não temos o costume de celebrar grupos de pessoas. Não colocamos nações e exércitos acima das lideranças que os levaram a derrubar regimes opressivos e abrir caminho para um admirável mundo novo. Nós celebramos nossos heróis e estrelas. Cantamos canções e escrevemos poemas sobre a coragem que tiveram e as jornadas épicas que travaram. Fazemos estátuas em sua homenagem e também nomeamos constelações em nome deles. Portanto, é o indivíduo quem responde primeiro a chamada para a batalha, e é o indivíduo quem ousa desafiar o *status quo* para desmantelar sistemas opressivos. Indivíduos como William Penn, Abraham Lincoln, Karl Marx, Mahatma Gandhi e Martin Luther King. Portanto, sou contra a resolução que determina que, em caso de conflito, as normas sociais têm mais valor do que a liberdade individual. Defendo que a liberdade individual é a base das comunidades e de suas normas, e que a liderança e a coragem individuais conduzirão e guiarão essas comunidades para a liberdade e a justiça coletiva.

Todo mundo bate palma e faz que sim com a cabeça, exceto eu. É a minha vez, então mantenho a cabeça erguida, levanto da cadeira e abro meu laptop no documento em que trabalhei na noite passada. Eu não pensei muito sobre o assunto. Só jorrou de mim porque passei os últimos meses pensando nisso. E fui criada para abrir buracos nas ideias. Então começo:

— Ele disse que indivíduos...

— Por favor, comece chamando Liam de oponente — corrige Henry.

— O meu oponente — recomeço — diz que a liberdade individual é necessária pro progresso acontecer. Bom, eu diria que o apoio da comunidade é necessário pra liberdade individual acontecer...

— Evite usar contrações — interrompe Henry. — Apenas palavras inteiras e gramática adequada, por favor.

Faço uma pausa, tentando não ficar ofendida porque lembro do que Tyler disse sobre o tom de barraco. Mas apenas inspiro e vou editando as palavras enquanto falo.

— Por exemplo, se considerarmos o movimento Vidas Negras Importam, na verdade não existem lideranças individuais. É um esforço coletivo, ao contrário do Partido Panteras Negras para a Autodefesa do final dos anos 1960. Suas lideranças foram mandadas pra... *para a* prisão pela COINTELPRO* e outros serviços de contrainteligência...

* Programa de Contrainteligência do FBI (Departamento Federal de Investigação) dos Estados Unidos. (N.T.)

— Nigeria — interrompe Henry outra vez. — Se mencionar siglas, diga os nomes completos das instituições. O que significa COINTELPRO?

— Cê não sabe o que significa? — pergunto, um pouco chocada.

— Ah, eu sei sim o que isso significa, ok. Mas o público, o juiz e até mesmo o seu oponente podem não saber.

Olho para Sage, que está fazendo uma careta para Henry, e espero que ela não diga nada que tire meu brilho. Eu consigo me defender.

— Se me permitisse terminar de falar, saberia que eu já tinha dito "contrainteligência"…

Henry começa a balançar a cabeça com força.

— Não. De jeito nenhum. Você não pode mostrar nenhum sinal de derrota. Esqueça o sarcasmo e as alfinetadas. A chave do jogo é respeito mútuo.

Faço uma pausa e respiro de novo. Perco minha linha de pensamento, mesmo que minhas palavras estejam escritas. Minha paixão se foi. Duvido da minha verdade, então leio meu ensaio sem convicção. Odeio pensar nele nesse momento, mas, se meu pai estivesse aqui, faria eu começar de novo. Mas sigo em frente, mesmo com a voz tremendo.

— Portanto, outros esforços do *programa* de contrainteligência aplicados pelo FBI e pela CIA que acreditavam…

— FBI. Departamento Federal de Investigação. CIA. Agência Central de Inteligência. Prossiga.

Henry nem está olhando para mim.

Agora eu realmente quero que Sage ou qualquer outra pessoa me defenda. A esta altura Henry está sendo maldoso de propósito. Mas mantenho a calma e repenso todas as palavras antes de ler.

— … que acreditavam que se você cortasse a cabeça de uma cobra, o corpo morreria. Então, o que aconteceu quando as lideranças morreram? Tudo desmoronou. Mas e se não houver cabeça? E se os movimentos forem um esforço coletivo onde todas as pessoas são lideranças? É por isso que sou a favor da resolução que determina que, em caso de conflito, as normas sociais têm mais valor do que a liberdade individual. Defendo que não dá pra... *não é possível* acontecer uma guerra sem um exército. Que presidentes não podem presidir sem um país. Que protestos não podem acontecer sem pessoas nas ruas. Movimentos não podem acontecer sem o envolvimento da comunidade. E, o mais importante, a mudança não pode acontecer sem mulheres, principalmente mulheres Negras.

Eu tinha me imaginado soltando o microfone no chão depois da minha argumentação. Mas só fico ali em pé, porque diminuí minha voz e minha luz. Ninguém bate palmas. Nem Sage. O silêncio é tanto que consigo ouvir minha própria respiração. Henry está esfregando o queixo e olhando para o teto como se meu discurso estivesse escrito lá. Todo mundo espera o feedback dele. Passa muito tempo e o eco das palavras do meu pai preenche o silêncio. *Por quem você está competindo?*

— Tô competindo pelo passado e pelo futuro — digo a ninguém e a todos, bem baixinho. — Pelas histórias não contadas e verdades não ditas. Tô competindo por mim mesma.

— Exatamente! — diz Henry, se inclinando para a frente em sua cadeira. — E esse é o problema. Você vai competir por uma equipe, Nigeria. Você vai estar representando a Escola Amigos da Filadélfia e não você mesma ou outras ideias que já tem na cabeça. Continue trabalhando com Liam. Ele vai te colocar onde você precisa estar antes de entrar para a equipe.

Um silêncio desconfortável domina a sala e todo mundo se remexe em suas cadeiras. Eu deveria saber o que dizer. Eu deveria rebater. Eu deveria acabar com ele com umas palavras bem escolhidas. Cadê minha voz? Então eu cuspo:

— Você me interrompeu o tempo todo!

— Sim, porque você ainda está aprendendo — justifica Henry. — Existem regras, protocolos e decoro...

— Verdade é verdade não importa como seja dita, e você não me deixou terminar meus argumentos.

Finalmente Sage aplaude devagar, mas é tarde demais. Liam hesitantemente se junta a ela. Logo depois, o resto das pessoas também. Sento rapidamente porque essa não foi a performance que eu pensei que seria.

Alguém bate na porta quando Henry está prestes a dispensar a turma. Diane entra.

— Henry, posso pegar sua aluna emprestada? — pede, olhando diretamente para mim.

Não hesito em sair da sala de aula com ela. Meus olhos encontram os de Liam quando saio e desvio o olhar. Sinto alguma coisa na barriga, mas não é mais melaço nem nada doce.

Quando estamos fora da sala de aula, Diane toca meu ombro, se inclina e diz:

— Jon quer te ver depois da escola. Mas quero que você venha para a reunião do grupo de afinidade pela última vez. Sinto muito por não termos conseguido fazer isso funcionar, Nigeria.

Se uns minutos atrás eu tinha diminuído minha luz, agora eu viro um eclipse completo.

— Você não pôde fazer nada? — pergunto.

— Não mando na escola, meu bem. Só cuido das aparências — diz, encerrando a conversa.

3ª Emenda

— **QUANDO EU** tinha 9 anos, meu pai me fez assistir a *Raízes*, de Alex Haley, uma série antiga sobre escravidão. Quando eu tinha 12, ele me fez assistir a *Sankofa*, outro filme antigo sobre uma mulher que acidentalmente viaja no tempo e é escravizada num engenho — digo tudo isso sem olhar para as pessoas da roda.

Ninguém queria ir para a reunião do grupo de afinidade no Halloween, mas já tínhamos vestido as fantasias e circulava um boato de que uns meninos brancos vestidos de rappers estavam se chamando de mano. Diane quis falar disso imediatamente. Então aqui estamos nós. E aqui estou eu, tentando fazer todo mundo entender como fui criada, porque essa merda não me surpreende.

— Eu assisti a *Amistad*, sobre uma revolta de pessoas escravizadas em um navio — continuo. — *Django Livre, 12 Anos de Escravidão*, uma cinebiografia de Harriet Tubman e quase todos os outros filmes sobre escravidão que existem, e eu não tenho nem 17 anos.

É a primeira vez que sou tão honesta com pessoas de fora do Movimento e que conto minhas paradas, que também são as paradas do Movimento.

— Também assisti ao primeiro filme do país, que deu origem ao nacionalismo branco: *O Nascimento de uma Nação*. E já que meu pai quer que eu entenda a branquitude tanto quanto a negritude, também assisti a filmes de faroestes antigos... com caubóis e "índios", filme de tiro. Sei umas paradas aleatórias, tipo que o presidente que começou a Guerra às Drogas, a plataforma política que colocou milhares de pessoas Negras na prisão e deu início ao encarceramento em massa, também foi ator de Hollywood e interpretou um caubói que atirava em "índios" fictícios. Minhas historinhas de ninar eram sobre africanos escravizados quebrando correntes e aprendendo a voar para serem livres. É como se eu estivesse carregando uma biblioteca de chumbo na cabeça que não consigo largar — falo tudo isso quase sem respirar enquanto as outras pessoas Negras na roda olham para mim como se eu tivesse duas cabeças. Não sei se é por causa do que acabei de dizer ou do que estou vestindo.

Enquanto Sage está sentada do meu lado usando um macacão preto, peruca preta com uma tiara de chifrinhos e uma cobra de pelúcia laranja em volta do pescoço, dizendo que é Lilith, a demônia, eu estou fantasiada de Eva, a primeira mulher segundo a Bíblia, segunda esposa de Adão, criada a partir de uma de suas costelas. Também uso aquela peruca loira — fiz uma trança com ela por cima do ombro — que mal consegue comportar meus dreads grossos. Ela me emprestou um collant nude (que não fica nude na minha pele retinta) e enrolou uma erva falsa em volta do meu peito. Tem uma cobra de pelúcia azul pendurada no meu ombro e tô andando por aí com uma maçã vermelha com marca de mordida na mão. Os cartazes estão colados nas nossas fantasias. Então somos uma Lilith birracial e uma Eva preta com F*DA-SE O PATRIARCADO escrito nas costas, me sinto um desastre.

Diane senta-se na minha frente e parece estar prendendo a respiração enquanto falo. Quando termino, ela só diz "uau". Tem uma peruca de senhorinha da igreja na cabeça, óculos gatinho retrô no rosto e uma camisa estampada vintage de poliéster dos anos 1970 no corpo. Eu era uma das três pessoas na escola inteira que sacaram que ela estava fantasiada de Shirley Chisholm. Kamau e uma garota chamada Chloe eram as outras duas.

— Também, pudera — diz uma menina chamada Madison, que está sentada na diagonal em relação a mim. — Eu também ia andar por aí puta com o mundo se visse tanto filme sobre escravidão.

Ela tá de bandana vermelha e camisa jeans. É um look que eu já vi antes, mas não consegui identificar. Por algum motivo, toda hora ela tirava uma selfie enquanto flexionava os bíceps.

Kamau está sentado ao lado de Diane, na minha frente, olhando para baixo e mexendo as mãos. Ele é a única pessoa nesta sala que sabe exatamente do que eu estou falando. Mas as coisas andam estranhas entre a gente desde que descobri que foi ele que contou a Chris que eu estava na casa de Liam. Ele só veste uma camiseta com uma ilustração de uma mulher negra de coroa de flores na cabeça.

— Você faz terapia? — pergunta Madison.

— Por que eu precisaria de terapia?

— Você não precisa responder isso, Nigeria — interrompe Sage. Ela se aproxima e toca minha mão. Anda falando para todo mundo que agora moro com ela e gostaria que parasse com isso.

— Bom, é *muita* coisa — comenta Kamau e faz eu me sentir tão diferente nesta roda. Ele poderia dizer as mesmas coisas sobre a própria infância, mas não diz.

— Tá vendo? Eu fiz esse monte de coisa extremamente Negra na infância e ainda assim me sinto deslocada sentada aqui com vocês — falo. Depois que começo, não consigo parar de ser radicalmente honesta. Era para este ser um espaço seguro nesta escola branca.

— Não somos um corpo fechado — diz Diane. — Esse grupo de afinidade serve para compartilharmos experiências em comum aqui na Amigos da Filadélfia. Não quero que você se sinta deslocada, Nigeria.

As pessoas daqui representam cerca de metade de todas as pessoas Negras da escola. Nem todo mundo vê necessidade de a gente se juntar assim, principalmente Sage, que reivindica sua parte branca tanto quanto reivindica sua parte Negra. Não somos um corpo fechado, beleza, todo mundo tá vestindo tipos diferentes de fantasias — um vampiro, um alienígena, um rapper, memes virais, celebridades que não reconheço e personagens de anime são algumas delas.

— Não acho que seja saudável andar por aí pensando em escravidão o tempo todo — diz Tyler, da minha aula de Constituição.

Ele tá usando um colete com estampa de losangos por cima de uma camisa branca de botão e uma gravata-borboleta. Partiu o blackzinho na lateral e eu pensei que tinha se vestido de si mesmo. Mas entrou na sala fazendo uma dancinha boba ao som de uma música branca, e todo mundo adivinhou que ele era Carlton de *Um maluco no pedaço*.

— Não penso em escravidão o tempo todo; penso em injustiça.

— Vou ter que concordar com o Tyler — acrescenta Madison. — É como se você tivesse em um estado eterno de vítima. Já passaram quase duzentos anos e a gente já fez progresso.

Algumas das pessoas presentes balançam a cabeça, concordando com ela. Tento fazer contato visual com Kamau, mas ele nem reage.

— Nigeria, acho um arraso você saber disso tudo — acrescenta Chloe. — Se a gente fez progresso, então por que estamos sentados aqui falando de alguma fantasia idiota que esses meninos brancos vestiram pro Halloween?

Se eu já não tivesse fugido de lá, recrutaria Chloe para o Grupo Jovem do Movimento. Ela fala o que pensa e provavelmente ia amar fazer uma visita ao estande de tiro. Ela usa uma blusa de gola alta, blazer e uma peruca black power gigante — Angela Davis, é óbvio.

— Porque gente branca não vê mais cor por causa do... progresso — digo, e todo mundo ri, e eu abro um sorriso.

— Mas falando sério... — Madison corta o riso, como sempre. — Se seu pai é um grande guerreiro da justiça social, na linha de frente de todas as injustiças que existem, gritando com policiais e políticos e postando sobre a supremacia branca e o que o povo negro precisa fazer pra se libertar, então *você* é livre? Tipo, o que você faz pra se divertir?

— *Isso aqui* é bem divertido — afirmo, e é verdade. — Assim... Eu consigo ser eu mesma um pouquinho... E não só a filha de um grande justiceiro social. Pelo menos eu *espero* que eu possa ser eu mesma.

— Ele não é um guerreiro da justiça social — acrescenta Kamau rapidamente. — Guerreiros da justiça social lutam pelos direitos de todas as pessoas marginalizadas, e não só pelos direitos de... homens negros cis-hétero.

— Fato. — É tudo o que digo, assentindo para Kamau.

— Você definitivamente pode ser você mesma — fala Diane, mudando de assunto. — Então, Nigeria, quais foram os benefícios... ou qual foi o fardo de sempre ter que pensar sobre raça desse jeito? Eu não vi alguns dos filmes que você mencionou e já sinto que preciso de uma noite de cinema.

— Às vezes é pesado — digo a todo mundo. — Mas era a minha vida. Não sei quem eu seria sem as coisas que sei. E agora não tenho como deixar de saber de nada. Posso escolher deixar um pouco de lado pra poder... me divertir.

Eu me pergunto se deveria falar do que aconteceu com Henry na minha aula, mas também deixo isso de lado.

— Por que você ia querer deixar isso de lado? — pergunta Chloe. — Isso deveria te deixar com raiva e te impulsionar pra ação. A forma como você foi criada… É como se seu pai quisesse que você fosse uma guerreira pro nosso povo, e você só quer… se divertir?

E a sensação é exatamente a mesma de meu pai perguntando por quem estou competindo. Nessa escola não sou presidenta do Grupo Jovem. Não sou filha de um líder nacionalista Negro. Não estou recrutando integrantes nem afirmando que tenho todas as respostas para o que vai libertar nosso povo. Mas os problemas ainda são os mesmos. A luta ainda é a mesma. Então eu digo:

— Ó, galera, às vezes fico muito confusa nessa escola. Tipo, a mensagem é pra gente ser quem a gente é, mas só um pouquinho, pra galera branca não se sentir desconfortável. E a gente tem que encontrar uma sala só pra poder falar do quão racistas são alguns professores e estudantes, mas a gente não quer dizer na cara deles? É como se a gente tivesse que decidir o tempo todo se quer fazer parte da comunidade Negra ou da comunidade escolar. Não sinto que posso fazer os dois.

— É tipo ser menina e birracial ao mesmo tempo — complementa Sage.

— Interseccionalidade — diz Diane. — Cunhada pela intelectual Kimberlé Crenshaw. Não somos uma coisa só. Este país gosta de nos racializar sem reconhecer as outras partes de nós. E ainda podemos ser todas essas coisas dentro do *contexto* de sermos pessoas negras nessa escola.

— Então… — interrompe Kamau em voz alta. — Por que a gente não deixa esse papo racial de lado e… fala de outra coisa?

— Peraí, Kamau — diz Chloe. — Quero ouvir o que a Nigeria tem a dizer. Deixa ela terminar.

— Tô de boa, sério. A gente pode falar de outra coisa, tipo… E aí… O que cês vão fazer no Halloween? — falo.

— Esse papo aí *é* racial — diz Chloe. — Quando a gente vai falar das fantasias e das festas de Halloween de apropriação cultural nessa escola? Você viu o que Liam tá usando? E, falando em Liam, o que seu pai ia achar de você namorando com um menino branco, Nigeria?

— Ok. Chloe, você está ultrapassando os limites — intervém Diane.

— Sim, Chloe *Angela Davis*. Tá ultrapassando os limites — repete Kamau.

— Tudo bem. Aqui é um espaço seguro, né? — pergunto.

— Bom, dá pra ver que ele tá a fim de você. Ele tava tentando muito deixar você ganhar aquele debate — interfere Tyler. — Você e Liam formam uma ótima equipe.

— Me *deixar* ganhar? Não viaja!

Todo mundo ri, principalmente Sage, e eu cutuco a perna dela para ela calar a boca, porque sabe do meu lance com Liam. Ela me cutuca de volta na barriga.

E lembro do segredo enorme que estamos guardando.

— Desculpa — murmura ela.

Todo mundo continua falando, mas desligo as vozes para fazer um inventário do meu corpo. Ainda não sinto nada. Sem dor de cabeça leve. Sem cólica. Na verdade, nunca tive nenhum sintoma de TPM além desses, então não sei dizer quando minha menstruação chega. Peço licença para ir ao banheiro, mas, quando eu estou saindo, Diane toca meu braço e diz:

— Não esqueça da reunião com Jon.

Eu não esqueci. Como poderia esquecer que meu tempo na Amigos da Filadélfia pode finalmente estar chegando ao fim? E me pergunto se o fim de uma coisa vai significar o começo de outra. Essa é minha vida — um ciclo de fins e começos.

Olho minha calcinha na cabine do banheiro. Nada. Lavo as mãos na pia e me olho no espelho. A peruca está torta, e a erva em volta do meu peito é um visual idiota. Esfrego as têmporas, querendo que uma dor de cabeça apareça. Que eu tenha vontade de comer alguma coisa específica. Que me sinta inchada. Qualquer coisa que me permita saber que um ancestral não me escolheu.

Alguém entra e finjo que estou lavando as mãos de novo.

— E aí? — pergunta Sage enquanto corre para uma cabine e fecha a porta.

— Nada — digo.

— Nada, no caso, você não tá grávida? Ou sua menstruação não veio?

— Sage! — grito com os dentes cerrados.

— Merda. Foi mal — diz ela, bem na hora que Chloe entra.

— Ei, Nigeria. Espero que eu não tenha feito você se sentir mal lá dentro — começa ela. — Você levantou e saiu depois que eu perguntei sobre o Liam.

— Tô de boa. Eu entendo. Você só estava curiosa, só isso.

Ela vira as costas para a pia, se apoia nela e cruza os braços. Essa deveria ser minha deixa para sair daqui.

— Eu estou curiosa mesmo. Minha mãe estudou na Temple com o seu pai. Ela ia pros eventos de Kwanzaa* e *Juneteenth*** dele antes de eu nascer.

— Ainda rolam os eventos.

---

* Kwanzaa é um feriado celebrado nos Estados Unidos entre os dias 26 de dezembro de 1º de janeiro. Existe para homenagear a herança africana na cultura afro-americana. (N.E.)

** *Juneteeth*, também conhecido como o Dia da Independência Negra, é um feriado que ocorre no dia 19 de junho e foi criado para honrar as contribuições feitas por negros estadunidenses. (N.E.)

Olho para a cabine de Sage. Ela não tá se mexendo, deve estar escutando a conversa.

— Massa, massa. Tô ansiosa pro próximo. Andei assistindo a umas lives do seu pai recentemente — continua Chloe. — Quero entrar no Grupo Jovem. Ouvi dizer que vocês vão no estande de tiro. O bagulho tá sério na rua e a gente precisa ter arma mesmo. O que eu tenho que fazer?

— Ela não é mais do Movimento — intervém Sage saindo da cabine. — E o Movimento não é o que você pensa, Chloe.

Chloe levanta a mão na altura da cara de Sage.

— Seu nome não é Nigeria.

— Opa, não fala assim com ela! — repreendo.

— Por que você tá defendendo ela? — questiona Chloe. — Deixa eu ver se eu entendi. Seu pai é um puta ativista e organizador comunitário e você deixou seu povo pra ir morar com essazinha?

— Quem é que cê tá chamando de essazinha? — interrompe Sage.

— Massa. Não é da minha conta — continua Chloe. — Mas quando seu pai sai por aí falando que a libertação começa em casa e a própria filha dele estuda numa escola branca e tá de rolo com um menino branco e morando com gente branca, aí isso vira problema *nosso*. A gente quer acreditar que seu pai não tá dizendo essas coisas só pra conseguir inscritos pro canal, vender livro e conseguir dinheiro pra uma escola que pode não ser real.

Não respondo nada porque odeio que ela esteja certa. Queria que Kamau estivesse aqui para me defender. Mas Sage se mete e eu queria que ela não fizesse nada.

— Ele *tá* dizendo essas coisas pra vender livro e ganhar dinheiro — rebate Sage. — Se você entrar pro Movimento, sua voz como mulher vai ser silenciada.

— Isso não é verdade — digo, porque não quero que ela exponha meu pai. — Só é… complicado.

— Não tem nada de complicado no patriarcado. Se a própria filha dele não tá andando com ele, você não acha que tem algo de errado? — pergunta Sage.

— Tá vendo o que eu tô dizendo? — fala Chloe. — Ela tá aqui querendo desacreditar ele que nem todo mundo falando de *patriarcado*. Tem que ter um certo nível de compreensão pra sacar qual é a do Movimento. E cê ainda não chegou lá não, Sage.

Chloe vai embora com essas últimas palavras, e Sage pergunta:

— Por que as pessoas seguem tão rápido o que os homens dizem?

— O patriarcado — murmuro.

Queria ter dito alguma coisa para Chloe, ter a última palavra. Mas neste momento não sou eu mesma. Não defendo o Movimento e nem sei mais pelo que estou lutando, principalmente com a possibilidade de um ancestral sem nome e sem rosto nadando em meu útero.

— Foi isso que tentei dizer pra ela — defende Sage. — Meninas como Chloe são muito perigosas pro feminismo. E aparentemente eu não sou Negra o suficiente pra ela. Então é isso. Fala junto comigo, Nigeria: foda-se o patriarcado.

— Não. Não vou falar isso.

O que quer que eu decida fazer com meu corpo, ainda tenho que lidar com o patriarcado — meu pai, que controla tudo; Jon, o diretor da escola que decide se vou ficar ou não; Henry, que me faz questionar minha verdade; Liam, que é tudo que é proibido e perigoso; e Chris, que é tudo que é familiar e incerto. E até meu irmãozinho, que provavelmente vai querer ser exatamente como o pai.

— Bom, independentemente de você falar, você tá vestindo e vivendo isso — diz Sage, me lembrando dos cartazes em nossas costas. — Seu corpo, sua escolha.

Ela pega minha mão, saímos do banheiro e caminhamos juntas pelo corredor. E, naquele momento, a sororidade com Sage é uma liberdade que eu não sabia que queria, não sabia que precisava. Sage de Lilith e eu de Eva, fodendo o patriarcado.

4ª Emenda

MEUS DIAS NA Amigos da Filadélfia são como se eu estivesse flutuando na água. O fundo do oceano está atrás de mim, e o céu azul-claro é um dossel acima de mim. Os estudantes brancos daqui são o mar sem fim, e a mistura salgada de microagressões e culpa, desculpas e audácias é opressiva, que nem a pressão atmosférica. Mesmo assim, aprendi a respirar debaixo d'água. Talvez o silêncio do encontro de adoração ajude — é só ficar sentada ali e absorver o fato de que estive aqui. Estive mesmo aqui e estou bem.

Sage me mantém por perto enquanto caminhamos pelos corredores de braços dados. Ela me chama de irmã, e sou a reivindicação dela de tudo que é revolucionário, de tudo que é mudança radical. É isso que a Amigos da Filadélfia gosta de nos lembrar — que esta escola foi fundada com base em ideias radicais. Jon diz isso quando entramos em seu escritório.

— Fantasias criativas, senhoritas — diz ele. — É uma mensagem radical, mas acredito que o palavreado colado nas costas de vocês possa ser ofensivo para nossos amigos mais novos e mais impressionáveis.

— Com todo o respeito, Jon — responde Sage. — Desmantelar o patriarcado é a mensagem mais radical que podemos enviar às nossas amigas mais jovens e mais impressionáveis.

Jon só ri e diz:

— Então podem deixar as mensagens radicais comigo. Vou me certificar de entregar para as pessoas certas.

— Na real, você devia colar na sua porta.

Sage dá um sorriso diabólico e parece que eles já fazem essa dança há algum tempo e que o diretor já está acostumado.

Jon cruza os braços sobre o peito como se quisesse se render às ideias de Sage. Eu só sorrio um pouco, sem querer causar muito até ouvir o que ele tem a dizer.

Uma placa na mesa informa que o sobrenome dele é Meisner. Ele é o diretor da escola e adotou a política de portas abertas. Há várias citações de Martin Luther King emolduradas nas paredes e um retrato de William Penn pendurado atrás dele. Juro que tanto ele quanto Jon estão me olhando com desaprovação. Este é o momento que temo há quase dois meses. Consegui ficar esse tempo e preciso agradecer a Diane e a KD por isso. Mas Jon tem a última palavra.

— Gostaria de falar com Nigeria em particular, Sage.

— Não. O que você for dizer pra ela, pode dizer pra mim.

Ela aperta minha mão e quase choro. Sage sabe que nunca estive sozinha em uma sala com um homem branco na vida.

Jon sorri sem mostrar os dentes e faz sinal para que a gente sente nas duas poltronas de couro na frente de sua mesa. O cabelo dele é grisalho e cortado bem curto e a barba está feita. Ele tem pés de galinha e rugas profundas, mas pode ser mais jovem do que parece.

— Vocês duas são boas amigas, pelo que estou vendo — diz ele, e soa mais como descrença do que uma afirmação do óbvio.

— Irmãs — completa Sage. — Minha mãe tava grávida de mim quando fez o parto de Nigeria. Ela nasceu em janeiro e eu nasci em junho. Então, gosto de pensar que somos tipo gêmeas cósmicas.

Ela só me chama de irmã na escola. Fora daqui, sempre fomos só boas amigas. Eu assinto, concordando em fazer parte do teatrinho de Sage se isso for me manter aqui.

— E é isso que eu gostaria de discutir com você, Nigeria — continua Jon. — Sinto muito, mas Katherine Dillon não pode mais responder por você se não conseguirmos obter registros de vacinação atualizados e a comprovação de renda de um responsável legal. E, o mais importante, seu pai ameaçou entrar com um processo se não dispensarmos você. Esse vai ter que ser o seu último dia e você não vai mais poder entrar na escola.

— Cadê a Diane? Ela tinha que estar aqui. Ela sabe o que tá acontecendo. Pode responder por mim.

— Tá tudo bem, Nigeria — diz Sage, para que eu pare de falar.

— Diane foi fundamental para que você fosse aceita, mas legalmente nossas mãos estão atadas.

— Não estão, não — insisto, deslizando até a borda da cadeira. — Elas estão dobradas bem na sua frente e você pode fazer o que quiser porque é o diretor da escola. É isso que aquela placa diz. Você pode me deixar ficar aqui, Jon.

— Entendo que você esteja chateada, mas respondo a um conselho administrativo.

— Isso não é verdade. Você tem todo o poder do mundo.

— Vamo lá, Jon — intervém Sage. — Tem um monte de estudantes que todo mundo sabe que não deveria estar aqui, mas você e... esse conselho administrativo... moveram céus e terra pra manter eles aqui.

— Bom, isso é porque os pais deles querem que fiquem aqui.

— Minha mãe me quer aqui. Isso tudo é ideia dela — digo.

— Mas eu achei que a sua mãe...

— Ela vai voltar. — Essas palavras parecem ecoar pelo escritório, como se tudo nessa sala tivesse se esvaziado para dar lugar a uma verdade que não estou pronta para escutar. — Ela vai voltar — repito, me certificando de que acredito no que estou dizendo.

Sage desliza os dedos nos meus e aperta novamente.

Jon olha para baixo, sem palavras. Talvez ele esteja mudando de ideia e uma pequena centelha de esperança se acende em mim. Mas ele diz:

— Nigeria, eu sinto muito. Tenho certeza de que você conseguiu aproveitar todos os recursos que temos na Amigos da Filadélfia, psicólogos, conselheiros... E ouvi dizer que você anda participando do grupo de afinidade.

— Bem, ela ainda pode...

Sage começa a falar, mas eu a interrompo.

— Posso falar por mim mesma.

Tiro minha mão da dela e digo a Jon:

— Você nunca me quis nessa escola.

— Ah, nós queríamos muito você aqui! Mas seu pai anda espalhando informações negativas para os seguidores dele. E estamos recebendo ligações...

— Eu tô estragando a reputação de vocês? — pergunto, mesmo que já saiba a resposta. — Eu posso estudar aqui contanto que deixe vocês bem na fita? Não importa o que eu quero pra mim?

— Então você vai expulsar ela? — acrescenta Sage. — Ela não tem como controlar o que o pai diz.

Fecho os olhos por um segundo e ignoro qualquer outra razão que Jon dê para me forçar a sair da escola. Tento encontrar sentido nisso tudo.

— Entendi. Você não me quer aqui porque agora sou um risco. Não sou mais um recurso.

As palavras do meu pai ecoam na minha cabeça. *Por quem você vai competir?* Mesmo que ele seja a última pessoa que quero ouvir agora, a pergunta me obriga a levantar e sair do escritório.

— Senhoritas, por favor, removam os cartazes das costas! — exclama Jon.

— Jon, por favor, *leia* os cartazes nas nossas costas! — responde Sage.

Ela me alcança e enrola o braço no meu de novo.

Kamau, Chloe, Madison e Tyler estão esperando do lado de fora, então eu sussurro para Sage:

— Por favor, não conta para eles.

— Beleza. Tamo junta — sussurra ela de volta.

Não quero que isso acabe. Estudar aqui não era só sobre aprender coisas e escutar que sou muito inteligente. Também era sobre fazer esses amigos, com suas ideias e perguntas que me forçam a desacorrentar minha mente, elo por elo.

5ª Emenda

SAGE E EU nos olhamos no espelho do banheiro antes de sairmos da escola. Enfio os dreads embaixo da peruca loira do jeito que consigo (eles também são desobedientes e não querem ser contidos) e removo a erva falsa do collant nude. Já estava de calça jeans e peguei emprestado o Doc Martens da Sage. Não pareço nem um pouco eu mesma. Esta noite vou me entregar e comemorar meu último dia nessa escola depois de dois meses inteiros entrando em outro mundo.

— Mas agora não parece mais que você é Eva — diz Sage.

— É, mas ainda é uma fantasia — respondo.

— Tá, e agora você é quem?

Dou outra olhada em mim mesma no espelho. Desfaço a trança da peruca e deixo o cabelo cair sobre o rosto e os ombros. Não vou mentir. O bege-amarelado fica bem na minha pele retinta, e eu queria estar com um pouquinho de maquiagem.

— Geri — digo, suavizando minha voz. — Agora eu sou Geri. Geri Jones.

Sage ri.

— Beleza, Geri Jones! Tô te vendo!

Ela enfia o cabelo cacheado dela para dentro da peruca preta e ficamos uma do lado da outra fazendo poses sensuais e beicinho no espelho.

Mas Sage corta o clima perguntando:

— Você quer fazer um teste de gravidez quando a gente tiver na rua?

Suspiro e digo:

— Não.

— Sua menstruação desceu?

— Não — respondo, e saio do banheiro antes dela.

Nosso grupinho pega o SEPTA na Henry Avenue, em direção ao centro da cidade. Só a galera preta pega o ônibus, a gente faz barulho e conta piada durante o passeio panorâmico de quarenta e cinco minutos, e depois desce perto do LOVE Park. Eu costumava vir para essa parte da Filadélfia — com as casas históricas, boutiques caras e toalhas de mesa brancas nos restaurantes. Outra galera foi pra Rittenhouse Square, e me pergunto se Liam está lá, porque não veio com a gente. Não pergunto sobre ele.

Uns anos atrás, eu caminhava por outros bairros da Filadélfia com integrantes do Grupo Jovem como parte de nossa educação domiciliar — a gente ia na Biblioteca Gratuita da Filadélfia, visitava livrarias negras, a Uncle Bobbie's em Germantown e a Harriet's Bookshop em Fishtown; e em dias bons, descíamos para a orla do rio Delaware. A gente praticamente morava no African American Museum, na Arch Street. Com tantos grupos escolares visitando o Independence Hall e todos os locais históricos, toda a cidade é uma enorme sala de aula, então nunca sentimos falta da escola de verdade.

Tiramos fotos ao lado da enorme escultura LOVE e exibimos as fantasias. E caminhar com Kamau, Madison, Chloe, Tyler, Sage e algumas outras pessoas da Amigos da Filadélfia, aqui e agora, é melhor que estudar em casa. A sensação é de estar no mundo real — um arco-íris, e não o preto e branco do meu pai, sem nenhum tom de cinza.

Sinto como se estivesse voando por cima da Filadélfia, planando junto com as folhas mudando, surfando no ar do outono e abrindo bem minhas asas. Quem diria que eu poderia andar pelas ruas e flutuar no ar ao mesmo tempo?

Kamau é a estrela do show e faz todo mundo rir com suas piadas. Mas não está fantasiado, então acho que só está sendo ele mesmo. Sempre foi assim no Movimento, mas aqui parece ainda mais livre, mais engraçado e mais brilhante. E Sage fica cortando o clima falando de fantasma e de abrir a fronteira entre mortos e vivos.

— Esse rolê todo de Halloween veio do Samhain — diz ela, com um sorriso. — Então todo mundo tá homenageando meus ancestrais celtas.

Ela segura meu braço porque somos uma dupla, que nem o casal vestido de Bob Ross e paleta de pintura. Só que agora, em vez de Eva e Lilith, somos só uma loira e uma morena.

— Não, ninguém tá homenageando seus ancestrais brancos — fala Chloe, andando um pouco mais à frente. — Eu tô homenageando Angela Davis.

— Tá nada, com esse black falso da Amazon — provoca Kamau. — Nós estamos celebrando o capitalismo, que nem em todos os outros feriados.

E todo mundo ri. O ar está fresco e eu estou em uma bolha que nunca vai estourar. Esqueço tudo e me agarro a esse sentimento como se minha vida dependesse disso. E depende.

Um grupo de turistas também espera para tirar fotos perto da escultura LOVE. Estamos prestes a atravessar a rua em direção à prefeitura com sua imponente estátua de William Penn. Liam está lá com outro grupo da nossa escola.

— Lá vai seu namorado — aponta Chloe, diminuindo a velocidade para caminhar do meu lado. Ela tirou o black de Angela Davis por causa da piada de Kamau. O cabelo está com twists curtos e ela tem a pele negra e macia como a minha e lábios carnudos. A gente quase parece irmã e deveríamos ser amigas, mas falar com ela é que nem falar com Makai. Não me sinto radical o suficiente.

— Ele não é meu namorado — digo, querendo evitá-la. — Mas, se fosse, não ia ser nada demais, né?

— Cê tá falando com a pessoa errada.

— Chloe, espero que você saiba que eu não sou como meu pai.

— Nitidamente — fala ela, me olhando de cima a baixo. — Mas, gata, o que cê tá fazendo com essa peruca loira?

— É Halloween — respondo, mas sei aonde ela quer chegar.

— Não me vem pra essa escola pra se embranquecer.

— Não tô fazendo isso. Por que cê tá dizendo isso?

— Nigeria, você é tão óbvia — diz ela. Nosso grupo caminha à frente e ficamos cara a cara enquanto as pessoas passam ao nosso redor. — Eu já sabia quem você era quando chegou na escola. Kamau tinha dito pra todo mundo que Kofi Sankofa é tio dele. Eu realmente achei que, a uma hora dessas, você ia estar mandando na Amigos da Filadélfia, porque todo mundo acha que é tããão radical, de extrema esquerda, socialista e anarquista... Mas é só conversinha e ativismo de internet. Você *viveu* isso. Tá botando a mão na massa. Todo mundo devia estar se curvando a você. Mas você tá aqui...

— Aqui, vivendo a melhor fase da minha vida — interrompo Chloe.

— Isso é triste, na real. — Ela balança a cabeça para mim.

Sinto o murro na boca do estômago.

— Não sou uma ativista radical, Chloe. E não quero ser.

— Bom, parece que você tá só com raiva. Sinto muito pela sua mãe.

— Por favor, não fale da minha mãe. E você não me conhece.

— Conheço o suficiente pra ver que Liam tá fetichizando você, assim como você tá fetichizando ele.

Então ela se afasta, sem me deixar dar a última palavra de novo.

— Vem, Nigeria! — grita Sage antes de cruzar a John F. Kennedy Boulevard, e não me mexo. Os carros passando, a conversa e os sons do fim da tarde no centro da Filadélfia ficam mais altos.

— Chloe falou alguma merda pra você? — pergunta Kamau, chegando perto de mim.

— Não importa — digo, e atravessamos a rua juntos, de braços dados. Não sei o que toma conta de mim quando olho para aquela estátua gigante do fundador da Pensilvânia, mas digo a Kamau: — Acho que tô grávida.

Ele para bem no meio da rua movimentada, mas eu pego a mão dele e o puxo para o meio-fio, onde estão esperando por nós. A boca de Kamau está aberta, mas espero que ele não me peça para dizer mais nada com toda essa gente por perto. Eu não deveria ter dito nada, só saiu.

Liam vem até nós e Kamau, ainda em estado de choque, olha para ele e depois para mim. Balanço a cabeça para que ele saiba que não é de Liam, mas acho que Kamau não entende.

— Cabelo legal — diz Liam.

Então vejo a fantasia dele.

Antes que eu possa dizer qualquer coisa, Tyler corre até ele e o cumprimenta com um soquinho.

— E aí, mano!

Ele e Liam começam a fazer uma dancinha idiota e cantar "Jump on it! Jump on it!" e tudo começa a fazer sentido. Liam tá com um boné azul e amarelo que diz "Philadelphia Born &

Raised".* Isso, junto com os óculos de sol redondos, uma camiseta listrada verde-neon e calça de moletom estilo anos 1990 me dizem que ele é o *maluco no pedaço*. E Tyler, obviamente, é Carlton.

Olho para Chloe, ela sorri e diz em um sussurro:

— Isso aí é pra você.

Então Liam, Tyler, Madison e uma outra menina fazem parte do elenco de *Um maluco no pedaço*. Liam é o único menino branco e não sei se isso é engraçado ou ofensivo.

Caminhamos pela East Penn Square e pela Market Street, e parece que alguém fez um furinho na minha bolha. O ar alegre e livre de antes vaza lentamente. Faço questão de ficar atrás de Liam e seus amigos, e agora ele tá se amostrando. Rindo alto, fazendo piadas bregas que fico feliz por não conseguir ouvir e sendo amigável demais com Tyler e Madison. Me pergunto para onde foi o anarquista skatista com uma estranha afinidade por William Penn.

Então ele para, se vira e espera por mim. Ficamos lado a lado e não sei o que dizer.

Então ele começa.

— Chloe não gostou da minha fantasia.

— Você tá ridículo.

Eu não queria ser tão malvada logo de cara, mas tô sendo sincera.

— Foi ideia do Tyler e da Madison.

— Péssima ideia.

Lentamente ele tira o boné e os óculos escuros.

— Não pensei que isso fosse apropriação cultural.

— Você não pensou. Ponto-final.

---

* Nascido e criado na Filadélfia. (N.T.)

— Se você respondesse às minhas mensagens, talvez eu pudesse ter perguntado.

— Você tá me culpando por uma coisa que tá fazendo de errado? — pergunto, me afastando um pouco dele.

— Eu não tinha certeza, mas eu amo essa série! E nós dois somos William. Ele é Will, eu sou Liam.

Eu só balanço a cabeça para ele e, embora pareça errado, não consigo deixar de sorrir um pouco.

Kamau esteve ao nosso lado todo esse tempo, escutando.

— Liam, você devia ter perguntado pra Wikipédia Negra aqui. Se ela diz que é apropriação cultural, então é.

— Foi mal. Foi idiotice da minha parte — diz Liam, olhando para si mesmo.

Tyler está alguns metros à nossa frente e se vira.

— Ei, Will! O que foi?

— Não — responde Liam, parecendo desanimado. — Não tô mais na brincadeira.

Ele me dá um meio sorriso. Meu estômago aperta e meu coração começa a acelerar. Olho em volta e vejo todo mundo com fantasias bobas a caminho da orla do rio, e aqui estou eu, com a sensação de que estou fazendo algo errado e duvidando do caminho que se desenha na minha frente. Neste momento, não quero pensar na supremacia branca.

Essa é minha própria revolução.

Então chego perto de Liam e esbarro em seu braço de propósito. Ele esbarra de volta. A gente começa um joguinho de tocar e afastar e sorrimos. Ele segura minha mão. Eu não me afasto. A mão dele é quente e macia, e quero olhar para baixo, ver nossas peles se tocando. Mas não olho.

Chloe nos encara e uma onda de culpa me atravessa.

Mesmo assim, não solto a mão dele enquanto passamos pelos edifícios e lojas ao longo da Market Street. Minhas asas se abrem ainda mais, abraçando a cidade e reivindicando cada esquina, cada telhado, até mesmo esse menino segurando minha mão.

Uma dor repentina e aguda abaixo do meu umbigo me obriga a lembrar de que não tenho asas, mas dois pés. E um útero.

Aperto a mão de Liam porque uma vida que ainda não vivi vem à tona na minha mente: um bebê de pele clara, cabelo cacheado e dois mundos diferentes em um corpinho minúsculo. Se eu tivesse ido até o fim com Liam... se tivesse deixado ele me explorar... se fosse dele... e eu me apaixonasse... meu pai me deserdaria... ele ficaria com raiva... e eu provaria para ele que estava errado sobre o mundo preto e branco... bem e mal... guerra e paz... Provaria que ele está errado sobre tudo. *Tudo*. Mas não é de Liam.

E ele não sabe disso, mas pergunta:

— Posso te beijar?

— Aqui? Agora?

Ele assente.

Eu assinto também, lentamente, sentindo um calor tomar conta do meu corpo, mesmo quando uma brisa de outono sopra e arrepios se formam na minha pele.

Liam me leva para um lugar vazio perto de um prédio alto com um toldo largo. Ele me vira e me encosta na parede. Segura meu rosto entre as mãos e me beija longa e profundamente. E eu derreto. Bem ali na Market Street. Na frente da Filadélfia inteira.

Mas nossos amigos aplaudindo e gritando "uhuuuul!" cortam todo o clima.

Paramos de nos beijar e ele me abraça, sussurrando:

— Tava querendo muito fazer isso.

Fecho os olhos e apoio o queixo no ombro de Liam, deixo que ele envolva os braços ao redor da minha cintura e me permito ser trazida para perto. Inspiro fundo e Liam cheira a tudo o que é o oposto de familiar. Mas fico aqui por um segundo, porque explorar lugares novos e estranhos é uma liberdade que eu não sabia que queria, não sabia que precisava.

Abro os olhos e vejo Chloe nos observando com a cara fechada. Os ombros dela murcham e as pálpebras pesam, como se tivesse grandes esperanças em mim e eu a tivesse decepcionado. Liam me dá um último aperto antes de me soltar, e alguém passa sorrindo para nós.

Eu me afasto lentamente e me recuso a olhar para ele. Agora Liam acha que a gente tem um lance. E outra dor aguda e pulsante perfura meu útero. Coloco minha mão lá e lembro do meu futuro e do meu passado.

Nossos amigos estão a vários metros de distância, e Liam tenta segurar minha mão novamente, mas um cara Negro encara a gente. Uma menina branca olha para trás e analisa Liam de cima a baixo. Outro menino balança a cabeça para mim e, de repente, parece que a Filadélfia toda está me julgando, que talvez saibam de quem sou filha.

— Cê tá bem? — pergunta Liam.

Não tô, mas não digo a ele. Talvez as pessoas nos vejam das janelas de seus apartamentos e escritórios e de seus carros, e eu também observo cada pessoa que passa. Um homem branco, uma mulher asiática, outro grupo de adolescentes... Estão me julgando.

Liam começa a colocar o braço ao redor dos meus ombros, mas eu me afasto e...

Um redemoinho de azul e lilás do outro lado da rua chama minha atenção.

Está frio demais para um vestido de verão. Não é a época do ano para uma estampa tie-dye pastel. E tudo, *tudo*, para porque mama está andando pela Market Street e deve estar a caminho da orla do rio.

Meu coração despenca e meus pés me levam até ela.

— Mama? — digo com um sussurro e corro para o meio-fio.

Ela se vira para olhar para mim. Ela está me vendo. *Ela está me vendo!* Eu aceno e começo a pular.

— Mama! Fica aí, tô indo!

Mas ela se vira e continua andando, deslizando. O vestido voa com a brisa. Os dreads balançam, como sempre. Corro para a esquina enquanto Kamau tenta me impedir e perguntar para onde tô indo. O sinal está vermelho e os carros estão em alta velocidade e eu quero correr para ela. Quero tanto correr para ela.

Mas ela continua andando, deslizando. O semáforo fica verde e eu atravesso a rua. Minha peruca loira sai voando. Como ela se moveu tão rápido? Agora está no fim do quarteirão, sem olhar para trás. Sem esperar por mim.

Continuo correndo, esbarrando nas pessoas, desviando de quem caminha devagar. E juro que ela está pulando de um quarteirão para o outro. Ela passa pela esquina da 8th Street com a Market e preciso que pare. Estou quase sem fôlego. Não respondo aos meus amigos me chamando. Preciso chegar até minha mãe antes que ela me esqueça.

E ela finalmente para. Acelero o passo porque finalmente quer que eu a alcance. Mama está olhando para um prédio e, de onde estou, noto o retrato gigante de um dos pais fundadores — Thomas Jefferson. Estou a poucos metros dela e paro para observar o que está contemplando. As palavras de Thomas Jefferson estão escritas em letras cursivas perto do desenho do rosto dele: *Consideramos como verdades evidentes*... As últimas palavras, *Vida, Liberdade e a Busca pela Felicidade*, são mais proeminentes.

Eu conheço este edifício — a Casa da Declaração. O retrato está pendurado em uma estrutura mais recente que fica ao lado de um prédio de tijolos vermelhos com venezianas brancas. Supostamente é da era colonial — o lugar onde Thomas Jefferson redigiu a Declaração da Independência.

— Mama? — chamo, tomando cuidado para não chegar muito perto e assustá-la.

Parece mais jovem, como se os últimos anos nunca tivessem acontecido; como se nunca tivesse ficado grávida de Freedom e seu rosto não estivesse inchado e brilhante como lembro de estar nos últimos meses antes de partir. Está cuidando bem de si mesma e parece feliz. Quase.

— Mama — repito.

Ela ainda não vira para mim, desvia o olhar e desliza pela 7th Street, passando pela entrada da Casa da Declaração, descendo e descendo o quarteirão até chegarmos a Praça Washington.

Não importa quão rápido eu corra, não importa quão devagar eu caminhe, ela está sempre longe. Perto o suficiente para eu conseguir sentir seu perfume de lavanda e patchouli, longe o suficiente para que eu não consiga alcançá-la, não consiga tocá-la.

Ela desaparece. Então chamo de novo.

— Mama! Cadê você?

— Nigeria! — grita Kamau atrás de mim, mas eu o ignoro.

Entro no parque com a copa de folhas laranja, amarelas, vermelhas e verdes. E no meio de tudo isso está o vestido de estampa tie-dye azul e lilás em frente ao Monumento de Washington, no centro do parque. Mama para ali mais uma vez, lendo a inscrição: "A LIBERDADE É UMA LUZ PELA QUAL MUITOS HOMENS MORRERAM NA ESCURIDÃO".

Uma vez mama me disse que antes este espaço se chamava Praça do Congo porque é um antigo cemitério de pessoas africanas, tanto livres quanto escravizadas. Soldados da Guerra Revolucionária e cidadãos da Filadélfia que morreram por conta da epidemia de febre amarela de 1793 também estão enterrados aqui. Algumas dessas pessoas eram haitianas como ela, os primeiros refugiados dos Estados Unidos.

— A história vive e respira, assim como nossos ancestrais — diz a voz de mama.

Ela disse isso naquela época e está dizendo agora. Está de costas para mim e não consigo ver seu rosto, mas escuto suas palavras. Quero esquecer a história agora e tocar minha mãe, deixá-la me abraçar e me dizer que vai voltar para casa. Então me aproximo, mas ela se afasta. Continuo tentando alcançá-la, e agora ela está mais perto da estátua, do outro lado da corrente que guarda o túmulo de mármore.

— Mama, por que você tá aqui? — pergunto. — Vira pra cá, mama. Deixa eu ver seu rosto de novo.

E ela vira. Finalmente!

As lágrimas são rios escorrendo pelo meu rosto. Mas ela não chora. Ela está sorrindo e olhando para mim. Mama está me vendo. Ela está me vendo e eu deveria correr até lá, mas ela é efêmera e transparente. A estátua atrás dela é visível através de seu corpo.

— A história vive e respira, assim como nossos ancestrais — repete, e juro que ecoa por todo o parque e por toda a Filadélfia, porque parece que mil vozes estão dizendo isso ao mesmo tempo.

— Mama, como você se conjurou aqui? — pergunto, porque só agora, nessa véspera de Finados, é que percebo que nem tudo é o que parece. — Mama, como é que você existe no passado e no presente ao mesmo tempo?

Então, como se uma fenda se alargasse no universo, mama desliza até mim e tenta me levantar com ela, para que a gente voe para as nuvens. Mas as cólicas me obrigam a lembrar que talvez ela tenha esquecido de me dar asas. Também não consigo ficar em pé sozinha, então caio no chão, ainda me agarrando à memória dela, ao cheiro de lavanda e patchouli e à visão do tie-dye azul e lilás dançando ao vento.

Mama sempre me disse que a energia não morre, se transforma — em almas inquietas sob as cidades e em mães que nunca conseguem descansar, porque suas filhas e seus filhos esquecem que também podem voar.

Não ganho asas e não me sinto mais tão livre. Ou talvez essa não seja a libertação que as minhas e meus ancestrais sonharam para mim, porque a história é o chão e os meus dois pés são o futuro.

Não preciso de asas para voar. Só da minha própria mente livre.

Os primeiros braços que me envolvem e me levantam do chão são os do meu primo.

— A gente tem que te levar pra casa — diz ele. — Preciso ligar pro seu pai.

E eu apago.

6ª Emenda

— VOCÊ É uma bruxona! — diz Kamau, parecendo aliviado. — Recebendo santo no meio da Praça Washington! Eu sei, eu sei. Antes o nome era Praça do Congo, e nossos ancestrais faziam isso lá. Mas, mesmo assim, a gente não tá em 1700, gata!

Ele me olha de cima e sabia que eu ficaria feliz em ver seu rosto ensolarado quando acordasse.

— Hoje é Samhain, Kamau, e ela foi um receptáculo pros espíritos, só isso — justifica Sage, passando um maço de sálvia pelo meu corpo deitado no sofá.

Olho para o teto e reconheço o lustre de contas de madeira e os macramês pendurados pelas paredes. O aroma agridoce da fumaça é sufocante, mas relaxante ao mesmo tempo. No sofá de veludo da casa de Sage, fecho os olhos novamente, não estou pronta para ver meu pai depois de quase um mês.

Mas ele já teria dito alguma coisa se estivesse aqui. Além disso, será que ia querer entrar? Esta casa de parto guarda uma memória que ninguém está preparado para enfrentar. Ou talvez só eu não esteja.

— O que aconteceu? — pergunto, sentando para olhar quem mais está aqui. — Lembro de terem me ajudado a entrar em um carro, e só.

— Você apagou bem na frente do primeiro presidente dos Estados Unidos — informa Kamau, e ele faz soar engraçado.

Mas eu estou constrangida. Seguro a cabeça, pensando que devo ter parecido maluca.

— Foi mal ter acabado com o rolê.

— Você é mais importante, Nigeria.

Sage coloca o maço em um pratinho e espalha a fumaça em direção a uma janela aberta, depois apaga o maço.

— O que eu tava dizendo? — pergunto.

— Você tava chamando sua... — Sage começa a responder.

— Gigi, não preocupe sua cabecinha — interrompe Kamau. — Nada disso importa agora porque minha mãe tá a caminho.

— Meu pai não?

— Eu não tive coragem de ligar pra ele. As pessoas queriam chamar uma ambulância pra você, mas...

— Não! — grito.

— Não chamamos — assegura Sage, pegando minha mão. — A gente sabia que seria um gatilho e você tava reagindo quando a gente te chamava. Pegamos um táxi e viemos pra cá.

— Ele sabe?

— Minha mãe disse que ele tá em Nova York. Só volta amanhã — conta Kamau.

Penso em Freedom e fico com raiva por não ter estado com ele.

— Ei, beba um chazinho — oferece Sage, estendendo uma caneca.

— Tem alguma coisa mais forte?

— Tipo o quê?

— White Claw?

Os dois riem, mas eu tô falando sério. Preciso de algo para afogar tudo porque hoje minha vida inteira mudou. De novo.

— White Claw? Liam te botou pra beber isso? — pergunta Kamau. — Ele queria vir, mas... É assunto de família.

— E não acho que álcool seja uma boa ideia. Pro caso de... — Sage olha para a minha barriga.

Toco abaixo do umbigo e pergunto:

— Quem mais tá aqui?

— Tá todo mundo fora. Você tem tempo pra descansar e contar o que tá acontecendo pra gente. Pelo menos até sua tia chegar.

— Beleza. Então… quem mais sabe? — pergunta Kamau, me olhando de canto.

Faço um gesto em direção a Sage.

— Eu podia jurar que você contou pro Liam, pelo jeito que ele tava te beijando — diz Kamau.

— Não é do Liam.

— Graças aos ancestrais.

— Por que você disse isso?

— Seu pai mataria ele; aí o governo mataria o seu pai.

— Kamau! — grita Sage. — Tá falando sério?

Levanto as mãos e fico em pé na frente do sofá, ainda que esteja um pouco tonta.

— Chega. Vou no banheiro.

— Peraí. — Sage pega algo em uma bandeja próxima. Ela me entrega e diz: — Siga as instruções da caixa. Minha mãe tem mais um monte no escritório, caso você perca o pauzinho.

Examino o que ela me entrega — um teste de gravidez — e enfio no bolso da minha calça jeans.

— Então cê vai parir o Jesus Negro e tal? — pergunta Kamau. — Tamo falando de concepção virginal?

— É do Chris — digo, a caminho do banheiro do andar de cima. — Christopher Fauntleroy, da Strawberry Mansion, que tá hospedado na Casa Vila.

— Quê? Mentira! — exclama Kamau.

No banheiro, coloco as mãos na barriga. Quero sentir se um ancestral me escolheu; nos escolheu. Quero sentir o potencial da vida — as células se dividindo e se unindo para se tornarem alma e depois corpo e mente. Olho meu rosto no espelho — olhos fundos como os do meu pai, maçãs do rosto salientes como as da minha mãe, cabelo que nem cadeias de DNA, e me pergunto como será outra versão minha no mundo. Um ancestral retornando para mim, voltando para lutar por nossa libertação e curar nossas feridas geracionais.

Então escuto água se mexendo atrás de mim. Olho para o espelho e vejo o reflexo de mama sentada na banheira. A barriga dela também é plana. Os olhos estão vermelhos de lágrimas. Não me viro porque sei que essa visão dela não é real e existe somente do outro lado do espelho.

Ele vai querer que eu fique com esse bebê, a voz doce de mama ecoa de novo de algum outro lugar. *Demorei pra engravidar principalmente porque não deixei acontecer. Ele quer a comunidade africana dele. Eu só quero a que eu já tenho.*

Lembro do que ela queria fazer, do que o meu pai a impediu de fazer. Mama não queria Freedom. E, se não fosse por meu pai e as ideias dele, eu não teria um irmãozinho. Se não fosse por meu pai e as ideias dele, mama teria tido escolha. Se não fosse por este país e as ideias dele, eu ainda teria minha mãe.

Vozes vêm do andar de baixo e ainda não estou pronta para ver ninguém. Mas reconheço as palavras duras e o tom áspero de tia Sharon. Então me preparo para o que quer que aconteça a partir de agora. Foram três semanas boas morando nessa casa de parto.

Analiso o banheiro. Mama estava aqui, tomando a decisão mais difícil de sua vida. Uma escolha que mudaria todas as nossas vidas. E aqui estou eu, entre o mundo dela e o mundo do meu pai. Mas tenho que construir meu próprio mundo. Tenho que alcançar meu próprio passado para poder seguir em frente.

Sento no banheiro, abro o teste de gravidez e me preparo para uma vida totalmente nova. Porém, quando olho para baixo, vejo que minha menstruação desceu. Finalmente!

Eu não sabia que estava prendendo a respiração todo esse tempo até soltar um grunhido tão alto e tão profundo que tenho certeza de que os ancestrais me ouviram.

— Obrigada — digo, olhando para o teto.

Quando desço, tia Sharon está parada na porta. Observa o lugar como se aqui fosse um museu. Sage e Kamau me encaram com olhos arregalados, esperando que eu dê um sinal do resultado do teste, mas eu só desvio o olhar.

— Oi, crianças! — cumprimenta tia Sharon. — Tô entrando no meu tempo porque... bom...

— Muita coisa mudou desde a última vez que você veio aqui — diz Sage, afofando travesseiros e catando canecas vazias.

— Você veio aqui? — perguntamos juntos, Kamau e eu.

— Nem vem me julgar — responde tia Sharon, sempre mandando a real. — KD oferece serviços e eu tava precisando de um. É só que não venho aqui desde que... — Ela olha pra mim, então entra. — Nigeria? O que aconteceu, meu bem?

Quero dizer que ela virou as costas para mim e para minha mãe. Quero dizer que a briga mesquinha entre ela e o irmão me forçou a vir para cá, um lugar que guarda as últimas lembranças de mama. Mas, em vez disso, falo:

— Não aconteceu nada.

— Tá bom, beleza! — diz minha tia com um sorriso malicioso, e todos rimos um pouquinho. Ela vem me dar um abraço e completa: — Sinto muito, minha sobrinha. Tem sido muito difícil pra todo mundo.

Cerro a mandíbula para não chorar.

— Você pode dar um minutinho pra gente? — pede tia Sharon a Sage, que desaparece na cozinha.

Minha tia faz sinal para que eu e Kamau sentemos no sofá com ela. As unhas estão sempre feitas — cores e padrões brilhantes que ela muda a cada duas semanas. O chapéu de crochê laranja queimado repousa elegantemente sobre a cabeça raspada e ela cheira a óleo de rosas. Queria tê-la conhecido melhor, saber como conseguiu se apartar do meu pai, seu próprio irmão, depois de tanto tempo no Movimento.

Kamau começa a brincar com meus dreads, e eu olho para ele. Ainda quer saber o que descobri no banheiro, mas não dou nenhuma pista.

Tia Sharon enfia a mão na bolsa de grife, tira um pedaço de papel dobrado e simplesmente o segura nas mãos.

— Se você não tivesse saído daquela casa — começa —, acho que meu irmão não teria vindo atrás de mim. Desde então a gente conversa todo dia.

Meu coração se abre. Fecho os olhos, esperando para ouvir o que ela tem a dizer. Tia Sharon chega perto e pega minha mão.

— Nigeria, eu falei para a sua mãe deixá-lo, falei pra ela te levar junto e abandonar o Movimento. Mas aí ela ficou grávida do Freedom. E acho que mesmo assim ela tentou sair, mas… — Minha tia suspira e continua: — Ele achava que eu estava tentando separar a família dele e sabotar o Movimento por dizer pra sua mãe ir embora. Ficou magoado com isso. Nigeria, quero que você saiba que, apesar de seu pai ser duro com você e de ele ser rígido e forte, apesar de ter um monte de ideias e fazer esse monte de coisa incrível pela comunidade…

Ela faz uma pausa e parece estar engasgada, então Kamau coloca as mãos nos ombros da mãe. Tia Sharon não diz mais nada, desdobra o papel que estava segurando e me entrega.

Pego e leio quatro frases curtas: *Para minha filha. Princesa guerreira. Quero você em casa. Sinto saudade.*

Dobro o papel de volta. Depois de escrever livros inteiros, é isso que ele escreve para mim?

Nessa mesma hora, a porta da frente se abre e entram Corinne e Naomi, com a barriga redonda e chapéu de bruxa. KD está bem atrás delas e, quando vê a gente, faz um gesto com a cabeça em minha direção, como se dissesse que chegou a hora. Finalmente chegou a hora.

— Nigeria, arrume suas coisas — diz tia Sharon com uma voz bem baixa. — Agora que meu irmão e eu estamos conversando... Venha ficar comigo.

KD, Corinne e Naomi se juntam a Sage na cozinha, dando um pouco de privacidade para nós. A verdade desse momento se assenta em meu corpo e eu deveria me sentir triste. Mas só me sinto... aliviada.

Tia Sharon enfia a mão na bolsa novamente, tira um envelope amarelo e me entrega.

— Dê uma olhada nisso. Fiz a pesquisa no trabalho. Precisa de um monte de documentação e o tribunal vai ter que se envolver.

A primeira folha é uma impressão de uma página da internet com o título: "Emancipação de Menores".

Olho todos os itens. Existe um processo judicial para jovens entre 16 e 17 anos que queiram ser legalmente emancipados dos pais. Trago os papéis até o peito porque isso aqui é uma porta e uma janela, e eu não sabia que o céu poderia estar tão perto.

Olho para Kamau, cujas sobrancelhas estão levantadas, como se nós dois não conseguíssemos acreditar que isso fosse possível. E talvez, talvez, eu finalmente esteja pronta. Em alguns minutos, estou lá em cima abrindo a mala vazia da minha mãe.

— Você tem que lutar pra ficar na Amigos da Filadélfia — diz Sage enquanto me ajuda a fazer as malas.

Eu lembro das minhas últimas horas na escola hoje. Henry. Jon. E até Liam.

— Você também tem que lutar pra estar lá?

Sage faz uma pausa por um segundo, segurando uma calça jeans minha no colo.

— Pra caramba, tenho que lutar pra estar naquela escola.

— Existe algum lugar onde você possa estar sem precisar lutar? — pergunto.

— Aqui. Em casa — responde ela. — Não preciso lutar em casa.

— Bom, eu preciso. Eu e minha mãe tivemos que lutar contra o mundo, contra os homens que entravam e saíam daquela casa, contra a supremacia branca, contra a opressão... Acho que é por isso que meu pai me chama de princesa guerreira. É pra eu passar a vida inteira lutando.

E não digo isso em voz alta, mas me pergunto se foi por isso que mama quis fugir. Eu me pergunto se é por isso que ela continua me mostrando um caminho para a liberdade, mesmo que eu não tenha asas.

Lá embaixo, as pessoas se reúnem na sala para se despedir. KD faz um gesto para que juntemos as mãos e formemos um círculo. Tia Sharon sai na nossa frente, dizendo que precisa ligar o carro, mas sei que ela simplesmente não se sente conectada com o que estamos prestes a fazer.

— Nigeria, sou muito grata pelo tempo que você passou com a gente — começa KD. — Você trouxe tanta luz e tanto amor para essa casa de parto. E... — Ela engole em seco e aperta minha mão, assim como Sage, do meu outro lado. — E cura.

Quando chega a minha vez, mantenho a cabeça erguida e fecho os olhos. Tudo fica silencioso por um segundo. Evoco o rosto de mama em minha mente. O brilho de luar do sorriso dela. Os longos dreads caindo sobre os ombros. Então a voz dela preenche o espaço. Não as palavras, os gritos — distantes e abafados, como se ela estivesse chorando do outro lado desse portal. Então abro rapidamente os olhos porque não quero ver mama de novo. Ainda não. E digo:

— Sou grata… Sou grata pelo… encerramento.

Essa noite de Halloween deveria ser cheia de fantasmas, escuridão, medo e marcar o início do inverno. Mas há uma leveza nesse momento. Tipo, essa mudança pode ser o portal entre a nova vida que se desenha na minha frente e a morte da minha antiga vida atrás de mim.

Depois de eu dar um último abraço em todo mundo, Kamau me ajuda com a mala. A mala de mama. Lembro de quando encontrei essa mala no carro dela. Então me viro para KD e pergunto:

— Ela tava vindo pra cá pra ficar?

— Acho que sim, meu bem — responde KD. — Minha porta sempre esteve aberta pra sua mãe.

A casa de KD foi a última em que minha mãe esteve antes de partir — essa mulher branca que traz bebês ao mundo e lembra a pessoas com útero que elas têm poder sobre os próprios corpos. Mas meu pai vê preto e branco, como suas ideias. KD é branca, e ele acha que, quanto mais próximos da branquitude, nós, pessoas africanas, estivermos, mais perto estaremos da morte. Ele diz que sistemas e instituições como escolas e hospitais roubam nossa soberania. Não importa que a educação seja a forma de avançar neste mundo, não nos ensinam a nossa história e, por isso, muitos de nós ainda estamos atrasados. Não importa que a medicina e as cirurgias modernas salvem as nossas vidas, as mulheres negras ainda estão morrendo e não acreditam em nós quando dizemos que estamos sofrendo.

Foi o que aconteceu com mama.

Quando ela chegou ao hospital, já tinha perdido muito sangue, algo dentro dela partiu e não conseguiram salvá-la.

Ela morreu. Mama morreu no hospital naquela noite.

No momento em que estou saindo pela porta, tudo volta subitamente para mim, como o sol do meio-dia depois de estar na escuridão por tanto tempo, como um grito agudo depois de estar em silêncio.

— Baba, por favor, vá mais devagar! — gritei do banco do passageiro de sua caminhonete.

A polícia liberou meu pai, mas eu não queria que ninguém o perseguisse de novo. Ele segurava o volante como se fosse a única coisa que ia nos levar até mama rápido o suficiente. Tentou seguir a ambulância, mas teve que parar no sinal vermelho. Xingou o semáforo. Gotas de suor se formaram na testa dele, e a umidade escorria pela lateral de seu rosto e pescoço. A camiseta já estava encharcada.

— Baba, podemos ligar o ar-condicionado? — pedi, tomando muito cuidado para não deslocar o universo dizendo a coisa errada naquele momento.

Ele era uma tempestade silenciosa, concentrado na estrada. Era noite de 4 de julho e todo mundo estava fora de casa. Os fogos de artifício não paravam de iluminar o céu e tudo parecia errado.

Eu tinha parado de chorar para segurar a onda pelo meu pai, porque ele parecia prestes a explodir.

— Onde eu paro o carro? ONDE EU PARO O CARRO? — gritou ele quando chegamos ao hospital, e aquelas foram as primeiras palavras coesas que falou desde que saiu da casa de KD.

Queria saber dirigir para poder dizer a ele para entrar correndo.

— Vire aqui — falei, apontando para as placas.

Ele bateu em um carro enquanto tentava entrar em uma vaga estreita. Não conseguia endireitar a caminhonete.

— Baba, respira. Por favor, respira — implorei.

Ele não respirou e continuou tentando e tentando porque estava tão perto do outro carro que não conseguia abrir a porta. Eu queria saber estacionar para poder dizer a ele para entrar correndo. Demorou muito para ele fazer algo que já tinha feito um milhão de vezes.

Antes daquele momento, eu não conseguia lembrar da última vez que meu pai segurou minha mão para que pudéssemos correr juntos. A mão dele estava suada e escorregadia e eu estava de chinelo e ele já estava sem fôlego e o corpo dele era um oceano. O céu estava em chamas. A Filadélfia inteira e o país inteiro eram uma grande festa, e parecia errado.

— Minha esposa! Minha esposa! — Foi tudo o que meu pai conseguiu dizer quando chegamos na recepção da emergência.

KD já estava lá porque tinha vindo com o bebê na ambulância. Ela veio consolar meu pai, mas ele a rejeitou. Toquei o braço dela para que soubesse que deveria deixar ele em paz.

— Cadê ela? — perguntei.

— Sala de cirurgia — respondeu KD.

Meu pai escutou e eu não quis me virar para ver a expressão no rosto dele.

O tempo pode voar ou andar. E no dia 4 de julho, naquele hospital, naquela sala de emergência, tudo caminhava pelas bordas da minha memória como uma pessoa idosa. Lentamente. Deliberadamente. Com cuidado.

Meu pai se recusou a beber água. Ele se recusou a assinar papéis ou apresentar comprovante de seguro de saúde.

Procurei respostas em KD.

— Ela pagou em dinheiro quando eu fiz seu parto — explicou, encolhendo os ombros.

As pessoas vinham e ficavam. As pessoas vinham e iam embora. Estavam feridas, chorando, gritando, correndo, e eu não sabia que hospitais também podiam ser portais para a vida e a morte.

Os tios chegaram, e eu desejei que este momento fosse só nosso, só nosso. Mas meu pai tem seguidores e logo toda a nossa vila soube o que estava acontecendo com mama, e KD era a inimiga. Esse hospital era o inimigo. O sistema sempre era o inimigo.

Tia Fola trouxe comida. Eu não consegui comer. Ela fez um círculo de orações, mas os ancestrais e deuses de todos já tinham sido convocados. Quando uma equipe de médicos apareceu e meu pai correu até eles como se estivesse prestes a lutar, disseram algumas palavras na língua que nos fez esquecer nossa língua materna…

… o universo se despedaçou.

Eu me parti em duas. Depois quatro. Depois oito. E caí em pedaços porque minha mãe…

Minha mãe deixou o corpo lá naquele hospital, deixou o bebê ali naquele hospital, me deixou aqui, neste mundo, e voou para a terra das primeiras mães. A pátria-mãe. A alma de mama voltou para África como um pássaro Sankofa, e talvez tenha sido aqui que ela encontrou a liberdade como as pessoas daquela história.

Mas ela vai voltar, porque ancestrais sempre, sempre retornam.

ARTIGO VII

DIA DA GRATIDÃO (II DIA DOS POVOS INDÍGENAS)

"Flor entre dois rios."

— *Significado Algonquin de Matoaka, o verdadeiro nome de Pocahontas. Filha do grande e poderoso Powhatan. Presa entre o mundo de suas e seus ancestrais e o mundo de seu colonizador.*

Eu sinto você, amada.

Reconciliação

NA CASA DA tia Sharon, paro tudo. Escola. Casa. Dever de casa. Saudade do meu irmãozinho. Novas amizades. Beijar meninos. O Movimento. Meu pai. E fico em luto. De novo.

Ela não deixou ninguém vir me visitar e me deu vestidos brancos para usar. Enrolei os dreads em tecido branco também, tomei chás, comi saladas e ouvi todas as músicas que me lembravam de mama. Melodias e vozes suaves e cheias de alma que me forçaram a me voltar para dentro e lentamente, bem devagar, criar asas.

Hoje é Dia de Ação de Graças, e a comida está espalhada em duas mesas e um balcão e esta é a primeira vez na minha vida que estou no mesmo recinto que um peru grande, dourado e suculento. Me sinto culpada. Fui criada para não comemorar o Dia de Ação de Graças, é óbvio, para ser solidária com nossas irmãs e nossos irmãos indígenas. Mas essa é a casa da tia Sharon, que não faz parte do Movimento e pode fazer o que quiser na porra da casa dela. Ela vem dizendo isso nas últimas três semanas em que estive aqui, como se fosse um mantra.

— Por que vocês começaram a comemorar feriados supremacistas brancos? — pergunto a Kamau.

— Em primeiro lugar, a gente chama de Dia da Gratidão. E, falando a real, Gigi, às vezes fica solitário — explica ele, enquanto preparamos uma panela de macarrão com queijo (queijo de verdade) juntos. — Odeio ser a única pessoa que sabe das coisas e nem todo mundo tá pronto pra libertar a mente. É mais fácil fazer o que todo mundo tá fazendo porque as pessoas são mais importantes que as ideias. E também o peru caribenho da minha mãe é daquele jeito!

Mesmo que não pareça certo, eu sei o que ele quer dizer.

— E eu lembro daqueles dias de jejum comendo só cenoura e aipo e dirigindo até Nova York pra ir no museu — acrescenta Kamau.

— O National Museum of the American Indian — complemento. — As pessoas Negras de todo o país estavam jantando couve com presunto, peru, arroz e ervilha enquanto a gente tava com fome conversando sobre genocídio o dia inteiro.

— Gigi, você acha que a gente ficou traumatizado? — pergunta ele. — Com tudo que a gente aprendeu.

— A gente só aprendeu, Kamau. A gente não viveu nada daquilo.

— Fato. E não consigo acreditar que o seu pai tá vindo — diz ele. — O rei Kofi Sankofa vai comemorar o feriado do homem branco, e os ancestrais revolucionários tão se revirando no túmulo!

Nós dois rimos, mas é um pouco assustador que meu pai esteja violando as próprias regras dessa maneira. Definitivamente algo mudou, e talvez tenha sido tudo por minha causa. E por causa de mama também.

Estou exausta de cozinhar o dia todo, fazendo os pratos que mama teria feito: arroz negro haitiano, banana da terra frita e salada de beterraba. A última vez que cozinhei tanto foi para a ceia depois do funeral dela — que não chamamos de funeral, e sim de retorno para casa. Todo mundo estava de branco e teve muito tambor. Foi uma celebração que eu enterrei profundamente na minha memória, até este momento. Tudo tem voltado para mim nas últimas semanas: o hospital, a raiva, o luto, a negação, a perda de memória.

Tia Sharon diz que preciso fazer terapia. Mas alguém ia ter que pagar por isso. Então ela me faz sentar no chão enquanto lê as mensagens que meus guias e ancestrais estão tentando me mandar por meio de cartas de tarô, leituras de mão, búzios, obis e fumaça de charuto, porque honramos nossas divindades africanas, mesmo que elas nem sempre sejam suficientes para nos ajudar a superar nossos traumas.

A campainha toca e é meu pai. É a primeira vez que o vejo pessoalmente desde que saí da Casa Vila. Quando tia Sharon abre a porta, ele parece mais magro e frágil, como se o trabalho o estivesse consumindo lentamente.

Atrás dele está Nubia, e a barriga redonda já aparece, escondida sob um caftan de estampa africana e não consigo deixar de pensar em mama. Meu pai está segurando a mão dela e dói um pouco ver isso. Mas forço um sorriso.

Toda a minha alma se ilumina quando vejo o pequeno Freedom subindo sozinho os degraus da frente.

— Ele jura que cresceu — diz meu pai, sorrindo. — Não deixa ninguém segurar ele.

Corro até Freedom, pego ele no colo e encho de beijos.

— E aí, homenzinho! Senti tanta saudade!

Ele se remexe no meu colo para descer e meus olhos enchem de lágrimas. Ele cresceu tão rápido e uma parte de mim não quer perder mais nenhum dia da vida dele.

Lá dentro, Kamau cumprimenta meu pai com um soquinho e abraço desajeitado. Não consigo lembrar da última vez que vi os dois tão de perto.

— Tá ficando alto, rapaz — diz meu pai, batendo no peito ossudo de Kamau, e eu sei que aquilo doeu.

— Saudações, tio Kofi — responde Kamau, engrossando a voz e evitando os olhos dele.

Kamau interrompe a conversa desconfortável levando meu irmãozinho até o sofá pra tirar o casaco dele, e Nubia se junta a tia Sharon na cozinha.

Agora me resta lidar com meu pai na sala de jantar. Ele me chama e coloca o braço em volta dos meus ombros.

— Como você tá, minha filha? — pergunta, com aquela voz grave.

— Melhor — respondo. Eu encosto nele, sentindo o cheiro de sândalo e tudo nele parece suave.

Tia Sharon volta e faz um gesto indicando que a gente sente em lados opostos da mesa de jantar antes da comida estar pronta. Eu sei do que se trata. Ela disse que eu precisava de um momento de reconciliação preta com meu pai. E isso ia acontecer hoje.

— Cês precisam resolver isso aí antes de repartir o pão — diz ela.

Então ficamos frente a frente. Ela acende uma vela branca e coloca no meio da mesa. Depois dá um copo d'água para cada um de nós e nos deixa a sós. Todas as outras pessoas vão para a cozinha.

— Pode começar, princesa guerreira — diz meu pai enquanto cruza as mãos sobre a mesa. Finalmente cortou o cabelo e agora está com olheiras. Ele parece triste e acho que é por minha causa.

— Não sou uma princesa guerreira — retruco baixinho.

— Eu te chamo assim para te lembrar do seu poder. Tudo isso que você tá fazendo me mostra que é uma guerreira. Tenho que ter cuidado com o que desejo, hein?

— Mas que poder? — pergunto. Meu coração começa a acelerar, porque todas as palavras e todas as verdades estão correndo do fundo da minha alma até meu chacra laríngeo e saindo para esta sala. — Baba, quando a gente diz "todo poder ao povo", o que isso significa? O que significava naquela época e o que significa agora?

— Significa que o poder nos pertence — responde ele.

— Mas pertence mesmo?

— Beleza, é isso que a gente vai fazer? Faça todas as perguntas. Foi erro meu presumir que você já sabia de tudo isso.

— Não quero uma aula, baba. Eu só quero poder... questionar.

Ele assente.

— Beleza. Manda.

— Minha mãe... — começo, e as palavras ficam presas na minha garganta.

Meu pai estende as mãos sobre a mesa. Então as seguro e as mantenho ali.

— Mama queria sair de casa e não queria ter outro filho...

Não consigo continuar e meu pai aperta minhas mãos.

— Pelo que eu deveria estar lutando? — pergunto depois de um longo minuto de respirações pranayama. Solto as mãos dele e deixo tudo, *tudo*, ser levado pela onda de lágrimas. Eu me abro e me desmancho em uma torrente. — Não sei mais o que é o Movimento. Se tudo isso não para de acontecer, então por que a gente tá lutando? Parece que a gente tá... tá sempre dando murro em ponta de faca e jogando pedras pra cima, mas elas nunca acertam o alvo. Nunca acertam... E a gente não tem como salvar todo mundo porque... Ainda estamos machucando um ao outro, às vezes agimos que nem eles e... E eu me pergunto se esse era o plano o tempo todo e talvez a gente já tenha perdido porque... Porque isso não parece liberdade pra mim, e minha mãe não pôde nem fazer escolhas pro próprio corpo sem pensar na libertação do nosso povo, sem pensar se ela estaria piorando as coisas pra gente só por escolher a si mesma... E talvez ela se quebrou por carregar tudo e todo mundo nas costas e só queria deitar em algum lugar... E... E talvez ela tenha voado pra longe porque tem mais liberdade no céu e nas antigas memórias da África, ou lá fora, no universo, ou em algum lugar do passado, quando a gente ainda não tinha toda essa... Tudo isso... E não sei se algum dia vamos ser como era na África, porque parece que eles sempre vão vir. Eles sempre vão vir atrás de nós, pra roubar e possuir e pressionar a gente na terra até que a gente esteja enterrado a quase dois metros de profundidade, e... Já que eles não conseguem sobreviver à gente, e a gente não consegue sobreviver à gente, vamos sempre estar travando essa guerra e... Minha mãe. Por que você não amou mama o suficiente pra libertar ela? Por que você escolheu o Movimento em vez dela? E de mim?

Meu corpo inteiro começa a tremer. Eu não sabia que dizer a verdade era como um exorcismo, ou como o espírito santo, ou um transe, ou uma antiga divindade africana descendo para montar na minha alma.

Meu pai levanta para me abraçar e diz, com palavras fragmentadas:

— Nigeria. Meu bem. Eu te amo e... Tá tudo bem. Tá tudo bem. Tá tudo bem, jovem rainha. Você é forte. Você vai ficar bem.

Eu não sou rainha. Eu não sou forte.

A voz dele é o fundo do oceano e a borda do céu ao mesmo tempo — me afundando e me levantando.

— Nem sempre sou forte, baba — digo, a voz ainda trêmula com a intensidade de tudo.

Enquanto pomos a mesa, meu pai e eu varremos a bagunça que fizemos de nós mesmos para debaixo dela, nos reunimos e agradecemos aos ancestrais antes de comer.

— Sou grata pela liberdade e por Freedom — digo, olhando para meu irmãozinho sentado no colo do meu pai. Então olho para Kamau olhando para seu prato, provavelmente pensando em dizer algo que não ofenda meu pai. — E sou grata por Kamau e por tudo que ele é: meu porto seguro, minha rocha.

— Eu sou muito grato por você, Nigeria — diz Kamau. — Por nos desafiar de tantas formas que a gente nem imaginava.

Era para ser a vez da tia Sharon, mas ela fica quieta, deixando espaço para meu pai dizer algumas palavras. E ele fala.

— Sharon, eu te amo e sou grato por você — começa ele, com uma voz suave que não escuto desde que mama morreu. — E obrigado por apontar minhas falhas, minha irmã. Minha irmã de verdade. A revolução começa em casa e na alma. E Kamau...

Posso sentir Kamau ficando tenso no assento ao meu lado.

— Eu também amo você, meu sobrinho. Amo mesmo. Amo muito.

Kamau só assente com a cabeça e todos nós suspiramos coletivamente.

Separo um prato de comida para mama e o coloco em um dos altares de tia Sharon. Comemos. Nada é a mesma coisa. Conversa fiada é desconfortável, nosso coração está pesado, e eu estou crescendo. Isso vai levar tempo. Mas estamos melhorando, e meu pai tem razão quando diz que a libertação começa em casa. E na alma.

ARTIGO VIII

ANO-NOVO
KWANZAA: IMANI (FÉ)
INDEPÊNDENCIA DO HAITI
ANIVERSÁRIO

"Tudo o que eu faço é pelo meu povo."

— *Atribuído a Sacagawea, a nova mãe cuja terra se tornou seu corpo, e seu corpo se tornou esta terra.*

EMANCIPAÇÃO

MEUS PAIS ME deram o nome de Nigeria Sankofa Jones, e hoje é o meu décimo sétimo aniversário. Eu aplico uma mistura de óleos essenciais de patchouli e lavanda no pescoço e nos pulsos para me lembrar do aroma de lugares que conheço, dos rostos que posso nomear e dos segredos que recordo. Tudo o que minha mãe me ensinou.

Vamos comemorar a minha celebração de gratidão na Casa Vila para marcar o décimo sétimo aniversário de eu ter escolhido ser filha de Kofi Sankofa — nacionalista Negro, revolucionário que luta pela liberdade e fundador do Movimento, cuja missão é desfazer sistemas opressivos e criar uma utopia totalmente Negra.

A ironia é que o meu aniversário é no primeiro dia do ano, no último dia do Kwanzaa e o no Dia da Independência do Haiti.

— Então, por que vocês não me chamaram apenas de Imani? — Lembro de ter perguntado aos meus pais quando era pequena. — Ou Haiti, ou Ano-Novo?

— Porque queremos que você se lembre de ainda mais longe — respondeu mama. — Muito além da escravidão, muito além do Haiti, até a terra dos Iorubá e dos Igbo, de onde nosso povo vem.

Mas, mais tarde, quando fiquei mais velha, mama disse que foi meu pai que me deu este nome, e os dois eram muito jovens e poderiam ter sido mais criativos do que isso.

Mas estou celebrando intimamente o fato de estar seguindo meu próprio caminho e começando o processo de emancipação do meu pai. Mesmo depois da Amigos da Filadélfia, ainda há faculdade e pós-graduação se eu quiser, porque quero entrar em um mundo do qual meu pai quer se desvincular. Eu quero traçar minha própria jornada.

Meu pai e eu fizemos as pazes o suficiente para ele me celebrar hoje.

— Você ainda é minha filha. E, pode até não acreditar, mas tá escolhendo esse caminho. Eu tenho que permanecer fiel ao meu propósito, princesinha. Espero que você entenda.

Eu entendo. Ele escolheu o Movimento porque é um nacionalista Negro, lutador revolucionário pela liberdade. Quando eu não me encaixo na visão dele de libertação para o nosso povo, eu tenho que sair do caminho e encontrar minha própria libertação. Essa é a única lógica que faz sentido para o nosso relacionamento complicado. Ele escolheu a vida dele, e eu escolherei a minha.

Quando chego à Casa Vila antes das celebrações do dia, pego meu irmãozinho e vou direto para o meu antigo quarto. Freedom está feliz, gordinho e independente, e a energia desafiadora de mama está toda nele também. Ele corre para a porta, não querendo ficar preso comigo enquanto o cubro de beijos e vozinha de bebê. Não o culpo. Sorrio enquanto abro a porta para deixá-lo sair. Ele também já consegue descer as escadas sozinho.

— Isso mesmo, irmãozinho. Encontre o próprio caminho — digo enquanto os pequenos pés dele fazem barulho ao se afastar.

Olho ao redor para tudo o que não levei comigo para a casa da tia Sharon. Alguns cristais, cartas de tarô, fotos de mama e eu. Penso em Jasmine e como a deixei esperando. Espero que ela venha hoje. Espero que entenda que eu não tinha o suficiente para compartilhar com ela naquela época. Eu estava de luto e me curando. Então, tropeço em um livro de nomes africanos para bebês em minha prateleira. Preciso de um novo nome para minha nova vida. Foi o que o meu pai fez quando mudou seu nome para Kofi, que significa simplesmente "nascido na sexta-feira" no idioma Twi de Gana. Então, deixo meu espírito me guiar, e escolho uma definição em Iorubá que me agrada: pessoa com história.

Enitan. Eu me renomeio Enitan. Enitan Sankofa. Estou voltando para contar minha história.

Levará algumas horas até que as pessoas comecem a chegar, então desço e entro no escritório do meu pai para vasculhar algumas coisas da minha mãe, talvez encontrar mais pistas do que ela possa ter deixado para trás. Eu não sei tudo o que preciso saber sobre ela. Sua história ainda estava se desenrolando antes que sua vida fosse interrompida. Mas, ainda assim, ela deixou suas asas crescerem.

Quando abro a porta, Chris está lá.

Travamos os olhos por um longo minuto antes de ele dizer:

— Paz, irmã Nigeria.

— Oi, Chris — cumprimento, tentando não parecer na seca, porque não estou.

Fico feliz por estar decente, no entanto, vestindo um moletom Well-Read Black Girl com legging. Meus dreads estão amarrados em um turbante colorido, e Kamau tem me feito usar maquiagem ultimamente — delineador, rímel, brilho labial.

Ignorei as mensagens de texto e ligações o tempo todo em que estive na casa da tia Sharon. Então, esta é a primeira vez que vejo e falo com ele desde aquele dia no meu quarto. Nunca contei sobre meu susto com a gravidez.

— Parabéns pelo dia do seu nascimento! — exclama ele.

Seus dreads estão se formando e ele está tentando cultivar pelos faciais, mas falhando. Óculos, um moletom preto e um colar de ankh de cobre lhe dão uma borda diferente, como se estivesse se estabelecendo como parte do Movimento, parecendo um jovem ativista Negro hippie apaixonado. E talvez nós dois pareçamos bem juntos.

— Obrigada.

Eu entro e fecho a porta, sabendo que não estamos sozinhos nesta casa. Ainda não estava pronta para falar com ele.

— Ah e habari gani?

— Imani. E, por favor, não diga "Feliz Ano-Novo".

— Feliz Ano-Novo pra você também.

— Engraçadinho. Mas agora sério, o que você tá fazendo aqui, hein?

Eu ando até a mesa da minha mãe no canto do escritório que está coberta de papéis, e estou feliz por meu pai não ter tirado o computador dela. Há tanto trabalho que foi deixado inacabado, e eu sei que a maioria dos programas e atividades do Movimento estão parados. Mas eu acho que é para isso que Nubia está aqui, e talvez Chris também.

— Lembra da pesquisa que você deveria fazer pro livro do seu pai?

Olho para o laptop dele para ver o título no primeiro documento: *A Constituição do Homem Negro*.

— Lembro, você definitivamente é o único que pode ajudar meu pai a escrever isso.

— Tá quase pronto e vai ser um best-seller. Todo homem e menino Negro nos Estados Unidos deveria comprá-lo.

— E aí, ele tá te pagando ou...?

— Eu vou fazer turnê com ele. Tipo, TV, Rádio. Isso vai me colocar no radar. Vou conseguir alguma coisa com isso, com certeza.

Eu assinto, pouco impressionada.

— Legal. Legal. Ele tá te preparando pra assumir um dia, né?

— É o plano — diz Chris com um sorriso largo.

Eu balanço a cabeça e sorrio, percebendo que o patriarcado não está indo a lugar nenhum. E nem os meus sentimentos. Sem dúvida Chris está bem bonito agora, mas será que esqueceu de nós? Do que compartilhamos? Eu quero perguntar, mas não o faço.

— Legal, então. Eu vou sair do seu caminho. Espero que venha comer bolo depois.

— Não. Peraí.

Meu coração congela. Eu não achava que ainda rolaria um sentimento, mas nós também temos assuntos inacabados.

— Você acha que pode me ajudar com isso? Minhas frases não estão soando bem.

Meu coração murcha.

— Sério mesmo, Chris?

— Encontrei algumas anotações da sua mãe. Eu tentei copiar o que ela escreveu, mas acho que não faz sentido. Talvez você pudesse...?

— Chris, não copie o trabalho da minha mãe. E meu pai deveria estar escrevendo os próprios livros... — interrompo porque é inútil dizer isso a ele agora. — Que anotações?

Ele aponta para um caderno preto na mesa do meu pai, um que eu não tinha visto antes. Abro rapidamente na primeira página para ver a letra da minha mãe, *A Constituição da Mulher Negra*. Eu fecho o caderno e seguro-o contra o peito.

— Onde você encontrou isso?

— Seu pai tinha guardado. — Ele olha para mim como se quisesse minha ajuda, como se não pudesse fazer isso sem mim. — Rei Kofi precisa disso pra se publicar a tempo do feriado do *Juneteenth*. Precisamos de alguns fundos pra Escola da Liberdade, e vamos adiar a viagem pra África para o próximo verão.

Como eu digo a ele que nada disso acontecerá sem as habilidades organizacionais da minha mãe? Eu não quero estourar a bolha dele, então apenas falo:

— Você vai dar um jeito, irmão Chris.

E viro para sair do escritório.

— Nigeria?

— Agora é Enitan. Eu tô trocando de nome.

— Ah, massa! Eu também. Tô pensando em... Che. Tipo Che Guevara, o revolucionário cubano...

— Argentino — corrijo. — Ele era da Argentina. Ele lutou na Revolução Cubana.

Começo a sair novamente.

— Você ainda tá com aquele garoto branco? — pergunta ele.

— Eu nunca estive com... Liam. O nome dele é Liam.

— Uma menina da sua escola chamada Chloe me mandou mensagem perguntando sobre o Grupo Jovem. Depois ela me disse como você era uma traidora e estava se envolvendo com um garoto branco. Quer dizer, você tava na casa dele dizendo que o cara era só um amigo. Daí pensei que o que tinha entre nós já era.

Não me surpreende Chloe ter feito isso, mas estou um pouco surpresa por Chris estar perguntando.

— Não. Foi só...

— Saquei — diz ele. — Faz o seu rolê, rainha. Faz o que quiser.

Ele volta para o laptop, como se estivesse tentando entender um quebra-cabeça.

Então eu saio com o caderno da minha mãe, forçando aquele capítulo a se fechar porque aquele momento com Chris pertencia a uma menina chamada Nigeria que estava tentando se encontrar.

— Mas eu continuo aqui — afirma Chris, levantando-se de trás da mesa e caminhando em minha direção. — Tô aqui quando você estiver pronta. Ainda quero entender a gente.

Ele está a poucos centímetros de mim agora, e nossos corpos também querem um encerramento. Então ele dá um passo mais perto, e eu dou um passo mais perto, e nós nos abraçamos bem forte, balançando de um lado para o outro. Eu sinto o cheiro dele — almíscar egípcio e manteiga de karité, sonhos revolucionários e raiva, doçura e confusão no corpo deste menino de 18 anos.

— Sinto sua falta — diz baixinho.

Eu não respondo.

Ele beija minha testa, e me afasto. Nós nos olhamos por um longo minuto, e eu quero nadar em seus olhos.

— Eu tenho minha própria revolução pra lutar, Che... — falo de volta, sussurrando. E viro e fecho a porta suavemente.

Eu tenho que compartilhar minha celebração de gratidão com o último dia do Kwanzaa, então esta também é nossa karamu anual. Mama faria uma enorme panela de sopa joumou — sopa de abóbora para o Dia da Independência do Haiti. Nubia e as outras tias assumiram toda a preparação das refeições, e espero que tenham incluído essa sopa. Eu sou metade haitiana, sou independente, *e* é meu aniversário.

A Casa Vila era minha casa, mas não era meu lar. Pertence a todos e a ninguém. A tia Fola, a tia Gloria, a tia Ama e a tia

Yvette me abraçam como se eu nunca tivesse saído, como se tudo isso fosse apenas um lampejo em nossa luta pela libertação.

— Feliz Ano-Novo! Feliz aniversário e habari gani? — canta tia Fola.

— Imani! — respondo, e sou inundada por memórias da minha infância, quando este era o meu dia favorito do ano.

Mama estaria na cozinha fazendo todos os tipos de pratos veganos, e nós, crianças, mal podíamos esperar para abrir nossos zawadi — presentes de Kwanzaa.

As tias se reúnem todas em torno de Freedom para mimá-lo, e eu me sinto como uma estranha naquilo que costumava ser minha casa e que não é meu lar. Sinto falta da comida, acima de tudo. Agora estou comendo frango e peixe, mas vou direto para as frutas porque tenho exagerado nos alimentos processados com Kamau. Pego um prato de frutas e batata frita e saio passando por todos os olhares, todas as perguntas, e escapo para o quintal e para o deque, meu lugar favorito no mundo, onde o que costumava ser o jardim da minha mãe está coberto por um véu fino de neve.

Makai, Travis, Danika e Jasmine estão lá, e meu coração fica quentinho.

— Como você tá, irmã Nigeria? — pergunta Makai, abrindo espaço no deque para mim.

Eu só faço um sinal com a cabeça e enfio algumas batatas na boca porque não quero papo-furado. Eu só quero estar aqui com eles.

— Senti tanta saudade de vocês — murmuro com comida na boca.

Nenhum deles diz nada por um longo minuto, até Makai falar:

— Tô feliz por você, Nigeria. Eu sei que muita merda aconteceu no ano passado. Então, ano novo, você nova. Certo?

— Eu sinto muito — digo. — Sinto muito por cada um de vocês.

— Nós também sentimos muito — fala Jasmine. — Eu não sabia, tipo, o quanto era difícil pra você.

Todos ficam em silêncio, mas me dão tapinhas nas costas, me abraçam, cutucam, pegam comida do meu prato, e isso é tudo o que eu quero de desculpas, tudo o que eu preciso de encerramento.

Então, enquanto todos nos levantamos para voltar para dentro porque está muito frio lá fora, Jasmine pergunta:

— Você gosta de lá? Da casa da sua tia? Da sua nova vida?

— Gosto. Quer dizer, tô mudando e crescendo. E eu só precisava lidar com as coisas do meu jeito, sabe?

— Eu entendo.

— E você? — pergunto.

— Eu preciso continuar no Grupo Jovem por enquanto. Estar nele me dá algo que me mantém... viva, sabe?

— Sei — respondo, e dou um último abraço apertado nela.

Quando voltamos para dentro de casa, as festividades já começaram, e é a minha vez de brilhar. Eu vejo tia Sharon e Kamau. Então faço uma pausa ao ver Sage ao lado deles. Ela estende os braços para um abraço, e, quando nos encontramos, quase nos levantamos do chão.

— Habari gani?

— Umoja! — diz ela, bem alto, e todos olham para ela.

— É Imani — corrijo, sussurrando.

Nós duas rimos, e estou tão feliz que ela está celebrando esses momentos comigo de novo.

— Habari gani? — diz meu pai, chamando todos ao lado da mesa do Kwanzaa, decorada de forma elaborada com seu kinara, tecido de kente e Ankara, espigas de milho e tigelas de frutas.

— Imani! — respondem todos.

— E o que isso significa?

— Fé!

— Alguém se voluntaria? — pergunta meu pai.

Jasmine dá um passo à frente e diz:

— Acreditar com todo o coração em nosso povo, nossos pais, nossos professores, nossos líderes e na integridade e vitória da nossa luta.

— Nigeria Sankofa Jones — chama meu pai. — Venha fazer as honras.

Ele se afasta e revela outra mesa coberta com linho branco, plantas, vasos de flores e outras coisas que homenageiam o espírito de quem também estamos celebrando hoje.

Até esse momento, minha mente me fez acreditar que essa mesa era apenas um canto da nossa sala que continha várias fotos da minha mãe, e eu estava esperando ela voltar. Mas é uma mesa de ancestralidade. As coisas da minha mãe estão aqui. Seus cristais e bugigangas, joias e notas escritas à mão, e fotos do rosto dela — olhos, sorriso, cabelo e alma estão ali para me lembrar, nos lembrar, que ela nunca foi embora. Ela sempre esteve aqui conosco. E talvez, através de um de nossos filhos, ela volte como uma ancestral.

Fico ao lado da mesa e seguro um copo d'água na mão e digo:

— A história vive e respira, assim como nossos ancestrais.

— Axé! — cantam todos.

Eu despejo um pouco de água em uma violeta africana, a favorita de mama. A cada gota, derramo uma lágrima. Freedom se aproxima de mim como se já soubesse que estamos chamando o nome de nossa mãe: Natalie Pierre.

Os integrantes não nos deixam ficar nesse espaço triste por muito tempo, então começam a bater palmas e cantar nossa música, começando com meu irmãozinho.

"Olha o Freedom! Ele é Negro e lindo!
Olha o Freedom! Ele é Negro e lindo!
Olha o Freedom! Ele é Negro e lindo!
Cantando poder para o povo! Poder para o povo!
Ele é Negro e lindo!"

Mas ainda estou chorando, não consigo conter o rio que estou me tornando enquanto encaro todos os rostos das pessoas que me amam. Eu não queria mais fazer parte disso. Mesmo assim, eles ainda me amam. Eles me amam o suficiente para que eu saia para me encontrar. E talvez eu volte.

Eles começam a cantar meu nome, mas eu os interrompo.

— Agora sou Enitan — digo, fungando e segurando a cabeça erguida. — É Iorubá. E significa "pessoa com história".

Tia Fola vem me dar um abraço, depois tia Sharon, depois o Grupo Jovem. Sou envolvida pelo amor do meu povo. Eu vejo Chris sorrindo para mim enquanto se apoia em uma parede, absorvendo tudo isso. Apenas por estar aqui, ele está vendo o amor confuso que temos uns pelos outros e como o amor e a guerra podem coexistir sob o mesmo teto, na mesma revolução.

— Olha a Enitan! Ela é Negra e linda! — Todos cantam, e eu faço minha pequena dança de dois passinhos, e juro que meu sorriso é como o sol quente neste dia frio de inverno.

Mas eu vejo meu pai se tornando o próprio rio de tristeza. Ele está tentando enxugar o rosto e fazer as lágrimas desaparecerem. Ele não se permite chorar, e limpa a garganta e volta ao seu trono revolucionário.

— A luta continua! — clama ele, chamando a atenção de todos. E sei que esta celebração de gratidão também será mais uma de suas palestras.

Depois de acender as velas no kinara; depois de abrir nossos zawadi (livros, toucas de crochê e cachecóis, sabonetes caseiros e potes de manteiga de karité); depois de todo mundo cantar "Parabéns" para mim (na versão do Stevie Wonder, é claro); depois de comermos tofu assado, verduras, macarrão com queijo vegano, sopa joumou (que a tia Sharon *tentou* fazer), gumbo de vegetais e arroz com feijão, volto ao meu quarto para me dar um presente de aniversário.

Eu pego minha bolsa e procuro meu celular onde uma série de mensagens me desejando feliz aniversário inunda minha tela. Mas eu só abro a mensagem de Liam.

Espero que aproveite seu dia de nascimento!, mandou ele, seguido de um GIF de uma garota Negra sendo envolvida por balões.

Eu balanço a cabeça e rio, sabendo que deve ter levado um tempo para ele pensar nisso. Rolo a tela para cima para ver todas as outras mensagens dele que não respondi. Argumentos para o próximo debate. Quem venceu o último. Uma mensagem me desejando um Feliz Natal e outra me desejando um feliz Kwanzaa.

Então, eu respondo à mensagem: Obrigada.

E isso é o suficiente para mim. Por enquanto. Amigos da Filadélfia foi uma chave que destrancou uma porta nesta jornada para me encontrar.

Então eu lembro por que subi aqui. Vou até o banheiro e pego a máquina de cortar cabelo do meu pai.

Eu limpo minha cômoda e o espelho para dar uma última boa olhada nesta menina. Eu escolhi estar aqui? Eu escolhi meus pais? Eu sabia que perderia minha mãe e que teria que renascer? Eu sabia que teria que aprender a voar sozinha?

De qualquer forma, a partir deste ponto, tudo o que eu reivindico e pode me reivindicar será minha escolha.

Eu pego uma tesoura e começo com um dread, cortando-o rente ao meu couro cabeludo. Seguro em minha mão e olho para ele. Memórias estão enroladas nele como uma cadeia de DNA — as mãos e os dedos de mama, as manteigas e óleos caseiros dela, as canções e orações, e até mesmo a sua memória ancestral.

Mas eu não posso carregar esse peso comigo para a próxima fase da minha vida. Então corto mais dreads, um por um, sentindo o peso de mil ancestrais sair da minha cabeça. Quando todos foram cortados, ainda os sinto comigo, pairando, mas não ligados a mim como cordas de marionete.

Então eu pego a máquina de cortar cabelo e raspo o pequeno afro até o couro cabeludo.

Todo o meu rosto brilha. Posso me ver renascida.

Eu me sinto como ar.

Eu desço as escadas com a cabeça recém-raspada como se asas estivessem crescendo lentamente nas minhas costas. Eu abro a porta da frente, e o céu está chamando pelo meu novo nome. Então eu desço os degraus da frente, até a calçada e em direção à beirada do mundo, porque estou voando, voando e voando, me libertando.

Quem diria que eu poderia planar mesmo com os pés firmemente plantados no chão?

Pessoas podiam voar há muito tempo na África, e, mesmo aqui onde correntes não estão em nossos pulsos e tornozelos, mas em nossas mentes, ainda podemos nos libertar e voar.

Então deixo minhas asas crescerem, invisíveis como memória. Eu me lembro, invisível como asas. Sou livre, visível e presente e ocupo todo o espaço que preciso, como meu corpo. E eu tenho uma história para contar.

Eu me torno a protagonista da minha história. E voo alto por cima da Filadélfia, sobre a Pensilvânia e Ohio, Chicago e o Centro-Oeste, Oregon e Califórnia, e até o oceano Pacífico. Meu corpo se torna esta terra, e esta terra se torna meu corpo. Tudo isso é meu, reivindicando o mundo como o vento que me eleva alto para tocar a borda do universo. Este é o mapa celeste que minha mãe, e todas as mães antes dela, traçaram para mim.

EPÍLOGO

ARTIGO IX

DIA DOS PAIS JUNETEENTH (ANIVERSÁRIO DA LIBERTAÇÃO)

"Se a primeira mulher criada por Deus foi
forte o suficiente para, sozinha,
virar o mundo de ponta-cabeça,
essas mulheres juntas deveriam ser capazes
de virar o mundo de volta e consertá-lo!
E agora, se é isso que elas querem fazer,
é melhor os homens deixarem logo."

— *Sojourner Truth, sempre precisa,*
falando a verdade na cara do poder,
conforme contado a Harriet Beecher Stowe
para a Atlantic Monthly, *em 1853.*

(E ainda não temos nos Estados Unidos
um feriado nacional em homenagem
às contribuições de nenhuma
mulher Negra ou Indígena.)

Reparações

ALGUNS DIAS APÓS toda a empolgação do Festival Odunde, durante o qual as ruas de Philly ficaram lotadas de pessoas Negras e cultura, música e comida, tentamos criar uma versão menor no Malcolm X Park, a poucos quarteirões da Casa Vila, para celebrar o *Juneteenth*. Eu não moro mais lá, mas ainda me vejo envolvida na gestão do Grupo Jovem, guiando os vendedores, montando mesas com comida e criando atividades para as crianças. Cortar tudo sobre minha vida antiga não é tão fácil quanto pensei. Eu vivia e respirava o Movimento, então tenho que cortar o cordão lentamente para poder continuar respirando.

Mas ainda abro minhas asas e voo sempre que preciso.

Bandeiras vermelhas, pretas e verdes são erguidas perto de árvores e bancos, e tocadores de djembê estão desdobrando cadeiras perto do pódio onde meu pai vai falar. As tias estão organizando a comida e as bebidas, e uma parte de mim sente falta muita falta de vir a esses eventos.

Estou aqui nos meus próprios termos. Ajudo porque quero que este seja um evento de sucesso, e mama sempre fazia parte do comitê de planejamento. Faço isso por ela também.

— Você tá pronta pra montar sua banquinha? — pergunta Kamau, empurrando um carrinho de mão com caixas empilhadas em minha direção.

Eu aceno com a cabeça, e vamos para uma mesa vazia para começar a desembalar os livretos.

— Lá vamos nós — digo, suspirando profundamente.

— Você tem tudo o que precisa? — pergunta Kamau. — Cartão, aplicativos, notas, moedas? E, por favor, não aceite escambo. Dinheiro em troca de conhecimento. Não troque um incenso por um livro pelo espírito de Ujamaa. Eu sei como a gente funciona.

Dou risada do meu primo.

— Eu sei, não posso pagar a universidade do homem branco com pauzinhos de incenso!

Então tiramos meus livretos das caixas, espalhando-os sobre um tecido Ankara, e mal posso acreditar que estou fazendo isso. Cinco meses atrás, eu me propus a terminar o que minha mãe começou. Depois de todos esses anos escrevendo os livros do meu pai para ele, ela queria escrever os próprios. Eu pego um exemplar e seguro em minha mão. Não é tão polido quanto os livros do meu pai, e é muito mais fino e de baixo orçamento. Kamau também está me ajudando a transformá-lo em um ensaio em vídeo, e eu não posso acreditar que estou prestes a ser como meu pai, exceto que não sou como meu pai.

— Não se preocupe, prima — diz Kamau, virando meu livro mal diagramado em sua mão. — Fomos criados pra não julgar um livro pela capa.

— Cala a boca, Kamau!

Eu rio e cutuco meu primo porque foi ele que ilustrou a capa para mim, e eu a diagramei. Na capa se vê a silhueta de uma menina com um black contra a bandeira norte americana como pano de fundo, que se cruza com a bandeira da Libertação Negra, e no meio está a bandeira haitiana. Não é perfeito, mas dá para o gasto. Eu ajustei a fonte do título: *A Constituição da menina Negra* para parecer com a verdadeira Constituição e, para ser bem honesta, esse é um dos feitos do qual mais me orgulho.

Estamos vendendo por dez dólares cada, e abaixo está tanto o meu nome quanto o da minha mãe: Natalie Pierre e Enitan Sankofa. As pessoas saberão que sou filha de Kofi Sankofa. Mas também saberão que estou fazendo minha própria parada e que minha mãe tinha as próprias ideias, a própria voz.

Eu olho para cima e vejo Che, Makai e Jasmine carregando caixas para uma mesa vazia. Todo o meu corpo sorri conforme Che se aproxima de mim, e eu espero que ele diga algo primeiro. Che examina minha mesa, olha para mim e diz:

— Tô orgulhoso de você

Ainda estamos nos entendendo, tipo, mandando mensagens, conversando, nos beijando, desaparecendo e reaparecendo na vida um do outro. Ele está muito próximo de tudo do que estou fugindo, mas há algo ali que não estou pronta para cortar ainda, assim como tudo o mais da minha antiga vida.

— Obrigada, lindo. — É tudo o que digo.

— Ok, pombinhos — brinca Makai. — Vamos fazer dinheiro! A gente tá tentando se libertar.

Jasmine vem conferir meu livro e é a primeira cliente a comprar um exemplar.

— Ok! Tô te vendo, Kofi Sankofa Jr.!

— Por favor, não diga isso — peço a ela.

— Quer dizer, peixinho… — Ela aponta para meus livros. — E peixe… — Ela aponta pros livros que Che e Makai estão arrumando.

Os exemplares de *A Constituição do Homem Negro* são dez vezes mais espessos que meu livreto, e a qualidade de design é muito mais profissional, é claro. Então vejo as assinaturas na capa. Kofi Sankofa e Che Sankofa. Eu tento não revirar os olhos, mas acho que tanto faz a esta altura.

— Sério? Todo esse tempo, minha mãe nunca teve o nome dela nas capas dos livros que escreveu, e aqui vem o filho que ele nunca teve — digo na cara de Che.

Mesmo que seja tipo meu namorado de idas e vindas, eu não tenho medo de dizer umas verdades para ele quando se trata do meu pai.

— É porque eu pedi — diz ele. — E vou ajudá-lo a alcançar um público mais jovem.

Eu não posso mentir, foi esperto da parte dele fazer isso. Mas eu sei que, mesmo se eu ou mama tivéssemos pedido as mesmas coisas, não teríamos a mesma resposta. Ou talvez a gente não soubesse pedir o que é nosso. Mas essa merda acaba hoje.

— Ei, Che? Makai? Querem comprar um exemplar?

E eles querem.

Estamos tendo uma discreta competição para ver quem consegue vender mais livros. Posicionamos nossas mesas lado a lado à medida que mais pessoas entram no parque. Os percussionistas começam a tocar e a música explode nos alto-falantes. Roots, Jill Scott, Jazmine Sullivan e Musiq Soulchild espalham aquele amor da Filadélfia por todo o parque e nas ruas ao redor.

Jasmine vem até minha mesa para me ajudar a vender cópias porque é o Dia dos Pais, e os livros do meu pai estão vendendo que nem água.

Então, eu vejo Sage se aproximando com Chloe e Tyler, e começo imediatamente a gritar e pular. Sage e eu corremos uma para a outra como irmãs há muito perdidas.

Eu não pude voltar para a Amigos da Filadélfia. Não foi como se eu tivesse sido expulsa, mas fui convidada a me retirar. E eu não estava a fim de implorar para voltar, não depois de como Henry e Jon me trataram. Em vez disso, estou seguindo o plano da tia Sharon e colocando toda minha energia na faculdade. Já fiz aulas para o vestibular e peguei meu diploma do ensino médio no mês passado. Kamau ficou com inveja, é claro, e aproveito todas as oportunidades para esfregar na cara dele que eu só precisei fazer um teste para me formar.

— Tá falando sério? E eu aqui me matando... pra quê? — brincou ele. — Isso tudo é uma fraude.

Vou me inscrever na faculdade no outono enquanto trabalho e economizo dinheiro para morar no campus, esperançosamente longe da Filadélfia, mas perto o suficiente para visitar meu irmãozinho, voltar para a família e a comunidade, se precisar.

Sage compra quatro exemplares do meu livro.

— Pra deixar na casa de parto — diz ela. — E vamos comprar mais também.

Tem um climão entre mim e Chloe, então eu dou a ela um exemplar de presente e sigo em frente.

— Obrigada — agradece ela. — Gostei do cabelo.

Eu passo a mão sobre minha cabeça raspada e dou a ela um sorriso sincero.

Tyler não compra nenhum livro, mas fica olhando ao redor como se estivesse fora do lugar, absorvendo tudo, e me pergunto se ele vai começar a ouvir os podcasts do meu pai e assistir aos vídeos dele. Mas duvido.

— Pô, tô curtindo tudo isso — diz Tyler. — Dava pra expandir. Conseguir algum patrocínio corporativo.

— Você tá brincando, né? — pergunto.

Então ele ri, e eu empurro o ombro dele, de leve e de brincadeira.

Apesar de tudo, estou feliz em vê-los. Sage talvez tenha percebido que eu queria saber de uma pessoa em específico, mesmo que tenha formado um casal com Che nos últimos meses.

— Ele pergunta de você às vezes — diz, em voz baixa, chegando perto para que ninguém ouça.

— Eu sei. Kamau me conta. Só espero que ele esteja bem.

Ela assente, e deixamos por isso mesmo porque eu não sei se Liam viria a algo assim. Tivemos um momento quando eu entrei no mundo dele na Amigos de Filadélfia e até em

Mount Airy. Mas o que seria de nós se ele tivesse que entrar no meu mundo, isto é, no Movimento e todos os seus ensinamentos sobre a supremacia branca e a descolonização? Ele provavelmente iria gostar de toda aquela coisa de socialismo, mas ler e postar sobre isso nas redes sociais é muito diferente de tentar vivê-lo.

Vejo meu pai se aproximar de mim empurrando um carrinho com minha irmãzinha recém-nascida. O nome dela é Harriet, e é um raio de sol. Meu pai a chama de pequena combatente pela liberdade, e fico feliz que meu irmãozinho terá uma irmã com quem crescer.

Ainda dói um pouco. A cicatrização leva tempo.

Eu pego uma cópia do meu livro. Quando ele se aproxima, entrego a ele.

— Feliz Dia dos Pais, baba! — falo com um grande sorriso.

Ele ri e balança a cabeça.

— Tá certo, tá certo. *A Constituição da menina Negra*, hein?

— Isso mesmo.

— Eu vou aceitar meu presente, muito obrigado. Você poderia, por favor, me dar um autógrafo?

E dou, escrevendo com cuidado: *Para meu pai, o revolucionário. Com amor sempre, sua princesa pacífica, Enitan Sankofa.*

Ele me puxa e beija minha bochecha e me abraça forte. Eu ainda vou em frente com a emancipação, mesmo que complete 18 anos em seis meses. Não quero ter que pedir permissão para voar. Ele não acredita em sistemas, e eu quero estar no sistema, talvez mudar as coisas de dentro, como em *The Spook Who Sat by the Door*. Mas isso é segredo nosso. Nosso pequeno plano mestre. Ao lutar por mim mesma, eu estou lutando por nós.

Eu sou porque nós somos.

Meu pai me ensinou isso.

Quando é hora de começar os eventos do dia, eu pego Freedom de Nubia e o seguro nos braços. Ele está pesado e muito mais falante agora. E não o corrijo quando me chama de "Gigi".

O parque está ficando lotado, e olho para todos os rostos Negros que estão celebrando a liberdade hoje. Sejam da Filadélfia ou do Haiti, do sul ou da África Ocidental, todos os nossos ancestrais tiveram que fazer algo para serem livres. E nós estamos aqui tentando permanecer livres.

As tias começam liderando a multidão a cantar "Lift Every Life", e nossa música se eleva até as nuvens. Depois é hora de começar as afirmações. Meu pai chama os integrantes do Grupo Jovem para ficar ao lado dele, e eu permaneço ao lado da minha mesa de livros. Chloe se junta a eles, e fico feliz por ela.

Jasmine avança, com o cabelo recém-trançado e vestindo a camiseta do Movimento.

Ela olha para mim, então murmuro:

— Você consegue.

Ela assente, e então grita para a multidão:

— Todo poder ao povo! — diz com o punho no ar, e os irmãos e irmãs ao lado dela, e o povo à sua frente, estão atentos a cada palavra. — Em homenagem ao lendário Partido Panteras Negras pela Autodefesa, invocamos a visão sobre a libertação Negra no século XXI. Agora diga comigo, família.

— Todo poder ao povo! — dizemos em uma só voz.

Agradecimentos

ESTE FOI, DE longe, o livro mais emocionalmente desafiador que já escrevi. Há tantas pessoas a agradecer que inspiraram em mim um senso de propósito e orgulho pelo que eu esperava alcançar com esta história. Primeiro, sou eternamente grata a todas as comunidades resilientes, autodeterminadas e autônomas em todo o mundo — por todas as comunidades *maroons* em toda as Américas, desde os quilombos no Brasil e o caco no Haiti, até as comunidades Gullah Geechee, comunidades garveístas e panteras. As crianças nesses espaços cresceram entendendo o verdadeiro preço da liberdade. Eu não seria quem sou e não entenderia o mundo como entendo sem as comunidades espirituais, culturais e políticas que me moldaram. Obrigada às mulheristas e feministas Negras que abriram o caminho literário e intelectual para todos nós — ao Combahee River Collective, bell hooks, Audre Lorde, Alice Walker, Octavia Butler e todas as *fanm djanm* (mulheres fortes) não nomeadas aqui que estão lutando pelos direitos reprodutivos. Agradeço às parteiras e doulas — Tioma, Memaniye e Denala, obrigada.

Ao meu marido, Joseph, que é sempre uma âncora e o melhor apoiador e parceiro criativo. Minhas duas filhas e meu filho me lembram a cada dia por que esse trabalho é vital.

A Tunu, eu não poderia esquecer de Nigeria Jones e a história de tantas meninas como ela. Obrigada por aquela primeira semente de uma história tantos anos atrás. A Denala, Ayo,

Christine, Tahnia, Meena, Neffie, Kala, mama Marimba, Atilah e mama Bayyinah, eu amo todos vocês daqui até a África!

A Leah Henderson, esta história não seria a mesma sem a sua irmandade. Obrigada por ser amiga e uma tia para meus filhos. Isso significa tudo para mim.

À minha agente, Tina Dubois: obrigada por estar ao meu lado e apoiar esta história a cada passo. Emocional e intelectualmente, sinto-me vista e compreendida.

A Alessandra Balzer, editora extraordinária: sou muito grata pelo cuidado e compreensão que você deu não apenas a esta história, mas ao meu escopo de trabalho. Obrigada por sua sabedoria e perspicácia e por me desafiar a crescer criativamente a cada projeto.

Um grande obrigada à minha equipe na Balzer + Bray/ Harper, especialmente: Patty Rosati, John Sellers, Audrey Diestelkamp, Sabrina Abballe, Mimi Rankin e Caitlin Johnson.

Um agradecimento especial à fenomenal Nettrice Gaskins, cuja impressionante ilustração da capa captura plenamente a energia deste livro. Obrigada à Jenna Stempel-Lobell pelo design e tipografia magníficos.

A alguns dos meus primeiros leitores, Frederick Joseph, Candice Illoh, Malinda Lo e Nic Stone, sou muito grata por suas palavras gentis e generosas.

Aos ancestrais da Travessia — antes e além dela —, sobre cujos ombros todos nós estamos de pé: cada vez que honramos nossa ancestralidade, ficamos um pouco mais altos.

A Luta Continua!

Este livro foi impresso pela Lisgrafica, em 2024,
para a HarperCollins Brasil. O papel do miolo é pólen
natural 70g/m², e o da capa é cartão 250g/m².